FRANCKE

Jack Cavanaugh

# Schimmer der Wahrheit

FRANCKE
Verlag der Francke-Buchhandlung GmbH

Die Deutsche Bibliothek - CIP-Einheitsaufnahme

**Cavanaugh, Jack:**
Schimmer der Wahrheit / Jack Cavanaugh. [Dt. von Ingo Rothkirch]. -
Marburg an der Lahn : Francke, 2000
(Francke-Lesereise)
ISBN 3-86122-465-8


Originaltitel: Glimpses of Truth

Published by Zondervan Publishing House, Michigan, USA

Deutsch von Ingo Rothkirch
Umschlaggestaltung: Reproservice Jung, Wetzlar
Umschlagillustration: Sherri L. Hoffman
Satz: Verlag der Francke-Buchhandlung GmbH
Druck: Wiener Verlag, Himberg, Österreich

Francke-Lesereise

# Vorwort

Am Ende des 13. Jahrhunderts gab es noch keine vollständige englischsprachige Übersetzung der Bibel. Übersetzungen der Psalmen aber waren inzwischen schon weit verbreitet. Zudem führten die Gründung von Universitäten und der Konflikt zwischen Staat und Papsttum dazu, dass die Kirche ihre Macht über die lateinische Bibel nach und nach verlor. Rom mit seiner lateinischen Literatur und Liturgie war bereits nicht mehr der Mittelpunkt der Welt. Die einzelnen Nationen mit ihren Landessprachen gewannen dagegen an Bedeutung. Die Probleme und Konfliktherde in Europa waren mannigfaltig: Das Papsttum war nach Avignon gezogen (die so genannte *babylonische Gefangenschaft der Kirche* (1309-1377), Epidemien und Hungersnöte brachen aus (1313-1317), die erste Phase des Hundertjährigen Krieges (1337-1356) tobte, der Schwarze Tod wütete(1347-1350) und die Kirche bekam zwei Päpste (1328-1384).

Während dieser Umwälzungen und Unruhen löste sich John Wyclif (ca. 1328-1384) aus der damals verbreiteten geistlichen Apathie und Laxheit, indem er die Überzeugung äußerte, dass die Machtansprüche des Papstes mal ihre Ethik mit der zentralen Autorität der inspirierten Bibel nicht in Einklang zu bringen sei.

Wyclifs Leben wurde maßgeblich durch seinen Glauben und das Verlangen, ihn zu verkündigen, bestimmt. Mit 38 Jahren ernannte man ihn zum Kaplan des Königs (1366). Ein paar Jahre später wurde er in Oxford Doktor der Theologie. Im Sommer 1374 beteiligte sich Wyclif als englischer Gesandter an den Verhandlungen mit dem päpstlichen Nuntius in Brügge. Nach England zurückgekehrt, widmete er sich zunehmend seinem Anliegen, die Kirche grundlegend zu reformieren. Er publizierte 18 Thesen, die bestimmte kirchliche Dogmen in Frage stellten. Der Papst reagierte, indem er fünf Bannbullen erließ, in denen er Wyclif der Ketzerei bezichtigte (1377). Doch man konnte Wyclif nicht zum Schweigen bringen. Zum Ärger vieler widersprach er öffentlich der Lehre von der Wandlung von Brot und Wein bei der Eucharistie (1382). Der Preis dafür war hoch. Er wurde seines Lehramts und aller Pflichten in Oxford enthoben und zog sich nach Lutterworth zurück. Zwei Jahre später starb er an den Folgen eines Schlaganfalls, ohne aus der Kirche ausgestoßen worden zu sein.

Um die von Wyclif begonnene erste vollständige Übersetzung der Bibel rankt sich die nun folgende spannende Geschichte von Jack Cavanaugh. Durch die Personen der Handlung – Felicia, Thomas, Bischof William Pole und Howard – gelingt es dem Autor, den Leser in die Dramatik jener Zeit einzuführen und ein einfühlsames Stimmungsbild zu zeichnen.

William E.Nix
Dallas, Texas
Januar 1999

# 1

„Felicia!“

Nicht die Tatsache, dass jemand sie rief, schreckte die junge Frau auf. Es war vielmehr der scharfe Ton, der ihr einen Schauer über den Rücken jagte. Sie ließ den Korb mit nasser Wäsche fallen, den sie, gegen ihre Hüfte gepresst, eben noch getragen hatte.

„Felicia! Hilf mir!“

Was sie sah, schnürte ihr die Kehle zu.

Ihr an sich kräftig gebauter Vater trug seinen Bruder auf den Armen und stolperte unter der schweren Last. Der bewusstlose Mann war an Brust und Armen blutverschmiert. Und bei jedem unsicheren Schritt des Vaters baumelte der Kopf ihres Onkels hin und her.

„Gott sei uns gnädig! Was ist geschehen?“, rief sie.

„Hilf mir, ihn ins Haus zu tragen.“

Felicia wollte zupacken, doch sie wusste nicht recht wie. Der Vater schüttelte den Kopf.

„Ich habe ihn fest im Griff. Lauf du lieber vor und sag Ertha Bescheid. Bereite ein Bett vor.“

Felicias Vater war zwar ein kräftiger Mann, dennoch machte ihm das Gewicht seines groß gewachsenen Bruders zu schaffen. Felicia sah an seinem schweißnassen und verzerrten Gesicht, wie sehr sich der Vater abmühte. Sie wollte etwas Tröstendes sagen. Doch welche Worte waren jetzt angemessen? Deshalb zögerte sie und betete, dass ihr etwas Rechtes einfallen möge. Aber nichts geschah. Deshalb hob sie ihren Rocksaum auf und eilte ins Dorf. Schon im Laufen schrie sie laut um Hilfe.

Es war nicht allzu weit bis zum Haus ihres Onkels. Aufgeschreckt durch Felicias Rufe, stand Ertha bereits in der Tür. Die schmächtige Frau erreichte kaum die halbe Höhe des Rahmens. Mehl bedeckte ihre Hände, als trüge sie weiße Handschuhe.

„Tante Ertha, etwas Schreckliches ist geschehen!“

Die Frau spähte an Felicia vorbei die Straße hinunter. Als wenig später Felicias Vater auftauchte, der ihren blutüberströmten und offensichtlich schwer verletzten Mann auf den Armen trug, blieb ihr vor Schreck der Mund offen stehen. Sie suchte Halt am Türpfosten und schrie: „Herr, erbarme dich unser!"

Während Ertha dann ihrem Mann entgegenlief, eilte Felicia ins Haus. Es war nur spärlich beleuchtet, so dass sie unsicher umhertappte. Plötzlich quiekte es schrill unter ihren Füßen. Sie war auf ein Ferkel getreten und wäre fast der Länge nach hingestürzt. Das verängstigte Tier floh in die äußerste Ecke des einzigen Raumes im Haus.

Felicia atmete tief durch und ging dann zu dem Bett, das in einer Ecke des Raumes stand. Zwei Hühner hockten dort schläfrig auf der Decke, die sie fortscheuchte: „Weg mit euch!"

Als sie die Stimme ihres Vaters hörte, sprang sie sofort zur Seite und machte Platz. Während er den verwundeten Onkel auf die Strohmatte niederlegte, hielt Ertha den Kopf ihres Mannes in den Händen. Der Verletzte röchelte und stöhnte erbärmlich.

„Ives, wer hat dir das angetan?", fragte Howard, Felicias Vater.

Obgleich Ertha nur halb so groß war und vielleicht nur ein Drittel seines Gewichts hatte, schob sie ihren Schwager unwirsch beiseite. Der Verletzte starrte ins Leere. Sein von Blut und Schmutz verkrusteter Arm hing schlaff über der Bettkante, wobei seine Hand mit der Handfläche nach oben den mit Binsen belegten Boden berührte.

„Ives! Sag mir – wer hat dir das angetan?", fragte Felicias Vater noch einmal.

„Das ist jetzt nicht der rechte Augenblick, um Fragen zu stellen", schimpfte Ertha und beugte sich über ihren Mann, um sein Hemd aufzureißen.

Felicia fühlte sich hilflos. Einerseits wollte sie sich beim Anblick der Wunden ihres Onkels abwenden, andererseits fürchtete sie, dann etwas zu verpassen.

Die schlimmste Wunde klaffte im Fleisch seines linken Armes und zog sich quer über die Brust. Auch sonst waren ihm noch

Schnittwunden an der Brust, an Armen und Händen und an einem Oberschenkel zugefügt worden. Das Blut hatte den Stoff seiner Kniehosen durchtränkt, wobei das meiste schon geronnen und dunkelrot getrocknet war. In seinem wirren Haar hatten sich Schmutz und Gras verfangen. Auch im Gesicht waren Schnitte und Schürfwunden sichtbar.

„Ives, kannst du mich hören?", rief Ertha.

Ihr Mann mühte sich, seine Frau anzusehen. Es gelang ihm aber lediglich, ein einziges Wort zu hauchen.

„Howard ..."

„Ich bin hier", sagte Felicias Vater.

„Howard ..."

„Ja, ich höre dich!"

„Banditen."

Howard nickte.

„Banditen!", wiederholte der Verwundete mit letzter Kraft.

„Ich habe dich verstanden", rief Howard und wandte sich danach an Ertha. „Wir müssen diese Wunde schließen. Mach ein Messer heiß."

„Wir brauchen einen Arzt, der das kann."

„Dafür ist keine Zeit. Er verblutet uns, wenn wir sie nicht jetzt gleich verschließen!"

Ertha starrte auf die Wunde und bekreuzigte sich. Schnell trat sie dann neben ihren Mann und drückte die klaffende Wunde zusammen. Ives schrie auf vor Schmerz. Sein Kopf fiel zurück auf die Matratze. Doch Ertha ließ sich dadurch nicht beirren und hielt die Wunde fest verschlossen.

Sie betete laut: „Im Namen des Vaters, des Sohnes und des Heiligen Geistes. Rot ist die Wunde, tief der Schnitt und wund das Fleisch. Aber Blut soll nicht mehr fließen, und der Schmerz vergehen, bis die Gebenedeite wieder ein Kind trägt."

Sie ließ los und trat einen Schritt zurück. Doch sofort sprang die Wunde wieder auf.

Wieder presste sie die Wundränder zusammen und sprach noch einmal das Gebet, aber das Ergebnis war dasselbe.

„Ich mache doch das Messer heiß", sagte sie schließlich.

Howard nickte und wandte sich an seine Tochter. Sie erschrak, als sie sein Gesicht ansah. Was musste er durchmachen? Angst und Pein verfinsterten seinen sonst so sanften und freundlichen Blick. Seit dem Tod ihrer Mutter hatte sie ihn so nicht mehr gesehen.

„Wir werden heißes Wasser brauchen", sagte er.

„Und einen Stein", fügte Felicia hinzu.

Sie wünschte sich so sehr, ihn jetzt in die Arme nehmen zu können und gleichzeitig von ihm gehalten zu werden. Die muskulösen Arme dieses stattlichen Landmannes hätten ganz bestimmt ihrem schlotternden Leib Sicherheit gegeben. Aber dafür blieb jetzt keine Zeit. Der Tod stand bereits auf der Schwelle, und sie mussten sich eilen, um ihn am Nähertreten zu hindern.

Felicia wollte eilend zur Tür hinaus, als sie fast über ihre Cousinen stolperte, die in der Zwischenzeit leise hereingeschlichen waren. Mit ihren glatten, blonden Haaren, den nackten Füßen und den schmutzig weißen Hemdchen sahen sie fast gleich aus. Nur der Altersunterschied von vier Jahren verhinderte, dass man sie verwechselte. Leoma und Poppy starrten mit weit aufgerissenen Augen ihren verwundeten Vater an.

„Na, ihr beiden. Eure Hilfe kann ich jetzt gut gebrauchen", sagte Felicia. Sie schob sie sanft in Richtung Tür. „Wir brauchen einen Eimer Wasser und einen Stein. Könnt ihr mir das besorgen?"

Die beiden Mädchen versuchten, erneut einen Blick auf das blutige Bett in der Ecke zu werfen. Doch Felicia beförderte die beiden Mädchen etwas unsanft hinaus.

„Felicia!"

Sie sah zurück über die Schulter. „Ja, Vater?"

„Schick doch mal Thomas her."

Felicia nickte.

Sie schob die Mädchen durch die Menge der Gaffer, die sich vor der Tür versammelt hatte. Dann nahm sie die zehnjährige Leoma bei den Schultern und sagte: „Leoma, du bist die Älteste.

Du musst jetzt etwas ganz Wichtiges erledigen. Meinst du, dass du das schaffen wirst?"

Dem verschreckten Mädchen gelang es, kurz zu nicken.

„Geh zu meinem Haus und hol Thomas her. Sag ihm, dass er sich beeilen soll. Und er soll die Leinenstreifen mitbringen."

Leoma wischte sich die Tränen ab, doch es rollten schnell neue nach. Immer wieder starrte sie auf die dunkle Tür, die ins Haus führte. Felicia war noch vier Jahre jünger gewesen, als ihre Mutter starb. Deshalb konnte sie nachfühlen, was Leoma jetzt durchmachte.

Felicia strich dem Mädchen über die Wangen und klemmte ihm das feuchte Haar hinter die Ohren. Einen Augenblick hielt sie dem fragenden Blick des kleinen Mädchens stand.

„Du bist doch schon ein großes Mädchen, Leoma. Und dein Vater braucht jetzt deine Hilfe. Meinst du, dass du etwas für ihn tun kannst? Kannst du Thomas zu deinem Vater bringen?"

Das zitternde Mädchen wischte sich mit dem schmutzigen Ärmel die Nase ab, schwieg einen Augenblick und nickte dann.

„Was sollst du ihm sagen?", frage Felicia noch einmal nach.

„Dass Vater verletzt ist."

„Ja. Und weiter?"

„Er soll die Leinenstreifen mitbringen."

„Gutes Mädchen. Nun lauf! Los, los, los!"

Felicia beobachtete, wie die nackten Füßchen durch den Matsch patschten. Dann wandte sie sich an die kleinere Schwester. „Poppy, ich brauche auch deine Hilfe. Weißt du, wo deine Mutter ihre Eimer aufbewahrt?"

Poppy nickte.

„Kannst du es mir zeigen?"

Das Mädchen reagiert zunächst nicht. Seine Augen waren weit aufgerissen. Und immer neue Tränen hinterließen ihre Spuren auf den verschmierten Wangen. Die Kleine schmiegte sich an Felicia, schlang ihre dürren Arme um ihren Hals und drückte sie heftig. Felicia hielt den kleinen, bebenden Körper fest.

Gegen die eigenen Tränen ankämpfend, sagte sie freundlich:

„Du hast Recht, Poppy. Erst kuscheln wir mal, dann holen wir den Eimer." Sie war froh, dass jemand sich genauso nach einer Umarmung sehnte wie sie.

Nachdem die beiden den Eimer geholt hatten, gingen sie Hand in Hand hinunter zum Fluss, um Wasser zu holen. Auf dem Rückweg nahmen sie noch einen Stein mit, der schon fast die Größe eines menschlichen Kopfes hatte.

Als sie zurückkehrten, war aus dem Grüppchen Neugieriger vor dem kleinen Strohdach-Haus eine ansehnliche Menschenmenge geworden. In diesem Augenblick drang ein fast unmenschlicher Schrei aus dem Haus. Einige, die sich dicht bei der Tür befanden, wichen entsetzt zurück.

Der Vater hatte die Wunde ausgebrannt.

Felicia entdeckte Leoma, die sich vor Schreck die dürren Finger vor den Mund hielt.

„Hast du Thomas gefunden?", fragte Felicia.

Es kam keine Antwort. Und Felicia wiederholte ihre Frage. Schließlich nickte Leoma.

„Bringt er die Leinenstreifen?"

Wieder nickte Leoma.

„Gutes Mädchen! Ich muss nun reingehen. Ihr beiden bleibt aber hier draußen."

„Bleib bei uns", jammerte Poppy und zog an Felicias Hand.

Felicia sah sich in der Menge nach jemand um, der ihr helfen könnte. Es waren aber fast nur Männer anwesend. Deshalb kniete sie sich zu Poppy nieder.

„Leoma wird sich um dich kümmern", sagte sie. „Das machst du doch, Leoma. Dazu sind größere Schwestern schließlich da."

Die beiden Mädchen warfen sich einen kurzen Blick zu.

Dann drückte Felicia beide. „Ihr bleibt also draußen. Habt ihr mich verstanden? Was immer geschieht – ihr bleibt draußen!"

Beide Mädchen nickten.

Felicia richtete sich wieder auf. Sie hatte eigentlich schon viel zu viel Zeit vertan, aber sie konnte die Mädchen nicht einfach stehen lassen, ohne sie ein bisschen getröstet zu haben. Mit dem

Wassereimer in der einen Hand und dem Stein in der anderen bahnte sie sich einen Weg ins Haus.

Drinnen schien es jetzt dämmriger zu sein als vorher. Zunächst dachte sie, dass das am Wechsel vom hellen Tageslicht liegen würde. Aber der Eindruck blieb. Es war offensichtlich nicht der Mangel an Licht, der alles verfinsterte, sondern eher die Gegenwart des Todes.

Sie sah in die Gesichter der Leute, die durch die Tür starrten. Sie blieben merkwürdig gleichgültig. Für diese Menschen war der Tod ein flüchtiger Geselle, der nun gerade in diesem Haus kurz einkehrte, bevor er weiterzog, um sich sein nächstes Opfer zu suchen.

Man hatte bereits schon zu viele schlechte Erfahrungen mit ihm gemacht. Hatte er nicht in den letzten paar Wochen so manches Haus in der Gegend heimgesucht? Vier Sonntage zuvor war er bei den Hasletts eingekehrt und hatte Neda und ihr tot geborenes Kind mitgenommen. Kurz darauf hatte er die ganze Familie Lawton ausgelöscht, deren Haus in der Nacht Feuer gefangen hatte. Später war er hinunter zum Fluss gezogen, zum Haus von Thurmond Witt, dem Müller, dessen Leib plötzlich fürchterlich angeschwollen war. Und erst vor zwei Tagen hatte sich der Tod die neugeborene Tochter der Irlaundes gegriffen, nachdem eine Sau sie in den Kopf gebissen hatte.

Diese Todesfälle waren allerdings mehr zufällig. Es gab keinen zusammenhängenden Grund. Ganz anders war es damals vor fast zwanzig Jahren gewesen, als der Tod durchs Dorf gezogen war und reiche Ernte eingefahren hatte. Auch Felicias Mutter und ihre ältere Schwester waren mit der Hälfte der Dorfbevölkerung dahingerafft worden. Obwohl Felicia damals nur ein kleines Kind gewesen war, so erinnerte sie sich doch noch mit bemerkenswerter Klarheit daran, wie Mutter und Schwester kurz vor ihrem Tod am ganzen Leib angeschwollen und dunkel angelaufen waren.

* * *

Sie legte den Stein ins Feuer und goss Wasser in eine Schüssel. Dabei bemerkte sie, dass Ertha in ihrer Abwesenheit Kräuter geschnitten und in einen kleinen Kessel mit kochendem Wasser geworfen hatte.

Der süßliche und üble Geruch versengten Fleisches hatte sich im Raum verbreitet. Der Vater hielt noch immer das heiße Messer in der Hand, während er sich über seinen Bruder beugte, der wieder bewusstlos war.

Ertha begutachtete die Armwunde und nickte zufrieden, denn die Wunde hatte sich offensichtlich geschlossen. Sie nahm ein Schälchen mit Kräutermedizin, die sie aufgebrüht hatte, und hielt es ihrem Mann an die Lippen. Etwas davon lief dabei aus den Mundwinkeln heraus über sein Kinn.

Inzwischen war der Stein im Feuer heiß genug. Mit einer großen Zange zog Felicia ihn aus den Flammen und legte ihn in die Wasserschüssel, nahm dann Handtuch und Schüssel und ging damit zum Bett des Verwundeten.

Ertha nahm ihr wortlos die Schüssel ab, tauchte das Handtuch ins Wasser und wusch die Wunden und Abschürfungen im Gesicht ihres Mannes. Einer weiteren Schüssel entnahm sie Eiweiß, um es als eine Art Balsam aufzutragen.

Ives bewegte sich. Seine Augenlider flatterten. „Banditen", raunte er.

„Ives, was wollten sie denn von dir?", fragte Howard.

„Banditen", wiederholte dieser.

Howard runzelte die Stirn. „Hattest du wieder Bromleys Geld bei dir?"

„Das geht dich nichts an", bemerkte Ertha scharf.

Der Verwundete nickte und stöhnte wieder.

„Ives, wie konntest du nur!", rief Howard. „Dem Mann kann man doch nicht trauen!"

Mit halb geschlossenen Augen flüsterte Ives: „Wohl 'n Dutzend ist mir auf den Leib gerückt. Einem habe ich es gegeben – aufs Kinn und Auge. Guter Schlag. Ein Auge macht er sicher nicht mehr auf, bestimmt nicht." Dann zuckte er zusammen und verkrampfte sich. Weil es so plötzlich geschah, fuhr Ertha zusammen.

„Was ist los?“, fragte Howard erschrocken.

„Die Hand des Todes hat ihn angerührt!“, rief sie. „Ich habe sie auch gespürt!“

Niemand zweifelte mehr, der Tod war nahe. Felicia spürte seine Gegenwart im Raum fast körperlich. Über der Ecke, in der der Verwundete lag, breitete sich ein Schatten aus. Und die Anwesenden begannen zu frösteln.

„Wo bleibt denn nur Thomas?“, fragte Howard.

Genau in diesem Augenblick erschien er in der Tür.

Rein körperlich war Thomas Torr keine augenfällige Erscheinung. Er war nicht besonders groß. Seine etwas krummen Beine steckten in der typischen Stoffhose des armen Mannes. In seinem Gesicht sprossten ein paar Stoppeln, und sein schwarzer, derber Haarschopf war wirr und zerzaust.

Trotzdem strahlte er etwas aus. War es Geistlichkeit, Selbstvertrauen, Autorität oder unerschütterliche Zuversicht? Jedenfalls musste es die Menge wahrgenommen haben, denn sie teilte sich für ihn, wie von unsichtbarer Hand gelenkt.

Howard trat auf ihn zu. „Hast du sie mitgebracht?“, fragte er.

Thomas antwortete, indem er die Leinenstreifen hoch hielt.

* * *

Bischof William Poles Kutsche holperte über die Landstraße. Er lehnte sich vor, um besser aus dem offenen Fenster sehen zu können. England war grüner, als er es in Erinnerung hatte.

*Seltsam. Wie doch Erinnerungen täuschen!*

Er sog die frische Landluft ein. Die Gerüche wechselten. Bei dem frisch gepflügten Feld roch es nach Erde. Von dem fließenden Bach her duftete es nach Moder und Schilf, und die vorbeiziehende Schafherde verbreitete den kräftigen Geruch der Wolle. Es überraschte ihn, wie sehr ihn die Erinnerungen an alte Zeiten bewegten. Zufrieden lächelnd lehnte er sich zurück. Die Freuden des einfachen Landlebens hatte er nicht mehr erlebt, seit er sein Priesteramt in Fearnleah verlassen hatte.

Die freundlichen Erinnerungen sorgten zwar für etwas Zerstreuung, konnten aber nicht ganz die innere Spannung abbauen, die er angesichts der vor ihm liegenden Mission empfand. So viel hing von seinen Bemühungen ab. Die Beziehungen zwischen England und der Kirche in Rom konnten, obgleich im Augenblick belastet, durchaus wieder ausgebaut werden. Die üble Ketzerei, die in England wie Unkraut spross, sollte mit Stumpf und Stiel ausgerissen werden. Und eine neues Zeitalter ungestörter Beziehungen zwischen Staat und Kirche sollte anbrechen, in dem England zum Vorbild für alle anderen Nationen werden würde.

Jeder Bischof, der sich seines Amtes würdig erwies, hätte solch eine Gelegenheit mit Freuden angenommen. Bischof Pole jedoch war sich nicht nur der politischen Bedeutung seines Unterfangens bewusst. Ihn trieb noch ein weiteres, persönliches Motiv, das für ihn im Grunde einen noch höheren Stellenwert besaß als sein kirchliches Engagement.

Durch die Güte des allmächtigen Gottes bekam der Bischof die Gelegenheit, einen Schandfleck zu tilgen, eine heimliche Sünde, die schon jahrelang wie ein modernder Leichnam in der Tiefe seines Herzens schlummerte. Während seiner Mission würde er die Gelegenheit finden zu tun, was außer ihm niemand kannte und das seinen sonst so makellosen Wandel im Dienst der Kirche beschwerte.

Er begrüßte diese Möglichkeit zur Buße. Als er in Rom aufgebrochen war und dann wieder, als er seinen Fuß auf englischen Boden setzte, hatte er Gott versprochen, dass nichts ihn davon abhalten würde, sein Fehlverhalten wieder gut zu machen – wirklich nichts.

Die ersten Gebäude von Fearnleah tauchten auf. Kleine Bauernhäuser standen etwas abseits vom Weg. Jedes hatte einen winzigen Vorgarten, in dem Kohl, Zwiebeln, Petersilie und verschiedene andere Kräuter angepflanzt wurden. Einige Strohdach-Häuser mit dem angeworfenen Putz sahen gepflegt aus. Sie waren in einem gutem Zustand. Andere dagegen wirkten vernachlässigt und verfallen. Wie bescheiden diese Hütten verglichen mit der noblen Architektur Roms wirkten, an die sich seine Augen so gewöhnt hatten! Die gewaltigen Marmorsäulen der Stadt, die majestätischen Kirchtürme, die Kolonnaden und Brücken hatten immer eine inspirierende Wirkung auf ihn gehabt. Wie schlicht und einfach diese Dorfbevölkerung dagegen war – im Gegensatz zu den Bewohnern der Heiligen Stadt, in der es tagtäglich um höchst komplizierte theologische und politische Fragen ging.

Er musste schmunzeln, als seine Kutsche am Dorfplatz von Fearnleah anlangte. Die für ein Dorf so typische Geräuschkulisse war offenbar die Fanfare zu seinem Empfang: ächzende Wagenräder, kreischende Kinder, bellende Hunde, die Rufe von Straßenhändlern, das Trappeln von Pferdehufen, das Klingen des Schmiedehammers und das nicht enden wollende Geschnatter der Gänse.

Wenn man bedachte, dass seine Vorgesetzten – mächtige Kardinäle in Rom und Papst Urban höchstpersönlich – mit Spannung auf seinen Bericht über einen Einwohner des englischen Dörfchens warteten! Seine Name war Thomas Torr.

* * *

„Thomas! Wo bleibst du denn solange?“, rief Felicia entrüstet.

„Lass ihn“, unterbrach Howard sie. „Thomas, komm her. Ives braucht dich.“ Man sah es Howard an, dass er erleichtert war und Hoffnung in ihm aufkeimte, als er den jungen Mann ans Bett seines Bruders führte.

Auch Felicia fühlte sich erleichtert. Thomas wirkte immer so selbstsicher. Im Dorf sprach man über seinen aufrechten Gang, der ihn irgendwie zu adeln schien. Sein Freimut und die Kühnheit, mit der er seine Standpunkte vertrat, waren ungewöhnlich für einen so mittellosen jungen Mann.

Thomas reichte Howard die Leinenstreifen, der er so behutsam in die Hände nahm, als hielte er ein kleines Küken. Er nahm dann immer einen Streifen und las für sich, was darauf geschrieben stand.

Der Mann auf dem Bett bewegte sich. Langsam öffnete er die Augen und sein Blick fiel auf Thomas. Ein kurzes Aufleuchten in seinen Augen signalisierte, dass er ihn erkannte – und Hoffnung schöpfte. Ertha, die auf der Bettkante saß, unterbrach ihre Tätigkeit. Auch sie beobachtete Thomas gespannt. Selbst die Dorfbewohner vor der Tür rückten so nahe wie möglich heran, um ja nichts zu verpassen.

Schließlich wählte Thomas einen Streifen aus. Er nickte. Offenbar hatte er den gefunden, den er gesucht hatte.

Im Raum war es jetzt totenstill.

Thomas spannte den Streifen zwischen seinen Händen und las laut: „Wie der Hirsch lechzt nach frischem Wasser, so schreit meine Seele, Gott, zu dir. Meine Seele dürstet nach Gott, nach dem lebendigen Gott. Wann werde ich dahin kommen, dass ich Gottes Angesicht schaue? Meine Tränen sind meine Speise Tag und Nacht, weil man täglich zu mir sagt: Wo ist nun dein Gott?"

Ives schloss seine Augen, während er die Worte wie ein Lebenselixier in sich aufnahm.

„Das sind wirklich Worte Gottes?", fragte er schwach.

„Gewiss", erwiderte Thomas.

Mit seinen ausgetrockneten Lippen sprach der verwundete Mann die Worte nach: „... so schreit meine Seele, Gott, zu dir."

„... so schreit meine Seele."

„... Gott, zu dir."

„Das sind wirklich Worte Gottes?", fragte Ives noch einmal.

„Ja, dies sind Worte Gottes", bestätigte Thomas.

Ein Lächeln erhellte plötzlich Ives' Gesicht. „Und ich verstehe sie sogar", sagte er nachdenklich. „Worte Gottes in meinem eigenen Haus ... und ich verstehe sie sogar!"

Felicia bemerkte plötzlich etwas, was ihr den Atem stocken ließ. Sie blickte zum Vater hinüber, dann zu Ertha. Hatten sie es auch bemerkt?

Ein Licht! Ein Schimmer! Ein Leuchten! Alle im Raum waren darin getaucht. War sie die Einzige, die es sah?

Nein. Ives sah es auch! Mit letzter Kraft richtete er sich auf, indem er sich auf den nicht so verletzten Arm stützte, und starrte mit offenem Mund nach dem wundersamen Lichtschimmer. Felicia traute ihren Augen nicht.

Dann aber begann sich dieses Leuchten wieder zu verflüchtigen, was den verwundeten Mann äußerst beunruhigte. Er rief: „Thomas, lies mehr von Gottes Wort! Schnell! Ich bitte dich!"

Thomas ergriff wieder einen Streifen, hielt ihn dicht vor die Augen und las: „Wer will uns scheiden von der Liebe Christi? Trübsal oder Angst oder Verfolgung oder Hunger oder Blöße oder Gefahr oder Schwert? In dem allen überwinden wir weit durch den, der uns geliebt hat."

Das Leuchten verstärkte sich wieder.

Felicia konnte keine natürliche Quelle für das Licht ausmachen. Es war einfach da – sanft und mild. Sie fragte sich, welchem Zweck es wohl diente. Aber wer war sie, dass sie versuchte, eine solche heilige Erscheinung zu ergründen!

Beruhigt ließ sich Ives wieder ins Stroh sinken. Er wiederholte die Worte: „Wer will uns scheiden von der Liebe Christi? ... Ja ... ja, das *sind* Worte Gottes." Diesmal war er sich gewiss, er stellte es nicht mehr als Frage. Er verkündete es gewissermaßen, ohne nach Bestätigung zu suchen.

Wie zuvor ebbte das Leuchten erneut ab. Schon im nächsten Augenblick begann Ives, mit seiner Hand auf die Matratze zu schlagen. Er schrie und zerrte an sich, als wolle er ein wildes Tier von sich reißen und riss dabei seine Wunden wieder auf.

Ertha schrak zurück. „Der Tod hat ihn wieder gepackt!", rief sie. Und zu Thomas gewandt sagte sie: „Hilf ihm! Hilf ihm doch! Gebiete dem Tod, dieses Haus zu verlassen!"

Thomas sah sie erschrocken an.

Howard übergab Thomas hastig die Streifen. Er trat zu seinem Bruder und hielt seine Arme fest, damit er sich nicht weiter selber verletzte.

„Tut etwas!“, jammerte Ertha und übertönte dabei die Schreie ihres Mannes.

Thomas durchsuchte eilig die Streifen. Felicia trat zu ihm und hielt ihm ihre geöffneten Hände hin, in die Thomas sie legte. Dabei fand er einen Streifen, der ihm zusagte. Und er las den darauf geschriebenen Text vor, wobei er die Schreie des Mannes und Erthas Gezeter übertönen musste: „Kommt her zu mir, alle, die ihr mühselig und beladen seid; ich will euch erquicken.“

Ives hatte es offensichtlich nicht mitbekommen. Ertha packte Thomas beim Ärmel und zog ihn näher an das Bett.

„Lies es noch einmal“, gebot sie.

Thomas sah fragend zu Howard. Und der kräftige Landmann nickte zustimmend. Thomas las es noch einmal laut: „Kommt her zu mir, alle, die ihr mühselig und beladen seid; ich will euch erquicken.“

So plötzlich, wie das Zerren und Reißen begonnen hatte, so unvermittelt hörte es auch wieder auf. Ives' Oberkörper bäumte sich noch einmal auf und sank dann mit einem tiefen Seufzer in sich zusammen. Einen Augenblick später ließ Howard seinen Bruder los.

Ives sah die Umstehenden an. Und von tiefen Seufzern unterbrochen, sagte er: „Macht euch keine Vorwürfe. Ihr habt getan, was in eurer Macht stand ... nicht eure Schuld. Howard, hast du den Himmel gestern Abend gesehen? Der Planet der schwarzen Galle und Melancholie stand hoch. Nicht einmal du, Bruder ... mit deinem starken Arm...konntest solch einen Feind besiegen.“

Sein Kopf fiel nach hinten. Er schloss die Augen und begann heftig zu atmen. „Worte Gottes“, murmelte er. „In meinem Haus ...“

Ertha gab Thomas einen Stoß. „Lies die Worte“, befahl sie. „Lies!“

Thomas hielt den Leinenstreifen hoch. „Kommt her zu mir alle, die ...“

„Kommt her zu mir“, wiederholte Ives.

„Ja“, sagte Thomas.

„Kommt her zu mir“, wiederholte Ives noch einmal. „Ja ... so klar ... so klar ... kommt ... kommt ... ja!“

Sein Kopf fiel zur Seite.

„Ives?“, schrie Ertha auf. *„Ives!“*

Howard beugte sich vor und legte sein Ohr auf Ives’ Brust. Dann sah er Ertha an und sagte: „Er ist von uns gegangen.“

Ertha starrte ihren toten Mann an. Sie schüttelte den Kopf. Und zu Thomas gewandt sagte sie: „Bring ihn zurück! Bring ihn zurück!“

Thomas sah sie hilflos an. „Wie denn?“

„Damit!“ Sie griff den Streifen, den Thomas gerade vorgelesen hatte. „Bring ihn damit zurück!“

Thomas schüttelte den Kopf. „Du verstehst das falsch.“

„Ist das Gottes Wort oder etwa nicht?“, schrie Ertha ihn an.

„Ja, schon ...“

„Dann benutze es, um ihn zurückzubringen.“

Thomas trat einen Schritt zurück. „Dies sind Stellen aus der Heiligen Schrift. Es sind keine Zauberformeln. Sie haben nicht die Macht ...“

Ertha hörte gar nicht zu. Sie nahm den Leinenstreifen, stieg auf das leere Bett neben ihrem Mann und presste ihn gegen seine schlimmste Wunde. Dann wandte sie sich an Thomas und rief: „Sag jetzt die Worte! Sag die Worte!“

„Wenn ich die Worte spreche, dann wird es nicht ...“

„Sag die Worte! Sag sie schon!“, zeterte die Frau. Sie wandte sich an Howard. „Mach, dass er die Worte spricht. Quetsch sie aus ihm heraus!“

Ihr Schwager sah sie traurig an. „Wenn Thomas sagt, dass sie keine Zauberkraft haben ...“

„Er muss sie beschwören!“, schrie sie. „Zwinge ihn dazu.“

Howard sah Thomas flehentlich an. Doch der blieb standhaft: „Ich kann nichts mehr für ihn tun.“

Flink wie ein Wiesel war Ertha vom Bett gesprungen. Sie schrie und hängte sich an Thomas. Howard gelang es, die beiden zu trennen und Ertha zu bändigen, bevor sie ihn noch verletzte.

„Das Tuch hat *doch* Zauberkraft“, kreischte sie. „Ihr habt es doch auch gesehen. Leugnet es jetzt nicht. Er ist dein Bruder, Howard. Sorge jetzt dafür, dass dieser Hund Ives wieder zum Leben erweckt!“

Howard sah sie bestürzt an.

„Du hast es gesehen! Das Licht. Du hast es mit eigenen Augen gesehen, wie er das Tuch hochhielt. Er konnte die Worte ja kaum gelesen haben, und schon hatte er sie im Kopf. Er ist ein Zauberer, das sage ich dir.“

Thomas schüttelte den Kopf. „Das war keine Zauberei. Ich habe die Worte tatsächlich abgelesen.“

Ertha warf ihm wütende Blicke zu. Es gelang ihr, einen Arm zu befreien und mit dem Finger auf Thomas zu deuten: „Zauberei. Er hat nicht gelesen. Das sieht anders aus. Felicia, du hast es doch auch gesehen. Lüg ja nicht! Sag deinem Vater, dass du es auch gesehen hast.“

Felicia sah Thomas und dann ihren Vater hilflos an.

Ertha steigerte sich immer mehr in ihre Wut, und Howard blieb letztlich nichts anderes übrig, als möglichst besänftigend auf sie einzuwirken. Er sah Thomas fragend an. Ertha hatte es offenbar geschafft, ein Samenkorn des Zweifels in sein Herz zu säen.

Thomas bekräftigte: „Bei meiner Ehre – ich sage euch die Wahrheit. Diese Stoffstreifen haben keine magische Kraft!“

Felicia beobachtete mit wachsender Besorgnis ihren Vater. Er war Schwerarbeit gewohnt, aber salomonische Entscheidungen lagen ihm nicht.

Mit Resignation in der Stimme sagte er: „Geh nach Hause. Hier kannst du nichts mehr ausrichten.“

„Nein!“, schrie Ertha. *„Nein!“* Mit aller Macht wollte sie sich befreien, aber die starken Armen des Landmannes hielten sie fest. Er presste sie an sich und wiegte sie beruhigend, wie man es bei kleinen Kindern tut. Die Menge der Dorfbewohner vor der Tür machte Platz, um Thomas und Felicia durchzulassen.

Felicia gab Thomas die Streifen wieder. Dabei fiel einer zu Boden. Drei Männer, die ganz in der Nähe standen, sprangen zurück, als sei es eine Viper.

Thomas bückte sich, um ihn aufzuheben. Dabei schüttelte er den Kopf. „Es ist doch nur ein Streifen Stoff."

Dennoch wollte niemand näher herantreten.

Thomas nahm Felicia bei der Hand und wollte mit ihr nach Hause gehen, doch sie kamen nicht weit.

„Ist der alte Narr tot?"

Die Stimme kam von oben. Bromley, der Landvogt, saß hoch auf einem edlen, schwarzen Ross, das schnaubte, als verachte es all das umstehende niedere Landvolk. Neben ihm, auf einer kastanienbraunen Stute, sein Sohn Kendall.

Der schwarzhaarige Landvogt wirkte so finster und bedrohlich wie sein Rappe. Sein Wams war aus leuchtend violettem Satin geschneidert, während der Mantel, den er darüber trug, leuchtend rot gefärbt war. Kendall, der nicht so finster wie sein Vater wirkte, hatte hellbraunes Haar. Auch er trug ein Wams aus feinem Tuch. Ihre farbenfrohe Kleidung hob die Männer deutlich von den zumeist erdig braun gekleideten Bauern des Dorfes ab.

„Ives ist tot", berichtete Thomas.

„Banditen haben ihn angegriffen", fügte Felicia hinzu.

„Und wahrscheinlich ist damit auch mein Geld verschwunden", schnaubte Bromley. Er fühlte sich offenbar als das größere Opfer. „Ich hätte diesem Halunken niemals trauen sollen", sagte er und entdeckte die Leinenstreifen in der Hand von Thomas. „Was ist das?"

Thomas wollte antworten. Doch bevor er zu Wort kam, hatte Felicia bereits die Streifen gegriffen und hielt sie hinter ihrem Rücken. „Das ist nichts Besonderes. Nur Stoff zum Nähen."

Der Landvogt runzelte die Stirn. „Ich möchte es trotzdem sehen", sagte er.

Widerwillig hielt Felicia ihm die Faust entgegen, mit der es ihr aber nicht gelang, allen Stoff zu verbergen. „Nichts Besonderes. Ganz bestimmt nicht", sagte sie.

„Es sind Verse der Heiligen Schrift", sagte Thomas.

„Thomas!", schrie Felicia und sah ihn fassungslos an.

Der Landvogt kaute auf seiner Unterlippe. „Kendall, bring mir diese Stofffetzen."

Der junge Mann stieg vom Pferd. Er war ungefähr genauso alt wie Felicia und Thomas. Ein gut aussehender Jüngling, etwas größer als Thomas. Sein glattes Gesicht wirkte lange nicht so finster wie das seines Vaters. Als er sich Felicia näherte, huschte ein Lächeln über sein Gesicht, und er betrachtete sie wohlwollend.

Dann grüßte Thomas mit einer leichten Verbeugung. Die beiden kannten sich sehr gut. Sie hatten zusammen studiert und waren Freunde geworden. Bis zu dem Augenblick, da Thomas beim Studium schneller vorankam als Kendall ...

Kendall verlangte mit geöffneter Hand die Herausgabe der Leinenstreifen.

Felicia zögerte noch immer, worauf Thomas sagte: „Gib sie ihm." Und zu Bromley gewandt sagte er: „Die Streifen gehören mir. Felicia hat damit nichts zu tun."

Bromley schwieg.

Kendall übergab die Streifen seinem Vater. Der Landvogt betrachtete einen nach dem anderen und las vor, was darauf stand, wobei er bei manchem schwierigen Wort ins Stocken geriet. Sein Gesicht lief rot an vor Zorn.

Er zerknüllte die Streifen in seiner geballten Faust, die er dann drohend hoch hielt. „So dankst du mir? Ich habe dich in meinem Haus aufgenommen. Ich habe dir Obdach gewährt und dich studieren lassen. Und deine Ausbildung nutzt du nun, um das hier zu praktizieren ... Ketzerei!"

Thomas erwiderte: „Meine Ausbildung hat dir auch Nutzen gebracht."

Wutentbrannt warf der Landvogt die Streifen in den Schmutz, und sein Rappe scharrte mit seinen Hufen darüber.

„Bromley!"

Es war Howard. Er stand in der Tür des Hauses, und seine breiten Schultern füllten den Rahmen voll aus. Der Zwist zwischen ihm und dem Landvogt dauerte nun schon viele Jahre. Howard war es also gewohnt, mit ihm aneinander zu geraten.

„Howard!“, rief der Landvogt, und es klang nach tiefer Verachtung. „Du kommst gerade recht, um dich von deinem Schutzbefohlenen zu verabschieden“, sagte er. „Ich werde ihn gefangen nehmen.“

„Mit welcher Begründung?“

Bromley beugte sich herablassend vor, indem er sich mit einem Arm auf dem Nacken des Pferdes abstützte. „Selbst eine Missgeburt wie du weiß, dass es für Laien verboten ist, Teile der Schrift zu besitzen. Außerdem ist es verboten, etwas davon in die vulgäre Sprache des Volkes zu übersetzen. Thomas hat beide Gesetze übertreten.“

Howard trat aus dem Haus.

„Und solltest du unklug genug sein und gegen diese Verhaftung vorgehen, so werde ich dich und deine Tochter als Komplizen ebenfalls festnehmen.“

Unbeeindruckt näherte sich Howard dem Landvogt. Er ließ sich nicht von dem feinen Zwirn und der erhabenen Position dieses Mannes einschüchtern.

Bromleys Rappe tänzelte nervös und machte ein paar Schritte rückwärts.

Howard sagte: „Dir ist doch sicher klar, dass Lord Harborough Thomas sofort wieder frei lässt, sobald er durch mich von dieser Angelegenheit erfährt.“

Die beiden Kampfhähne starrten sich herausfordernd an. Keiner gönnte dem anderen auch nur einen Zentimeter Bodengewinn.

„Leider wirst du keine Zeit haben, zu Lord Harborough zu laufen“, sagte er. „Du wirst alle Hände voll zu tun haben.“ Indem er auf Ertha und ihre Tochter deutete, die jetzt eng aneinander geschmiegt in der Tür standen, rief er: „Wenn es dunkel wird, will ich, dass sie das Haus verlassen haben. Sind sie nicht fort, werden sie wegen einer Zuwiderhandlung eingesperrt.“

„Was?“, donnerte Howard.

„Es ist mein gutes Recht, so zu handeln“, sagte der Landvogt triumphierend. „Ich beabsichtige nämlich, den Besitz deines Bruders zu veräußern, um mit dem Erlös wenigstens teilweise das Geld zu ersetzen, das dein Bruder so großzügig den Banditen überlassen hat.“

Howard machte einen Satz und stand nun neben ihm. „Mein Bruder hat sein Leben gegeben, um dein Geld zu schützen!“

„Da hat er seine Pflicht aber gar nicht gut erfüllt, oder?“, spottete Bromley. „Tatsächlich besagen die Berichte, die mir vorliegen, dass dein Bruder möglicherweise sogar mit den Banditen unter einer Decke gesteckt hat.“

Howard wiederholte, was er gerade gehört hatte: „Unter einer Decke?“ Er lief rot an vor Zorn, doch bevor er etwas einwenden konnte, fuhr Bromley fort: „Wie ich gehört habe, konnte dein Bruder nicht genug bekommen und wollte seine Kumpane noch betrügen. Er ist also nicht nur ein Dieb, sondern auch noch ein falsche Schlange.“

Howard starrte den Landvogt wie ein wütender Stier an. Doch bevor er sich auf ihn stürzen konnte, hatte dieser schon mit einer geschickten Wendung sein Schwert gezogen und hielt es mit der Spitze Howard an den Hals.

Das Rasseln einer sich nähernden Kutsche verhinderte, dass der Streit weiter ausuferte. Alle Augen richteten sich auf die aufschlagende Kutschentür, aus der der Bischof ausstieg.

Verärgert steckte Bromley sein Schwert wieder in die Scheide. Er stieg vom Pferd und begrüßte Bischof Pole.

„Eure Exzellenz“, sagte er.

„Landvogt“, erwiderte der Bischof und musterte die Umstehenden. Er trat in ihre Mitte, wobei sein Gewand über den Boden schleifte.

Er seufzte. „Wie lange ist es jetzt her, dass ich nicht mehr in Fearnleah war? Aber offensichtlich hat sich nicht viel verändert seit meiner Abwesenheit.“

Der Landvogt trat vor. Es klang beunruhigt, als er sprach. „Ich erfülle hier gerade meine Pflicht, Eure Exzellenz.“

„Und welche Pflicht ist das, Landvogt?“, fragte der Bischof.

„Ich nehme ihn fest“, erwiderte Bromley und deutete mit dem Finger auf Thomas.

Der Bischof musterte Thomas. „Und wie lautet die Anklage?“

„Illegaler Besitz der Heiligen Schriften. Sieh selbst! Kendall, zeig dem Bischof das Beweisstück.“

Kendall zupfte gehorsam ein paar Leinenstreifen aus dem Dreck und übergab sie dem Bischof, der zunächst den anhaftenden Schmutz abschüttelte, bevor er einen davon gegen das Licht der Sonne hielt, um ihn zu begutachten. Er las die Worte laut vor und runzelte die Stirn, als ihm klar wurde, worum es sich handelte.

„Wer hat das geschrieben?“, wollte er wissen.

„Derjenige, in dessen Besitz wir sie gefunden haben“, erwiderte Bromley.

Bischof Pole trat auf Thomas zu und musterte ihn von oben bis unten mit einer Mischung aus Neugier und Belustigung. Dabei schritt er zweimal um ihn herum. Thomas erduldete diese Musterung, ohne sich etwas anmerken zu lassen.

„Du bist also Thomas Torr“, sagte der Bischof.

Der Angesprochene war überrascht. „Ja, Eure Exzellenz, ich bin es.“

Der Bischof nickte verschmitzt. Indem er einen Streifen hoch hielt, fragte er: „Ist die Anklage wahr? Hast du diese Worte auf den Stoff geschrieben?“

„Ja, Eure Exzellenz.“

„Und warum gerade auf solche Streifen?“

„Ich bin ein armer Mann, Eure Exzellenz. Pergament ist teuer.“

Der Bischof betrachtete den Streifen noch einmal. „Genial“, sagte er. „Und aus welcher Quelle hast du diese Worte abgeschrieben?“

Thomas zögerte. Dafür mischte sich Bromley hastig ein. „Er ist ein Wyclif-Schüler, ein Schüler dieses Ketzers.“

Der Bischof nickte bedächtig. „Du sagst, du hast diese Worte abgeschrieben?", fragte er nachdenklich. „Kannst du sie auch gut lesen?"

„Gewiss, Eure Exzellenz."

Der Bischof gab Thomas den Streifen. „Beweise es mir."

Thomas nahm den Streifen entgegen und las: „Wie der Hirsch lechzt nach frischem Wasser, so schreit meine Seele, Gott, zu dir."

Ein kurzes Funkeln in den Augen des Bischofs verriet, dass ihm gefiel, was er da hörte. „Und du sagst, dass das eine Übersetzung von Doktor Wyclif sei?"

„Nein, Eure Excellenz."

„Nein?"

„Es ist meine eigene Übersetzung."

„Aus dem Lateinischen?" Man sah dem Bischof an, wie verdutzt er war.

„Ja, Eure Exzellenz, aus der Vulgata."

Der Bischof dachte einen Augenblick nach. Dann hellte sich seine Miene auf. Er hatte einen guten Einfall, wie er fand. Zu Thomas sagte er: „*Undique totis usque adeo turbatur agris.*"

Thomas lächelte und erwiderte: „Gewiss, Eure Exzellenz. Es gibt viel Aufruhr im Land. Und ich wage zu behaupten, dass selbst Rom davon betroffen ist."

Der Bischof lachte lauthals.

„So verhält es sich, junger Mann", sagte er. „Und genau deshalb bin ich von Rom angereist, um dich zu treffen."

# 2

Thomas legte seine Hand auf den roh gezimmerten Riegel. Und nachdem er den ganzen Tag in der gediegen eingerichteten Kutsche des Bischofs gesessen hatte, kam ihm das Holz jetzt noch rauer vor. Er öffnete leise die Tür und trat aus der finsteren Nacht in eine spärlich beleuchtete Kate. Auf Zehenspitzen suchte er seinen Weg durch das frisch ausgestreute Stroh, um ja niemand zu wecken.

Ein kleines Feuer im Herd, der mitten im Raum stand, war die einzige Lichtquelle. Das flackernde Licht warf lange Schatten auf die mit Putz beworfenen Wände aus Flechtwerk und die rußige Decke. Am anderen Ende des Raumes befand sich der Stall, von dem her ihn eine muhende Kuh und das Rascheln von Küken im Stroh begrüßten. In die tierischen Laute mischte sich ein bekanntes Schnarchen, das eindeutig von Howard kam.

Ein höherer Schnarchton, der fast schon an ein Pfeifen erinnerte, kam aus einer anderen Ecke. Er wusste ihn zunächst nicht zuzuordnen. Es kam aus dem abgetrennten Bereich, in dem gewöhnlich Felicia ihren Schlafplatz hatte. Nachdem sich seine Augen an die Dunkelheit gewöhnt hatten, staunte er nicht schlecht, als er hinter der Abtrennung zwei Paar nackte Füßchen hervorlugen sah.

Dann fiel es ihm wieder ein. Das waren Leoma und Poppy. Offenbar hatte Bromley seine Drohung wahr gemacht und Ertha und die Mädchen aus ihrem Haus vertrieben. In gewisser Weise war er erleichtert. Das war dann sicher Erthas Schnarchen. Sie teilte sich wahrscheinlich das Bett mit Felicia.

Er gähnte leise und begab sich an das Ende des Raumes, wo die Tiere schliefen. Dort erwartete ihn schon seine Strohmatte neben Howard.

Plötzlich erschrak er. Jenseits vom Herd bewegte sich ein Arm. Und jemand gähnte hörbar.

Felicia.

Sie schlief also doch nicht mit Ertha in einem Bett, sondern hatte zusammengekauert auf der Bank am Herd gelegen. Und nun richtete sie sich auf und sah ihn mit schläfrigen Augen an.

„Du bist nach Hause gekommen?“, raunte sie.

„Und du schläfst hier auf der Bank?“

Felicia setzte sich auf und streckte ihre jungen Glieder. „Wer kann bei diesem Lärm schon schlafen!“

Gerade in diesem Augenblick kam ein doppeltes Schnarch-Staccato hinter der Trennwand hervor. Dem folgte eine Pause. Doch schon einen Augenblick später pfiff Ertha wieder laut und vernehmlich.

Mit vorgehaltener Hand versuchte Felicia ein Lachen zurückzuhalten. Auch Thomas musste sich verbeißen, laut aufzulachen.

„Schsch!“, machte Felicia und legte einen Finger auf den Mund.

Eins wollten die beiden um jeden Preis vermeiden: dass Ertha sie nachts im Dunkeln zusammen erwischte. Howard würde sicher nur mit der Zunge schnalzen und sie auffordern, sich ruhig zu verhalten. Ertha aber, da waren sie sicher, würde sofort eine ihrer berüchtigten Schimpfkanonaden loslassen.

Wie oft hatte Felicia die schon über sich ergehen lassen müssen!

„Ein Mädchen braucht eben eine Mutter! Mit dir wird es noch mal schlimm enden“, hielt sie Felicia immer wieder vor. „Fleißige Hände und ein geschlossener Mund vertreiben die Flausen aus dem Kopf einer jungen Göre.“

Thomas gab Felicia durch eine entsprechende Geste zu verstehen, dass er sich nun hinlegen wolle.

Sie reagierte mit einer schmollend vorgeschobenen Unterlippe. „Ich bin extra für dich wach geblieben“, sagte sie beleidigt.

Die Entschlossenheit, mit der er sich eben noch schlafen legen wollte, schmolz augenblicklich dahin. In der Gegenwart von Felicia war es ohnehin nie weit her mit seiner Entschlusskraft. Schon der leiseste Seufzer von ihr brachte alles ins Wanken. Und nun, da er sie, die nur mit einem leichten Nachthemd bekleidet war, im Schein des Feuers betrachten konnte, ließ er sich leicht überreden. Ihr von einem Kranz rotblonder Haare umrahmtes, makelloses Gesicht, die Augen, die wie zwei blaue Edelsteine funkelten, und die koketten Mundwinkel – all das machte ihn immer wieder willenlos.

„Erzählst du mir noch von heute, oder nicht?"

„Was denn erzählen?", flüsterte er.

„Na, was heute passiert ist, du Dummkopf."

„Ach, das!"

Felicias Anmut hatte ihn so gefangen genommen, dass es ihm schwer fiel, wieder in die Realität zurückzukehren. Flüsternd berichtete er von seiner Fahrt mit Bischof Pole und von ihrem Gespräch. Während er erzählte, nahm Felicia einen Holzlöffel und rührte in einer fleischlosen Gerstensuppe, die sie über dem verlöschenden Feuer warm gehalten hatte. Dann füllte sie eine Portion in eine ebenfalls hölzerne Schüssel, riss ein Stück Schwarzbrot ab und reichte beides ihrem Freund. Sie klopfte mit der flachen Hand auf den Platz neben sich und lud damit Thomas ein, mit ihr auf der Bank Platz zu nehmen.

„Wie fährt es sich in einer Kutsche?", fragte sie.

Ihre Augen funkelten. Thomas hielt mitten im Kauen inne. Es entzückte ihn immer wieder, wenn sie so aufgekratzt und wissbegierig war. Ihr Leben war normalerweise voller Mühsal und Kümmernisse. Und deshalb leuchteten ihre Augen nicht allzu oft so hell und fröhlich. Bei so mancher Bauersfrau, die jünger war als Felicia, war diese Fröhlichkeit längst für immer erloschen. Aber aus Gründen, die wohl nur sie selber kannte, weigerte sie sich standhaft, dieses Feuer in ihr ganz ausgehen zu lassen.

Thomas schluckte wieder. Er glitt mit der flachen Hand durch die Luft und sagte: „In einer Kutsche fährt man, als würde man einen Meter über dem Boden schweben."

Felicia schloss die Augen und versuchte sich vorzustellen, wie sich das wohl anfühlen mochte, während Thomas weiter die würzlose Suppe löffelte. Aber der Liebreiz in Felicias Gesicht machte selbst aus der schalsten Gestensuppe noch ein genießbares Mahl.

Mit weit aufgerissenen Augen fragte sie dann ein wenig zu laut: „Hat er von Rom erzählt?"

Sie bemerkte es sogleich und hielt sich vor Schreck eine Hand vor den Mund. Dann wiederholte sie die Frage gedämpfter: „Hat er von Rom erzählt?"

Thomas schüttelte den Kopf.

„Hat er erklärt, warum er so weit gereist ist, um mit dir zu reden?"

Thomas nickte. Bedächtig füllte er einen weiteren Löffel mit Suppe und schob ihn bewusst langsam in den Mund.

„Jetzt zier dich nicht so. Erzähl schon!", sagte sie und gab seiner Schulter einen freundschaftlichen Stoß. Dabei schwappte etwas von der Suppe über und landete auf seinem Hemd. Thomas starrte stumm auf den hässlichen Fleck auf seiner Brust.

Felicia hielt sich den Mund zu, um ihr Kichern zurückzuhalten. Doch es war vergeblich.

Jetzt fingen beide an zu glucksen. Je länger der Klecks auf Thomas' Brust verweilte, desto alberner wurden sie. Bald lachten sie so laut, dass Ertha ihr Schnarchkonzert unterbrach. Die beiden hörten, dass sie sich hinter der Abtrennung bewegte. Jeder Versuch, das Gekicher zu unterdrücken, ließ die Augen noch mehr tränen, und es war unmöglich, das Prusten zu verhindern.

Sie konnten wohl nichts mehr dagegen tun, dass man sie erwischte. Doch das war Thomas inzwischen auch egal. Sollte Ertha doch ihren Wutanfall bekommen. Der Spaß, den die beiden hatten, war es allemal wert.

Aber wider Erwarten tauchte kein mürrisches Gesicht hinter der Abtrennung auf. Und nach einer Weile nahm Ertha ihr Pfeifkonzert im gewohnten Rhythmus wieder auf.

„I, was hast du denn gemacht?", kicherte Felicia leise und wischte mit dem Finger den Klecks vom Hemd.

„Was *ich* gemacht habe? *Du* hast an meinen Arm gestoßen."

Felicia holte ein Tuch und rieb damit die Reste von Thomas' Hemd ab. Er genoss ihre Nähe, die Aufmerksamkeit, die sie seiner Brust schenkte und den Duft ihres Haares, als sie sich über ihn beugte. „Wirklich schade!“, dachte er, als sie allzu schnell fertig war.

„Erzählst du mir nun noch was, oder nicht?“ Sie legte das Tuch beiseite und wischte sich die vom Lachen feucht gewordenen Augen trocken.

„Nun ja, er interessiert sich für mich. Das hat er zumindest gesagt.“

„Hat er über deine Übersetzungen gesprochen?“

„Er hat es angesprochen.“

„Was hat er denn gesagt?“

„Er äußerte seine Besorgnis darüber, dass die Bibel einfach so ins Englische übersetzt wird.“

„Besorgnis? Das ist doch sicher noch milde ausgedrückt. Meinst du nicht auch? Vielleicht ist er ja nur hier, um Doktor Wyclif Schwierigkeiten zu machen.“

Thomas schüttelte den Kopf. „Das glaube ich nicht. Doktor Wyclif hat schon vor einem ganzen Heer von Bischöfen in der St. Paul's Kathedrale gesprochen. Was könnte da ein einziger Bischof gegen ihn ausrichten?“

„Du glaubst also wirklich, dass er die lange Reise gemacht hat, nur um dich kennen zu lernen?“, fragte sie und betrachtete ihn voller Bewunderung.

Thomas antwortete nicht gleich. Vielmehr genoss er ihren Blick wie eine Blume, die den frischen Tau des Morgens trinkt.

Schließlich sagte er: „Ist das denn so schwer zu glauben?“

„Worüber habt ihr außerdem gesprochen?“

„Der Bischof hatte viele Fragen“, erwiderte Thomas. „Es waren vor allem ganz persönliche Fragen.“

„Persönliche Fragen?“

„Über meine Ausbildung, wie ich aufgewachsen bin, wie es kam, dass Lord Harborough mein Mentor wurde, wie ich dazu kam, Manuskripte erst abzuschreiben und dann auch noch zu übersetzen. All das interessierte ihn. Er schien alles über mich wissen zu wollen.“

Auf Felicias Miene legte sich ein Schatten. Sie sah besorgt aus.

„Thomas, ich bin gewiss stolz auf dich und ich will dir deine Bedeutung nicht absprechen, aber ein Bischof macht nicht die lange Reise von Rom nach England, um einen Bauernjungen kennen zu lernen. Er führt irgendetwas im Schilde."

Tief drinnen spürte Thomas, dass sie Recht hatte. Aber er war durch das außergewöhnliche Interesse des Bischofs so bewegt gewesen, dass ihm dieser Gedanke überhaupt noch nicht gekommen war. Jetzt wurmte es ihn, dass er so gutgläubig gewesen war. Aber das wollte er Felicia natürlich nicht eingestehen.

„Ich weiß, was der Bischof mir gesagt hat. Und er gab mir keine Veranlassung, an seinen Worten zu zweifeln", verteidigte sich Thomas.

„Und was ist mit der Anklage des Landvogts und deinen beschriebenen Stoffen? Hat er dazu etwas gesagt?"

Thomas' Miene hellte sich auf, denn er konnte Gutes berichten: „Das hat er. Er versprach, den Landvogt zu überzeugen, die Angelegenheit nicht weiter zu verfolgen."

Sie sah ihn skeptisch an. „Kann er das so einfach?"

Thomas zuckte mit den Schultern. „Das hat er wenigstens behauptet."

„Und hat er dir die Leinenstreifen zurückgegeben?"

Was er antwortete, gefiel Felicia gar nicht: „Er hat sie vernichtet."

Man sah ihr an, wie entsetzt sie war.

„Vernichtet?", rief sie, und es klang ein bisschen zu laut.

„Das Verhalten des Bischofs ist ja in gewisser Weise berechtigt", sagte er, sich verteidigend. Thomas tat so, als ließe er ein Stück Stoff zwischen Daumen und Zeigefinger baumeln. „Während wir in der Kutsche saßen, hielt der Bischof einen Streifen genau so in der Hand und sagte: ‚Thomas, glaubst du ernsthaft, dass Gott an so etwas gedacht hat, als er seine Heilige Schrift in unsere Obhut gab?'"

Felicia kniff die Augen zu und dachte nach. „Ging es ihm um den Stoff oder die Tatsache, dass die Worte darauf in Englisch geschrieben standen?"

„Ich weiß es nicht. Er hat es nicht eindeutig gesagt. In dem Augenblick, dachte ich, es ginge ihm um das Material. Aber er kann natürlich auch beides gemeint haben.“

„Wirst du also nicht weiter mit Doktor Wyclif zusammenarbeiten? Wirst du aufhören zu übersetzen?“

„Natürlich nicht!“

„Aber der Bischof wird kaum damit einverstanden sein. Vielleicht hat er die lange Reise ja nur gemacht, damit du aufhörst zu übersetzen.“

Thomas rutschte unruhig hin und her. Felicia war es gelungen, ihm die gute Laune zu verderben, die er aus diesem so wichtigen Nachmittag mitgebracht hatte. „Wir brauchen gar nicht weiter zu reden. Er hat es mir ja nicht verboten.“

„Und wenn er es doch noch tut?“

„Ja, wenn er es tut ... wenn er es tut ... dann kann ich mich immer noch entscheiden.“

„Er wird es dir verbieten.“

„Das kannst du gar nicht so mit Bestimmtheit sagen.“

„Doch, das kann ich.“

Thomas hasste es, wenn sie so war und keinen Widerspruch duldete. Er hasste es, weil sie dann für gewöhnlich Recht behielt. Felicia besaß eine große Menschenkenntnis. Es war eine Gabe, die Thomas über die Jahre oft zu schätzen wusste – es sei denn, er war völlig anderer Meinung – wie in diesem Augenblick.

„Wenn du mich fragst“, flüsterte Felicia, „Bischof Pole ist mit dem einzigen Ziel nach England gekommen, dich in Zukunft daran zu hindern, die Bibel abzuschreiben und ins Englische zu übersetzen!“

„Das gibt doch keinen Sinn.“ Thomas ließ sich nicht beirren. „Warum denn gerade ich? Ich bin doch ein Kopist unter vielen.“

„Thomas, das bist du eben nicht. Doktor Wyclif behandelt dich ganz anders als die anderen Kopisten. Wie viele davon übersetzen denn?“

Felicia hatte ja Recht. Auch Thomas wusste das. Und er war

stolz darauf. Wyclif hatte zwar seine engen Mitarbeiter wie John Purvey. Aber nur Thomas schien ein ganz besonderes Vertrauensverhältnis zum Rektor zu haben.

„Bedenke auch, dass Doktor Wyclif ein betagter Mann ist. Und du bist jung. Wenn es also Bischof Pole gelingt, dich am Arbeiten zu hindern, könnte er es schaffen, die Ausbreitung der englischen Übersetzung schon im Keim zu ersticken."

Die unterschiedlichsten Gedanken und Gefühle schossen Thomas durch den Kopf. Die Vorstellung, die Kirche könne ihn für so wichtig halten, dass man sich seiner annahm, tat natürlich dem Ego eines jungen Mannes gut. Doch wie konnte er sich über diese Beachtung freuen, wenn er dann gleichzeitig zugeben musste, dass Felicia möglicherweise Recht hatte?

„Unsinn!", sagte Thomas. Und er fragte sich sogleich, ob sein Protest in ihren Ohren genauso halbherzig klang wie in seinen.

„Versprich mir, dass du mit Doktor Wyclif darüber reden wirst."

„Selbstverständlich tue ich das."

„Sag ihm ja alles, was Bischof Pole zu dir gesagt hat."

„Mache ich."

„Und versprich mir bitte, dass du auf Doktor Wyclif hören wirst."

„Felicia!"

„Und ... und dass du mich niemals verlassen wirst, komme, was da wolle."

Ihre Augen waren feucht. Sie meinte es ganz ernst. Aber hatte sie wirklich Angst, er würde es zulassen, dass irgendjemand – Bischof, König oder gar der Papst – sich zwischen sie drängte?

Thomas lehnte sich vor und sanft streifte seine Wange ihr Gesicht. „Ich verspreche es", flüsterte er ihr ins Ohr.

Dann lehnte er sich ein Stück zurück, um ihr ganz dicht in die Augen sehen zu können. Ihr Blick war so sanft und betörend. Bald berührten sich ihre Lippen, trennten sich wieder und berührten sich erneut – diesmal mit aller Leidenschaft.

Plötzlich kicherte jemand im Raum – Kinderstimmen.

Zwei Augenpaare spähten neugierig aus der dunklen Ecke hervor. Leoma grinste nur, während Poppy kicherte und sich die Augen zuhielt.

„Ihr beiden solltet längst schlafen", schimpfte Felicia gedämpft.

„Wir haben schon geschlafen", erwiderte Leoma. „Euer Schmatzen hat uns aufgeweckt."

„Schmatzen", kam das Echo von Poppy.

Felicia sah Thomas etwas hilflos an. „Die legen sich nicht wieder schlafen, solange wir hier sitzen", sagte sie.

Thomas runzelte die Stirn. „Dann gehen wir eben raus."

„Raus? Das wird mir zu kalt. Ich habe doch nur mein Nachthemd an."

„Nimm eine Decke mit", schlug Thomas vor. „Ich werde dich schon warm halten." Er lächelte ihr aufmunternd und verheißungsvoll zu.

Während Thomas eine Kerze anzündete, scheuchte Felicia die Mädchen wieder hinter die Abtrennung. Sie schlüpfte in ihre Schuhe und warf sich eine Decke um.

Als er die Tür für sie offen hielt, lief ihm ein Schauer über den Rücken. Das lag aber nicht etwa an der kalten Nachtluft, sondern es war das heimliche Treffen, das auf ihn wartete. Er allein mit Felicia! Es war dunkel, und sie würden sich aneinander schmiegen, um sich zu wärmen.

Thomas legte seinen Arm um sie, und so traten sie hinaus in die finstere Nacht, wobei nur das Flämmchen ihrer Kerze den Weg beleuchtete. An einem Ende des Hauses hatte Howard einen Anbau errichtet, den er als Werkzeugschuppen benutzte. Hier war sein Pflug untergestellt. Außerdem fanden dort ein Tisch und ein Hocker Platz. Beides hatte er extra für Thomas gebaut, der hier seine Stoffe beschrieb. Feine Leinenstreifen lagen obenauf.

„Noch vor dem ganzen Tumult wegen Ives heute Nachmittag war Vater beim Schneider gewesen", erklärte Felicia. „Er dachte, dass du noch welche gebrauchen kannst."

Thomas nickte zustimmend. Dann schob er die Stoffe mit dem Handrücken beiseite, um die Kerze abstellen zu können. Sie setzten sich so auf den Hocker, dass sie beide darauf Platz fanden. Er ächzte ein wenig unter dem doppelten Gewicht. Wie eine Glucke ihren Flügel, hob Felicia die eine Ecke ihrer Decke an, und Thomas suchte darunter Schutz. Sie schmiegten sich aneinander, um sich gegenseitig zu wärmen.

Zärtlich strich Thomas mit der Nasenspitze über ihre Wange, bis er das Ohr erreichte. Dann glitt er hinunter zum Kinn, über ihre Lippen, zurück über die Wange zum Nacken. Am Haaransatz hielt er inne, die Lippen gegen die warme und zarte Haut gepresst, während er ihren Duft einatmete.

Plötzlich wehrte Felicia in ab.

„Was ist los?"

Ihre Wangen glühten. Ihr Atem ging schwer. „Vielleicht solltest du was schreiben", sagte sie.

„Jetzt was schreiben?"

Felicia nickte. „Ich denke, das wäre das Beste." Sie lehnte sich ein wenig zurück, um Abstand zu gewinnen.

Thomas ahnte ihre Beweggründe. Sie war einfach nur vorsichtig. Aber er war es satt, immer nur auf der Hut zu sein. Er wollte mit ihr kuscheln und am liebsten die ganze Nacht neben ihr liegen. Er wollte endlich morgens in ihrem Arm erwachen.

Felicia hatte sich ein Stück Stoff genommen. „Schreib jetzt hier einen Bibelvers drauf."

„Es ist zu spät für so was", wandte Thomas ein. „Außerdem bin ich jetzt überhaupt nicht in Stimmung, irgendetwas zu schreiben. Können wir nicht einfach hier sitzen und uns darüber freuen, dass wir zusammen sind und das auch noch alleine?" Er versuchte, ihr Handgelenk zu greifen.

Doch sie wehrte ihn ab. „Nur einen Vers", bettelte sie. Sie wählte einen Streifen von dem Stapel aus, hob die Tischplatte an, die als Deckel für ein Fach diente, in dem Thomas seine Gänsekiele und die Tinte aufbewahrte.

„Ich habe keine Lust dazu", sagte Thomas abweisend und weigerte sich, den Kiel zu ergreifen, den Felicia ihm hinhielt.

„Bitte, tu es für mich. Schreib einen Bibelvers nur für mich."

„Wozu soll das gut sein? Du kannst doch nicht lesen. Außerdem bin ich gar nicht mehr so überzeugt, dass es eine gute Sache ist, Verse auf ein Stück Stoff zu schreiben."

„Ich habe den Eindruck, der Bischof hat es schon geschafft, dich vom Schreiben abzubringen", sagte sie herausfordernd. Und damit er ihr das Gegenteil beweisen konnte, hielt sie ihm die Feder entgegen.

„Das ist es nicht, und du weißt es!"

„Dann lehre mich das Schreiben und *ich* werde es tun."

Thomas lachte.

„Warum lachst du. Ich meine es ganz ernst!"

„Ich soll dir das Schreiben beibringen?"

„Klar. Warum denn nicht?"

„Wir beide wissen doch ganz genau, warum du dieses Theater machst. Du versuchst mich doch nur zu beschäftigen, damit ich nicht ..."

„Thomas, es ist mir ernst!", sagte Felicia. „Bring mir das Schreiben und Lesen bei."

„Das ist doch verrückt! Mädchen können nicht lesen und schreiben!"

„Und warum nicht?"

„Nun, weil ... es gibt keinen Grund, warum du so was können musst."

„Ich habe durchaus einen Grund."

Thomas fragte ironisch: „Warum solltest ausgerechnet du lesen und schreiben wollen?"

„Wenn ich es gelernt hätte, könnte ich die Schriften lesen, die du ins Englische übersetzt."

Thomas schüttelte den Kopf. „Ich kann sie dir genauso gut vorlesen."

Sie sah ihn an, als sei sie sich ihres Sieges sicher. Und Thomas hatte das ungute Gefühl, gerade in eine Falle getappt zu sein. Wie für so manches bemitleidenswerte Opfer war es auch für ihn jetzt zu spät, als er erkannte, dass es eine Falle war.

„Und was tust du, wenn du nicht mehr lesen kannst?", fragte

sie. „Was passiert, wenn deine Augen so schlecht werden, dass du die Wörter nicht mehr erkennst?"

Das saß! Seine Sehkraft begann tatsächlich zu schwinden. Es war bereits bedrohlich.

Er hatte eines Tages einen Abschnitt aus dem Brief des Paulus an die Philipper kopiert. Dabei war die Feder zersplittert und Tinte war in sein rechtes Auge gespritzt. Er hatte zwar alles getan, um es gründlich auszuspülen. Trotzdem wollte ein Fleck in der Mitte seines Gesichtsfeldes nicht weichen. Noch Tage später sah er diesen Fleck. Er hatte Felicia gebeten, danach zu sehen, aber sie konnte keinen Tintenfleck in seinem Auge ausmachen.

Nur wenige Tage später war ein gleicher Fleck im Gesichtsfeld des anderen Auges aufgetaucht. Und Thomas kam zu der Erkenntnis, das eigentliche Problem hatte offenbar mit der Tinte gar nichts zu tun. Etwas stimmte mit seinem Augenlicht nicht.

Im Laufe der folgenden Wochen und Monate nahmen die blinden Flecke in jedem Auge ständig an Umfang zu. Es wurde ihm klar, dass es nur noch eine Frage der Zeit war, bis er gänzlich erblindete.

„Na los, Thomas", gurrte sie. „Es bringt sicher Spaß. Stell dir vor, ich wäre dein Lehrling."

Thomas schüttelte den Kopf. „Das ist nicht so einfach, wie du denkst."

„Umso wichtiger ist es, jetzt gleich anzufangen."

Thomas schüttelte noch immer seinen Kopf und rieb sich den Nacken.

Felicia sagte: „Ich kenne bereits ein paar Buchstaben."

Thomas sah sie skeptisch an.

„Los, prüfe mich!"

Thomas ging auf ihren Vorschlag ein, tauchte die Feder in die Tinte und schrieb einen Großbuchstaben auf das Leinen. Dann lehnte er sich zurück.

Felicia lächelte schon siegessicher, noch bevor er den Buchstaben fertig geschrieben hatte. „Das ist ein G", rief sie. „Der erste Buchstabe in dem Wort *Gott.*"

Thomas blieb der Mund offen. „Woher weißt du das?“, fragte er verdutzt.

Felicia kicherte. „Du hast es mir selber beigebracht.“

„Ich habe es dir beigebracht? Wann?“

„Vor ungefähr einem Monat. Weißt du noch? Es war, als ich dir beim Üben zusah.“

Thomas nickte. „Aber du kannst dich doch nicht von dem einen Mal an alles erinnern! Was ist das zum Beispiel?“

Er schrieb einen anderen Buchstaben.

Felicia runzelte die Stirn, starrte die Letter an und wiegte verlegen ihren Kopf hin und her.

„Es ist das große D“, sagte Thomas und war nun sicher, seine Meinung über sie bestätigt gefunden zu haben. Um die Sache ganz klar zu machen, schrieb er weiter. „Und das hier?“

„Ein H“, sagte Felicia. „Der erste Buchstabe in dem Wort *Herr.*“

Thomas war sprachlos.

„Lass mich versuchen, einen Buchstaben selber zu schreiben“, sagte sie und war ganz aufgeregt.

Sie griff nach dem Federkiel. Doch er zog seine Hand zurück, um sie zu necken. Schmollend schob Felicia ihre Unterlippe vor. Blitzschnell versuchte sie es noch einmal und griff wieder ins Leere.

„Thomas! Sei nicht so ein gemeiner Kerl.“

Er lachte.

Doch durch einen kräftigen Stoß in die Seite verging ihm das Lachen schnell. Der Kiel war plötzlich nahe bei Felicia, und so konnte sie ihn seiner Hand entreißen.

„Das ist unfair!“, rief er und versuchte die Feder zu bekommen. Doch diesmal war es Felicia, die es nicht zuließ.

„Zeig mir, wie man schreibt!“ Sie blieb hartnäckig.

Mit einem versöhnlichen Nicken täuschte er seine Kapitulation vor. „Ist ja gut, du kriegst deinen Willen. Ich gebe nach.“

Konnte sie ihm trauen? Offenbar nicht, denn in dem Augenblick, als sie nicht mehr ganz so aufmerksam war, griff er nach dem Kiel. Doch sie war schneller und er griff ins Leere.

„Thomas, es ist mir wirklich sehr ernst! Lehre mich bitte schreiben."

Er sah sie einen Augenblick schweigend an. Sie meinte es offenbar wirklich ernst. „In Ordnung, ich lehre dich schreiben", sagte er schließlich.

Sie blieb misstrauisch und vorsichtig fragte sie: „Keine Tricks? Versprochen?"

Thomas nickte. „Versprochen."

Noch ein wenig zögernd legte sie ihren Arm auf den Tisch und brachte die Feder in Schreibstellung. Thomas legte seine Hand auf die ihre. Aber sie schüttelte sie ab.

„Du hast versprochen: keine Tricks!"

„Das ist kein Trick. Wenn du willst, dass ich dir das Schreiben beibringe, muss ich zunächst deine Hand führen."

Skeptisch zog sie eine Augenbraue hoch.

„Ich kenne keine andere Methode, um es dir beizubringen. Du musst mir schon vertrauen."

Zögernd ließ sie zu, dass er wieder seine Hand auf ihre legte. Er zeigte ihr, wie sie die Hand halten müsse, und dann führte er sie zum Tintenfass.

Ihre Hand in seiner zu spüren machte es ihm fast unmöglich, sich auf das eigentliche Anliegen zu konzentrieren. Denn es berührten sich nicht nur ihre Hände. Auch ihre Wangen kamen sich so nahe, dass er ihre Wärme spürte.

Die mit Tinte gefüllte Feder berührte den Stoff, und sogleich entstand ein schwarzer Fleck, der augenblicklich erheblich an Größe zunahm.

„Oh!", rief Felicia und zog ihre Hand zurück. „Was habe ich falsch gemacht?"

„Äh ... du musst lernen, die Tinte sparsamer aufzunehmen, besonders wenn man auf Stoff schreibt." Weil er so abgelenkt gewesen war, hatte er nicht bemerkt, wie viel Tinte sie mit der Feder aufgesogen hatte. Er nahm einen Lappen und wischte die Kielspitze sauber. „Versuchen wir es noch einmal."

Diesmal achtete er darauf, dass sie genau die richtige Menge

Tinte aufnahm. Er führte ihre Hand zum Leinen und zog drei Linien. Ein H war entstanden.

„Ich habe es geschafft", rief Felicia hocherfreut. Sie ließ die Feder fallen und klatschte vergnügt in die Hände. Zufrieden betrachtete sie den ersten Buchstaben, den sie selber geschrieben hatte. „Hilf mir jetzt, ein ganzes Wort zu schreiben. Es soll das Wort *Herr* werden."

Angesteckt von ihrer überschwänglichen Freude, ließ sich Thomas überreden. Er nahm den Kiel und reichte ihn Felicia. Dabei sagte er: „Der zweite ist ein bisschen schwieriger. Er hat einen langen und drei kurze Striche."

Wieder legte Thomas seine Hand auf ihre Hand. Und auch diesmal fiel es ihm schwer, bei der Sache zu bleiben, weil er erneut die Wärme ihrer Wange auf seiner Haut spürte. Doch er bemühte sich, konzentriert zu bleiben und ihr bei den Strichen zu helfen.

Als der Buchstabe fertig war, las er: „H ... E ..."

Auch dieser Buchstabe wurde von Felicia mit großem Enthusiasmus begrüßt. Schnell waren auch die fehlenden beiden R auf den Stoff gebracht und das fertige Wort stand da. Felicia betrachtete es voller Stolz.

„Lass uns die Buchstaben noch ein bisschen verschönern", sagte Thomas, der sich in seiner Rolle als Lehrer plötzlich sehr gefiel. „Mit ein paar weiteren Federstrichen sehen sie aus, als seien sie für ein königliches Dokument bestimmt."

Wieder griff er nach ihrer Hand. Aber diesmal ließ sie sich nicht führen. Als er ihr verdutzt ins Gesicht sah, bemerkte er erst, wie nahe Felicia ihm gekommen war. Ihre Münder berührten sich fast, und er spürte ihren Atem auf seinen Lippen.

Auf der großen, weiten Welt gab es auf einmal nur noch diese beiden Menschen, die sich, hingerissen und erregt, zueinander hingezogen fühlten. Ihre Lippen berührten sich flüchtig, wichen zurück und berührten sich erneut, bis sie zu verschmelzen schienen. Mit einem tiefen Seufzer des Glücks schloss Felicia nun ihre Augen.

Plötzlich krachte es. Der Hocker, auf dem sie saßen, wankte, krachte wieder und zerbarst.

Einen Augenblick später fanden sich Thomas und Felicia ganz unromantisch auf dem gefrorenen Boden wieder. Erst sahen sie sich verdutzt an, doch dann, als klar wurde, dass sich niemand etwas getan hatte, brachen die beiden in ein schallendes Gelächter aus.

* * *

Bischof William Pole leugnete nicht, ein Genussmensch zu sein und leidenschaftlich gern zu leben. Kaum etwas auf dieser Welt ließ ihn wirklich kalt. Er liebte große Architektur, die grünende und blühende Natur und farbenfrohe Sonnenuntergänge. Er liebte die Konversation mit klugen Köpfen, die schönen Frauen – von Ferne, Choräle, mit Inbrunst gesungen, ein gutes, starkes Bier und ein üppiges Mahl. Er genoss Besitz und Reichtum in vollen Zügen, obgleich er die Männer, die es besaßen, eher verachtete. Genau so empfand er, als er Gast war bei Gar Bromley, dem Landvogt.

Mit gefalteten Händen saß der Bischof am Tisch und zeigte sich hocherfreut, als man ihm eine dampfende Pastete reichte. Der Duft des gerade dem Ofen entnommenen Teiges stieg ihm in die Nase, und er schloss die Augen zu einem Dankgebet.

„Mögt Ihr lombardische Hühnerpastete, Eure Exzellenz?“, fragte Bromley. Der Landvogt saß am Kopfende des gewaltigen Eichentisches, der allerdings fast unscheinbar in der riesigen Halle wirkte, in der er stand. Bischof Pole aber saß mit dem Rücken zu einem wärmenden Kamin, dessen Öffnung mindestens drei Meter breit war. Ihm gegenüber hatte der junge Kendall Platz genommen, Bromleys Sohn.

Statt seinem Gastgeber eine Antwort zu geben, lehnte sich Bischof Pole vor und schnupperte genussvoll an der Pastete. „Ich esse für mein Leben gern“, sagte er und deutete schmunzelnd auf die goldbraune Kruste.

Es entging ihm nicht, dass Kendall ihn offenbar belustigt musterte. Der junge Mann konnte sich ein Lächeln nicht verkneifen.

„Ihr sagt, es sei ein Hühnchen unter dieser leckeren Kruste verborgen?“, fragte der Bischof.

„Gewiss, Eure Exzellenz“, erwiderte Bromley. „Gebt uns die Ehre und nehmt den ersten Bissen.“

Noch immer an der Pastete schnuppernd hob der Bischof die Hand und sagte: „Immer mit der Ruhe, werter Freund. Man verschlingt nicht so einfach eine Köstlichkeit wie diese. Sie verdient es, einen Augenblick gebührend gewürdigt zu werden.“

Die beiden Männer sahen schweigend zu, wie der Bischof den Teller mit seinen etwas plumpen Händen drehte und immer wieder das köstliche Aroma einsog.

Schließlich hatte er genug geschnüffelt. Mit einem zufriedenen Seufzer griff er nach dem Messer, und gekonnt durchschnitt er die Kruste. Ein Chirurg hätte es nicht besser machen können. Als der Inhalt endlich frei lag, staunte er wie ein Kind, das ein Geschenk ausgepackt hat, und begeistert rief er, indem er die Hände hob: „Das ist ja Speck!“

Es waren tatsächlich zwei Speckstreifen über das zarte Brustfleisch des Hühnchens gelegt worden. Der Bischof schnitt ein Stück ab, wobei er darauf achtete, Speck und Fleisch gleichzeitig zu erwischen. Dann schob er sich den Bissen genussvoll in den Mund und kaute, wobei er immer wieder einen wohligen Seufzer von sich gab.

Am Kopf der Tafel stocherte der hagere Landvogt in seiner Pastete herum, zerteilte sie gedankenverloren und schob die Brocken auf seinem Teller hin und her, als sei er in eine Schachpartie vertieft. Dann ließ er den Diener kommen, dem er schroff befahl, den Teller abzuräumen. Dem Bischof war anzumerken, wie sehr ihn der Anblick der verschmähten Pastete betrübte, die gerade hinausgetragen wurde. Kendall aß mit dem Appetit des jungen Mannes, ohne sich jedoch das Schauspiel entgehen zu lassen, das der Bischof ihnen bot.

Der Bischof bemerkte die Neugier des Jungen und sah die Gelegenheit gekommen, sich über die Theologie des Speisens auszulassen. Er legte das Messer beiseite und faltete die Hände über seinem wohlgenährten Bauch, was er immer zu tun pflegte, wenn er etwas von Bedeutung von sich geben wollte.

„Mein Junge, die Fähigkeit, das Speisen zu genießen, ist eine Gabe, die nur dem Menschen gewährt worden ist“, begann er seine Ausführungen. „Du wirst niemals beobachten, dass ein Vogel den Wurm genussvoll betrachtet oder ein Löwe das Fleisch der Beute liegen lässt, damit es zarter wird. Allein der Mensch ist dazu in der Lage, Genuss und Nahrungsaufnahme zusammenzubringen. Und das ist eine Gabe Gottes.

Weißt du, mein Sohn, der Schlüssel zum Glück in dieser elenden Welt ist die Fähigkeit, die schlichten Segnungen Gottes zu genießen. Und das muss man lernen. In seiner Güte hat Gott uns die Sinnlichkeit gegeben, durch die wir erst die Annehmlichkeiten des Lebens schätzen lernen. So wird z.B. das Verlangen nach Schönheit gestillt, wenn wir auf unserer Reise rasten und das sanfte Licht der Nachmittagssonne durch das Laub der Bäume im Wald schimmern sehen.

Unsere Sinne sind eine Gabe Gottes. So schmeicheln Lieder unseren Ohren. Die frisch gepflückte Blume ergötzt unseren Geruchssinn. Die ersten Strahlen der Frühlingssonne nach einem harten Winter empfinden wir wohlig auf unserer Haut. Und Speisen – kunstvoll aus gereiften Zutaten zubereitet und mit Appetit verzehrt – erfreuen unseren Gaumen.

Jeder wird damit auf die eine oder andere Weise beschenkt, ob König, Edelmann, Prälat oder Bauer. Glücklich der Mensch, der dies erkennt und das genießen kann, was ihm geboten wird. Deshalb, mein lieber Junge, esse ich so, wie du es gesehen hast. Ich tue es zum Lobe Gottes, denn er hat mich gnädig mit Bedürfnissen ausgestattet, und er schenkt mir, dass ich sie immer wieder auch befriedigen kann.“

Um seinen Vortrag durch ein lebendiges Beispiel zu illustrieren, spielte der Bischof für den Rest des Mahles den euphorischen Feinschmecker, den die Kochkünste des Küchenpersonals bei jedem Gang aufs Neue begeisterten. Er klatschte in die Hände, als der Hirschbraten mit Pfeffersauce aufgetischt wurde, und er frohlockte über den goldgelben Sahnepudding. Und als ihm dann noch eine Schale mit Feigen und Rosinencreme serviert wurde, geriet er ins Schwärmen.

Offenbar zeigte der kleine Vortrag des Bischofs Wirkung, denn Kendall begann seinem Beispiel zu folgen – zögerlich zunächst, dann aber mit sichtbarem Vergnügen, da sein Vater keine Anstalten machte, ihn zur Ordnung zu rufen. Bromley aber verhielt sich unverändert spröde.

Erst als der letzte Bissen verzehrt und der allerletzte Tropfen getrunken war, legte sich die Hochstimmung des Bischofs. Er widerstand tapfer dem Drang, den Becher auszulecken, an dessen Wänden noch Reste der köstlichen Creme hafteten. Es war dies eine Konzession an die guten Sitten, um die er sich weniger gesorgt hätte, wäre er bei niedereren Gastgebern gewesen.

Kaum war der Bischof mit dem Löffel in seinem Dessertbecher auf Grund gestoßen, da kündigte das Scharren von Bromleys Stuhl auf dem hölzernen Boden das jähe Ende des Tafelns an. Dem Bischof standen jetzt nun weniger heitere Augenblicke bevor.

Die Diener stürzten sich wie Fliegen auf die Essensreste und räumten in Windeseile die Tafel ab. Kendall zog sich mit einer artigen Verbeugung zurück, während Bromley seinen Gast in einen angrenzenden Raum führte.

Der Bischof wurde an einem riesigen Wandteppich vorbeigeführt, der eine ganze Wand bedeckte. Er stellte eine beeindruckende Szene dar, die durch ihre Fülle und Farbigkeit den gesamten Raum dominierte: Männer in Rüstungen und hoch zu Ross mit gezückten Schwertern. Bogenschützen in mehreren Reihen richteten ihre tödlichen Pfeile gegen anstürmende Fußtruppen, die nur die schlichte Tracht der Bauern trugen und mit den Geräten ihrer täglichen Arbeit bewaffnet waren. Gefallene Bauern lagen zwischen den Hufen der anstürmenden Pferde. Und in jedem der toten Körper steckten zahlreiche Pfeile. Einigen waren Arme, Beine oder der Kopf abgetrennt. In ihren Gesichtern spiegelte sich das Elend ihres Todeskampfes.

Die beiden Männer erwartete ein prasselndes Feuer. „Nehmt Platz, Eure Excellenz", sagte Bromley und deutete auf einen der Stühle mit hoher Lehne, die auf dem Teppich vor dem Kamin aufgestellt waren.

Der Bischof dankte mit einem Nicken und setzte sich. Bromley blieb stehen und benutzte die Lehne seines Stuhls als Stütze für seine Arme.

„Nun sagt mir", begann Bromley seine Rede, „was einen Bischof von Rom antreibt, nach Fearnleah zu reisen."

Der Landvogt kam also gleich zur Sache. Das war Gar Bromley, wie ihn der Bischof kannte. Für Männer wie ihn war ein üppiges Gastmahl nur eine lästige Formalität, die es zu überstehen galt. Die Geschäfte aber waren sein täglich Brot.

Der Bischof antwortete: „Findet Ihr es so ungewöhnlich, wenn ein Geistlicher seine frühere Gemeinde besucht? Muss es neben der Sentimentalität unbedingt noch andere Gründe geben?"

Bromley warf dem Bischof einen verächtlichen Blick zu. „Mein lieber Bischof", sagte er, „lassen wir das Vorgeplänkel und kommen wir zur Sache. Ich bin der Vogt dieses Landes. Es ist deshalb meine Pflicht, mich über Menschen und Ereignisse auf dem Laufenden zu halten, die den Frieden bedrohen könnten."

Pole lächelte. „Eine Bedrohung für den Frieden? Ihr werdet doch in mir, einem schlichten Bischof, nicht eine Bedrohung für den Frieden erkennen!" Das Wortgefecht war damit eröffnet. Und das hatte Tradition. Schon immer war ihre Beziehung von Versuchen gekennzeichnet, dem anderen eins auszuwischen. Doch es war immer nur Geplänkel geblieben, weil beide gleichzeitig bestrebt waren, sich aus dem Weg zu gehen. Und der Bischof war entschlossen, dies auch beizubehalten.

Bromley lachte, und es hörte sich an wie das bedrohliche Knurren eines auf der Lauer liegenden Löwen. „Nein, Bischof", sagte er dann, „ich kann mir nicht vorstellen, dass Ihr einmal eine Bedrohung für mich sein könntet."

Pole war sich nicht sicher, wie er diese Bemerkung zu deuten habe. War es ein Friedensangebot, oder hatte ihn der Vogt weggewischt wie ein lästiges Insekt?

Bromley fuhr fort: „Die eigentliche Gefahr ist die Institution, die Ihr hier vertretet. Oder habt Ihr bereits das grausame Schicksal des Erzbischofs von Canterbury vergessen?"

Der Bischof begann sich unbehaglich zu fühlen. Er hatte es nicht vergessen. Es war ja gerade die Ermordung des Bischofs durch marodierende Bauern gewesen, die seine erste Audienz beim Papst nach sich zog. Nachdem ihm die Nachricht überbracht worden war, wollte der Heilige Vater von einem Engländer eine Erklärung für den Aufruhr hören, und Bischof Pole, der sich damals bereits in Rom aufhielt, war der Erste, dessen man habhaft werden konnte. Doch der war nicht informiert. Er hatte von keinem Aufstand gehört und fand sich plötzlich in der wenig beneidenswerten Lage, dem Papst gegenüber sein Heimatland verteidigen zu müssen, ohne den Aufruhr des Pöbels gutzuheißen. Es war für ihn eine äußerst missliche Lage gewesen.

Bromley fuhr fort: „Lord Harborough und ich waren gerade in London, als die Bauern pöbelnd durch die Straßen zogen. Sie brannten das Landgut von Savoy nieder. Gefangene, die sie aus den Kerkern befreit hatten, liefen Amok in den Straßen der Stadt. Und bei der London Bridge sahen wir, wie man den Kopf des Bischofs auf eine Stange steckte. Ein schrecklicher Anblick, das kann ich Euch sagen."

Der Bischof hatte Simon Sudbury bereits gekannt, als dieser noch nicht Erzbischof war. Eigentlich ein angenehmer Zeitgenosse. Es war schon beunruhigend, sich sein so schreckliches Ende vorzustellen.

„Lord Harborough ist durch diese Ereignisse gehörig verunsichert worden", sagte Bromley. „Er verlässt kaum noch sein Gut, und wenn, dann bleibt er in der Nähe. Er fürchtet sich vor der Landbevölkerung."

Das wusste Pole noch nicht. Aber es klang glaubhaft. Er kannte Harborough als einfühlsamen und gläubigen Mann.

„Die Saat des Aufruhrs wird von diesem John Wyclif und seinen Wanderpredigern ausgestreut“, fuhr Bromley fort. „Sie rütteln an den Grundfesten unserer Institutionen, machen Stimmung gegen den Klerus unter dem Landvolk und stacheln es zum Aufruhr an. Ihr merkt, Exzellenz, wie beunruhigt auch ich bin. Die bloße Gegenwart eines Bischofs von Rom in der Nähe von Lutterworth könnte schon einen Aufstand heraufbeschwören. Deshalb ist es für Fearnleah von größter Wichtigkeit, dass ich Eure Absichten kenne.“

Der Bischof ließ den Kopf hängen. „Natürlich“, sagte er niedergeschlagen.

Er schämte sich. Hatte er es doch zugelassen, dass er durch seine persönliche Abneigung gegen Bromley das Allgemeinwohl aus den Augen verlor.

Er erhob sich von seinem Stuhl und sah dem Landvogt direkt ins Gesicht. „Meine Mission ist es herauszubekommen, wie loyal England zur Kirche und zu Seiner Heiligkeit, dem Papst, steht. Deshalb werde ich die Pläne Wyclifs durchkreuzen, die Bibel in die vulgäre Sprache des Volkes zu übersetzen und sie in dieser Sprache auch zu verbreiten.“

„Und in diesem Zusammenhang ist Euch besonders Thomas Torr ein Dorn im Auge.“

„Genau!“, sagte der Bischof und war über Bromleys Weitsicht erstaunt.

Bromley schnaubte. „Ich bin ganz Eurer Meinung. Wyclif geht es nicht allzu gut, aber er ist die Seele der Bewegung. Stürbe er noch heute, so wäre sein Werk innerhalb eines Jahres vergessen.“

Der Bischof nickte. „Wyclif ist kein Narr. Deshalb unterweist er die Männer, die er Lollarden nennt, und schickt sie hinaus ins Land, um seine Irrlehre zu verbreiten.“

„Aber diese Lollarden sind doch bestenfalls ein lockerer Haufen Gleichgesinnter“, sagte Bromley und fügte hinzu: „Schlag den Hirten ...“

„... und die Herde wird auseinander laufen“, ergänzte der Bischof.

Die beiden Männer sahen sich verständnisvoll an.

Bromley sagte: „Wir müssen sicherstellen, dass Wyclif die Fackel nicht noch weiterreichen kann, bevor er stirbt – an jemand, der genügend Charisma besitzt und die Übersetzungen vorantreiben kann."

„Und der selber kein Geistlicher ist, so dass die Masse der Bauern ihn akzeptiert. Und das alles trifft auf Thomas Torr zu", sagte der Bischof.

„Thomas Torr, ganz recht", stimmte Bromley zu und ging hinüber zum Wandteppich. Er betrachtete ihn einen Augenblick und sagte dann: „Thomas muss weg."

„Nicht unbedingt", widersprach der Bischof.

Mit dieser Reaktion hatte Bromley nicht gerechnet. Er sah den Bischof verständnislos an.

Um die Verteidigung seiner Logik zu unterstreichen, erhob der Bischof seinen Zeigefinger und sagte: „Was ist, wenn ... Was ist, wenn wir Thomas nicht aus dem Weg räumen, sondern wenn es uns gelingt, ihn zur Umkehr zu bewegen?"

Bromley blickte skeptisch und abweisend drein, aber er hörte zu.

Pole fuhr fort: „Stellen wir uns vor, was geschieht, wenn Wyclifs rechte Hand und Schüler einsieht, was für ein Irrweg die englische Bibel ist, und sich öffentlich dagegen ausspricht."

Bromley lächelte. „Ein interessanter Plan", sagte er nachdenklich. „Aber er wird nicht leicht durchzuführen sein."

Jetzt lächelte auch der Bischof: „Es ist wahrscheinlich leichter, als Ihr denkt. Wir müssen Thomas einfach nur geben, was er möchte."

„Und was möchte er?"

Der Bischof faltete die Hände über dem Bauch und grinste breit. „Ich habe einen Nachmittag mit ihm in meiner Kutsche verbracht. Dabei habe ich ihn aufmerksam beobachtet. Und ich habe ihm Fragen gestellt."

„Nach einer kleinen Ausfahrt übers Land an einem Nachmittag kennt Ihr bereits das Herz des Jungen?"

Das Grinsen des Bischofs wurde noch breiter. „Es war beileibe nicht schwierig, es herauszubekommen. Er möchte, was sich jeder Idealist seines Alters mit geistlichen Ambitionen wünscht."

„Und das ist?"

„Lob. Anerkennung. Er träumt davon, vor Menschenmengen, Königen und Päpsten zu stehen und ihnen die Wahrheit über Gott zu verkündigen. Männer und Frauen sitzen zu seinen Füßen und staunen über seine tiefen Einsichten und seine ungewöhnliche Weisheit."

Bromley lachte. „Mein lieber Bischof, ich glaube, sie haben Recht."

„Ich weiß, dass ich Recht habe", sagte er selbstzufrieden. „Ich habe ihn schnell durchschaut. Es waren schließlich auch meine Träume, als ich in seinem Alter war."

„Ich sehe allerdings zwei Hindernisse voraus", sagte Bromley plötzlich.

„Hindernisse?"

„Da ist zunächst einmal Howards Tochter. Er stellt ihr nach."

„Ein Bauernmädchen! Sie bedeutet keine Gefahr."

„Unterschätzt sie nicht zu eilfertig. Sie ist ein kluges Bauernmädchen mit einer scharfen Zunge. Was aber noch wichtiger ist: der Junge ist in sie verliebt. Er hört auf sie. Wenn sie eine Gefahr wittert, könnte sie zum Problem werden."

„Was schlagt Ihr vor?", fragte der Bischof.

Bromley bemerkte, wie besorgt der Bischof reagierte. „Ich möchte dem Mädchen nicht schaden, das versichere ich Euch. Dennoch wäre die Chance größer, dass unser Plan aufgeht, wenn sie nicht im Wege steht."

„Nicht im Wege?"

„Frauen sind schnell umzustimmen, nicht wahr? Nehmen wir an, sie heiratet einen anderen – einen Mann, der zu Hause die Hosen anhat. In diesem Fall hätte sie keinen Einfluss mehr auf den Jungen, oder?"

Der Bischof lächelte zustimmend. „Gibt es denn einen Kandidaten?"

Bromley seufzte. „Das könnten wir sicher arrangieren. Ich denke da an meinen eigenen Sohn. Kendall ist in dieses dumme Ding bereits verliebt, seit sie im Sand zusammen spielten."

„Kendall?" Bromleys Vorschlag irritierte den Bischof.

„Ich weiß, was Ihr denkt und Ihr habt Recht", sagte Bromley erregt. „Der Sohn eines Landvogts verdient eine bessere Partie. Es würde jedoch den Jungen glücklich machen und gleichzeitig unser Problem lösen."

Den Bischof erstaunte die Schnelligkeit, mit der Bromley bereit war, Menschen für seine eigenen Zwecke zu benutzen, indem er ihr Leben auf den Kopf stellte. Dieser Mann war also bereit, um eines Vorteils willen seinen Sohn x-beliebig zu verheiraten! Ihm fiel jedoch kein vernünftiger Grund ein, warum er etwas gegen den Plan des Landvogts einwenden sollte.

„Wir müssen außerdem an Lord Harborough denken", überlegte Bromley. „Auch er kann zum Stolperstein werden."

„Wie das?"

„Er ist sein Beschützer", sagte Bromley. „Er hat sich schon früh des Jungen angenommen. Ich brauchte Jahre, um das Wohlwollen des Lords wiederzugewinnen, nachdem ich Thomas aus meinem Haus gejagt hatte."

„Thomas erzählte mir, dass er mit Kendall zusammen studiert habe. Was ist denn vorgefallen?"

„Der Junge war aufsässig und hat mir viel Verdruss bereitet. Er raubte Kendall die Lust zum Lernen. Ich nahm ihm damals nur in mein Haus auf, um dem Lord einen Gefallen zu tun. Doch ich konnte ihn nicht zum Schaden meines Sohnes hier behalten."

Der Bischof nickte, als würde er zuhören. Aber er tat es nicht. Es gab da nämlich wirklich einen triftigen Grund, warum sich Lord Harborough des Jungen angenommen hatte. Die Gedanken des Bischofs wanderten fast zwanzig Jahre zurück in die Vergangenheit.

* * *

Es war spät abends. Pole, der Priester der Gemeinde Fearnleah, hatte gerade die Kirchentür verriegelt, als jemand von draußen polternd Einlass verlangte. Pole öffnete.

„Lord Harborough!", rief er überrascht.

Der stürmte herein und fiel sogleich zu Boden. Zunächst fürchtete der Priester, der Lord sei verletzt. Aber es waren seelische Wunden, die ihm dermaßen zusetzten, dass er stöhnte und ächzte. Für den Priester war es keineswegs angenehm, mit ansehen zu müssen, wie dieser angesehene und so stattliche Mann dalag, herzzerreißend weinte, sich selbst verfluchte und mit der geballten Faust auf den Kirchenboden schlug.

Pole kniete sich neben den Lord und brachte ihn durch gutes Zureden dazu, sich auf den Rücken zu legen. Himmelwärts blickend bat der Lord Gott um Vergebung.

„Worum geht es?", fragte Pole.

Harborough schloss die Augen und presste seine Hände heftig gegen die Schläfen. „Helft mir!", rief er immer wieder.

„Um Gottes Willen, bekennt Eure Sünden!", rief Pole.

Harborough wimmerte. „Ich habe gesündigt!"

„Erzähle mir deine Sünde, mein Sohn!"

Der Mann verzog sein Gesicht zu einer Grimasse. Seine Lippen bebten, und er zitterte am ganzen Leib. Sein Bekenntnis kostete ihn ungeheure Kraft, obgleich es nur aus einem einzigen Wort bestand: „Callie!"

„Das Hausmädchen?"

Harborough nickte kaum wahrnehmbar.

„Aha", sagte der Priester. Und er verstand sofort. Er saß noch immer neben dem reuigen Lord und wartete, bis dieser sich wieder fasste. Dabei kam ihm das Bild jener jungen, lebenslustigen Frau in den Sinn, um die es hier ging. Mehr Liebreiz hatte er bisher bei keinem anderen weiblichen Wesen entdeckt. Das war Callie.

„Ich habe mich einen Augenblick nicht in der Gewalt gehabt", murmelte Harborough, während er noch immer auf dem Rücken lag und mit einem Arm seine Augen bedeckte.

„Fahrt fort", sagte Pole.

„*Ich* bin der Übeltäter", sagte der Lord mit Nachdruck. „Ich möchte, dass Ihr das wisst. *Ich* war es ganz allein. Sie tat nichts, um mich zu locken oder zu verführen. Sie war einfach wie immer – eben Callie – süß und verlockend."

Pole nickte. Er verstand – vielleicht zu gut.

„Zuerst hat sie sich noch gewehrt", fuhr Harborough fort. „Aber dann gab ich mich ganz der Liebesglut hin. Sie hat mich fortgerissen. Es war Narretei! Ich wusste es, aber es war mir völlig egal. Schließlich hat auch sie nachgegeben." Er lachte bitter. „Was sollte sie denn tun? Ich bin schließlich ihr Herr."

„Wo ist das Mädchen jetzt?", wollte Pole wissen.

„Da draußen."

Pole erschrak. „Da draußen? Sie ist draußen in der finsteren Nacht?" Er sprang auf.

Mühsam raffte sich der Lord auf. Dann packte er den Priester bei seiner Soutane und hielt ihn zurück. „Nicht, bis ich fort bin!", rief er. „Ich bitte Euch, bringt sie nicht herein, bis ich gegangen bin. Ich kann ihr so besudelt nicht unter die Augen treten!"

Der Priester betrachtete die Gestalt vor ihm mit Verachtung. Der stolze Lord, dieser sonst so vorbildliche Ehrenmann und Christenmensch war nur noch ein wimmerndes Häufchen Elend. Und das, weil er seine Triebe nicht im Zaum halten konnte. Aber allein der Herr Jesus ist Richter.

„Geht nach Hause", sagte Pole.

„Ihr kümmert euch um Callie?", fragte der Lord. „Ich wusste, dass ich auf Euch zählen kann. Deshalb habe ich sie auch hergebracht."

„Ich werde mich des Mädchens annehmen."

„Versteht, dass sie nicht länger bei mir bleiben kann", sagte der Lord. „Nicht nur, dass ich die Schande nicht ertragen könnte, die ständige Erinnerung an meine Sünde – ich fürchte mich vor allem vor einem weiteren Moment der Schwäche. Ihr sorgt dafür, dass sie Obdach und Nahrung bekommt?"

„Gewiss“, sagte der Priester und führte den Lord zu einem Seitenausgang.

„Und Ihr lasst sie für Euch arbeiten? Sie hat durch meine Sünde schon genug gelitten.“

„Ja, ja, ich werde schon dafür sorgen, dass sie sich etwas verdienen kann. Nun macht Euch auf den Weg.“

Harborough drehte sich noch einmal um. „Ich komme für alles auf.“

„Ist in Ordnung. Aber nun geht!“

„Augenblick! Meine Absolution!“

Der Priester tat einen tiefen Seufzer und sagte: „Betrachtet euch als vergebener Sünder!“

„Und meine Buße?“

„Darüber reden wir später. Meine Sorge gilt im Augenblick mehr dem heimatlosen Wesen, das Ihr vor der Kirchentür zurückgelassen habt.“

Lord Harborough begann wieder klarer zu denken. „O ja, natürlich. Wie selbstsüchtig von mir. Bitte, Vater, geht zu ihr. Überzeugt sie, dass ich alles ernsthaft bereue.“

Pole fand die junge Frau draußen nicht weit entfernt am Stamm eines Baumes kauernd. Sie hatte sich einen Schal umgeworfen, um sich zu wärmen. Er beugte sich zu ihr nieder und half ihr auf die Beine. Dann führte er sie in die Kirche. Drinnen angekommen, verriegelte er das Tor.

„Hier bist du erst mal sicher“, sagte er zu der verschreckten jungen Frau. „Das hier ist Gottes Haus.“

Sie hielt sich noch immer mit ihrem Schal bedeckt.

Sanft schob der Priester den Schal beiseite, so dass er in ihr Gesicht sehen konnte. Dabei schlug ihm das Herz bis zum Hals hinauf. Selbst bei dem gedämpften Kerzenlicht und obgleich sie ihn mit verweinten Augen ansah, raubte ihm ihr Anblick den Atem. Nie zuvor hatte er eine so schöne Frau gesehen mit einer so natürlichen Anmut.

* * *

„Eure Exzellenz, habt Ihr gehört, was ich gesagt habe?“

Bromley reagierte ungehalten, hatte er doch bemerkt, dass der Bischof mit seinen Gedanken woanders war.

„Ihr spracht von Lord Harborough“, erwiderte der Bischof und gab sich entrüstet. Er tat, als habe er die ganze Zeit zugehört.

„Ich sprach über Lord Harborough und sein besonderes Verhältnis zu dem Jungen. Habt Ihr eine Vorstellung, warum der Lord ihn so schützt?“

Der Bischof räusperte sich verlegen. „Überlasst ruhig Lord Harborough mir“, sagte er.

„Aber er ist für Wyclif! Viele Edelleute hören auf seinen Rat. Und *er* war es auch, der maßgeblich dafür verantwortlich war, dass sich Wyclif und der Junge begegneten.“

Der Bischof wischte diesen Einwand mit einer Handbewegung fort. „Es wird mir gewiss gelingen, Lord Harborough davon zu überzeugen, dass Thomas zu etwas Höherem bestimmt ist, als für einen Ketzer den Kopisten zu spielen. Überlasst doch Lord Harborough ruhig mir. Er will das Beste für den Jungen. Und ich werde ihn überzeugen, dass Rom die Zukunft des Jungen ist und nicht Lutterworth.“

Das schien den Landvogt zufrieden zu stellen. „Abgemacht!“, sagte er, und mit schnellen Schritten machte er sich auf den Weg zur Tür. Bromley war ein Mann der Tat, dem unnötiges Gerede lästig war.

„Abgemacht!“, sagte auch der Bischof und musste über die brüske Art des Landvogts schmunzeln.

Als Bromley den Bischof zu seiner wartenden Kutsche begleitete, sagte er: „Wir sind uns also einig: Ihr kümmert Euch um Thomas und Lord Harborough, und ich kümmere mich um das Mädchen.“

Der Bischof nickte. „So ist es abgemacht.“

# 3

„Thomas?“

Der Angerufene bewegte sich, kniff die geschlossenen Augen noch fester zu, drehte sich auf die andere Seite und zog die wärmende Decke bis über die Schultern. Schon einen Augenblick später hatte ihn der Schlummer wieder übermannt.

Er träumte, dem Bischof eine vollständige englische Bibel zu zeigen. Gerade erklärte er ihm die Übersetzung einer schwierigen Textstelle. Der Bischof deutete auf die Passage und staunte über die Argumente, die Thomas vorbrachte. Dennoch drückte er sein Missfallen aus, indem er vernehmlich knurrte.

„Thomas? Thomas!“

Da war wieder sein Name.

„Was ...?“ Thomas schreckte hoch.

Er schob das Maul der Kuh beiseite, das sich dicht über seinem Gesicht befunden hatte und erschrak. Wie spät war es eigentlich? Sollte er nicht heute in Lutterworth erscheinen? Er warf seine Schlafdecke fort.

Nein, doch nicht. Erst morgen sollte er dort hin kommen.

„Thomas!“

Diesmal erkannte er die Stimme, die ihn rief, klar und deutlich. Doch er hatte noch gar keine Lust aufzustehen. Und so legte er sich wieder und zog die Decke über den Kopf.

Felicia erschien in der Tür und rief: „Steh auf! Vater ruft dich schon die ganze Zeit.“

Thomas schlug seine Decke weg, sprang auf, zog sich seine Kniehosen unter das Nachthemd, schlüpfte aus diesem und streifte sich gleich darauf sein Tageshemd über. Er zwängte sich die Schuhe über und hüpfte zur Tür.

„Zieh' dir lieber was Warmes an“, sagte Felicia. „Es ist kalt draußen.“

Thomas nahm seinen Mantel vom Haken neben der Tür und schob den Riegel mit der einen Hand zurück, während er mit der anderen in den Ärmel schlüpfte. Er trat hinaus und sog die frostige Morgenluft ein. Durch die ins Schloss fallende Tür hörte Thomas noch, wie Ertha grollte: „Dass Howard den Jungen immer bis in die Puppen schlafen lässt!"

Am östlichen Horizont schickte die aufgehende Sonne ihre ersten Strahlen voraus und tauchte den Himmel in ein sanftes Rosa. Felicia hatte wirklich Recht: Es war bitterkalt. Schon nach wenigen Augenblicken brannte die Haut auf seinen Wangen und Händen.

Der gefrorene Matsch knirschte unter seinen Füßen, als er ums Haus ging. Eine durchbrochene Schneedecke hatte sich über Nacht gebildet.

„Da bist du ja, Thomas!", rief Howard und hielt ihm den zerborstenen Hocker entgegen. „Weißt du, was hier passiert ist?"

Offenbar war er gar nicht wütend, so wie seine Frage klang. Howard war nicht der Mann der schnellen Schuldzuweisungen. Auch erlag er nicht dem weit verbreiteten Irrtum, dass Besitz wertvoller sei als die Menschen, die damit umgingen. Er wollte einfach nur wissen, was geschehen war, denn an ihm blieb es ja schließlich hängen, ihn wieder zu reparieren.

„Ach ja, der Hocker!" Thomas versuchte Zeit zu gewinnen. Sein müdes Hirn brauchte noch einen Augenblick, um entscheiden zu können, wie viel er vom gestrigen Rendezvous mit Felicia preisgeben durfte.

Er hörte Schritte hinter sich im Schnee, so dass ihm eine kleine Gnadenfrist gewährt wurde. Felicia kam um die Ecke, fröstelnd, mit hochgezogenen Schultern.

„Frühstück ist fast fertig", sagte sie zu den Männern. Als sie aber ihren Vater mit dem Hocker in der Hand sah, warf sie Thomas einen fragenden Blick zu und mühte sich redlich, sich ein Grinsen zu verbeißen. Aber ihre Mundwinkel zuckten dennoch.

Das war ansteckend. Nun musste sich auch Thomas das Lachen verbeißen, während Howard sie fragend ansah.

„Ich habe ... äh ... gestern Abend gearbeitet...nur ganz kurz." Mit jedem „Äh" versuchte er ein Prusten zu unterdrücken, das gnadenlos hinaus wollte. „Tja, und als ich so arbeitete und auf dem Hocker saß, ist dann plötzlich ... äh ... ein Bein weggebrochen. Tja ... es ist einfach weggebrochen. War vielleicht der Holzwurm drin oder einfach zu schwach ...“

„Gearbeitet?“, fragte Howard. „Es hat doch gestern Abend gefroren!“

„Ja, schon. Es ... es war lausig kalt“, stammelte Thomas.

Felicia kam ihm zu Hilfe. „Weißt du, Vater, eigentlich habe *ich* Thomas aufgefordert hinauszugehen. Ich wollte ihm die Stoffstreifen zeigen, die du von Mr. Riggs geholt hast.“

„Ach ja, die Stoffe!“, rief Thomas erleichtert. Dafür wollte ich mich ja noch bedanken, dass du sie für mich besorgt hast. Das war sehr nett.“

Howard schwieg und wartete.

„Und weil wir schon mal draußen waren“, fuhr Felicia fort, „habe ich Thomas gebeten, mir zu zeigen, wie man Buchstaben schreibt. Guck mal, das sind meine Buchstaben.“ Sie lief zum Tisch, suchte das richtige Stück Stoff und hielt es hoch.

Howard ging zum Tisch, um sich das Werk seiner Tochter anzusehen.

Thomas grinste. Es war bewundernswert, wie Felicia ihren Vater von dem Hocker abgelenkt hatte.

„Siehst du, die Buchstaben habe ich geschrieben“, rief sie aufgekratzt. Das ist ein H, das ist ein E und das zwei R. Und wenn man es zusammen liest, heißt es ‘Herr’. *Ich* habe das geschrieben! Na ja, Thomas hat mir ein bisschen geholfen.“

Howard starrte bewundernd auf den Stoffstreifen. „Das hast du gemacht.“

Felicia strahlte.

„Es ist gar nicht schwierig“, sagte Thomas. „Dir könnte ich es genauso beibringen.“

Der Landmann schien beeindruckt vom Anblick der Buchstaben. Bedächtig schüttelte er den Kopf. „Nein ... nein, ich bin nur ein einfacher Bauer.“

„Aber sicher kannst du das“, rief Thomas. „Ich zeige es dir.“ Er holte Gänsekiel und Tinte hervor, stellte aber sofort fest, dass die Tinte gefroren war.

Felicia sah Thomas an, wie enttäuscht er war, und rief: „Wartet hier!“ Ihre Schritte knirschten im Schnee. Sie verschwand hinter dem Haus. Einen Augenblick später erschien sie mit einem brennenden Holzscheit, dessen Flamme sie mit einer Hand vor dem Ausgehen schützte.

Thomas hielt das Tintenfass über die Flamme, bis die darin befindliche Tinte wieder flüssig war.

„So. Das hätten wir geschafft. Wir werden mit einem einfachen Buchstaben anfangen. Er schrieb ein großes D auf das Tuch. „Nun du.“

Thomas hielt Howard die Feder hin. Doch der schüttelte den Kopf.

„Nun mach schon, Vater“, bedrängte ihn Felicia. „Versuch es wenigstens.“

Howard blickte seine Tochter verunsichert an, dann Thomas. Er äugte hinüber zum Haus und sah hinter sich. Dann legte er den zerborstenen Hocker und das Stuhlbein beiseite, und bevor er die Feder ergriff, wischte er sich die von harter Arbeit gezeichneten Hände an seinen Kleidern ab. Thomas zeigte ihm, wie man den Kiel halten muß. Doch in dem Augenblick, da er ihn losließ, fiel er Howard schon aus der Hand.

Howard trat einen Schritt vom Tisch zurück, als habe ihn die Feder gestochen. „Siehst du, ich bin halt doch nur ein dummer Bauer.“

„Du musst keine Angst haben, sie richtig anzupacken“, sagte Thomas. „Versuche es noch mal.“

Howard sah die Feder verunsichert an.

Aber Felicia sagte: „Bitte, Vater! Noch einen Versuch?“

Wieder wischte sich Howard die Hände an seinem Mantel ab. Dann trat er zögernd an den Tisch. Er streckte seine rechte Hand aus, so dass Thomas ihm den Kiel zwischen die Finger stecken konnte.

„Festhalten, aber nicht *zu* fest!“, sagte Thomas.

Diesmal blieb die Feder in Howards mächtiger Pranke. Er grinste triumphierend.

Dann ergriff Thomas Howards Handgelenk, führte seinen Arm zum Tintenfass und half ihm, Tinte aufzunehmen.

Er hielt für Howard den Stoff gespannt, während Felicia ihrem Vater über die Schulter sah. Der Abstrich vom D war bald gezogen.

Howard runzelte die Stirn, als er sein Werk vollbracht hatte. „Sieht wie ein knorriger Ast aus", sagte er.

„Überhaupt nicht! Für den Anfang ist es richtig gut", sagte Thomas. „Jetzt noch einen krummen ‚Ast' anfügen, und du bist fertig."

Diesmal setzte Howard die Feder allein an, während seine Zungenspitze zwischen den zusammengepressten Lippen erschien. Der entstehende Bogen lag zwar schief und berührte den Abstrich nicht. Doch der Ergebnis seiner Anstrengung ähnelte bereits einem D.

„Du hast es geschafft!", rief Felicia und klatschte in die Hände. Auch Thomas gratulierte ihm mit einem kräftigen Klaps auf den Rücken, während Howard stumm und ehrfurchtsvoll sein Werk betrachtete.

„Und nun sieh mal, Howard. Indem ich noch zwei Buchstaben hinzufüge, entsteht ein neues Wort. Das heißt jetzt 'DER'. Und wenn wir das Wort von Felicia anfügen, lesen wir: 'DER HERR'."

Thomas tunkte seine Feder ein paar Mal ein und schrieb noch etwas dazu. „Mit diesen Wörtern haben wir nun einen Satz aus der Heiligen Schrift." Er las ihn laut vor: „Der Herr ist mein Hirte."

Felicia betrachtete freudestrahlend die neuen Buchstaben und versuchte, einige davon zu entziffern.

Besorgt beobachtete Thomas, wie sich die Miene des Landmannes verfinsterte. Aus seinem Gesicht war alle Farbe gewichen. Mit weit aufgerissenen Augen und bebenden Lippen stand er da.

„Dies sind jetzt Worte aus der Bibel?“, fragte er und rang nach Atem.

Thomas nickte, obwohl er Howards Reaktion nicht einordnen konnte. „Es ist aus den Psalmen König Davids.“

„O je!“, seufzte Howard, und seine Stimme klang belegt. Tränen traten ihm in die Augen. „Und mein Buchstabe ist dabei!“

„Gewiss, du hast das D geschrieben.“

„Meine Hand hat etwas aus der Heiligen Schrift geschrieben?“

„Ja.“

„Vater, geht es dir nicht gut?“, fragte Felicia besorgt.

Howard reagierte nicht, sondern starrte nur die Buchstaben auf dem Tuch an. „Lies die Worte noch einmal“, bat er.

Thomas sah Felicia fragend an. Sie nickte zögernd. Und Thomas las noch einmal: „Der Herr ist mein Hirte.“

Feierlich wiederholte Howard: „Der – Herr – ist – mein - Hirte.“ Er schloss die Augen und sprach diesen Satz noch mehrere Male. „Was für eine großartige Aussage! Und alles beginnt mit meinem D.“

Felicia schmiegte sich an den Arm ihres Vaters, während Thomas ihm das Leinentuch überreichte. Howard hielt es ehrfurchtsvoll in seinen riesigen Händen. Mit heiserer Stimme sagte er: „Ich hätte nie gedacht, dass ich jemals etwas so Wundervolles in meinen Händen halten würde. Gottes Wort ... in meinem Haus ... in meiner Hand!“

Erthas krächzende Stimme drang schon zu ihnen vor, noch bevor sie um die Hausecke bog. „Felicia! Felicia! Wo bist du?“ Die andachtsvolle Stimmung war augenblicklich dahin.

Ihr zerfurchtes Gesicht erschien. „Ach, hier bist du! Ich dachte, ich hätte dich rausgeschickt, um die Männer zum Frühstück zu holen.“ Sie betrachtete die Umstehenden misstrauisch wie eine Mutter, die gerade ihre Kinder bei einer Schandtat erwischt hat. „Was ist ...“

Dann sah sie den Leinenstreifen in Howards Hand und das trieb ihr die Zornesröte ins Gesicht.

„Um Himmels willen, Mann!“, rief sie. „Hat dich denn der

Tod deines Bruders gar nichts gelehrt? Es gibt Dinge, da lässt man lieber die Finger von!"

„Ertha ...", sagte Howard und wollte fortfahren.

Aber sie hörte nicht zu. Dafür stemmte sie die Fäuste in die Hüften und schüttelte heftig den Kopf. „Das reicht! Meine Töchter wachsen nicht in einem Haus auf, in dem Zauberei betrieben wird, wo nichts mehr heilig ist und man die Gesetze Englands bricht!" Sie machte auf dem Absatz kehrt und verschwand hinter dem Haus.

Howard lief ihr hinterher. „Ertha ..."

Man hörte sie immer noch wettern: „Als nächstes treiben sie es hier noch direkt mit Dämonen. Aber nicht mit mir! Ich mache mich auf den Weg nach Coventry, bevor ich noch eine Nacht unter diesem Dach verbringe."

Die ins Schloss fallende Tür unterbrach zwar zunächst ihren Redeschwall. Doch selbst von drinnen war ihr Geifern und Zetern noch zu hören.

Thomas blickte zu Felicia und zuckte mit den Schultern. „Tut mir Leid", sagte er. „Ich weiß, wie viel dir Leoma und Poppy bedeuten."

Felicia antwortete mit einem Schulterzucken. „Wenn es das nicht gewesen wäre, hätte sie einen anderen Grund gefunden."

Thomas reinigte die Federspitze mit einem Lappen und legte seine Schreibutensilien zurück in die Klappe des Tisches. Als er sich wieder umdrehte, sah er Felicia, die den zerborstenen Hocker in der Hand hielt. „Was meinst du, ob Vater einen hinkriegt, der uns beide aushält?", sagte sie schelmisch, und beide mussten lachen.

* * *

Felicia kniete im Schnee und drückte mit dem einen Arm Leoma und mit dem anderen Poppy an sich. Und obwohl man die beiden dick eingepackt hatte, konnte sie spüren, wie dürr und abgemagert sie waren.

„Ich werde euch fürchterlich vermissen", flüsterte sie ihnen zu, wobei sie gegen ihre Tränen ankämpfte. Dann küsste sie eine nach der anderen auf die roten Wangen.

Leoma begann zu weinen. „Wenn ich groß bin, komme ich zu dir zurück und dann wohne ich bei dir!"

Felicia sah zu Ertha auf.

Ihr mürrisches Gesicht verriet, dass sie zugehört hatte. „Leoma, Poppy, kommt jetzt!", herrschte sie sie an. „Der Tag ist schnell vorbei." Und ohne auf sie zu warten und richtig Adieu zu sagen, machte sie sich auf den Weg.

„Felicia, ich will doch bei dir bleiben", jammerte Poppy. Ihre Ärmchen klammerten sich fest um Felicias Hals.

Felicia erwiderte sanft: „Eure Mutter braucht euch jetzt. Sie wäre doch ganz traurig ohne euch."

Ertha kam noch einmal zurück, beschimpfte die Mädchen und drohte ihnen Schläge an, wenn sie nicht sofort kämen. Und zu Howard gewandt rief sie: „Du wirst noch an meine Worte denken. Mit deiner Tochter wird es noch mal schlimm enden. Du wirst bereuen, dass du nicht auf mich gehört hast. Wart's nur ab. Fleißige Hände und ein geschlossener Mund vertreiben die Flausen aus dem Kopf einer solchen Göre!"

Zwar sprach sie die Worte zu Howard gewandt, aber Felicia sollte sie eigentlich hören. Weil Howard sie auf ihrer Reise begleiten sollte, würde sie ohnehin den ganzen Tag ausreichend Zeit haben, ihm vorzuhalten, was für ein schlechter Vater er doch sei und dass es mit Felicia kein gutes Ende nehmen werde.

Nach einer letzten Umarmung öffnete Felicia die Umklammerung und ließ die Mädchen ziehen. „Nun lauft schnell zu eurer Mutter." Mit diesen Worten gab sie ihnen einen freundschaftlichen Klaps, um ihnen Beine zu machen.

Hand in Hand liefen die beiden Mädchen ihrer Mutter nach, wobei sie sich immer wieder umsahen. Jedes Mal küsste Felicia auf ihre Handfläche und blies ihnen den Kuss zu.

Howard hatte schon die Deichsel eines alten Handkarrens ergriffen, auf dem sich Erthas Habseligkeiten türmten. „Ich lasse dich nicht gern allein“, sagte er. „Meinst du wirklich, dass du zurechtkommst? Vielleicht willst du ja doch lieber bei ...“

„Es ist doch nur die eine Nacht, Vater“, sagte Felicia beruhigend. „Ich werde zurechtkommen!“

In diesem Augenblick trat Thomas vor die Tür. Er war schon mit Hut und Mantel für die Reise gekleidet. Über der Schulter trug er einen vollgestopften Lederbeutel. Felicia rief ihm zu: „Nun macht euch endlich auf den Weg, ihr beiden. Vor allem du, Thomas Torr. Du bist schon spät dran. Ich möchte auf keinen Fall, dass du Doktor Wyclif gegenüber behauptest, ich sei Schuld an deiner Verspätung.“

Thomas aber meinte zu Howard: „Ich kann auch noch einen Tag bleiben und erst morgen nach Lutterworth aufbrechen.“

Felicia wurde ungehalten: „Thomas Torr!“, rief sie. „Ich dulde es nicht, dass Ihr länger da herumsteht und so tut, als sei ich ein Tier im Stall, das gefüttert werden muss. Ich kann sehr gut auf mich selber aufpassen! Hört sofort damit auf und macht euch auf den Weg!“

Beide sahen sich verblüfft an, und Thomas sagte lachend: „Wehe dem Mann, der ihr in unserer Abwesenheit über den Weg läuft.“

„Er hätte keine Chance“, erwiderte Howard trocken. „Sie würde ihn wie die Wurst zum Trocknen an die Decke hängen.“

Gerade wollte Felicia etwas erwidern, als ein Reiter auftauchte. „Was will denn der?“, grummelte Thomas.

Auch Howard starrte in Richtung des sich nähernden Reiters. Als er in Hörweite gekommen war, rief Howard: „Bleibt, wo Ihr seid, und sagt, was Ihr wollt.“

Doch der Reiter ließ sich nicht beirren.

Howard setzte die Deichsel des Karrens ab, ging auf den Reiter zu und hob beide Hände. „Ich sagte: Halt!“

Der Reiter zügelte seine kastanienbraune Stute und brachte sie zum Stehen.

„Sagt, was Ihr wollt.“

Nun erkannten sie, dass es Kendall war. Er lächelte. „Keine Sorge. Ich habe nichts Böses im Sinn.“

„Was dann?“, schnauzte Thomas und war genauso unfreundlich wie Howard. Er hatte seinen Beutel niedergelegt und stand nun Schulter an Schulter neben dem Alten.

„Ich will etwas für unsere guten Beziehungen tun“, sagte Kendall.

Felicia beobachtete die Szene. Welche guten Beziehungen könnte ausgerechnet Kendall mit Howard pflegen wollen?

„Ich kam vorbei, um Felicia einen schönen Tag zu wünschen“, sagte Kendall.

Felicia spürte, dass sie errötete. Ihr Vater und Thomas sahen sie an. Offenbar war keiner von beiden erfreut.

Felicia wusste nicht, was sie davon halten sollte. Sie hatte zwar bemerkt, dass sie Kendall nicht gleichgültig war. Er hatte sie immer schon mal verstohlen angesehen und beobachtet. Aber sollte er diesen langen Ausritt wirklich nur gemacht haben, um sie zu begrüßen? Das wäre sehr schmeichelhaft. Thomas und ihr Vater aber begegneten dem junge Mann mit eindeutiger Ablehnung und Feindseligkeit.

Howard wandte sich nun wieder dem Reiter zu. „Nun gut“, grummelte er. „Sprecht Euren Gruß, und dann macht Euch wieder fort.“

„Vater!“, rief Felicia. „Sei nicht so unhöflich. Wenn Kendall schon den weiten Weg geritten ist …“

„Je schneller er seinen Gruß entbietet und sich auf den Rückweg macht, desto schneller ist er wieder zu Hause“, mischte sich Thomas ein.

„Also wirklich!“, rief Felicia und ging auf ihre beiden Beschützer zu. Es reichte ihr nun, dass sie über ihren ganzen Tag bestimmen wollten. „*Ihr beide* solltet längst auf dem Weg sein! Vater, wenn du dich jetzt nicht beeilst, ist Ertha schon in Coventry, während du erst den Meilenstein auf halber Strecke erreicht hast. Und Thomas, du wirst bestimmt noch in Lutterworth zu spät ankommen.“

Beide Männer schwiegen eisern und machten keine Anstalten, sich in Bewegung zu setzen.

„Na los! Macht euch auf den Weg!“, befahl Felicia und scheuchte sie mit ihren Händen.

Zögernd und widerwillig begab sich Howard zu seinem Karren. Mit einem Seufzer, der mehr Unwillen als Anstrengung ausdrückte, hob er die Deichsel und setzte das Gefährt in Bewegung. Er wollte noch etwas sagen, aber Felicia schnitt ihm das Wort ab.

„Gute Reise, Vater“, rief sie.

Thomas warf Kendall noch einen giftigen Blick zu, bevor er seinen Beutel aufnahm. Die ersten Schritte lief er rückwärts, dann drehte er sich um, marschierte los und warf noch ab und zu einen Blick über die Schulter. Schließlich waren beide Männer außer Hörweite und verschwanden am Horizont.

„Ich entschuldige mich für sie“, sagte Felicia. „Ich weiß nicht, was in sie gefahren ist.“

Kendall grinste. Wenn er sich beleidigt fühlte, dann zeigte er es zumindest nicht. Er stieg vom Pferd. Seine elegante Bekleidung erinnerte Felicia daran, dass sie in ihrem grauen Leinen nur ein einfaches Mädchen war.

„Ich bin sicher“, sagte Kendall, „dass sich der Zorn deines Vaters mehr gegen meinen Vater richtet als gegen irgend etwas, was ich getan habe.“

Felicia betrachtete den Sohn des Landvogts etwas genauer. Es war schon sonderbar, dass dieser so freundlich wirkende Jüngling der Sohn eines Mannes sein konnte, der es verstand, die Landbevölkerung immer wieder gegen sich aufzubringen. „Bekommt Ihr viel Ärger ab, der eigentlich Eurem Vater gebührt?“, fragte sie.

„Ich versuche, es nicht persönlich zu nehmen.“

Felicia blickte verlegen zu Boden und schwieg. Sie wollte ihm die Gelegenheit geben, ihr sein Anliegen zu nennen. Aber aus den Augenwinkeln sah sie, dass auch er verlegen zu Boden sah, dann zum Himmel hinaufblickte und nervös an den Zügeln seines Pferdes nestelte.

Das Schweigen wurde immer peinlicher. Felicia hätte gern etwas getan, um diese für sie beide unangenehme Spannung abzubauen. Aber auch sie wusste nicht, was sie sagen sollte.

Als sie wieder verstohlen zu ihm hinblickte, bemerkte sie, dass er sie anstarrte. Als er das bemerkte, sah er schnell weg und hüstelte verlegen.

Schließlich räusperte sich Felicia in die Stille hinein und sagte gleich etwas, damit sich die Spannung nicht erneut aufbaute: „Jetzt muss ich aber an die Arbeit gehen."

„Kann ich dir helfen?", sagte er forsch und seine Augen leuchteten.

„Ich weiß nicht ..." Sie sah zum Haus hinüber und dachte an die Schüsseln, die sicher noch vom Frühstück überall auf dem Tisch standen. Die Tiere brauchten frisches Stroh. Überall lagen Wäscheberge herum. Kerzen mussten gedreht und der Flachs gesponnen werden. All das waren Arbeiten, die drinnen erledigt werden mussten. Abgesehen davon, dass schon der Anstand es nicht erlaubte, sich allein mit einem jungen Mann in einem Haus aufzuhalten, wäre es ihr auch schrecklich peinlich gewesen, wenn er die Verhältnisse mitbekommen hätte, in denen sie lebte.

„Ich muss noch Feuerholz sammeln", sagte sie schließlich.

Da konnte nicht viel passieren, solange niemand vorbeikam und sie zusammen sah. Und von Ertha musste sie keine Strafpredigt mehr über sich ergehen lassen!

„Ich kann dir dabei helfen", sagte er.

Felicia sah jetzt, wie makellos sauber seine Kleidung war. Und mit seinen zarten Händen war er es gewiss nicht gewöhnt, Holz zu sammeln.

Aber Kendall hatte schon sein Pferd angebunden und kam nun auf sie zu. „Wo holt ihr denn normalerweise euer Holz?", fragte er.

„Dort drüben." Felicia führte ihn zu einem Wäldchen, das, so fiel ihr gerade jetzt auf, eigentlich ziemlich dicht am Haus lag.

Sie arbeiteten zwischen den Bäumen, ohne ein Wort zu reden. Felicia lief gebückt umher und sammelte tote Zweige auf, die von den Bäumen gefallen waren. Und Kendall beeilte sich, ihrem Beispiel zu folgen. Bald presste er mit dem einen Arm ein ganzes Bündel gegen seine Brust, während er mit dem anderen weiter Zweige aufhob. Die Zweige verhakten sich in seinem Wams, so dass er schon bald ziemlich verschmutzt war. Doch das schien ihm nichts auszumachen.

Felicia betrachtete ihn verstohlen aus den Augenwinkeln. Sie fragte sich, wie es wohl sein mochte, in einem Haus zu leben, in dem solche prachtvollen Sachen jederzeit zur Verfügung standen. Schon als kleines Mädchen hatte sie davon geträumt, einmal so zu leben.

Damals hatte sie ohne Scheu davon erzählt, richtig reich werden zu wollen. Aber Ertha und die anderen Frauen im Dorf hatten ihr solche Flausen immer schnell wieder ausgetrieben. „Du bist als Bäuerin geboren und du wirst als Bäuerin sterben“, sagten sie dann. „Es ist Sünde, sich selbst zu erheben!“

Aber diese Schelte hatte Felicia nicht abgehalten, weiter vom Reichtum zu träumen. Allerdings sprach sie nicht mehr darüber. Diese Träume waren der Hoffnungsschimmer in ihrem Leben, besonders wenn harte Zeiten anbrachen. Und schließlich hatte Thomas doch bewiesen, dass man sich durchaus aus seinem Stand erheben konnte. Ein Waisenkind, das zusammen mit dem Gelehrten Doktor Wyclif die Heilige Schrift übersetzte! Wenn Thomas es geschafft hatte, warum dann nicht sie auch?

Sie hatte Kendall schon früher einmal in ihre Tagträume mit einbezogen. Leichter konnte man der Armut gar nicht entrinnen, als einen reichen Mann zu heiraten. Aber das war, bevor ihre Gefühle für Thomas erwacht waren.

Kendall hatte sein Bündel abgelegt und versuchte nun, einen toten Zweig abzubrechen, der noch am Baum festhing.

„Was macht Ihr da? Das dürft Ihr nicht“, rief Felicia.

Er hielt inne. „Warum denn nicht?“

„Das ist verboten. Wir dürfen nur Holz sammeln, das auf dem Boden liegt. Alles, was an den Bäumen hängt, ist Eigentum von Lord Harborough.“

„Weiß ich doch“, antwortete Kendall und bemühte sich weiter

um den Zweig. Er konnte ihn schließlich richtig packen. Und das Krachen war weit zu hören.

Felicia war außer sich. „Haltet ein!“, rief sie.

Kendall hielt den Ast stolz, wie der Jäger seine Beute vorzeigt. Er stellte den Fuß darauf und zerbrach ihn in zwei Teile. „Er wäre doch ohnehin bald abgefallen“, meinte er. „Außerdem macht er ein schönes Feuer, meinst du nicht auch?“

Felicia sah sich ängstlich um und sagte dann: „Aber was ist, wenn Euch jemand gesehen hat? Wenn man Euch erwischt?“

Kendall grinste. „Meinst du wirklich, mein Vater kerkert seinen Sohn wegen eines toten Astes ein?“

Das klang logisch und überzeugend. Dennoch drängte sie der Gedanke, jemand habe sie vielleicht beobachtet, sich noch einmal umzusehen. Doch es war niemand zu sehen.

Kendall nahm sein Bündel auf. Es war inzwischen so schwer, dass er es kaum noch tragen konnte. „Reicht das oder brauchst du noch mehr?“

Es war ja alles sehr nett von ihm. Er hatte getan, was nur die Mächtigen sich leisten konnten, weil sie selber die Hüter des Gesetzes waren. Und indem er für sie eigenmächtig das Gesetz übertrat, hatte er sie für einen Augenblick aus ihrer Niedrigkeit emporgehoben.

„Weiß Euer Vater, dass Ihr zu mir gekommen seid?“, fragte sie und wusste eigentlich nicht, ob sie es überhaupt wissen wollte.

„Es war seine Idee.“

„*Seine* Idee?“ Felicia reagierte überrascht.

Kendall grinste. „Ich verstehe es genauso wenig wie du. Aber es war seit Jahren das erste Mal, dass wir etwas gemeinsam gut fanden.“

Felicia spürte, dass sie errötete. Sie fühlte sich geschmeichelt und war gleichzeitig verwirrt. Der Gedanke, dass der Landvogt und sein Sohn über sie geredet hatten, machte sie sprachlos. Und nun hatte der Vogt auch noch seinen Sohn zu ihr geschickt! Sie verstand die Welt nicht mehr.

Wieder am Haus angekommen, bot Kendall an, das Holz hineinzutragen. Aber das wollte Felicia auf keinen Fall. So legte er es neben die Tür. Sie stand dabei im Rahmen und wischte sich verlegen die Hände an ihrem Rock ab. Als ihr bewusst wurde, was sie tat, versuchte sie, den anhaftenden Schmutz schnell wieder abzureiben. Was musste man als arme Bäuerin nicht alles bedenken, wenn man einem so fein gekleideten Herrn gegenüberstand!

„Ich werde mich jetzt auf den Weg machen", sagte er. „Wenn ich zu lange bleibe, kommen andere noch auf dumme Gedanken. Und ich möchte nicht, dass du ins Gerede kommst."

Kendall wirkte jetzt schon wesentlich gelöster als am Anfang ihrer Begegnung. Er machte sich auf den Weg, blieb dann aber stehen, verharrte einen Augenblick und drehte sich wieder zu ihr um. Schließlich zog er aus einer Tasche einen scharlachroten Seidenschal.

„Hier, der ist für dich", sagte er und warf ihn ihr zu.

Felicia wusste nicht, was sie sagen sollte. Der Schal war ein edles Stück und bildete einen so augenfälligen Kontrast zu dem erdgrauen Einerlei ihrer Umgebung. Hier gab es nur hölzerne Fensterläden, Strohdächer, grob verputzte Hauswände und matschige Sandwege. Das leuchtende Rot des Schales wirkte da wie ein Leuchtfeuer in dunkler Nacht.

„Oh, Kendall!", rief Felicia. „Das kann ich doch nicht annehmen ..."

„Kannst du doch! Es ist ein Geschenk. Wir möchten, dass du es behältst."

„Wir?"

Er zuckte verlegen mit den Schultern. „Ich sage es noch einmal: Es war die Idee meines Vaters. Er gab mir den Schal, damit ich ihn dir schenke. Ich habe keine Ahnung, was du getan hast, um seine Gunst zu erwerben. Aber was immer es auch sein mag, ich bin sehr froh, dass es so gekommen ist."

Mit zitternden Händen betastete sie den Stoff. Was für ein Gefühl! Sie hatte zwar solche feinen Stoffe schon gesehen, aber niemals berührt. Er war anders als alles, was sie bisher kannte –

leicht und luftig. Sie hatte das Gefühl, als ob jemand eine Nebelschwade eingefangen und sie zu einem zarten Tuch verwandelt hatte.

„Magst du es?“, fragte Kendall.

Felicia brachte kein Wort heraus. Dass Männer oft so blind waren! Sah er denn nicht, wie dieses Geschenk sie überwältigt hatte?

„Natürlich mag ich ihn!“, rief sie. „Er ist einfach wunderbar.“

Sie schmiegte den Schal an ihre Wange und schloss die Augen. Es fühlte sich an, als hauche ein Engel sie an.

„Ich danke Euch, Kendall. Und richtet auch Eurem Vater meinen Dank aus.“

Mit einem breiten Grinsen bestieg Kendall sein Pferd. „Ich habe vorhin zufällig mitbekommen, dass du heute Nacht allein im Haus sein wirst“, sagte er. „Ich werde später noch einmal vorbeikommen, um zu sehen, ob alles in Ordnung ist.“

Seine Ankündigung holte sie zurück aus dem Märchenland, in das der Schal sie für einen Augenblick entführt hatte. Jetzt stand sie wieder mitten im Morast vor ihrer Kate und fühlte sich schrecklich ausgeliefert.

„Das wird nicht nötig sein“, sagte sie. „Ich werde zurechtkommen. Es ist ja nur eine Nacht.“

„Bist du sicher?“

Sie nickte.

„Nun gut, dann lebe wohl“, sagte Kendall.

Er warf ihr noch einen Blick zu und ritt davon.

* * *

Für den Rest des Tages begleitete der Schal Felicia überall hin. Was immer sie tat – sie hatte ihn stets bei sich. Immer wieder unterbrach sie ihre Arbeit, um ihn zu bewundern. Sie ließ ihn durch ihre Finger gleiten oder streichelte ihre Wange damit. So etwas Wunderbares und Kostbares hatte sie noch niemals besessen.

Als die Dunkelheit hereinbrach, schloss sie die Fensterläden und verriegelte die Tür von innen. Es war an diesem Abend ungewohnt still im Haus. Immerhin hatte sich durch Ertha und die Kinder die Bewohnerzahl des Hauses verdoppelt. Felicia musste lächeln. Wer hatte in der letzten Zeit eigentlich für den meisten Lärm gesorgt – die beiden quirligen Mädchen oder Ertha mit ihrem pausenlosen Gebrabbel?

Jetzt allerdings war nur das Prasseln des Feuers im Ofen und das Rascheln der Hühner im Stroh zu hören. Ab und zu rührte sich auch noch die Kuh. Doch dann schnaubte draußen ein Pferd. Jemand musste gekommen sein!

Felicia sprang auf. Sie sah sich nach einer möglichen Verteidigungswaffe um. Sie begann, am ganzen Leib zu zittern. Ihr Atem ging kurz und flach, jede Faser angespannt.

Sie starrte zur Tür und erwartete, dass jeden Augenblick jemand daran pochen würde. Aber es pochte niemand. Sonderbar. Jetzt erschreckte sie das Ausbleiben mehr, als wenn jemand sich gemeldet hätte. Sie lauschte angestrengt. Immer noch nichts.

Ihr Herz schlug schnell und kräftig. Sie zog ihr Tuch enger um die Schultern und horchte ... horchte hinaus.

*Muuuh!*

Felicia fuhr zusammen und fasste sich an die Brust, als wolle sie ihr Herz unter Kontrolle bringen. Es half nicht viel. Sie versuchte, tief Atem zu holen, um wieder ruhiger zu werden.

Es wurde ihr klar, dass sie sich nicht hinlegen konnte, ohne herausgefunden zu haben, wer draußen war. So schlich sie auf Zehenspitzen zum Fenster und versuchte, durch die Läden zu spähen. Behutsam löste sie den Riegel. Dann sandte sie ein Stoßgebet zum Himmel, dass der Fensterladen nicht quietschen möge, wenn sie ihn jetzt bewegte. Mit aller Vorsicht drückte sie dagegen.

Er gab jedoch nicht nach. Sie drückte noch einmal. Nichts. Hatte sich das Holz durch Frost und Kälte verzogen?

Felicia versuchte es wieder – diesmal mit mehr Kraft. Ihr war klar, dass jeder es draußen hören würde, wenn der Flügel plötzlich nachgab. Doch inzwischen war ihr alles egal. Sie musste wissen, ob sich da draußen jemand herumtrieb, und drückte.

Es knarrte etwas, nicht laut, aber sie hörte, dass draußen Eisbröckchen fielen.

Endlich! Die Läden waren nun frei beweglich – wenigstens ein Stück. Aber das genügte ihr. Sie spähte durch den Spalt, und die kalte Nachtluft strömte ihr entgegen.

Durch den Spalt bemerkte sie den Schatten eines Pferdes ein Stückchen vom Haus entfernt. Und darauf saß zusammengekauert ein Reiter. Die Zügel schleiften im Schnee. Offenbar wartete der Mann auf irgend etwas oder irgend jemand. Aber auf wen? Und warum wartete er ausgerechnet vor ihrem Haus?

Der Reiter bewegte sich und streckte seine Glieder. Dann sah er auf zum Himmel, und das Mondlicht beleuchtete sein Gesicht.

Kendall!

Um sich warm zu halten, umklammerte er seinen Oberkörper mit den Armen. Er war also doch gekommen, obgleich sie es nicht wollte. Aber warum? Sie beobachtete ihn ein paar Minuten. Offenbar bewachte er ihr Haus! Ein reicher Jüngling saß also dort draußen in einer frostigen Nacht auf seinem Pferd und beschützte sie!

Eine Weile stand Felicia, gegen den Fensterrahmen gelehnt, und beobachtete Kendall durch den Schlitz der Fensterläden. Dabei strich sie sich mit dem Seidenschal über die Wange und lächelte.

# 4

Auf kaum einem anderen Landgut der Gegend wurde die Geburt Christi so ausgiebig gefeiert wie bei Lord Harborough. Und kein anderer Gutsherr hieß die Bauern der Gegend so herzlich willkommen.

In anderen Teilen des Landes begannen die Winterfeierlichkeiten damit, dass die Bauern die Tore des Gutes ihres Herrn stürmten. Man erwartete dann von ihm, dass er die Bauern einließ und sie mit dem Besten bewirtete, was das Gut zu bieten hatte – mit den besten Speisen, dem besten Bier, der schönsten Musik. Weigerte er sich jedoch, so hatten die Bauern das Recht, so manchen Schabernack zu treiben, was normalerweise nicht ohne Schäden und Zerstörung abging.

In Fearnleah dagegen umging Lord Harborough den Sturm aufs Gut und die damit einhergehende Heimsuchung, indem er freiwillig für alle, die kommen wollten, am Weihnachtsabend ein großes Fest ausrichtete. Einer Tradition folgend, zog er sich nun genauso schlicht wie seine Bauern an und bediente seine Gäste bis hinunter zum Bettler, als gehörten sie alle dem Adel an.

Thomas, der für die Feiertage aus Lutterworth heimgekehrt war, lehnte an der massiven Steinwand der großen Halle. Er rieb sich den inzwischen schon vorgewölbten Leib und hoffte, genug Grips im Kopf zu haben, die nächste herumgereichte Hackfleischpastete an sich vorübergehen zu lassen und nicht zu verspeisen. Aber wie konnte er widerstehen? Selbst jetzt noch starrte er immer wieder wie gebannt auf die große Tafel mit Wildschweinbraten, Roastbeefscheiben, Weizenbrei und literweise heißem Molketrank. Außerdem waren alle möglichen Pasteten und Desserts angerichtet – und sein Lieblingsnaschwerk: Pfefferkuchenmänner.

An diesem einen Abend hatte er mehr gegessen als in den zwei Wochen davor. Kein Wunder also, dass ihm schlecht war. Aber sein erneuter tiefer Seufzer ging im allgemeinen Lärm und Getümmel der Feierlichkeit unter.

Es herrschte Feststimmung. Überall bogen sich Menschen vor Lachen, andere drehten sich im Tanz, Betrunkene grölten, die Musikanten gaben ihr Bestes, und Frauen saßen Männern auf dem Schoß, lockten sie oder stießen sie, Entrüstung vorspielend, zurück.

„Da bist du ja, Thomas", rief Felicia schon von weitem. Sie nahm seine Hand und versuchte, ihn fortzuziehen. „Komm schon, sie spielen da hinten Blindekuh."

Thomas lächelte. Sie sah so begehrenswert aus, wenn sie ausgelassen war. Aus ihrem Gesicht strahlte Lebensfreude, ihre blauen Augen funkelten, und ihr Mund lächelte so anziehend, dass ihm warm ums Herz wurde. Doch sein übervoller Magen verhinderte jede überschwängliche Reaktion.

Er winkte ab. „Ich kann nicht."

„Na los! Es wird schon Spaß machen!"

„Nein, mein Magen! Ich habe zu viel gegessen."

„Es wird dir helfen, wieder etwas davon loszuwerden! Du fühlst dich hinterher bestimmt gleich besser."

Mitleid erweckend, verzog Thomas das Gesicht zu einer Grimasse und ließ den Kopf hängen.

„Bitte, Thomas! Bitte!"

Es war ihr Blick, diese Augen, denen er nicht widerstehen konnte. Was hatten diese Augen an sich, dass sie solche Macht über ihn ausübten? Sie musste es nur schaffen, dass er ihr in die Augen sah – und schon war er ihr ausgeliefert. Jedes Mal. Und sie wusste es.

Müde lächelnd ließ Thomas es schließlich zu, dass sie ihn mit sich fortzog.

„Es wird dir Spaß machen", sagte sie.

Er aber bezweifelte es.

Am anderen Ende der Halle wurden gerade einem Bauernjungen die Augen verbunden. Er mochte kaum älter als elf oder zwölf sein. Das verunsicherte Thomas noch mehr. War es richtig gewesen, sich überreden zu lassen? Er hatte keine Lust, mit einer Horde Kinder zu spielen. Als sich dann aber alle zum Spiel versammelt hatten, sah er, dass die meisten Teilnehmer in seinem Alter oder sogar älter waren. Er erinnerte sich, dass auch er ungefähr zwölf gewesen war, als man ihm zum ersten Mal erlaubt hatte, an einem solchen Spiel teilzunehmen. Das war damals für den Jungen furchtbar aufregend gewesen, sich unter die Erwachsenen mischen zu dürfen, vor allem, weil hübsche Mädchen mitspielten.

Man drehte den schwarzgelockten Jungen immer wieder um die eigene Achse. Und als man ihn dann losließ, torkelte er, etwas schwindlig geworden, in Richtung einer gickelnden Mädchengruppe.

Wie Gänse stoben sie auseinander, um ja nicht berührt zu werden. Der Junge mit der Augenbinde drehte sich mit ausgestreckten Armen tastend im Kreis und versuchte es in einer anderen Richtung. Er steuerte knapp rechts an Thomas und Felicia vorbei. Sie tat einen Schritt zur Seite. Dabei stieß sie mit Thomas zusammen. Der Junge drehte sich zu ihr, aber es gelang ihr gerade noch, seiner Berührung zu entkommen. Darauf bewegte sich der Junge in eine andere Richtung.

Thomas stieß Felicia mit dem Zeigefinger in die Rippen, dass sie quiekte. Und schon Augenblicke später hatte der Junge sie erwischt. Aber um zu gewinnen, musste er noch sagen, wen er berührt hatte. Indem er den Kopf nach hinten neigte, versuchte er, durch einen Spalt unter der Augenbinde etwas zu erkennen. Aber darauf fiel natürlich niemand herein, und man drückte ihm die Binde unten an.

„Äh ... Felicia!“, rief er.

Alle jubelten. Der Junge riss sich die Binde von den Augen und grinste breit, wobei seine Zahnlücken für jedermann sichtbar wurden. Stolz genoss er den Applaus. Besonders stolz aber machte ihn, dass er ein so hübsches Mädchen erwischt hatte. Niemand nahm dem Jungen sein kleines Täuschungsmanöver übel. Bei solchen Festen war der Spaß wichtiger. Man nahm alles nicht so ernst. Felicia aber wandte sich an Thomas: „Das hast du mit Absicht gemacht!"

„Ich weiß nicht, wovon du redest. Du bist mit mir zusammengestoßen. Was sollte ich denn machen? Sei nicht so ein wehleidiges Kind!"

Sie drohte ihm mit dem Finger und werde es ihm bei passender Gelegenheit schon heimzahlen. Für Thomas bedeutete das, den restlichen Abend auf alles gefasst zu sein. Inzwischen wurden Felicia die Augen verbunden.

Währenddessen bahnte sich Thomas einen Weg durch die dicht gedrängt stehenden Teilnehmer und fand schließlich einen freien Platz direkt an der Wand, von dem aus er dem Treiben still vergnügt zusah.

Kaum ließ man Felicia nach ein paar Drehungen los, da steuerte sie auch schon auf den Platz zu, wo Thomas zuletzt gestanden hatte. Er grinste. Sie hatte es offenbar klug angestellt und die Runden mitgezählt und wollte nun Rache üben.

Die Umstehenden stoben auseinander, so dass Felicia siegessicher ins Leere fasste. Thomas freute sich. Er konnte sie nun in aller Ruhe betrachten, ohne dass es auffiel, denn alle Blicke waren auf Felicia gerichtet.

Sie war so schön und quicklebendig. Und ihre gemeinsame Zukunft schien vorgezeichnet. Sie würden bestimmt glücklich werden. Wenn sich alles weiter so positiv entwickeln würde, wie es jetzt den Anschein hatte, dann konnten sie schon nächstes Jahr zu Weihnachten ein Paar sein. Es war ein schöner Gedanke.

Ein Aufschrei der Umstehenden lenkte seine Aufmerksamkeit wieder auf das Spiel. Felicia hatte jemand erwischt. Thomas musste sich jetzt schnell wieder unter die anderen Leute mischen.

Zudem wollte er sehen, wer so plump war, sich von ihr erwischen zu lassen. Wahrscheinlich irgendein volltrunkener Bauer.

Deshalb stellte er sich auf Zehenspitzen, um besser sehen zu können und entdeckte Felicia sofort. Sie hatte immer noch die Binde um. Ihren Gefangenen konnte er jedoch nicht erkennen und reckte sich deshalb noch höher. Da erkannte er ihn, und Wut stieg in ihm auf.

Kendall!

Felicia hatte ihre Hände auf seine Schultern gelegt. Und indem er seine Knie ein wenig einknickte, machte er sich kleiner. Dieses kleine Täuschungsmanöver gehörte zum Spiel, und die Umstehenden hatten daran ihren Spaß.

„Hmmm. Nicht zu groß. Ja, eigentlich so groß wie ich“, sagte Felicia. Gelächter.

Ihre Hände bewegten sich hinauf zu seinem Gesicht. Kendall genoss offenbar die Situation. Für Thomas' Geschmack genoss er es zu sehr.

Felicia ließ ihre Hand über seinen offenen Mund gleiten.

„Er hat wenigstens alle Zähne. Das ist schon mal ein gutes Zeichen!“, rief sie.

Schallendes Gelächter von den Zuschauern.

„Ich frage mich ...“, gurrte Felicia wie eine Turteltaube. „Könnte er es sein?“

Thomas wurde es heiß – und heißer mit jedem, der sich nach ihm umsah, um zu beobachten, wie er wohl reagieren würde.

Sie nahm die Hand ihres Opfers und befühlte die Handfläche. „Hmmm, keine Schwielen. Dies sind nicht die Hände eines Schwerarbeiters. Es sind eher die Hände eines Schreibers - oder?“

Thomas begriff. Felicia glaubte tatsächlich, ihn erwischt zu haben! Sollte er husten, irgendein Geräusch machen, das sie warnte? Nein, es war ja doch nur ein Spiel.

„Ja“, schnurrte sie, „ich denke, ich errate, wer es ist.“

Dann, der Schrecken fuhr Thomas in die Glieder, lehnte sie sich vor und küsste Kendall sanft auf die Lippen.

Die Menge tobte, grölte und klatschte Applaus.

„Es ist mein Thomas!“, rief sie und riss sich die Binde vom Gesicht.

Doch statt Thomas sah sie Kendall vor sich stehen, der zwar errötete, aber ganz glücklich zu sein schien.

Die Umstehenden grölten noch lauter.

Felicia tat einen Schritt zurück. Ihr Gesicht lief puterrot an, und mit der Hand bedeckte sie ihren Mund. Sie sah sich suchend um, bis sie Thomas entdeckte.

„Ich dachte doch, dass du es wärst!“, rief sie entsetzt. „Ehrlich, Thomas, ich dachte, du wärst es!“

Das Gelächter wollte nicht enden, und von vielen bekam Thomas einen freundschaftlichen Klaps auf den Rücken. Er mühte sich redlich, gute Miene zum bösen Spiel zu machen. Aber es gelang ihm nicht sonderlich.

„Du hast dich geirrt“, sagte er schließlich. „Du bist noch einmal dran.“

Felicia versuchte, die Binde an jemand anders abzugeben, aber die Menge bestand auf der Einhaltung der Regeln. Noch einmal verband man ihr die Augen. Vorher warf sie ihm noch einen flehenden Blick zu.

Thomas bekam allerdings nicht mehr mit, wen sie in der zweiten Runde fing, denn es zog ihn zurück zur Festtafel.

* * *

„Herr der Narren! Herr der Narren!“

Als dieser Ruf erscholl, richteten sich alle Blicke auf die hölzerne Treppe, die an einem Ende des Saales zu einer Empore führte. Hier wurden die Kandidaten für ein neues Spiel vorgestellt und gewählt.

„Bist du mir noch böse?“, fragte Felicia, die Thomas' Hand hielt. Die beiden saßen auf einer Bank, die längs der Wand aufgestellt war. Und so beobachteten sie das Geschehen vom Rand.

„Ich sagte doch, dass es nichts gibt, worüber ich böse sein könnte. Du dachtest doch, dass ich es sei, oder?“

„Natürlich dachte ich, dass du es seist!“ Die Frage schien sie zu kränken.

„Dann wäre es doch blöd, auf dich böse zu sein, nicht wahr?“

„Eigentlich schon.“

Thomas bemerkte, dass sie ihn von der Seite ansah. Offensichtlich hätte sie jetzt ein wenig Trost von ihm gebraucht. Aber aus irgendeinem Grund war er im Augenblick nicht dazu imstande, ihr diesen Trost zu geben. Das Bild von Felicia, wie sie Kendall küsste, war ihm noch so gegenwärtig, dass es ihm unmöglich erschien, darüber hinwegzusehen. Unbewegt starrte er geradeaus und tat so, als interessiere ihn das Treiben um die Wahl des Herrn der Narren für dieses Jahr.

Zwei Kandidaten standen bereits auf der Treppe. Odell, der Bettler mit seinem wirr und üppig sprießenden Haar, kratzte sich am Kopf und zupfte verlegen an seinen lumpigen Kleidern. Man hatte ihn gegen seinen Willen auf die Treppe gestoßen. Er sah die ganze Zeit scheu zu Boden.

Der zweite Kandidat war Pyn, der hagere Student aus Cambridge. Im Gegensatz zum Bettler sah dieser geschniegelte Kandidat seinen Platz auf der Treppe als Ehre an. Mit wilden Gesten und Grimassen spielte er gekonnt den Narren. Eine kleine Gruppe Kommilitonen, die sich am Fuß der Treppe eingefunden hatte, bejubelte seine alberne Vorführung.

Der dritte und letzte Kandidat stand auf einer der unteren Stufen. Er erntete sowohl Applaus als auch Pfiffe. Es war ein stattlicher Mann mit breiten Schultern und lockigem, rotem Haar, der freundlich der Menge zulächelte.

„Wer ist das?“, fragte Felicia.

„Kay, ein Zimmermann aus Crick“, antwortete Thomas. Es irritierte ihn, dass ein Mann wie er bereit war, zusammen mit einem Bettler und einem schmierigen Studenten aus Cambridge für einen doch eher abwertenden Titel zu kandidieren. Wer wollte schon freiwillig Herr der Narren werden?

„Warum pfeifen die Leute ihn aus?“

„Es gibt Gerüchte, dass er zu einer Räuberbande gehört. Soweit ich weiß, war er am Aufstand vor ein paar Jahren maßgeblich beteiligt.“

„Das ist ja komisch. Warum will er dann ausgerechnet Herr der Narren werden?“

Thomas wünschte, ihr eine Antwort geben zu können.

Als die Kandidaten den Anwesenden einzeln vorgestellt wurden, bemerkte Thomas eine merkwürdige Unruhe unter den Gästen. Ein paar Männer gingen umher und flüsterten hier und da einem Zuschauer etwas ins Ohr. Die Mienen der Angesprochenen verrieten nichts Gutes.

Thomas lehnte sich vor, um mitzubekommen, was getuschelt wurde. In diesem Augenblick bekam er einen Schlag auf die Schulter, der so heftig war, dass er und Felicia fast mit den Köpfen zusammengestoßen wären.

Thomas fuhr zusammen und sah in die Richtung, woher der Schlag gekommen war. Er blickte in das Gesicht eines stämmigen Mannes, der fast dreimal so groß war wie er. Sein halbes Gesicht war verbunden samt seinem linken Auge. Drohend fuchtelte er mit seinem schmutzigen Finger vor Thomas' Gesicht.

„Wenn abgestimmt wird“, raunte er, „will ich, dass du laut und deutlich für Kay stimmst. Verstanden?“

Thomas tat seinen Mund auf, um etwas zu sagen. Doch bevor er einen Ton herausbringen konnte, stieß ihm ein kräftiger Finger in die Rippen.

„Das ist keine Bitte!“, sagte der Mann, und mit einem letzten Knuff zur Bekräftigung zog er weiter zu einem anderen Paar, um seine Drohung auch dort zu wiederholen.

„Was wirst du machen?“, flüsterte Felicia.

Das war in der Tat eine merkwürdige Situation. Der Titel eines Herrn der Narren war schließlich weniger eine Auszeichnung als vielmehr eine Veralberung. Was hatten Kay und seine Kumpane also vor?

Wenn seine Rippen nicht noch immer geschmerzt hätten, hätte er die Sache sicher nicht ernst genommen und als Scherz eines übereifrigen Tunichtguts abgetan.

Die Abstimmung für den Herrn der Narren begann. Barnaby Riggs, der Schneider, hielt die Hand über den Bettler. Alle die ihn als Herrn der Narren haben wollten, sollten sich melden.

Thomas stand auf und rief im Chor mit ein paar anderen Gästen so laut er konnte seine Zustimmung.

Sogleich erntete er einen drohenden Blick von dem stämmigen Mann. Aber es geschah nichts weiter – jedenfalls im Augenblick.

Jetzt war Pyn, der Student, an der Reihe. Diesmal klatschte und johlte hauptsächlich die Studenten-Gruppe. Ansonsten blieb die Reaktion weniger enthusiastisch als beim Bettler.

Dann hielt Riggs die Hand über Kay. Der Zimmermann heizte mit aufmunternden Gesten die Leute an, für ihn zu stimmen. Und er bekam auch deutlich Zustimmung aus der Menge.

Pyn, der offenkundig die wenigsten Stimmen bekommen hatte, war aus dem Rennen. Seine Miene verfinsterte sich, und während er die Stufen hinabstieg, machte er eine obszöne Geste in Richtung der umstehenden Gäste, die ihre Verachtung für so wenig Fairness bekundeten.

Es blieben also zwei Kandidaten übrig. Da aus der vorigen Runde kein eindeutiger Sieger hervorgegangen sei, so verkündete der Schneider, müsse es zu einem Stechen kommen.

Jetzt wurden wieder Kays Kumpane aktiv, packten Gäste beim Arm, ermahnten und machten Drohgebärden. Der Hüne gab sich alle Mühe, noch vor der Abstimmung vom anderen Ende des Raumes zu Thomas und Felicia zu gelangen. Aber er schaffte es nicht mehr.

Die Hand erhob sich über Odell. Thomas rief so laut er konnte und Felicia auch. Aber es waren nur ihre beiden Stimmen, die durch den Saal hallten. Für einen Augenblick wurde es still.

Rigg hielt seine Hand über Kay. Ein nur wenig überschwänglicher, aber dennoch deutlicher Beifall wählte ihn schließlich zum Herrn der Narren.

Thomas machte sich Sorgen, was geschehen würde, wenn Kays bärbeißiger Komplize wieder auftauchte. Doch der breitschultrige Hüne stand mit dem Rücken zu ihnen, und so packte Thomas seine Freundin bei der Hand, um sie durch die Menge auf die andere Seite des Saales zu ziehen. Dort trafen sie Howard und blieben in seiner Nähe.

Der Landmann schüttelte den Kopf, schon als sie näher kamen. „Was sollte das?“, fragte er.

Auf der Empore bekam gerade Kay die selbst gebastelte Krone aufs Haupt gesetzt. Man legte ihm einen roten Umhang um die Schultern und ein hölzerner Stab als Zepter wurde ihm in die Hand gegeben.

„Ich weiß es auch nicht", antwortete Thomas.

Howard nahm einen Schluck aus seinem Krug und meinte: „Seid ihr nicht auch froh, dass wir unsere wirklichen Herrn nicht vom Volk wählen lassen? Es ginge dann zu wie in einem Tollhaus!"

Kay streckte die Arme aus, als die Menge ihm zujubelte, der nichts wichtiger zu sein schien, als sich die Feststimmung nicht verderben zu lassen. Für den Rest des Abends war Kay ihr König. Er würde von nun an den Ablauf des Festes bestimmen.

Lord Harborough begab sich zum neu gekürten Herrn der Narren. Es war im Laufe der Jahre Sitte geworden, dass selbst der Adel sich dem gewählten Herrn für den Rest des Abends zur Verfügung hielt.

Harborough war genauso kräftig gebaut wie der zwielichtige Tischler, obgleich sein würdevolles Auftreten ihn stattlicher erscheinen ließ. Sein schwarzes Haar war glatt gekämmt, und der Bart sauber geschnitten. Seine vornehmen Zügen kamen umso mehr zur Geltung, als er direkt neben dem barfüßigen und in bäuerlichem Grau gekleideten Tischler stand.

Hier und da zischte jemand, um die Menge zum Schweigen zu bringen. Lord Harborough kniete vor dem Tischler nieder, verneigte sich und sagte für alle hörbar: „Ich erkenne Euch als meinen Lehnsherrn für den Rest dieses feierlichen Abends an. Euer Wunsch ist mir Befehl."

Der breitschultrige Kay wirkte riesig vor dem kauernden Lord. Plötzlich war alle Ausgelassenheit von ihm gewichen. Ernst und finster blickte der Tischler drein und mit dröhnender Stimme verkündete er: „In der Tat, Lord Harborough, es wird der Tag kommen, da Ihr und alle anderen englischen Herrn vor dem einfachen Volk knien werdet, dann aber nicht nur für einen Abend, sondern für alle Zeiten!"

„Ich wusste es!“, murmelte Thomas.

Beklemmende Stille herrschte im Saal. Jeder schien den Atem anzuhalten. Irritiert sah der Lord dem Tischler ins Gesicht, und seine Miene verfinsterte sich, als er sich erhob. Schweigend starrten sich die beiden an, und es schien eine Ewigkeit zu dauern. Dann wandte sich Lord Harborough an die versammelten Bauern in seinem Saal.

„Lasst uns nun weiter feiern und fröhlich sein!“, rief er.

Es dauerte eine Weile, bis die Feierstimmung zurückgekehrt war. Dann aber vergnügten sich fast alle wieder so ausgelassen wie vorher. Allerdings mischte sich in die Geräuschkulisse das Gemurmel verschiedener Grüppchen, in denen man heiß diskutierte, welche Motive Kay gehabt haben möge und wie der Lord wohl reagieren werde.

Auch Thomas war in einem Gespräch vertieft, als ein Diener ihn am Ärmel zupfte und ihm zuraunte: „Kommt mit mir, Lord Harborough möchte Euch sprechen.“

* * *

Den fröhlichen Lärm der Feier hinter sich lassend, folgte Thomas dem Diener über Treppen und Korridore, bis er überhaupt nicht mehr wusste, wo er war. Er fragte sich, ob er je wieder allein den Weg zum Saal finden würde, wäre er plötzlich darauf angewiesen.

Dass er die Orientierung verloren hatte, war zum Teil auch seine eigene Schuld. Der ihm vorangehende Diener hatte seine Aufmerksamkeit erregt. Und so hatte er sich ablenken lassen. Der Mann hatte eine höchst ungewöhnliche kahle Stelle am Hinterkopf. Die Glatzenbildung war schon recht fortgeschritten. Das Ungewöhnliche daran aber war, dass sich der blanke und völlig haarlose Kreis nicht in der Mitte, sondern etwas links versetzt befand. Da ihn kräftiges, dunkles Haar umgab, das auch noch lang auf die Schultern fiel, schimmerte der helle Fleck besonders auffällig in den spärlich beleuchteten Fluren.

Thomas fragte sich, ob diese kahle Stelle wohl natürlichen Ursprungs sei oder ob der Mann aus irgendeinem unerfindlichen Grund seinen Kopf so ungewöhnlich geschoren hatte. Was aber konnte dafür der Grund sein?

Der Diener verlangsamte seinen Schritt. Das Klicken eines Türriegels hallte vernehmlich in dem langen Korridor.

„Wartet hier drin“, sagte der Diener.

Als Thomas an ihm vorbei in den Raum trat, reizte es ihn sehr, sich nach der kahlen Stelle zu erkundigen. Aber wie kommt man auf solch ein Thema zu sprechen, ohne eine Kränkung zu riskieren?

„Lord Harborough wird gleich hier sein“, sagte der Mann. Er starrte dabei ins Leere, ohne Thomas auch nur eines Blickes zu würdigen.

Einen Augenblick später war Thomas allein in dem Raum, der bestimmt dreimal so groß war wie das Haus, in dem er lebte. Jeder Schritt und jedes Räuspern hallte nach wie in einer Kathedrale. Zur Dekoration hingen Wappen mit den unterschiedlichsten Motiven ringsum an der Wand. Eins davon fiel Thomas besonders auf: ein höhnisch grinsendes Rentier, das mit einem Halsband und einer Kette gefesselt war.

Welcher Ritter würde sich schon vom Anblick eines grinsenden Rentiers einschüchtern lassen, das außerdem noch gebunden war? Und welches Geschlecht mochte das sein, das von Generation zu Generation gezwungen war, sich mit diesem Bild zu identifizieren.

„Da bist du ja, Thomas.“

Lord Harborough kam zur selben Tür herein, durch die auch Thomas eingetreten war, und derselbe Diener hielt sie auf.

„Setzen wir uns drüben an den Kamin. Ich friere schrecklich.“

Der Lord rieb sich die Hände und ging schnurstracks auf das prasselnde Feuer zu. Thomas folgte ihm. Er selber fror eigentlich nicht, deshalb blieb er auch neben dem Kamin stehen, während Lord Harborough dicht an das Feuer trat und sich mit ausgestreckten Armen die Handflächen wärmte. Von nahem betrachtet wirkte der Lord unscheinbarer als aus der Ferne. Vielleicht lag es daran, dass er jetzt fröstelnd die Schultern hochzog und in bäuerliche Tracht gekleidet war.

„Frierst du nicht, Thomas?"

„Nein, Eure Lordschaft."

Harborough betrachtete ihn mit Wohlwollen.

„Nimm Platz, mein Junge." Der Lord deutete mit einer Kopfbewegung auf einen gepolsterten Stuhl mit hoher Lehne.

Thomas trat verunsichert an den Stuhl heran. Es war gegen die guten Sitten, wenn er sich jetzt setzte, während der Lord noch stand. Wollte Seine Lordschaft ihn testen?

„Nun setz dich schon!"

„Gewiss, Eure Lordschaft", sagte Thomas und nahm Platz.

„Hast du Spaß am Fest?", fragte der Lord, indem er sich mit dem Rücken zum Kamin stellte. So konnte er sich wärmen und gleichzeitig Thomas genau betrachten.

„Ja, Eure Lordschaft."

„Sind Howard und seine Tochter ... wie hieß sie doch gleich?"

„Felicia."

„Ah, stimmt. Haben die beiden Freude am Fest?"

„Ja, Eure Lordschaft."

„Gut ... gut."

Lord Harborough reckte und streckte sich in der wohligen Wärme des Feuers. Er war deutlich gealtert, seit Thomas ihn zum letzen Mal aus der Nähe gesehen hatte. Zwischen das kohlrabenschwarze Haar hatten sich immer mehr graue Strähnen gemischt, und auch sein Bart begann sich hell zu färben.

„Das war ein besonders boshaftes Kabinettstück der politischen Kunst, das Kay da eben aufgeführt hat. Findest du nicht auch?"

„Gewiss, Eure Lordschaft."

„Absolut ungerechtfertigt und hinterhältig. Ich war tatsächlich völlig unvorbereitet und hätte wirklich nie gedacht, dass Kay eine solche Tradition dazu nutzen würde, um sein umstürzlerisches Gedankengut an den Mann zu bringen. Ich hätte wenigstens ahnen müssen, dass er etwas im Schilde führte, als er sich geradezu darum riss, zum Herrn der Narren nominiert zu werden."

„Es war nicht recht, die Tradition und Eure Gastfreundschaft so schändlich auszunutzen, wie er es getan hat."

„Stimmt, das ging völlig am Geist dieser Tradition vorbei", erwiderte der Lord. „Aber lassen wir das unerfreuliche Thema."

Schon das zweite Mal an diesem Tag bemerkte Thomas, dass der Lord ihn wohlwollend betrachtete. Seine Stimme klang sanft und freundlich, als er sagte: „Du weißt natürlich nichts davon, Thomas, aber du hast viel von deiner Mutter."

Thomas wusste nicht, wie er darauf reagieren sollte, und so lächelte er nur.

Lord Harborough sah zur Decke, als er zu rechnen begann. „Tatsächlich, es sind schon fast zwei Jahrzehnte vergangen, seit sie starb. Aber ich sehe sie noch durch diese Räume huschen. Sie war immer freundlich und fröhlich. Und sie hat treu ihre Pflichten erfüllt." Er verstummte.

„Wenn ich sie doch auch noch kennen gelernt hätte", sagte Thomas. „Oder wenn ich wenigstens ein Bild von ihr hätte, dann wüsste ich, wie sie ausgesehen hat."

Thomas' Worte schienen den Lord berührt zu haben. Indem er verlegen zu Boden blickte, sagte er: „Sie war eine wunderschöne Frau, Thomas. Rötlich braunes Haar und ihre Locken umspielten ihre Schultern. Ein makelloser Teint. Und ihre blauen Augen schimmerten so sanft und tiefgründig wie ein stiller See an einem Sommernachmittag. Man war wie gebannt vom Anblick dieser Augen."

Die Erinnerung an sie schien ihn einen Augenblick fortzutragen, bevor er sich wieder fasste.

„Aber so attraktiv deine Mutter auch äußerlich war, ihre wahre Schönheit kam von innen. Sie war sozusagen der Frühling in Person – strahlend, heiter und voller Lebensfreude." Als zöge ein Gewitter auf, verfinsterte sich die Miene des Lords plötzlich. „Ihr Tod war eine fürchterliche Ungerechtigkeit. Sie hätte etwas Besseres verdient als ein solch kurzes Leben voller Tragik."

„Soweit ich von Howard weiß, hat sie ihr Leben gegeben, um mich zu schützen“, sagte Thomas.

„Ja, das stimmt. Und was mir besonders das Herz schwer macht, ist, dass sie ganz allein war, als sie starb.“

„Das habe ich nie begriffen“, sagte Thomas. „Sie war in der Kirche, als die Wehen begannen. Warum hat sie sich dorthin zurückgezogen, ohne jemand Bescheid zu sagen?“

Lord Harborough schüttelte traurig den Kopf. „Ich weiß es nicht. Ich wünschte, ich könnte dir eine Antwort geben. Sie muss ja einen Grund gehabt haben. Und wir wissen auch nicht, wie lange sie schon tot war, als Howard dich zufällig entdeckte. Es ist ein Wunder, dass du überlebt hast.“

„Howard erzählte, dass sie einen Stock in der Hand hielt, als er sie fand – vielleicht, um Tiere abzuwehren.“

Im Kamin krachte ein Scheit. Lord Harborough trat sicherheitshalber einen Schritt vor und schwieg eine Weile gedankenverloren. Dann klatschte er einmal in die Hände, als wolle er damit seine trüben Gedanken verscheuchen,und sagte: „Nun, Thomas, wenden wir uns den aktuellen Themen zu.“

„Ja, Eure Lordschaft.“

Er klatschte noch einmal. Thomas hatte es bis dahin noch nicht bemerkt, aber der Lord benutzte das Klatschen seiner Hände als persönliche Fanfare. Es bedeutete immer, dass er etwas Wichtiges zu sagen hatte.

„Thomas, du bist ein Wunderkind! In kürzester Zeit hast du es geschafft, die Aufmerksamkeit wichtiger Männer zu erregen – erst bei Doktor Wyclif und jetzt auch noch bei Bischof Pole.“

„*Ihr* wart es doch, der mich bei Doktor Wyclif eingeführt hat, Eure Lordschaft!“

„Das habe ich wohl. Aber es war deine Leistung, die ihn beeindruckt hat. Mehr als ein Mal hat er mir gegenüber überschwänglich seine Freude über deine Arbeit und deine Hingabe zum Ausdruck gebracht.“

„Danke, Eure Lordschaft.“ Thomas wusste, wie zufrieden Wyclif mit seiner Arbeit war. Seit er den betagten Gelehrten kannte, hatte der nie mit Komplimenten gegeizt. Aber es tat Thomas natürlich gut, dass nun auch noch andere voll des Lobes waren.

„Und erst gestern warst du Gesprächsthema, als Bischof Pole mit mir reden wollte. Auch er lobte deine Begabung in den höchsten Tönen. Aus dir werde noch einmal etwas werden."

Thomas genoss die Komplimente.

„Es ist allerdings schon recht ungewöhnlich, wenn dieselbe Person aus zwei ganz unterschiedlichen Lagern gelobt wird, junger Mann. Ich frage mich, ob du dir überhaupt über deine Situation im Klaren bist."

Thomas, dessen Nüchternheit schnell wieder die Oberhand über die jugendliche Unbekümmertheit gewann, verkniff sich eine Antwort und gab damit Lord Harborough die Gelegenheit, seine Sicht der Dinge darzulegen.

„Bischof Pole ist ein kluger Mann. Und ich glaube, dass er dich richtig einschätzt", begann Lord Harborough. „Du bist der Mann, der große Dinge tun wird. Allerdings bin ich anderer Meinung, was den Weg betrifft, der zur Erfüllung dieser Verheißung führt."

Die Hochstimmung, in der sich Thomas befand, verhinderte, dass er sich voll darauf konzentrierte, was der Lord ihm zu sagen hatte. Er hätte es sich niemals träumen lassen, dass der Adel, der Klerus und die Gelehrten über seine persönliche Zukunft redeten.

„Thomas, hörst du mir überhaupt zu?"

„Ja, Eure Lordschaft."

„Nun, während der Bischof möchte, dass du dich in Oxford einschreiben lässt und ein normales Studium beginnst ..."

Oxford! Schon der Klang dieses Namens ließ Thomas schwindlig werden.

„... habe ich beschlossen, dass du dich am besten entfalten kannst, wenn du in deiner derzeitigen Position verbleibst."

„Meine derzeitige Position, Eure Lordschaft?"

Da war er einen Augenblick in Oxford gewesen, hatte sich in Gedanken schon immatrikulieren lassen und dann - genauso plötzlich - entriss ihm Lord Harborough diesen Wunschtraum wieder. Thomas bemühte sich, seine Enttäuschung nicht zu zeigen.

„Ich möchte, dass du weiterhin in Lutterworth mit Doktor Wyclif arbeitest."

Thomas arbeitete durchaus gern mit Doktor Wyclif. Aber es wäre eine Riesenchance, gerade in Oxford zu studieren. Wie oft hatte er davon geträumt – von den Bibliotheken und von den Vorlesungen weiser Männer! Sollte das ein unerreichbarer Traum bleiben? Es musste wunderbar sein, von Menschen umgeben zu sein, die die gleichen Dinge liebten und schätzten wie er. Er hatte sich schon ausgemalt, wie der eine oder andere zu Hause dumm geguckt hätte. Thomas Torr geht nach Oxford? Nein! Tatsächlich? Unser Thomas? Aus Fearnleah hat doch noch nie einer in Oxford studiert!

„Thomas!"

Der Angesprochene fuhr zusammen und sah in das verärgerte Gesichts des Lords.

„Mir ist völlig klar, was für eine Verlockung Oxford für einen so ambitionierten jungen Mann ist."

Konnte er Gedanken lesen?

„Aber höre mir bis zum Ende zu."

„Ja, Eure Lordschaft."

„Es gibt einen Grund, warum ich möchte, dass du bei Doktor Wyclif bleibst: Es ist seine angeschlagene Gesundheit. Es ist ungewiss, wie viele Jahre er noch zu leben hat."

„Ja, Eure Lordschaft."

„Du, Thomas, hast nicht nur das Zeug dazu, seine Arbeit fortzuführen. Wie Doktor Wyclif meint, könntest du es sogar noch besser machen."

„Noch besser machen?" Das konnte sich Thomas nun überhaupt nicht vorstellen.

„Doch, du könntest seine Übersetzungen verfeinern und dafür sorgen, dass der Stil noch flüssiger und besser zu lesen ist. Das sind Wyclifs Pläne für dich. Hat er mit dir noch nicht darüber gesprochen?"

„Nein, Eure Lordschaft."

Lord Harborough schüttelte den Kopf.

„Vielleicht plaudere ich ja hier aus dem Nähkästchen. Aber wie dem auch sei, es führt kein Weg daran vorbei, dass du in Lutterworth bleiben musst. Meinst du nicht auch?"

Thomas wusste nicht, was er davon halten sollte. Es war ja schmeichelhaft, dass Doktor Wyclif so viel von ihm hielt, dennoch war der Gedanke, in Oxford zu studieren, verlockender.

„Außerdem möchte ich eine Bibel bei dir in Auftrag geben", sagte der Lord.

„Eure Lordschaft?"

„Du hast richtig gehört, Thomas. Du bekommst von mir den Auftrag, die Herstellung einer englischen Bibel zu überwachen, die auf Doktor Wyclifs Übersetzung beruht und deine Verbesserungsvorschläge berücksichtigt."

Thomas war sprachlos. Viele Gedankenfetzen schossen ihm durch den Kopf. Schon der Umfang dieser Arbeit war gewaltig. Es würde Jahre dauern – zu übersetzen, alles zu schreiben, zu illustrieren und das Material zu beschaffen. Dann gab es noch viel anderes zu bedenken. Würde es Widerstände gegen die englische Bibel geben? Wie würde der Adel reagieren, das Parlament, der König?

„Die Bibel ist nicht für mich", beeilte sich der Lord hinzuzufügen, während er seinen Platz vor dem Kamin verließ, um sich Thomas gegenüberzusetzen.

„Wenn du mit dem Projekt fertig bist", sagte der Lord, „werden wir beide nach London reisen und in Privataudienz von König Richard empfangen. Dort wirst du Teile aus deiner übersetzten Bibel vorlesen. Und dann werden wir die Bibel Seiner Königlichen Hoheit als Geschenk überreichen."

Die Bilder, die Thomas vor seinem inneren Auge vorbeiziehen sah, raubten ihm den Atem. Thomas Torr würde vor dem König aller Engländer stehen? Thomas Torr würde aus der Bibel vorlesen – in Englisch – vor dem ganzen Hofstaat? Thomas Torr würde aller Welt vor Augen führen, welche Kraft das geschriebene

Wort Gottes entfalten kann, wenn es so verkündet wird, dass König und Bauer es gleichermaßen verstehen!

Angesichts eines solchen Angebots schien das Studium in Oxford plötzlich vollkommen an Reiz zu verlieren. Hunderte konnten von sich sagen, in Oxford studiert zu haben. Aber wie viele bekamen schon die Chance, den König von England davon zu überzeugen, eine englische Übersetzung der Bibel zuzulassen!

„Ist denn der König überhaupt bereit, uns zu empfangen?"

„Mehrere seiner engsten Berater haben zumindest durchblicken lassen, dass er einer Privataudienz nicht abgeneigt sei."

Die Worte des Lords klangen nicht so, als sei die Einladung bereits sicher. Aber Harborough kannte die Gepflogenheiten bei Hof besser. Wenn er also mit einer Audienz rechnete, warum sollte sich Thomas dann unnötig darüber Gedanken machen?

Als der Lord sich auf den Stuhl direkt neben Thomas setzte, verriet seine Miene, wie besorgt er war. Und mit ernstem Ton fuhr er fort: „Dies sind schwierige Zeiten, Thomas. Wyclif stand bisher unter dem Schutz des Parlaments und des Adels, während die Kirche schon seinen Kopf gefordert hat. Als der Papst drei Bullen nach England schickte – eine an den Erzbischof, eine nach Oxford und eine an den König – und forderte, ihn zum Schweigen zu bringen, da haben John von Gaunt, ich und andere ihre schützende Hand über ihn gehalten. Und als man ihn im Lamberth Palace vor Gericht stellte, war es die Königinmutter persönlich, die den Bischöfen verbot, den Mann zu bestrafen. Bis jetzt war es im Interesse Englands, sich so zu verhalten. Doch die Zeiten ändern sich, und es wird zunehmend schwierig, Wyclif zu schützen.

Thomas, viele glauben, Wyclifs Wanderprediger würden hinter den Bauernaufständen der letzten Zeit stecken. Der Adel ist verunsichert, und das Parlament wird nervös. Deshalb ist die Bibel, die ich dir in Auftrag gebe, so wichtig! Wir müssen sie dazu benutzen, dem König zu beweisen, dass eine englische Übersetzung der Heiligen Schrift die Rebellion nicht fördert. Und das tun wir, indem wir dafür sorgen, dass er Worte aus der Bibel mit eigenen Ohren hört. Ich bin im tiefsten Herzen davon überzeugt, dass du zu diesem Werk ausersehen bist. Gott macht dann aus einem Fehltritt noch etwas Gutes."

Es klopfte an der Tür. Der Diener mit der kahlen Stelle am Hinterkopf erschien, eilte zum Lord und flüsterte ihm etwas ins Ohr. Harborough nickte und wandte sich wieder an Thomas. Dabei wirkte er plötzlich wieder völlig gelöst.

„Was sagst du zu unserem kleinen Projekt, Thomas? Meinst du, du könntest dich bald in die Arbeit stürzen?"

„Ich wünschte, morgen wäre nicht Weihnachten, Eure Lordschaft", erwiderte Thomas. „Dann könnte ich schon morgen beginnen."

* * *

Als Thomas in die große Halle zurückkehrte, konnte er Felicia nirgendwo finden. Er war so aufgewühlt, wollte die Neuigkeiten loswerden. Da er sie aber nicht mehr unter den Feiernden fand, packte er alles zusammen, was ihm gehörte, und ging nach draußen. Ein Hauch eisiger Nachtluft umfing ihn.

Würde sie noch hier draußen sein? Tatsächlich. Er entdeckte sie nach kurzem Suchen. Aber sie war nicht allein.

Ein breitschultriger Mann stand ihr gegenüber. Er griff nach ihr, und sie wehrte ab. Er lachte.

Es fiel nicht schwer, den Mann zu identifizieren, obgleich es dunkel war, und die beiden in einiger Entfernung standen. An diesem Abend trug nur ein einziger Mann Krone, Umhang und einen Stab als Zepter.

Es war Kay!

Felicia bemerkte Thomas und lief zu ihm. „Wo bist du die ganze Zeit gewesen?", rief sie schon von weitem.

Kay sah ihr amüsiert hinterher. „Sieh da, der treue Bruder!", rief er.

„Thomas ist nicht mein Bruder", entgegnete Felicia.

„Nicht dein Bruder? Aber er wohnt doch bei dir!"

Felicia errötete. „Ich weiß nicht, wer dir das erzählt hat. Aber es geht dich auch gar nichts an!"

Thomas sagte zu Felicia gewandt: „Lass uns Howard suchen und dann nach Hause gehen. Wo ist er eigentlich?"

„Er bringt die Witwe Merriweather nach Hause."

Kay rief ihnen hinterher: „Ich habe das hübsche junge Fräulein nur vor den Gefahren des Waldes gewarnt. Wer weiß, was hinter dem Schatten des nächsten Baumes lauert? Es ist nicht ratsam, sich allein auf den Weg zu machen – selbst in kleinen Gruppen."

„Danke, dass du dir Sorgen machst", sagte Thomas und blickte über die Schulter. „Aber wir werden schon gut nach Hause kommen."

Doch er hatte es kaum ausgesprochen, da tauchten fünf zerlumpte Gestalten aus dem Nichts auf. Anführer war offensichtlich jener Hüne mit dem verbundenen Gesicht, der Thomas zwingen wollte, für Kay zu stimmen.

„Ich habe es ja gesagt!" Kay lachte. „Es ist gefährlich, im Dunkeln zu reisen. Es sei denn, du hast gute Beschützer."

„Was ist da los?"

Die Stimme klang wie ein Donnerhall aus der Dunkelheit. Und dann tauchte Howard auf und eilte herbei. Der kräftige Landmann legte seinen Arm schützend um seine Tochter. Er blickte angriffslustig abwechseln zu Kay hinüber und dann wieder zu den fünf Raufbolden.

Kay, der ja auch ganz gut gebaut war, wirkte fast schmächtig gegen Howard. Er war sich schnell im Klaren, dass er hier nichts ausrichten konnte. „Ich tue nur meine Pflicht als Herr der Narren." Gespielt majestätisch schritt er auf sie zu.

„Pflicht? Ein Narr hat keine Pflichten", sagte Howard.

Kay lachte, und seine Augen funkelten. Dabei starrte er Felicia an, was Thomas überhaupt nicht gefiel.

„Wie ich dem jungen Mann da schon erklärt habe: Es ging mir nur darum, die schöne Maid vor den Gefahren des Waldes zu warnen. Man lässt sich schnell täuschen von der guten Stimmung hinter diesen Mauern, wo die Musik spielt und es Essen im Überfluss gibt. Auf dieser Seite der Mauer aber herrschen Finsternis, Angst und bittere Not. Wenn ihr morgen wiederkommt, werden diese Tore verrammelt sein – und das nur aus einem einzigen Grund: Die da drinnen wollen sich verstecken. Und da könnt ihr noch so laut pochen – ihr werdet weder Einlass noch Beistand bekommen."

Er war ernst und bitter, aber nur für einen Augenblick. Dann spielte er wieder den heiteren Narren. „Das war nur die freundliche Weihnachtsbotschaft vom Herrn der Narren selbst. Wenn ihr mich jetzt entschuldigt. Ich muss noch mit meinem Hofstaat durch die Straßen der Stadt ziehen." Und indem er Felicia zuzwinkerte, fügte er noch hinzu: „Das ist eine der weniger schweren Bürden meines Amtes."

Er zog los und wurde sogleich von fröhlichen Zechern umringt, die Trommeln schlugen und Instrumente spielten. Man ließ ihn hochleben, und bis tief in die Nacht würde man zusammenbleiben und feiern.

# 5

*Puer natus est nobis, et filius datus est nobis:*
*cuius imperium super humerum eius.*

So hallte es durch die emporstrebenden Gewölbe der Kathedrale von Coventry, als das Eingangslied die Kirchgänger in Gottes Gegenwart lud, die gekommen waren, um den Weihnachtsgottesdienst zu feiern. Thomas schloss die Augen. Er wollte diesen Jubelklang in sich widerhallen lassen, um die dürstende Seele zu stillen. Die Gefühle, die diese besonderen Tage jedes Mal in ihm weckten, brachen sich Bahn, und die Worte, die er sang, malten Bilder vor seinem geistigen Auge.

„Denn uns ist ein Kind geboren, ein Sohn ist uns gegeben, und die Herrschaft ruht auf seiner Schulter."

Ein Rippenstoß von der Seite ließ ihn zusammenfahren.

„Wach auf!", flüsterte Felicia.

Thomas grummelte: „Ich habe gar nicht geschlafen."

Ihr lausbübisches Lächeln verriet, dass sie ihm nicht glaubte.

„Ich habe wirklich nicht geschlafen", wiederholte Thomas zur Bekräftigung.

Mehr konnte er nicht sagen, denn die Gemeinde begann zu singen:

*Kyrie eleison.*
*Christe eleison.*
*Kyrie eleison.*

Mürrisch stimmte Thomas mit ein. Er war verärgert über Felicia, die ihn so rüde in seiner Andacht gestört hatte, versuchte aber diesen Ärger abzuschütteln und wieder in Stimmung zu kommen.

*„Herr, erbarme dich.*
*Christus, erbarme dich.*
*Herr, erbarme dich.“*

Es folgte ein weiteres Lied: „Gloria in excelsis Deo!“ Das waren die Worte der Engel an die Hirten, als sie die Geburt des Christuskindes verkündeten.

Während er sang, stellte sich Thomas vor, wie es wohl vor so langer Zeit auf den Hügeln um Bethlehem in der Nacht gewesen sein mochte. Er sah die Schäfer vor sich, die sich verstreut auf den Hügeln niedergelassen hatten. Einige Lichter leuchteten von den spärlich brennenden Lagerfeuern. Doch dann war urplötzlich die Finsternis gewichen. Alles erstrahlte in einem hellen Schein. Schläfrige Hirten versuchten die Quelle dieses Scheins auszumachen, und die Herrlichkeit des Himmels spiegelte sich in ihren zerfurchten Gesichtern wider. Wie mussten ihre Herzen gebrannt haben, als sie Worte vernahmen, die kein Mensch zuvor gehört hatte: „Ehre sei Gott in der Höhe ...“

Der zweite Rippenstoß war noch heftiger als der erste.

„Du schläfst ja schon wieder!“

„Ich – schlafe - nicht!“

„Du machst mir nichts vor, Thomas Torr. Du schläfst!“ Sie glaubte doch wirklich, ihn während des Weihnachtsgottesdienstes beim Schlafen erwischt zu haben. Ihre Überzeugung verdarb ihm die Laune, und seine Verärgerung nahm zu. „Ich versuche, Gott ein bisschen näher zu kommen. Lass mich also in Ruhe“, zischte er.

Das saß. Felicias Miene verfinsterte sich. Howard lehnte sich vor, und wie er es schon früher getan hatte, wenn sie als Kinder nicht brav gewesen waren, hob er ermahnend seinen Zeigefinger.

Nach der Lesung aus dem lateinischen Lukasevangelium folgte die Predigt. Und Thomas war ziemlich überrascht, als angekündigt wurde, dass Bischof William Pole die Weihnachtspredigt halten würde. Viel später würde er sich fragen, warum ihn das damals so verwundert hatte.

Der Priester stellte den Bischof mit salbungsvollen Worten der

Gemeinde vor: „Selten wird uns die hohe Ehre zuteil, einen so demütigen und doch mächtigen Mann Gottes in unserer Mitte zu haben“, sagte er. „Er ist einer von uns, ein Kind unseres Landesteils. Bischof Pole ist wahrhaft einer der auserwählten Diener Gottes. In dieser dunklen und wirren Zeit ist er mit der hohen Berufung ausgestattet, in der Heiligen Stadt seinen Dienst zu tun. Die Wirren in unserem Land haben sich am Ende noch als Segen erwiesen, denn sie haben diesen großen Mann Gottes wieder in unsere Mitte geführt, damit er uns mit seiner so einzigartigen geistlichen Weisheit in dieser hohen und heiligen Weihnachtszeit beschenkt.“

Nach dieser überschwänglichen Begrüßung stieg Bischof Pole gesenkten Hauptes zur Kanzel hinauf. Seine Botschaft war überraschend kurz. Er betonte, wie wichtig es sei, dass alle Menschen das ganz Jahr über in einem Geist des Friedens lebten und gleichzeitig ihre Redlichkeit durch Taten unter Beweis stellten.

Am Ende der Predigt war an den Gesichtern der Menschen abzulesen, dass sie ganz zufrieden waren – was aber mehr auf die Kürze der Botschaft als auf deren Inhalt zurückzuführen war.

Nach der Predigt erhob sich die Gemeinde und sang das Glaubensbekenntnis. Thomas stimmte mit ganzer Seele ein, und sein Glaube wurde gestärkt. Das war Weihnachten! Etwas Schöneres auf dieser Welt gab es kaum – allenfalls noch die Feiern zum Osterfest.

Doch die Menschen um ihn herum sangen teilnahmslos, ohne innere Beteiligung, als seien sie Marionetten, die Worte von sich gaben, die nicht ihre eigenen waren. Thomas erschrak. Wie konnten diese Menschen so abgestumpft sein, wo sie doch eigentlich lebensspendende Worte sangen? Waren sie sich der Bedeutung der Texte nicht bewusst? Begriffen sie denn gar nichts?

Nein, natürlich nicht! Sie verstanden ja nichts! Genauer gesagt: Sie hatten die Bedeutung der Worte vergessen, die sie einmal auswendig gelernt hatten. Sicher, man hatte ihnen früher einmal alles erklärt. Aber wie bei altem Tafelsilber hatte ihre Begeisterung Patina angesetzt.

Bei Thomas war das anders. Er hatte Latein gelernt. Für ihn besaßen die alten Worte noch immer den ursprünglichen Glanz, weil ihm ihre Bedeutung gegenwärtig war.

Was für ein Jammer! All diese Menschen sangen einen vergessenen Geheimcode:

*Gloria patri et filio et spiritui sancto;*
*Sicut erat in principio et nunc et semper*
*et in saecula saecolorum. Amen*

Er aber sang und verstand:

*„Ehre sei dem Vater und dem Sohn und dem Heiligen Geist,*
*wie es war im Anfang, jetzt und immerdar*
*und von Ewigkeit zu Ewigkeit. Amen“*

Thomas wandte sich an Felicia. Er wollte ihr die Worte übersetzen. Jetzt, augenblicklich. Er wollte für sie den Vorhang zurückziehen, damit auch sie eine Ahnung von der Herrlichkeit Gottes bekäme.

Aber Felicia, die offenbar immer noch schmollte, weigerte sich, ihn anzusehen. Thomas sah zu Howard hinüber. Auch er bewegte wie alle Gemeindeglieder nur lieblos die Lippen, und sein Gesicht blieb ausdruckslos, ohne Andacht und Ehrerbietung.

Thomas erinnerte sich, wie Howard geweint hatte, als er die schlichten Worte der Schrift in seiner eigenen Muttersprache vernahm – dort in seinem alten Werkzeugschuppen. Wie wäre er bewegt, würde er jetzt hier in dieser majestätischen Kathedrale die Liedtexte verstehen! Sie würden ihn direkt in die Gegenwart Gottes emporheben.

Thomas bekam den dritten Rippenstoß an diesem Tag. Felicia scheuchte ihn aus der Bank, weil sie an der Reihe waren, zum Altar vorzugehen und die heilige Kommunion zu empfangen.

Thomas war entschlossener denn je, heute Nachmittag, wenn er allein mit Howard und Felicia sein würde, den beiden erneut die Augen für die wahre Bedeutung der Messe zu öffnen. Er würde ihnen helfen, Dinge zu sehen, die er bereits sah, und zu verstehen, was er schon verstand.

Felicia würde ihm schon vergeben, sobald er erklären konnte, was die Messe ihm bedeutete. Außerdem war heute Feiertag, und Felicia hatte schon mehrere Tage damit zugebracht, die Speisen für den festlichen Nachmittag vorzubereiten. Und, so wusste Thomas, Felicia wollte, dass dieser Nachmittag etwas ganz Besonderes war. Es war nämlich das erste Jahr, dass sie das Mahl ganz allein zubereitet hatte, ohne dass Ertha ihr ständig über die Schulter sah und ihr befahl, was zu tun sei.

In früheren Jahren hatten sie immer zusammen mit Ertha, Ives und den Kindern gefeiert. Die beiden Familien saßen dann zusammen, um zu essen, zu singen, sich Geschichten zu erzählen und sich zu beschenken. Aber nun, da Ives nicht mehr lebte und Ertha mit den Kindern weggezogen war, feierten sie nur noch zu dritt. Und Felicia hatte allen zu verstehen gegeben, dass ihr erstes Festessen zu Weihnachten besonders in Erinnerung bleiben sollte. Weil es Feiertag war, würde sie Thomas bestimmt vergeben. Da war er ganz zuversichtlich.

Thomas kniete nieder und empfing die Heilige Kommunion. Bischof Pole persönlich reichte sie ihm. Ihr Blicke trafen sich, und der Bischof nickte ihm wohlwollend zu.

In dem Augenblick, da Thomas die Hostie empfing, wurde ihm erneut ganz klar, welche große Bedeutung es hätte, wenn jeder hier genauso viel verstehen würde wie der Bischof und er. Wie viel mehr würde die Anbetung Gottes den Menschen bedeuten! Er musste unbedingt mit dem Bischof darüber reden. Vielleicht konnte man ja auch die Messe in die Landessprache übersetzen. Dann wüssten die Menschen beim Glaubensbekenntnis immer, was sie da vor Gott bekannten. Und es würde ihnen etwas bedeuten!

Auf dem Weg zurück zu seinem Platz konnte er seine innere Aufgewühltheit kaum bändigen. Warum waren die Bischöfe und Priester eigentlich nie auf diesen Gedanken gekommen?

Nachdem die ganze Gemeinde an der Kommunion teilgenommen hatte, entließ der Diakon sie und sang: „Ite missa est."

Und die Gemeinde erwiderte: „*Deo gratias.*"

Felicia beeilte sich, die Kirche zu verlassen, bevor Thomas sie einholen konnte. Und schnell war sie in der Menge untergetaucht, die die Treppen und den Vorplatz füllte. Jedermann war in Feststimmung, und überall wurde geschwatzt und gelacht.

Thomas stand auf der obersten Stufe und versuchte, Felicia in der Menge auszumachen, wobei er wegen der blendenden Sonne die Augen mit der Hand abschirmte. Trotz des glasklaren Himmels war es frostig kalt. Deshalb hatten sich die Menschen alle dick angezogen. Und so war es noch schwieriger, den einen vom anderen zu unterscheiden. Plötzlich erschollen Jubelrufe, und Thomas drehte sich um.

Lord Harborough in schwerer, mit Pelzen besetzter Seidenrobe verließ gerade die Kathedrale. Man warf ihm gute Wünsche wie Blumen zu. Der Gutsherr winkte würdevoll dem Landvolk zu, verschwand dann aber schnell in der wartenden Kutsche.

Als diese rasselnd den Vorplatz verließ, liefen ihr jubelnde Menschen hinterher. Um endlich Felicia zu finden, tauchte auch Thomas in der Menge unter, wo sich die Gespräche hauptsächlich um den gestrigen Abend bei Lord Harborough drehten. Hätte Kay, der Rebell, diese Kommentare gehört, er wäre wohl ziemlich enttäuscht gewesen. Die politischen Anspielungen des Herrn der Narren hatten offenbar wenig Eindruck auf die Menschen gemacht. Niemand schien seine Unzufriedenheit mit dem Adel zu teilen.

Da entdeckte Thomas Howard in der Menge. Der Landmann überragte durch seine Größe die Umstehenden. Thomas hoffte, dass Felicia bei ihm sei. Und sie hielt sich tatsächlich in seiner Nähe auf. Aber Thomas verzog sogleich ärgerlich sein Gesicht, denn sie war nicht allein.

Kendall stand bei ihr. Die beiden waren ausgelassen im Gespräch vertieft. Felicia musste lachen und griff dabei nach seinem Arm.

Thomas arbeitete sich sofort durch die Menge – so zielstrebig und beharrlich wie ein Lachs die Strömung zu überwinden sucht. Als er nur noch ein paar Schritte entfernt war, bemerkten Felicia und Kendall ihn gleichzeitig. Doch nur Kendall begrüßte ihn freundlich.

„Thomas!", rief er. „Ich bin sicher, dir hat die Messe gefallen."

Felicia wendete sich ab und senkte den Blick. Sie wollte offenbar Thomas nicht ins Gesicht sehen. Kendall blieb dies nicht verborgen, und er lächelte.

Thomas sagte: „Ihr müsst uns jetzt entschuldigen, Kendall. Felicia hat ein herrliches Festmahl bereitet, und deshalb müssen wir uns jetzt auf den Weg machen."

Statt Kendall antwortete Felicia: „Geh du schon mal voraus, Thomas. Ich komme nach. Ich unterhalte mich nämlich gerade mit Kendall."

„Aber dein Vater wartet schon auf uns", log Thomas. „Kendall wird das wohl verstehen."

Er sah sich nach Howard um und hoffte inständig, der würde dies wenigstens ansatzweise zu erkennen geben. Und Thomas hatte Glück. Howard winkte tatsächlich zum Aufbruch.

„Ich kann euch ja ein Stück des Weges begleiten", meinte Kendall.

„Wir möchten Euch keine Unannehmlichkeiten bereiten!", erwiderte Thomas schnell.

Kendall lächelte. „Das ist keineswegs eine Unannehmlichkeit."

„Ich würde mich jedenfalls freuen", meinte Felicia flötend.

Thomas war klar, dass sie es ihm nun heimzahlte. Er sollte auch ein wenig leiden. Er biss sich auf die Unterlippe. „Felicia, ich muss mit dir reden", sagte er ernst. „Ich muss dir etwas erklären. Und ich möchte mit dir über ein paar Gedanken reden, die mir während der Messe gekommen sind."

Felicia sah ihn verständnislos an. „Ich denke, dass alles, was du mir zu sagen hast, warten kann", sagte sie. Und um das Maß voll zu machen, nahm sie Kendall beim Arm und fragte: „Gehen wir?"

Thomas war plötzlich zwischen Wut und Verzweiflung hin-

und hergerissen. Das war eine explosive Mischung. Felicias Verhalten war in keiner Weise zu begründen. Er hatte sie ja nicht kränken wollen. Und darüber hinaus wollte er sich entschuldigen. Doch sie stellte sich stur, nicht nur das. Sie benutzte auch noch Kendall, um sich zu rächen. Und ihre Taktik ging auf.

Noch bevor irgendjemand etwas sagen konnte, entstand hinter ihnen eine Unruhe. Es war eigentlich kein Lärm, sondern eher das Gegenteil. Die Menge verstummte nach und nach. Und diese Welle des Schweigens kam immer näher. Wo eben noch laut geschwatzt und gelacht wurde, herrschte plötzlich Totenstille. Thomas drehte sich um und wollte sehen, welche Ursache das hatte.

Die Menge teilte sich wie das Meer vor Mose. Und der, der sie teilte, war Bischof Pole. Schnurgerade steuerte er auf Thomas zu.

Die schneeweiße Mitra des Bischofs schien über der Menge zu schweben. Und sein goldener Bischofsstab lenkte alle Blicke auf sich. Viele der versammelten Bauern fielen auf die Knie und bekreuzigten sich. Andere standen mit offenen Mündern da und betrachteten ehrfürchtig den Bischof aus Rom in ihrer Mitte.

Es war so still geworden, dass man das Rascheln der Bischofsrobe hören konnte. Ein paar Schritte vor Thomas hielt der Bischof an. Zunächst sagte er kein Wort, während er die drei jungen Leute musterte. Mit einstudierter Bedächtigkeit und Würde sah er Kendall, dann Felicia und schließlich Thomas an.

„Seid gegrüßt“, sagte er schließlich. „Sei gegrüßt, Thomas.“

„Eure Exzellenz“, erwiderte Thomas.

„Thomas, ich würde gern über dich verfügen.“

„Was immer Ihr wollt, Eure Exzellenz.“

„Würdest du mir die Freude machen und den Weihnachtsnachmittag mit mir verbringen?“

Ein Raunen ging durch die Menge, beeindruckt von dieser Einladung.

Bevor Thomas antworten konnte, fügte der Bischof hinzu: „Mir ist aufgefallen, wie sehr dich während der Messe die Musik bewegt hat.“

Thomas warf Felicia einen kurzen Blick zu. Das war immerhin eine Rechtfertigung für ihn. Felicia aber ließ sich nichts anmerken.

„Mir wurde klar, dass uns beide die Liebe zur Kirchenmusik verbindet. Ich würde mir wünschen, dass wir beide heute Nachmittag darüber reden. Es sei denn, du hast etwas anderes vor." Er sah zu Felicia.

Thomas zögerte. Was sollte er tun? Felicia hatte schwer gearbeitet, um ein opulentes Festmahl zu bereiten, das keiner so schnell vergessen würde. Aber hatte er nicht gerade gebetet, dass er die Gelegenheit bekäme, über seine Gedanken zum Gottesdienst zu reden? Und konnte er überhaupt dem Bischof eine Bitte abschlagen, ohne ihn vor all den Leuten zu beleidigen?

„Vergib mir", sagte der Bischof. „Es war fahrlässig von mir, eine solche Bitte zu einem so späten Zeitpunkt auszusprechen. Du hast sicher schon Pläne mit dieser jungen Dame."

„Vergebt mir, Eure Exzellenz", mischte sich Felicia ein. „Thomas ist ein bisschen verunsichert. Natürlich würde er gern den Nachmittag mit Euch verbringen."

Thomas wandte sich an Felicia: „Bist du sicher?"

Sie lächelte freundlich und nickte. Doch Thomas ließ sich nicht täuschen. Im tiefsten Herzen hatte sie es nicht ernst gemeint.

„Eure Exzellenz, wenn ich zuerst Felicia sicher nach Hause geleiten könnte."

Jetzt schien der Bischof in einer Zwickmühle zu stecken. „Hmmm ..."

„Thomas!", rief Felicia empört. „Hast du deine guten Manieren verloren? Wirklich, Eure Exzellenz, es ist nicht nötig ..."

„Ich habe eine Idee", sagte der Bischof und lächelte verschmitzt. Vielleicht wäre Kendall so freundlich und würde sich zur Verfügung stellen. Kendall, mein junger Freund, wäret Ihr vielleicht in der Lage, das junge Fräulein nach Hause zu begleiten?"

Kendall grinste breit. „Das wäre mir ein Vergnügen, Eure Exzellenz."

„Das ist eine gute Lösung!", rief Felicia.

„Dann ist es abgemacht!“, erklärte der Bischof. „Thomas, du kommst mit mir!“

Besorgt und beunruhigt schloss sich Thomas dem Tross des Bischofs an. Er sollte schon einmal in der Kutsche Platz nehmen.

Zitternd und frösteln saß er fast eine halbe Stunde da, während sich der Bischof seiner Robe entledigte und Reisekleidung anzog.

Als sich die letzten Gottesdienstbesucher auf den Heimweg gemacht hatten, saß Thomas immer noch einsam in der Kutsche. Er hatte genug Zeit, die Dampfwolken seines Atems zu beobachten. Draußen schnaubten die ungeduldigen Pferde, und der völlig unzureichend bekleidete Junge, der die Zügel hielt, hustete fortwährend.

Endlich hörte er Stimmen. Es waren zwei Männer. Die eine Stimme erkannte er sofort. Es war der Bischof. Die andere Stimme kam ihm auch bekannt vor. Aber die Person sprach nicht viel, so dass er sie aus der Entfernung nicht erkannte.

Dann schlug die Tür der Kutsche auf, und ein Hauch eiskalter Luft drang ein.

„Landvogt Bromley!“, rief Thomas überrascht.

Der Landvogt, der sich in den Sitz gegenüber von Thomas fallen ließ, antwortete nicht. Bischof Pole folgte ihm. Thomas rutschte auf der Bank, um dem Bischof Platz zu machen. Die Kutsche schaukelte, und selbst nachdem Pole Platz genommen hatte, neigte sich das Gefährt noch immer bedenklich nach einer Seite.

„Der gute Landvogt hat uns zum Essen eingeladen“, erklärte der Bischof. Und mit einem freundlichen Klaps auf Thomas’ Arm fügte er hinzu: „Du kannst beruhigt sein, Thomas, unsere Unterhaltung am Nachmittag wird dadurch nicht ausfallen. Ich freue mich schon mächtig darauf.“

Thomas wagte einen kurzen Blick hinüber zum Landvogt. Seine Miene war so finster wie das Schwarz seiner Kleidung. „Es ist schon ziemlich lange her, dass du mal bei mir gespeist hast, Thomas“, sagte er. Dem jungen Mann entging der ironische Unterton keineswegs.

Der Bischof gab den Kutschern das Signal. Die sprangen sofort auf, und einen Augenblick später setzte sich das Gefährt in Bewegung.

Die Fahrt zum Sitz des Landvogts verlief, ohne dass jemand etwas sagte. Der Bischof hatte offenbar seine Freude daran, die herrliche Winterlandschaft an sich vorüberziehen zu sehen. Der Himmel strahlte blau, und die Luft war frostig frisch. Einmal meinte der Bischof, dieser heitere Tag sei Gottes Geschenk zur Feier der Ankunft seines Sohnes auf Erden.

„Sieh an, Thomas, da geht deine Freundin", rief der Bischof plötzlich aus und deutete zum Fenster hinaus. „Und Euer Sohn, Landvogt."

Thomas lehnte sich vor, um besser aus dem Fenster sehen zu können. Tatsächlich, Kendall und Felicia liefen nebeneinander, wobei Kendall sein Pferd führte. Sie waren derart im Gespräch vertieft, dass sie gar nicht auf die vorbeifahrende Kutsche achteten.

Etwas später überholten sie Howard. Er ging allein. Eine dunkle Wolke schien über seinen Gesichtszügen zu lagern, als er die Kutsche und ihre Insassen bemerkte. Es tat ihm weh, Thomas in Begleitung des Landvogts sehen zu müssen.

Thomas ließ sich zurück in den Sitz fallen. Er schloss die Augen und wünschte sich, Howard erklären zu können, nichts davon gewusst zu haben, dass Bromley sie begleiten würde. Howard war schließlich der Letzte, den er kränken wollte. Es musste für ihn ein abscheulicher Feiertag sein. Seine Tochter spazierte Seite an Seite mit dem Sohn seines Feindes, während der Junge, den er seiner Herzensgüte wegen aufgenommen hatte, mit seinem Erzfeind speisen würde. Thomas fühlte sich erbärmlich.

Als er die Augen aufschlug, starrte Bromley ihn grinsend an.

In diesem Augenblick bog die Kutsche in die Einfahrt von Bromleys stattlichem Landsitz ein. Thomas folgte dann den beiden Männern ins Haus. Aber kaum hatte er die Schwelle überschritten, überkamen ihn wohlvertraute Gefühle, aber es waren keine guten.

Der Eingangsbereich, die Säle und die Wandteppiche waren ihm auf unangenehme Weise vertraut. Selbst die Luft war noch so abstoßend wie damals – muffig, moderig und feuchtkalt. Wohin er auch blickte, überall entdeckte er Erinnerungen an früher. Seit er damals weggelaufen war, hatte er seinen Fuß nicht mehr in dieses Haus gesetzt.

Mehr denn je wünschte sich Thomas, mit Felicia und Howard nach Hause gegangen zu sein.

* * *

„Der Schlüssel zu allem ist die Oktave", sagte der Bischof eifrig. „Man spricht auch vom Gesetz der sieben Schritte. Es ist das Zeitmaß aller wichtigen Ereignisse."

Der Bischof schien in seinem Element zu sein. Thomas saß neben ihm in einem kleinen Nebenraum der Kathedrale. Auf dem Schoß hielt der Bischof ein paar Notenblätter mit der einen Hand fest, während er mit der anderen beim Sprechen eifrig gestikulierte.

Das Essen bei Bromley war so verlaufen, wie Thomas es noch von früher kannte. Im Speisesaal hatte sich nichts verändert. Auch die Dienerschaft war noch genauso gekleidet wie damals. Sie bedienten immer noch mit dem gleichen Gesichtsausdruck und den gleichen Gesten. Ob sie sich noch an ihn erinnerten, zeigten sie mit keiner Miene.

Nur die unterhaltsame Gegenwart des Bischofs war ein neues Element. Der hatte wieder vor Begeisterung in die Hände geklatscht und bei jedem neuen Gang die Kochkunst gepriesen. Als dann die letzten Teller und Schalen abgetragen waren, sank er gesättigt, erschöpft und zufrieden in seinen Stuhl.

Auf der Kutschfahrt zurück zur Kathedrale hatte der Bischof tief und fest geschlafen, und Thomas hatte schon befürchtet, dieser ganze Nachmittag werde ein große Reinfall.

Doch kaum hatten sie die Kathedrale betreten, war der Bischof zu neuem Leben erwacht. Sie hatten angefangen, über die

Musik zu reden, und das war für den Bischof offenbar genauso beflügelnd wie ein gutes Mahl. Und seine Leidenschaft wirkte ansteckend. Je länger der Bischof redete, desto mehr wurde Thomas vom Thema gefesselt.

„Aller Zivilisation liegt die Oktave zugrunde", erklärte der Bischof. „Sie ist das Grundmuster der Architektur alter Tempel. Sie bestimmt den Ablauf vieler Zeremonien und ist ein kompositorisches Element in der Literatur. Sogar unserer Messe liegt sie zugrunde!" Mit seiner freien Hand bekräftigte er jedes seiner Worte.

„Das wusste ich gar nicht", sagte Thomas.

Poles Augen leuchteten, als er Thomas' offenkundiges Interesse bemerkte. Bevor er fortfuhr, setzte er sich noch einmal zurecht. „Der Ablauf der Eucharistie folgt Schritt für Schritt dem Grundprinzip der Oktave und führt so die versammelte Gemeinde vom Eingang ins Gotteshaus bis zur Vereinigung mit Christus. Die zwei einzigen unverzichtbaren Voraussetzungen für alles sind der Glaube des Kirchgängers und die Gnade, die Gott schenkt."

Thomas nickte, um anzuzeigen, dass er verstanden hatte.

„Es ist dies eine Veranstaltung für den Geist und die Seele und keine für den Verstand. Der kommt zu anderen Zeiten zu seinem Recht. Doch während der Messe begeben wir uns in die so geheimnisvolle Gegenwart Gottes, indem wir lobpreisen und Dank sagen. Und, sofern ich mich heute Morgen nicht getäuscht habe, lässt du dich bereitwillig von diesem Geschehen mitreißen. Ich habe dich beobachtet, während du mit geschlossenen Augen in deiner Bank saßt. Deine Miene verriet, dass die Musik dich bewegte, dich zur Anbetung rief und in die Nähe Gottes trug."

Thomas fühlte sich bestätigt. Warum hatte Felicia nicht bemerkt, was dem Bischof aufgefallen war?

„Die Messe beginnt mit dem Introitus, dem Eingangslied. Statt der Ankündigung: ‚Heute denken wir an die Geburt Christi, und wir feiern sie jetzt', singen wir:

*Puer natus est nobis, et filius datus est nobis:*
*cuius imperium super humerum eius.*

Der Bischof hatte eine sehr feste und klare Tenorstimme. Thomas übersetzte:

*„Denn uns ist ein Kind geboren, ein Sohn ist uns gegeben,*
*und die Herrschaft ruht auf seiner Schulter.“*

„Sing es lateinisch mit mir“, knurrte der Bischof.

Thomas hob abwehrend die Hand. „Ich liebe Musik als Zuhörer, aber ich betreibe sie nicht aktiv.“

„Unsinn!“, rief der Bischof. „Diese Melodie ist so eingängig, die kann jeder singen. Außerdem ist sie kein Stück zum Vortragen oder zur Unterhaltung. Ihr Zweck ist es vielmehr, im Innern des Menschen widerzuhallen und ihn dadurch mit dem allmächtigen Gott in einen Gleichklang zu bringen. Versuche es! Sing mit mir!“

Der Bischof stimmte den Introitus noch einmal an. Leise und ein wenig heiser versuchte Thomas mitzuhalten. Er kam sich dabei dumm vor, und es war ihm peinlich, seine eigene Stimme zu hören.

„Noch einmal!“ Der Bischof wollte ihm Mut machen. Und Thomas versuchte es ein zweites, dann ein drittes Mal. Beim vierten Versuch begann sein Selbstvertrauen zu wachsen. Und beim siebten spürte er, dass Melodie und Worte in ihm widerhallten – so wie er es nie zuvor erlebt hatte.

Thomas sang, bis er mit der Melodie völlig eins geworden war und sich sein Geist höher und höher erhob. Er saß mit geschlossenen Augen da. Und plötzlich hatte er das Gefühl, dass nichts mehr existierte außer ihm und Gott. Und jeder neue Ton in diesem Meer der Anbetung zog ihn näher in das Geheimnis der Gegenwart des Herrn.

* * *

„Was ist das?“

Felicia erwachte aus dem Mittagsschlaf. Ihr Vater stand wütend vor ihr. Es war offenbar schon spät, denn der Raum lag bereits im Dunkeln. Nur ein paar glühende Kohlen im Ofen erleuchteten das Zimmer spärlich. Aber das reichte aus, den Ärger in Howards Zügen zu erkennen.

„Ich habe dich was gefragt!“, rief Howard. „Was ist das?“

Weil sie noch nicht ganz wach war, musste sie sich erst orientieren. Sie hatten Mittag gegessen. Dann hatte sie sich hingesetzt. Howard war spazieren gegangen, und sie hatte sich zum Einschlafen den roten Schal geholt. Ja, sie hielt ihn noch immer in der Hand.

„Es ist ein Seidenschal.“

„Halt mich nicht für blöd. Natürlich ist das ein Seidenschal. Woher hast du ihn?“

Felicia setzte sich aufrecht hin. Ihre Gelenke waren noch etwas steif, aber ihr Herz klopfte. Warum war der Mann so außer sich? Das passte gar nicht zu ihrem Vater. So wütend hatte sie ihn selten erlebt – vor allem nicht ihr gegenüber.

„Antworte mir! Woher hast du den Schal?“

„Kendall hat ihn mir geschenkt.“

Howards Wut steigerte sich noch nach dieser Antwort. Er hatte den Schal an sich gerissen und starrte ihn an. Es war, als hielte er das Böse selbst in seiner Hand, ohne recht zu wissen, was er nun damit anstellen sollte.

Dann trat er an den Herd, nahm ein Stück Feuerholz und stocherte in den Kohlen, bis diese neu aufflammten.

„Vater, nein!“

Er tat, als habe er sie nicht gehört.

„Vater! Nicht!“ Sie sprang auf.

Das Feuer flackerte auf.

„Bitte nicht!“, schrie Felicia. „Es ist doch nur ein Schal! Kendall hat damit keine böse Absicht verfolgt!“

Howard aber warf den Schal in die Flammen. Er hätte sich eher die Hände verbrannt, als ihn wieder herzugeben. Innerhalb von Sekunden schrumpfte der Stoff zu einem schwarzen, faltigen Klümpchen.

Nun kochte auch Felicia vor Wut. Sie spürte die Enge in der Brust, und die Tränen, die sie am liebsten zurückgehalten hätte, quollen hervor. Aber sie konnte kein Wort hervorbringen.

Howard hockte vor dem Feuer - mit dem Rücken zu ihr. Er sagte: „Du wirst nie wieder ein Geschenk von Kendall annehmen!"

Felicia wusste nicht, was sie erwidern sollte. Ein rebellischer Geist erfasste sie, den sie längst abgelegt zu haben glaubte. „Wie kannst du es wagen ..." Sie verstummte. Sie hatte es sich noch einmal überlegt. Dann versuchte sie es erneut. Die Worte kamen abgehackt und zögernd, denn sie fürchtete, sonst ihre ganze Wut mit einem Schwall hinauszulassen. „Das war – *mein* Schal. Ein Geschenk an *mich*. Du hattest kein Recht, so etwas zu tun!"

Howard richtet sich auf und sah sie an. Felicia war erstaunt, wie schnell er sich wieder gefasst hatte. Seine Wut war verflogen, dafür waren seine Augen mit Tränen benetzt, und seine muskulösen Arme hingen schlaff und leblos herab.

„Du hast Recht", sagte er. „Aber du kennst nicht die Hintergründe."

„Dann lass sie mich wissen", bat Felicia. Was war hier im Gange? Zuerst das Zerwürfnis mit Thomas heute Morgen, jetzt der Streit mit dem Vater. In anderen Familien war Streit oft an der Tagesordnung. Aber in ihrer Familie? Howard, Thomas und sie waren doch immer gut miteinander ausgekommen. Welche bösen Mächte waren da am Werk, dass sie sich plötzlich gegenseitig an die Kehle gingen?

Howard ging langsam auf Felicia zu. Er drückte sie sanft in ihren Stuhl, und er setzte sich zu ihren Füßen. Sie konnte sich nicht besinnen, dass sie einmal höher gesessen hatte als ihr Vater. Es war ein so ungewöhnlicher Anblick, auf ihn herabzusehen.

„Wie hat Kendall es begründet, als er dir den Schal schenkte?", erkundigte sich Howard.

Felicia wollte das Thema eigentlich gar nicht vertiefen, fürchtete sie doch, den Streit zwischen ihnen erneut vom Zaun zu brechen. Doch allein die Tatsache, dass ihr Vater zu ihren Füßen saß und zu ihr aufsah, nahm ihr die Furcht.

„Er sagte, es sei ein Geschenk. Er wolle, dass ich es bekomme."

„Hat er dir erzählt, dass ihn deine Mutter auch schon einmal als Geschenk bekommen sollte?"

Felicia antwortete nicht. Sie war überrascht.

„Und dass sie ihn zurückgewiesen hat?"

„Vater, ich weiß, wie du zum Landvogt stehst. Aber das alles ist doch schon so lange her. Und außerdem hat Mutter doch dich gewählt ..."

„Wessen Idee war es, dir den Schal zu schenken?"

Felicia war sprachlos. Wie kam er auf diese Frage?

„Kendall erzählte, es sei die Idee seines Vaters gewesen."

Howard nickte.

„Und war es Kendalls Idee, dich zu besuchen?"

Wieder erstaunte sie die Einsicht ihres Vaters in Dinge, die er eigentlich gar nicht wissen konnte.

„Auch das war die Idee seines Vaters. Kendall war sogar ziemlich überrascht darüber."

Howard schwieg eine ganze Weile. Offenbar dachte er nach. Dann räusperte er sich und sagte: „Zweifellos mag dich Kendall. Aber man kann ihm nicht trauen."

Felicia schüttelte den Kopf. „Von Kendall haben wir nichts zu befürchten. Er tut sicher nichts, was uns schaden könnte."

Als müsse er diesen Gedanken erst einmal verdauen, schwieg Howard eine Weile und grübelte. Dann sagte er: „Mit Absicht wahrscheinlich nicht."

„Was meinst du damit?"

„Kendall würde sicher nichts tun, um dir absichtlich zu schaden."

„Worauf willst du hinaus?"

„Ich kenne den jungen Mann nicht gut genug, um das, was er tut, richtig einschätzen zu können. Du kennst ihn besser. Ich verlasse mich also auf dein Urteil über seinen Charakter. Aber ich kenne seinen Vater – zu gut. Er hat keine Skrupel, Menschen für seine Zwecke zu benutzen."

„Seinen eigenen Sohn?"

„Bromley hat Schlimmeres getan."

„Aber das gibt doch keinen Sinn. Der Mann ist wohlhabend. Was besitzen wir denn, was ihn interessieren könnte?"

Howard sah zu ihr auf.

„Dich", sagte er.

„Mich?"

Seine Augen füllten sich mit Tränen. „Wie könnte er es mir besser heimzahlen, als mir den Menschen zu nehmen, den ich über alles liebe!"

* * *

Bischof Pole hatte Thomas zwar angeboten, ihn mit der Kutsche nach Hause zu bringen. Aber Thomas wollte unbedingt laufen. Gerade an diesem Abend. Das Sternenzelt war jetzt seine Kathedrale und die Bäume des Waldes deren Säulen. Sein Herz war noch immer erfüllt von Musik, Anbetung und Lobpreis. Und diese Hochstimmung drängte nach draußen, wollte sich irgendwie ausdrücken.

Es war ein wunderbarer Nachmittag gewesen. Niemals zuvor war Thomas einem Mann begegnet, dessen Leidenschaften und Sehnsüchte er so sehr teilte.

Das Weihnachtsfest in diesem Jahr war so ganz anders verlaufen als sonst. Schöner war es nie gewesen. Hatte es überhaupt einen größeren Tag in seinem Leben gegeben? Bischof Pole war ein bemerkenswerter Mann. Im Gegensatz zu anderen Geistlichen, die ihr Wissen über Gott und sein Reich für sich behielten, weil sie fürchteten, es zu verunreinigen, wenn sie es mit dem gemeinen Volk teilten, gab dieser Mann sein Wissen gern weiter. Und jedes Mal, wenn er von Gott und der Kirche schwärmte, hatte man den Eindruck, er erzähle von seiner Braut.

Das Quietschen in den Scharnieren der Haustür katapultierte

Thomas zurück in den Alltag. Er trat über die Schwelle und schloss die Tür hinter sich.

Er hatte gehofft, Felicia wäre wach geblieben und hätte auf ihn gewartet – wie damals, als der Bischof aus Rom eingetroffen war. Doch die Bank, auf der sie oft saß, war leer.

Das leise Gurren der Hühner und das Rascheln der Kuh im Stroh erinnerte ihn an seinen Stand. Er war als Bauernsohn in einem unbedeutenden englischen Dorf geboren und hatte dort auch seine Kindheit verbracht. Aber die Zukunft würde nun anders aussehen, da war er ganz zuversichtlich.

Gab es sonst einen einfachen Bauern, der vom Gutsherrn den Auftrag bekam, eine Bibel herzustellen? Und an welchem Bauern war schon ein Bischof aus Rom interessiert? Gab es sonst noch einen Mann vom Land, der den Weihnachtstag im Zwiegespräch mit eben diesem Bischof aus Rom verbrachte?

Mehr denn je war Thomas davon überzeugt, dass sein Schicksal jenseits dieser Kate lag. Eines Tages würde er neben Lord Harborough dem König von England eine Bibel überreichen. Und obgleich er dieses Angebot noch nicht bekommen hatte, war er zuversichtlich, irgendwann mit Bischof Pole durch die Straßen Roms zu schlendern und vielleicht sogar eine Privataudienz beim Papst gewährt zu bekommen. So ließ es sich leben!

Schade, dass Felicia nicht aufgeblieben war. Er brannte doch darauf, ihr all die Neuigkeiten zu erzählen. Doch plötzlich fiel ihm ein, dass sie ja böse auf ihn war. Das erklärte vielleicht alles.

Begleitet von Howards sanftem Schnarchen schlüpfte er aus seinen Kleidern und dann unter seine Decke. Gleich morgen früh – so nahm er sich vor – würde er mit Felicia reden. Es gab immerhin Ereignisse in ihrem Leben, die alles auf den Kopf stellen konnten. Eines Tages würde sie ihn verstehen.

Er schloss die Augen – und hörte Musik. Sie war hinreißend schön.

*Puer natus est nobis ...*

# 6

Kein Ort auf dieser Welt war für Thomas so heilig wie die Schreibstube. Er hatte noch nie Konstantins Basilika in Rom besucht noch am Grab des Heiligen Petrus gestanden. Weder hatte er in der Kathedrale von Canterbury gebetet noch war er durch die Straßen Jerusalems gepilgert. Er glaubte auch kaum, dass all diese Orte seine Seele mehr erheben würden als der Aufenthalt in der schlichten Schreibstube von Lutterworth.

Hier sprach nämlich Gott zu ihm.

> *Tritt nicht herzu, zieh deine Schuhe von deinen Füßen; denn der Ort, darauf du stehst, ist heiliges Land!*
> *Und du sollst den Herrn, deinen Gott, lieb haben von ganzem Herzen, von ganzer Seele und mit all deiner Kraft. Und diese Worte, die ich dir heute gebiete, sollst du zu Herzen nehmen und sollst sie deinen Kindern einschärfen und davon reden, wenn du in deinem Hause sitzt oder unterwegs bist, wenn du dich niederlegst oder aufstehst. Und du sollst sie binden zum Zeichen auf deine Hand, und sie sollen dir ein Merkzeichen zwischen deinen Augen sein, und du sollst sie schreiben ...*

Und genau das tat Thomas – vom Augenblick, da die ersten Sonnenstrahlen durch das Nordfenster neben seinem Pult fielen, bis die Dunkelheit ihn daran hinderte, seinem heiligen Werk gerecht zu werden. Er war immer der erste Schreiber, der sich morgens an die Arbeit machte, und er war der Letzte, der wieder ging. In den Nächten, in denen er in Lutterworth schlief, las er noch bei Kerzenlicht in seinem Bett, bis ihm die Augen so brannten, dass er sie schließen musste.

Nicht alle, die mit ihm in der Schreibstube arbeiteten, teilten seinen Eifer. So notierte einer der dort Tätigen einmal: „Schreiben ist Schwerarbeit. Es krümmt dir den Rücken, trübt dein

Augenlicht und verdreht dir den Magen. Drei Finger schreiben, aber der Rest des Leibes liegt in Wehen."

Thomas war mit den Beschwerlichkeiten dieser Arbeit wohl vertraut. Die Leidenschaft, mit der er immer wieder ans Werk ging, machte ihn keineswegs immun gegen die Schmerzen seines Rückens. Er wusste, was es heißt, mit Verdauungsproblemen leben zu müssen. Und Tag für Tag mehr wurde ihm klar, dass er sein Augenlicht für diese Aufgabe zu opfern begann.

Aber es gab keine andere Arbeit, die so erhaben war wie die des Schreibers. Die Worte, die aus dem Mund Gottes kamen, wurden nun in seine Obhut gegeben. Und während andere für Nahrung und Kleidung durch ihrer Hände Arbeit sorgten, versorgte der Schreiber sie mit dem Brot des Himmels, und er reichte ihnen die Waffenrüstung Gottes.

Der Raum, in dem Thomas seine heilige Pflicht erfüllte, war lang und schmal. Sieben Pulte standen an sieben Fenstern. Und jeweils zwei Schreiber mussten sich ein Pult teilen. Der Raum bildete den Seitenflügel eines größeren Gebäudekomplexes, in dem sich auch Wyclifs Kirche befand.

Mit noch größerer Vorfreude als sonst bereitete Thomas seinen Schreibplatz für die Arbeit vor. Dabei formulierte er schon einmal die Worte, mit denen er Doktor Wyclif davon berichten wollte, dass Lord Harborough ihn beauftragt habe, eine englische Bibel herzustellen.

Er prüfte die Spitze seines Federkiels, der aus einer der Hauptfedern einer Gans hergestellt worden war. Mit einem Messer schnitt er die Rundung nach und vergrößerte noch einmal den Einschnitt, der es erlaubte, je nach Druck den Strich unterschiedlich dick zu ziehen.

Als Nächstes holte er Ahle, Griffel, Tintenfass, Bleigewichte und Glättpulver hervor.

Dann spannte er die Vulgata in einen Leserahmen ein, der das Buch aufgeschlagen hielt. Thomas war der Einzige in der Schreibstube, der einen Auftrag zum Übersetzen hatte. Alle anderen kopierten Doktor Wyclifs Übersetzung von 1382, die auch seine

Wanderprediger benutzten. Wyclif hatte sie in Oxford angefangen und in den letzten zwei Jahren abgeschlossen, nachdem er – seiner Pflichten als Dozent enthoben – nach Lutterworth heimgekehrt war.

Nach und nach trafen all die anderen Schreiber ein und machten sich an die Arbeit. Thomas nickte jedes Mal, wenn einer an seinem Pult vorbeikam. Man sprach in der Schreibstube kein Wort. Das Schweigen gehörte zu den wichtigsten Verhaltensregeln dort, was eine schwere Bürde für so manchen bedeutete. Aber man fand Mittel und Wege, sich trotzdem auszudrücken, indem man zum Beispiel Kommentare auf die Blattränder schrieb, die hinterher in der Bindung verschwinden würden. Folgende Bemerkungen hat man viel später durch Zufall entdeckt:

„Dünne Tinte, schlechtes Pergament, schwieriger Text."

„Zu viele Borsten im Pergament."

„Gott sei Dank, es wird bald dunkel."

Thomas tauchte die Federspitze in die Tinte und testete sie auf einem Stückchen Pergament. Die Gallustinte, die er benutzte, war eine Mixtur aus Gallussäure und Eisensulfat. Im Tintenfass war sie noch relativ hell, dunkelte aber auf dem Pergament nach. Mit sicherer Hand zog er einen Probestrich und war zufrieden. Diese Tinte war jedenfalls viel besser als die Mixtur aus Ruß und Gummiarabikum, die die Schreiber der Vulgata benutzt hatten.

Er sah zum Fenster hinaus. Noch bildeten die Bäume eine dunkle Silhouette vor dem dunstig blauweißen Horizont. In ein paar Minuten aber würde es hell genug sein, um mit der Übersetzungsarbeit zu beginnen.

Jetzt nahm er ein Stück Pergament, breitete es auf seinem Pult aus und begann, es mit dem Glättpulver zu bearbeiten – zuerst die Haarseite, dann die Unterseite.

Er dachte daran, dass er das Pergament für Lord Harboroughs Bibel würde besorgen müssen. Das aber bedeutete, eine Reise zu den Pergamentmachern unternehmen zu müssen – vielleicht nach Winchester oder Canterbury. Der Gedanke beunruhigte ihn etwas. Man hatte schon Grausiges von ihnen gehört. Gleichzeitig spürte er den Reiz des Vorhabens. Und so war er doch auch neugierig. Soweit er gehörte hatte, war die Pergamentherstellung kein besonders attraktiver Beruf. So erzählte man sich, dass es in den Werkstätten wie in einer Schlächterei röche. Deshalb errichtete man sie außerhalb bewohnter Ortschaften und auch so, dass der Wind die Gerüche nicht dorthin tragen konnte.

Nachdem dem Tier die Haut abgezogen worden war – das konnten Schafe, Kälber oder Ziegen sein -, wurde sie in einem Kalkbad drei bis zehn Tage enthaart. Dann schabte man die verbliebene Fett- und Fleischreste ab. Die Häute wurden gewaschen und noch einmal für ein paar Tage in ein Reinigungsbad aus Kalkwasser gelegt.

Die nasse, jetzt gummiartige Haut wurde dann durch Schnüre auf einen Holzrahmen gespannt, die auf drehbare Pflöcke gewickelt waren, so dass der Zug ständig erhöht werden konnte. In diesem gestrafften Zustand wurde die Haut mit einem halbmondförmig gebogenen Messer geschabt. Dann trug man eine Paste aus Asche, Kalk und Wasser auf, um das Ganze zu entfetten.

Nach dieser Behandlung trocknete die Haut an der Luft. Zum Schluss wurden noch Eiweiß, Firnis, Schlichte - eine Art Stärke - oder Leinsamenöl aufgetragen – je nach gewünschter Oberfläche.

Jetzt war es so weit. Die ersten Sonnenstrahlen fielen durchs Fenster auf das Pergament. Die Arbeit konnte beginnen. Thomas blätterte in der Vulgata und suchte die Stelle, die Doktor Wyclif ihm vorgegeben hatte. Er kniff die Augen zusammen, um besser sehen zu können. Der dunkle Fleck in seinem Gesichtsfeld fiel immer besonders lästig auf, wenn er übersetzte. Doch er ließ es nicht zu, sich davon entmutigen zu lassen. Das Lesen fiel ihm zwar zunehmend schwer, aber sobald er sich in den Text vertiefte, gewöhnte er sich daran.

Doktor Wyclif hatte ihm beigebracht, vor dem Übersetzen erst einmal einen ganzen Abschnitt durchzulesen, so dass die Entscheidung für eine bestimmte Übersetzung immer im Zusammenhang des Textes gefällt wurde.

*Psalms CXXI*
*Levavi oculos meos in montes, unde veniet auxilium meum. Auxilium meum a Domino, qui fecit caelum et terram.*

„Herrlich!“, murmelte Thomas so ehrfurchtsvoll, als habe er gerade eine Kathedrale betreten oder ein wertvolles Geschenk erhalten. Und je länger er über den Text nachsann, desto stärker berührten ihn diese Worte. Am liebsten wäre er in lauten Jubel ausgebrochen.

Doch dann besann er sich, wo er sich gerade aufhielt, und es gelang ihm, seine Begeisterung im Zaum zu halten. Er sah sich um. An allen Pulten standen Männer schweigend über ihre Pergamente gebeugt. Es herrschte absolute Stille – bis auf ein gelegentliches Räuspern oder Schurren. Hier konnte er nicht ungehemmt seiner Freude Ausdruck verleihen.

Er las weiter:

*Non det in commotionem pedem tuum, neque dormitet qui custodit te. Ecce non dormitabit neque dormiet qui custodit Israel. Dominus custodit te, Dominus protectio tua super manum dexteram tuam. Per diem sol non uret te neque luna per noctem. Dominus custodit te ab omni malo; custodiat animam tuam Dominus. Dominus custodiat introitum tuum et exitum tuum ex hoc nunc et usque in saeculum.*

Seine Begeisterung schlug in Ehrfurcht um. Thomas war überwältigt. Was für ein großartiges Wort! Und was für ein Verbrechen, diese Worte in dem unzugänglichen Geheimcode einer fremden Sprache gefangen zu halten! Diese Worte verdienten es, in den Straßen jeder Stadt, jedes Dorfes und jedes Weilers verkündigt zu werden. Was könnten diese Worte bei den sich durchs Leben quälenden Bauern von Fearnleah ausrichten, die Tag für Tag in Schmutz und Armut ihre Frondienste leisteten und ständig vom Tod bedroht waren!

Er hatte zwar gerade erst mit der Arbeit begonnen, doch am

liebsten wäre er nach Hause geeilt, um Felicia und Howard von diesem Lied zu berichten, von dieser Botschaft, dieser göttlichen Verheißung.

Mit zitternder Hand füllte er seinen Kiel mit Tinte, und dann schrieb er ganz oben auf die Seite:

*Psalm 121*

Er las den ersten Satz noch einmal in Latein, dachte über jedes einzelne Wort nach, analysierte die Satzstruktur und suchte nach der besten Lösung, den Gedanken ins Englische zu übertragen. Er bemühte sich nicht um eine streng wörtliche Übersetzung. Das hatte Doktor Wyclif bereits vollbracht. Thomas' Aufgabe bestand vielmehr darin, Formulierungen zu finden, die so genau wie möglich Absicht und Geist des Textes wiedergaben, aber dennoch dem Buchstaben treu blieben.

Er schrieb den ersten übersetzten Satz aufs Pergament, dann lehnte er sich zurück und las ihn noch einmal tief bewegt leise durch.

Neben ihm stand noch immer der dürre Schreiber mit ausdruckslosem Gesicht und kratzte gelangweilt an seinen Fehlern herum.

* * *

Ein schwerer Mantel aus schwarzem Stoff bedeckte Doktor Wyclifs Schultern und Arme, während er die Übersetzung von Thomas durchlas. Er hatte schütteres, langes Haar. Und der Vollbart, den er trug, vermochte es nicht, seine scharfen, ja geradezu kühnen Züge vollständig zu verbergen. Mit kritischem Blick prüfte er jedes Wort des ihm vorgelegten englischen Textes.

Thomas hatte einen ganzen Tag gebraucht, um den Psalm zu übersetzen. Nun saß er im Studierzimmer des Direktors und wartete auf Wyclifs Urteil.

Ohne aufzusehen sagte der alte Mann: „Im ersten Satz hast du übersetzt: ‚Ich hebe meine Augen auf zu den Bergen.' Wie lautet der Infinitiv zum lateinischen Verb dort?"

„*Lavare*", antwortete Thomas.

„Wie ist es im Text konjugiert?"

Thomas sah in der Vulgata nach, die er aufgeschlagen auf seinem Schoß hielt.

„Äh ... das ist erste Person, Singular."

„Und die Zeit?"

„Perfekt."

Der alte Mann lächelte weise. „Ja, ja, das Perfekt", wiederholte er. „Es ist die Stimme der Erfahrung, das Zeugnis eines Mannes, der etwas getan und daraus wertvolle Schlüsse gezogen hat."

Der Rektor schloss seine müden Augen und neigte sein erschöpftes Haupt nach hinten gegen die Rückenlehne. Er begann, den Psalm auswendig aufzusagen. Die Worte waren ihm so geläufig, dass man meinen konnte, er habe ihn selber geschrieben.

„*Levavi oculos meos in montes, unde veniet auxilium meum ...*

‚Ich habe meine Augen auf zu den Bergen erhoben. Woher kommt mir Hilfe? Meine Hilfe kommt vom *Herrn*, der Himmel und Erde gemacht hat. Er wird deinen Fuß nicht gleiten lassen, und der dich behütet, schläft nicht. Siehe, der Hüter Israels schläft und schlummert nicht. Der *Herr* behütet dich; der *Herr* ist dein Schatten über deiner rechten Hand, dass dich des Tages die Sonne nicht steche noch der Mond des Nachts. Der *Herr* behüte dich vor allem Übel, er behüte deine Seele. Der *Herr* behüte deinen Ausgang und Eingang von nun an bis in Ewigkeit!' Der alte Mann seufzte tief. ‚Von nun an bis in Ewigkeit!'"

Es wurde still im Raum. Wyclif atmete flach und kaum hörbar. Noch immer hielt er die Augen geschlossen. Seine entspannten Zügen verrieten, wie sehr ihn diese Worte im Geist angerührt und mit innerer Ruhe erfüllt hatten.

Im Laufe der Geschichte hat es immer nur wenige Menschen gegeben, die spirituell so beschenkt waren, dass sie in höheren Sphären leben konnten als alle ihre Zeitgenossen. Ihr Blick war geschärft, und die Begierden dieser Welt stellten keinerlei Reiz für sie dar. In ihrer Gegenwart war der Mächtige machtlos und der Reiche arm. Die Welt an sich war ohne Wert für sie.

Solch ein Mensch war John Wyclif.

Thomas konnte sich an kein einziges Mal erinnern, da er Wyclifs Studierzimmer ohne Gewinn verlassen hatte. Immer hatte er etwas gelernt. Zwar war manches Mal ein Stück seiner kleinen Welt mit ihrem engen Horizont dabei erschüttert worden, doch stets war er innerlich geadelt und gestärkt von solchen Besuchen heimgekehrt.

„Der hunderteinundzwanzigste Psalm ist das Lied eines Menschen, der hinaufsteigt", sagte Wyclif mit noch immer geschlossenen Augen. Es war ihm anzumerken, dass er eine Szene beschrieb, die sehr lebendig vor seinem geistigen Auge ablief. „Dieses Lied singt ein vom Leben gezeichneter, beladener Pilger, während er die Höhen erklimmt, auf denen die Stadt Jerusalem erbaut ist. Er wird von äußeren Feinden bedrängt und von persönlichen Sorgen gedrückt. Und während er sich den langen und gewundenen Pfad hinaufschleppt, singt er: 'Ich habe meine Augen auf zu den Bergen erhoben.'

Wird er hinter den Mauern der Stadt seinen Frieden finden? Werden die, die Verantwortung in dieser Stadt tragen, eine Lösung für seine Probleme anbieten? Können die Soldaten, die auf den Mauern Wache halten, ihn vor seinen Feinden beschützen? Wird er in jener Stadt auf dem Hügel die Hilfe finden, die er so verzweifelt sucht?"

Bedächtig schüttelte Wyclif den Kopf, und ein Lächeln huschte über sein Gesicht. „Nein, die Lösung kommt nicht von den Höhen, auf denen die Stadt liegt, sondern von dem, der diese Hügel einst schuf. ‚Woher kommt mir Hilfe? Meine Hilfe kommt vom *Herrn,* der Himmel und Erde gemacht hat.'"

Wyclif schlug seine Augen auf und betrachtete Thomas mit ernstem Blick. „Es steht im Perfekt! Es ist Wissen, das der betagte Pilger durch Erfahrung gesammelt hat. Menschen, die ihm Schutz angeboten hatten, haben ihn immer wieder im Stich gelassen. Mauern, die ihn in der Vergangenheit schützen sollten, waren am Ende nie hoch oder dick genug, um den Angriffen der Feinde zu widerstehen. Nun, da er hinaufblickt zu den Bergen, begreift er, wie töricht er war, diese Erkenntnis nicht schon vor Jahren gewonnen zu haben. Nun aber singt er dieses Lied, um sich erinnern zu können und diese Erkenntnis nie wieder zu vergessen."

Sprach dieser alte Kämpfer jetzt überhaupt noch vom Psalmisten, oder meinte er sich selber?

„Thomas, es ist kein Zufall, dass du gerade diese Stelle übersetzen solltest. Ich habe diese Passage aus der Schrift für dich gewählt, weil du bestimmte Dinge von mir erfahren musst, bevor es zu spät ist. Es ist ganz wichtig, dass du verstehst."

Thomas schlug die Vulgata zu und legte sie beiseite. Wyclif hatte ihn neugierig gemacht.

„Ich fürchte, dass meine Tage bereits gezählt sind", begann der greise Gelehrte. „Meine Feinde umzingeln mich und meine Gesundheit ist angeschlagen."

Als Wyclif bemerkte, wie beunruhigt Thomas war, fügte er hinzu: „Doch nicht so sehr meine Gesundheit macht mir Sorgen. Besorgter bin ich wegen meiner Feinde. Trotz meines fortgeschrittenen Alters und meiner körperlichen Schwäche trachten sie mir nach dem Leben."

„Bestimmt nicht!", rief Thomas. „Das Parlament ist doch immer noch auf Eurer Seite. Und hat nicht auch der Landadel aus unserer Gegend geschworen, Euch vor Euren Feinden in Rom zu beschützen? Und ich weiß, dass auch Lord Harborough Euch zur Seite steht."

Wyclif winkte ab und sagte: „Ich fürchte den Tod nicht. Mein Leben liegt in Gottes Hand. Ich sorge mich um dich, mein lieber, junger Freund."

„Um mich?"

Wyclif nickte bedächtig. „Wenn ich sterbe, werden meine Feinde deine Feinde sein. Sie werden alles tun, was in ihrer Macht steht, um die Herausgabe unserer englischen Bibel zu verhindern. Hast du mitbekommen, dass der Papst mich nach Rom beordert hat, damit ich ihm dort Rede und Antwort stehe für alles, was ich getan habe?"

Thomas erschrak. „Nein, das wusste ich nicht."

„Viele meinen, ich würde niemals zurückkehren, wenn ich ginge."

„Der Papst würde Euch sicher nichts antun!"

„Hast du eine Ahnung! In den Ländern, in denen die Kirche die Macht hat, ist der Teufel los. Nun, da es zur Spaltung des Papsttums gekommen ist - zwischen Rom und Avignon -, herrschen in der Kirche drüben auf dem Kontinent chaotische Zustände. Intrigen, Misstrauen und tiefe Verbitterung. Ehrgeizige Kardinäle kämpfen um die Macht und – Gott vergebe ihnen – um persönlichen Gewinn. In solch einem Klima ist niemand sicher. Aber wegen meiner schwachen Gesundheit kann ich ohnehin nicht fahren."

Thomas nickte. Es verwirrte ihn, was er da hörte über Papst und Parlament, Politik und Ränke. Und nun saß er auch noch bei der Person, die sich im Zentrum dieses Machtkampfes befand!

„Etwas Gutes hatte die Einladung allerdings doch", sagte Wyclif. „Die Vorladung gab mir die Gelegenheit, mich persönlich an den Papst zu wenden. Und du kannst dir vorstellen, dass ich mir diese Gelegenheit nicht entgehen ließ!"

Thomas freute sich über die Angriffslust des alten Mannes.

„Ich schrieb dem Papst, dass ich gern bereit sei, jedermann meinen Glauben zu erläutern – vor allem aber dem Bischof von Rom, denn ich ginge davon aus, wenn es rechtgläubig sei, er sein Wohlwollen bekunden würde. Sei es aber ein Irrweg, so würde er ihn sicher korrigieren. Ich ließ ihn wissen, dass der Stellvertreter Christi auf Erden meiner Meinung nach der sterbliche Mensch sei, der zuallererst dem im Evangelium verkündeten Gesetz Christi verpflichtet sei. Christus selbst aber sei während seines Aufenthalts auf dieser Erde der Ärmste gewesen, der alle weltliche Autorität von sich gewiesen habe. Daraus schlösse ich ganz schlicht und einfach, dass auch der Papst seine irdischen Vollmachten abzugeben habe und seine geistlichen Brüder anweisen müsse, dasselbe zu tun."

„Und hat der Papst reagiert?"

Wyclifs Miene verfinsterte sich. „Nicht direkt. Aber ich habe inzwischen erfahren, dass die Bischöfe von England sich zusammentun, um gegen mich vorzugehen. Sie sind es, die – um den Adel gegen mich aufzubringen – die Gerüchte verbreiten, die Bauernaufstände würden durch die englischsprachige Bibel angeheizt."

Thomas dachte sofort an Bischof Pole. Er zweifelte nicht an Wyclifs Worten, aber er konnte sich kaum vorstellen, dass dieser liebenswerte Gourmet und Sänger vor dem Herrn jemandes Feind sein könne.

„Thomas, höre mir zu."

Thomas lehnte sich vor.

„Hüte dich vor dem Bischof!"

Thomas nickte, obwohl er nicht ganz verstand.

„Hüte dich vor den Bischöfen, Thomas!"

Er nickte deutlicher.

„Als die drei Bullen aus Rom eintrafen, die mich aufforderten, Rechenschaft über meine Arbeit abzulegen, da waren es die Bischöfe, die mich zum Primas nach Lambeth zitierten. Thomas, sei auf der Hut. Wenn ich nicht mehr bin, werden sie andere Ziele für ihre vergifteten Pfeile suchen. Und ich fürchte, dass du eins dieser Ziele bist."

Thomas hatte nie darüber nachgedacht, dass man es einmal auf ihn abgesehen haben könnte. Er fühlte sich nicht wohl bei dem Gedanken.

„Ich habe gehört, dass sich Bischof William Pole für dich interessiert", sagte Wyclif.

Thomas, der eben noch gedankenverloren neben Wyclif gestanden hatte, war augenblicklich wieder hellwach. „Ja, ich habe ihn kennen gelernt. Es hat sich da eine gewisse zwischenmenschliche Beziehung entwickelt."

„Eine Beziehung?"

„Eine Freundschaft."

„Und worauf basiert diese Freundschaft?"

„Eine gemeinsame Vorliebe für bestimmte Dinge. Hauptsächlich die Musik."

„Habt ihr schon über deine Übersetzungen gesprochen?"

„Ja, andeutungsweise."

Man sah es Wyclif an, dass er mehr wissen wollte. Er brauchte Klarheit.

„Ich habe zu Hause geübt und dafür Stoffstreifen statt Pergament benutzt. Bischof Pole hat zufällig ein paar davon gesehen. Er meinte, so etwas sei herabwürdigend für Gottes Wort."

„Stoffstreifen?" Wyclif dachte einen Augenblick darüber nach, was er davon halten sollte. Aber er ließ sich nicht anmerken, ob er die Meinung des Bischofs teilte. „Mehr hat er dazu nicht gesagt? Hat er dich über deine Arbeit hier ausgefragt? Hat er dich gewarnt, dass alles illegal sei?"

„Nein."

Wyclif wandte sich einen Augenblick von Thomas ab, um nachzudenken. Dann wechselte er abrupt das Thema.

„Weißt du, warum ich dich für dieses Projekt ausgesucht habe, Thomas?"

„Lord Harborough sagte, dass Ihr einen Kopisten gesucht habt."

Wyclif setzte sich. Der betagte Rektor lehnte sich vor und nahm Thomas' Hand. „Du bist nicht irgendein Kopist, Thomas. Gott hat dir einen wachen Verstand geschenkt – eine Begabung für Sprachen. Normalerweise würde ich einen solchen jungen Mann mit diesen Fähigkeiten für ein Studium in Oxford vorschlagen."

Da war sie wieder, die stille Sehnsucht, nach Oxford gehen zu können.

„Aber Ihr habt doch alles getan, um mich von einem Studium in Oxford abzubringen!", sagte Thomas.

Wyclif nickte. „Aus gutem Grund. Ich fürchte, der akademische Betrieb dort könnte dich ruinieren. Weißt du, Thomas, ich glaube, dass Gott einen viel größeren Plan für dich hat, als nur Texte zu kopieren. Du hast zwei Talente, die dich einzigartig für das Projekt qualifizieren, das mir seit ein paar Jahren so sehr am Herzen liegt."

„Ihr meint die Übersetzung der Bibel ins Englische?"

„Genau. Durch deine Sprachbegabung kannst du dich in den lateinischen Text einfühlen. Außerdem bist du durch deine Kindheit und Jugend nicht mit akademischen Kreisen in Berührung gekommen. Das hat dich nicht verdorben. Du weißt noch, was der Mann auf der Straße spricht. Du wirst also in der Lage sein, meine Übersetzung so zu bearbeiten und zu verfeinern, dass sie die Herzen der einfachen Menschen anspricht und so berührt, wie sie noch niemals zuvor berührt worden sind."

Thomas war sprachlos. Einerseits fühlte er sich zu gering für diese Aufgabe, war aber auch stolz darauf, so viel Verantwortung übertragen zu bekommen. Konnte er denn wirklich das Werk eines so großen Gelehrten noch verbessern?

Viele Gedanken schossen ihm durch den Kopf. Was würde das alles ganz praktisch bedeuten?

Wyclif lehnte sich in seinem Stuhl zurück. Jetzt war er wieder ganz der Lehrer, der andere an seinen Einsichten teilhaben lässt.

„Thomas, Christus und seine Apostel lehrten die Menschen in der Sprache, die sie am besten verstanden. Und es ist ganz bestimmt so, dass der Glaube umso mehr wächst, je besser wir ihn vermittelt bekommen. Die Lehren der Kirche sollten deshalb nicht nur lateinisch vorliegen, sondern auch in der Sprache des Volkes. Da der Glaube der Kirche in der Heiligen Schrift aufbewahrt ist, sollten die Gläubigen die Bibel in einer Sprache vorliegen haben, die ihnen vertraut ist. Zu diesem Zweck hat der Heilige Geist schließlich auch die Apostel mit der Gabe beschenkt, in vielerlei Sprachen zu sprechen. Wenn es eine Ketzerei sein sollte, die Bibel in der eigenen Sprache zu lesen, dann ist letztlich auch der Heilige Geist schuld, dass er den Aposteln Sprachen schenkte, damit sie das Wort Gottes darin verkündigten. Und wenn Christus in seiner Barmherzigkeit den Heiligen Geist zu den Heiden schickte, damit sie der heiligen Worte teilhaftig wurden, warum sollten sie uns dann in diesem Land der Christen wieder genommen werden? Wer Christi lebendiges Wort für Ketzerei hält, der bezichtigt Christus damit selbst der Irrlehre. Wenn sein Wort in dieser Welt so lebensspendend ist, dann können es doch nur die Antichristen sein, die es uns vorenthalten wollen, damit wir geistlich verhungern."

Zum ersten Mal spürte Thomas die Bürde der Aufgabe, die vor ihm lag. Bislang kreisten seine Gedanken immer nur darum, dass er es als Bauernjunge geschafft hatte, so aufzusteigen. Begriffen hatte er im Grunde noch gar nicht, welche Tragweite die Aufgabe hatte, die man ihm stellte – vor allem, wenn er versagte. Zum ersten Mal nagte der Selbstzweifel an ihm.

„Seid Ihr sicher, dass diese Aufgabe nicht bei einem Studierten in besseren Händen wäre?", fragte er deshalb.

Wyclif lächelte. „Ein von Gott begnadeter Mann ohne akademische Bildung tut letztlich mehr für die Kirche als so mancher Studierte mit einem Abschluss. Nach meinen Beobachtungen führt akademische Bildung oft eher zu Irrlehren, als dass sie sie verhindert. Lass dich also durch das Fehlen einer akademischen Ausbildung nicht entmutigen. Entdecke selber, welches Wissen dir hilft, ein tugendhaftes Leben zu führen, und arbeite hart, dir dieses Wissen anzueignen! Thomas, Christi Kirche braucht keine Akademiker, die nur für ihre fetten Pfründe leben, sondern schlichte Männer und Frauen, die Christus und seiner Lehre nachfolgen."

Der Alte fiel zurück in seinen Stuhl mit der hohen Lehne, der so massiv gebaut war, dass er ihm immer ein Gefühl der Geborgenheit gab. Wyclif sah müde aus, so unsäglich müde.

„Ich werde mein Bestes tun", versprach Thomas ihm.

Da erhob der Alte noch einmal warnend den Finger und sagte: „Wie der Psalmist habe ich hin und wieder mächtigen und wohlhabenden Männern mein Vertrauen geschenkt und darauf gebaut, dass sie mir in Zeiten der Not beistünden. Doch dann musste ich erleben, dass sie mich im Stich ließen. Es war töricht von mir, sehnsüchtig zu den Gipfeln aufzublicken. Thomas, baue auf das Wort des Psalmisten. Vertraue nicht den Königen, dem

Adel oder dem Klerus. Vertraue allein auf Gott. ‚Woher kommt mir Hilfe? Meine Hilfe kommt von dem *Herrn,* der Himmel und Erde gemacht hat. Er wird deinen Fuß nicht gleiten lassen, und der dich behütet, schläft nicht. Siehe, der Hüter Israels schläft und schlummert nicht.‘ Das soll für heute genug sein, mein Sohn. Komm morgen wieder.“

* * *

„Nach dem Gottesdienst werde ich dich ihm vorstellen“, flüsterte Thomas Felicia ins Ohr, die neben ihm saß.

Es war der Sonntag nach Weihnachten. Thomas hatte Felicia und Howard überredet, die halbe Tagesfahrt nach Lutterworth zu machen, um Doktor Wyclif predigen zu hören.

Thomas hatte sich noch nicht mit Felicia versöhnt. Sie waren immer nur kurz zusammen, und dann langte die Zeit nicht. Langsam begann er sich auch zu fragen, ob er denn überhaupt etwas sagen müsse. Immer wenn sie zusammengetroffen waren, war ihm Felicia zwar nicht besonders überschwänglich gegenübergetreten, aber sie hatte sich auch nicht auffällig abweisend verhalten. Wenn sich überhaupt etwas in der häuslichen Atmosphäre geändert hatte, dann das Verhältnis zwischen Vater und Tochter. Howard und Felicia schienen plötzlich herzlicher und freundlicher denn je miteinander umzugehen. Er schrieb dies den Feiertagen zu und der Tatsache, dass die Abwesenheit von Ives und Ertha Vater und Tochter zusammenschweißte.

„Ich weiß nicht recht“, flüsterte Felicia zurück, „ob ein so beschäftigter Mann überhaupt Interesse an uns hat.“

„Es wird ihm keineswegs lästig sein. Er wünscht sich nämlich, euch kennen zu lernen.“

Felicia beendete das Gespräch, indem sie den Zeigefinger auf ihre Lippen legte. Der Gottesdienst begann nämlich in diesem Augenblick.

Der betagte Rektor musste auf dem Weg zu Kanzel gestützt

werden. Oben gab das mit reichem Schnitzwerk versehene Katheder den nötigen Halt für seine zitternden Hände.

Das Murmeln und Tuscheln unter den Kirchgängern verstummte, und alle lauschten gespannt. Thomas sah zu Howard und Felicia. Beide blickten erwartungsvoll zu dem ehrwürdigen Gelehrten hinauf. Thomas hatte zwar schon oft von ihm erzählt, doch sie hörten ihn heute zum ersten Mal predigen. Thomas war zuversichtlich, dass sie nicht enttäuscht sein würden.

„Wer immer du bist, der du dich danach sehnst, Gott zu lieben", begann Wyclif mit einer kräftigen Stimme, die gar nicht so recht zu seinem hinfällig wirkenden Äußeren passen wollte. „Wenn du weder in die Irre geleitet werden noch andere in die Irre leiten willst, wenn du gerettet werden und nicht versagen willst, wenn du stehen und nicht fallen willst, dann beschäftige dich mit dem Wort Gottes, damit der Name *Jesus* ständig in deinem Herzen wohnt."

Bei einem kurzen Seitenblick bemerkte Thomas, dass Howard und Felicia gebannt zuhörten. Er lächelte.

„Wenn dieser Name, *Jesus,* fest in unserem Herzen verankert ist, dann reißt er Laster aus und pflanzt Tugenden, er lässt Nächstenliebe gedeihen, gibt den Menschen einen Vorgeschmack auf den Himmel, entfernt Zwietracht, schafft Frieden, schenkt ewige Ruhe und befreit uns von fleischlichen Gelüsten. Alle irdischen Begierden - alles, was irdisch ist - wird verwandelt in Himmlisches. Wer diesen Namen liebt, der wird von himmlischer Freude erfüllt. Der Rechtschaffene darf mit dem Segen Gottes rechnen, denn er liebt diesen Namen – *Jesus.* Wie könnte jenem Böses widerfahren, der sich ohne Unterlass danach sehnt, Jesus liebend in sein Herz zu schließen? Er liebt und sehnt sich nach noch mehr Liebe. Das ist das Wesen der göttlichen Liebe: Je mehr wir lieben, desto stärker wird die Sehnsucht nach noch mehr."

Thomas bemerkte, dass jemand ihn am Arm berührte. Es war Howard mit seiner riesigen, haarigen Pranke.

„Ob es wohl möglich ist, Doktor Wyclif nach der Predigt zu sprechen?"

Thomas freute sich und nickte.

„Gut“, sagte Howard. Er lehnte sich zurück und kreuzte seine Arme vor der Brust. Thomas stellte sich die Begegnung dieser beiden Männer vor. Der hünenhafte Landmann würde dem gebrechlichen Gelehrten aus Oxford gegenüberstehen. Trotzdem, so hoffte Thomas, würden sich beide wie zwei gute Bekannte begrüßen.

„Oh, du wunderbarer Name!“, donnerte Wyclif von der Kanzel. „O herrlicher Name. O Name, der uns heil werden lässt! Die bösen Geister können euch nicht widerstehen, wenn Jesus in euren Herzen wohnt oder sein Name über eure Lippen kommt. Es war mein Sehnen, Jesus zu lieben, und diese Liebe hat mich heil gemacht. Deshalb: Gepriesen sei der Name Jesu - von Ewigkeit zu Ewigkeit. Amen!“

Nach der Predigt bereitete man sich auf das Abendmahl vor. Der greise Rektor wandte sich der Gemeinde zu, wobei zwei Helfer ihn stützten.

Er hob die Hände und öffnete den Mund, um zu sprechen. Aber kein Ton kam heraus. Seine Mundwinkel zuckten, dann auch seine Hände. Schließlich brach er zusammen und fiel in die Arme seiner Helfer.

Die Gemeinde sah es mit Bestürzung. Stumm beobachteten die Menschen, wie Doktor Wyclif zu einem Stuhl getragen wurde, auf dem man ihn dann durch die Seitentür hinüber ins Pfarrhaus trug. Männer und Frauen hatten sich erhoben und beobachteten fassungslos das Geschehen. Einige begannen laut zu beten. Viele weinten.

Felicia ergriff Thomas’ Arm und schwieg. Sie musste nichts sagen.

* * *

Die ganze Gemeinde von Lutterworth blieb den Nachmittag über zusammen. Und alle warteten gespannt auf neue Nachrichten aus dem Pfarrhaus. Ab und an kam jemand herüber und berichtete über Wyclifs Zustand. Er ruhe, sei nicht in der Lage zu sprechen, öffne immer nur kurz die Augen. Man bat schließlich, die Gemeinde zu beten.

Irgendwann riet Howard dann doch zum Aufbruch, um nicht ganz im Dunkeln reisen zu müssen.

Zwei Tage lang kamen nur schlechte Nachrichten aus Lutterworth. Wyclif liege reglos da, ohne auf Berührungen oder Geräusche zu reagieren. Aber er atme noch. Thomas wusste, dass noch Hoffnung bestand, solange jemand atmete. Wyclif war schon einmal für tot erklärt worden, hatte sich dann aber wieder erholt.

Überall beteten die Menschen. Thomas betete in diesen paar Tagen mehr als in seinem ganzen bisherigen Leben. Jedes Mal, wenn er die Augen schloss, sah er Doktor Wyclif vor sich, wie er ihm gegenüber im Studierzimmer gesessen hatte, sich vorlehnte und ihn besorgt ansah.

„Thomas, höre auf mich. Hüte dich vor den Bischöfen. Hüte dich vor den Bischöfen, Thomas! Ich habe meine Augen auf zu den Bergen erhoben ..."

* * *

Am 31. Dezember, als Thomas in der Schreibstube über sein Pult gebeugt stand und die letzten Korrekturen an seiner Übersetzung des 121. Psalms vornahm, wurde ihm die Nachricht überbracht: Wyclif war gestorben.

# 7

Sonderbar. Es lebte sich auf einmal anders in dieser Welt, obwohl sich doch nur ein einziger Mensch von dieser Erde verabschiedet hatte. Nichts war mehr so wie früher. Wie konnte das Ableben eines einzigen Mannes das Leben so verändern?

Noch ein paar Tage nach Wyclifs Tod meinte Thomas, die innere Leere, die er in seinem Herzen spürte, sei sicher nur ein vorübergehendes Gefühl. Es vergingen Wochen und Monate, aber das Bewusstsein für Verlust und Veränderung bei ihm war stärker als je zuvor.

War das Ganze ein böses Omen?

Thomas wischte diesen Gedanken immer wieder beiseite. Omen gehörten schließlich in den Bereich des Aberglaubens. Doch obwohl er nicht abergläubisch war, ließ das Unbehagen nicht nach.

Die Atmosphäre in der Schreibstube veränderte sich. Gerüchte machten die Runde. So hieß es plötzlich, dass die finanzielle Unterstützung ausbleiben könnte. Die Adligen, die Wyclif zu seinen Lebzeiten beigestanden hatten, seien mutlos geworden, nun, da er tot war. Ein weiteres Gerücht besagte, dass die englischen Bischöfe über kurz oder lang alle Mitarbeiter der Schreibstube festnehmen lassen würden, um Parlament und Adel auf die Probe zu stellen. Würden sie Wyclifs Anhänger schützen, nachdem ihr Anführer tot war?

Viele Kopisten erschienen in den Tagen nach seinem Tod nicht mehr zur Arbeit. Und bald wurde klar, dass sie gar nicht mehr antreten würden. Der dürre Kopist, der sich das Pult mit Thomas teilte, gehörte zu ihnen. Der Anblick der vielen leeren Plätze verstärkte bei Thomas das Gefühl, etwas Wichtiges in seinem Leben verloren zu haben.

So ging es ihm nicht allein. Die Kopisten, die geblieben waren, litten allesamt unter den neuen Umständen. Die Nerven lagen blank, und beim allerkleinsten Geräusch fuhren sie zusammen, das Schlimmste fürchtend. So konnte man nicht weiterarbeiten.

Zunächst glaubte Thomas, zu Hause effektiver arbeiten zu können. Er versuchte es an dem Tisch, den Howard ihm gezimmert hatte. Aber auch hier konnte er sich nicht konzentrieren. Immer wieder bemerkte er plötzlich, dass er nur so dagesessen hatte. Die Feder lag dann neben einem halbfertigen Buchstaben, und die Tinte daran war angetrocknet. Und wenn er doch einmal mit Eifer bei der Arbeit war, dann schreckte ihn jedes Geräusch auf, sobald jemand den Weg hinaufkam. Sofort geriet er in Panik, denn es hätte jemand sein können, der ihn holen wollte.

Um sich zu beruhigen, machte er ausgedehnte Spaziergänge in den Wäldern. Und diese Wanderungen nahmen von Tag zu Tag zu. Nur so fand er Frieden. Und das sprießende Grün des jungen Frühlings erfreute darüber hinaus sein Herz. Stundenlang konnte er gedankenverloren beobachten, wie das Sonnenlicht durch das frische Grün der sich entfaltenden Blätter flirrte und flimmerte.

Er hatte offenbar den Ort für die rechte Andacht gefunden, und so verbrachte er sogar Nächte im Wald – allein mit seinen Gedanken in Gottes schöner Natur. Am ersten Abend kam Howard und suchte ihn. Thomas bemühte sich, ihm zu erklären, wie friedlich der Wald ihn stimmte. Doch er konnte nicht sagen, ob Howard ihn verstand. Zumindest nickte der, machte kehrt und überließ Thomas sich selbst.

Nach mehreren Tagen fühlte Thomas sich stark genug, wieder seinen Pflichten nachzukommen. Es war höchste Zeit. Doch von dem Augenblick an, da er aus dem Wald heraustrat, der ihm mit seinen hohen Wipfeln als natürliche Kathedrale gedient hatte, stürzten sich wieder Dämonen des Zweifels und der Furcht auf ihn. Ihre Attacken waren boshaft und unerbittlich. Nichts konnte er tun, um sie wieder abzuschütteln. Er versuchte sich einzureden, dass seine Ängste nur eingebildet seien. Aber das wilde Pochen in seiner Brust, das ihn immer wieder überfiel, war real. Dann versuchte er zu beten, aber so innerlich zerrissen und zerfahren wie er war, gelang es ihm nicht, seine Gedanken und Worte zu einem Gebet zu ordnen.

Also floh er wieder in den Wald. Sobald er unter den ausgebreiteten Armen seiner geliebten Bäume Geborgenheit fand, konnte er wieder durchatmen, klar denken, und auch sein Herz schlug wieder normal. Vielleicht war er ja doch noch nicht bereit, in den Alltag zurückzukehren. Wann, so fragte er sich, würde er wieder Boden unter die Füße bekommen.

Als er wieder einmal am Rande des Waldes mit dem Rücken an einem Baum lehnte – an der Grenze zwischen seiner friedlichen Welt und dem Chaos da draußen-, sah er, dass Felicia auf ihn zukam.

Das Jahr war noch jung – kaum drei Monate alt. Und die Tage noch früh. Im Sommer wäre der Tag kaum zur Hälfte vorüber gewesen. Doch in dieser Jahreszeit zog sich die Sonne schon jetzt lustlos am westlichen Horizont zurück. Ein paar gelb-orangefarbene Strahlen verfingen sich gerade noch in Felicias Haar, wobei ihre schlanke Figur eine schwarze Silhouette bildete, die einen langen Schatten warf. Der erreichte Thomas noch bevor sie selber bei ihm ankam.

„Du trauerst noch immer“, sagte sie.

Schweigend trat er auf sie zu. Es war in diesem Augenblick einfacher, sie glauben zu lassen, er trauere noch immer, statt ihr ausführlich von seinen Angstattacken zu erzählen. Die Trauer dagegen war tatsächlich schon weitgehend gewichen.

Von dem Augenblick an, als er Felicia vor ein paar Augenblicken entdeckt hatte, kreisten seine Gedanken nur noch um sie. Wie hinreißend sie aussah! Seine Augen, die sich in letzter Zeit an Bäumen, Büschen und frischem Laub satt gesehen hatten, hungerten jetzt nach einer menschlichen Gestalt. Und zweifellos war Felicia die Erfüllung seiner Sehnsucht. Er fühlte sich – und der Gedanke ließ ihn lächeln – wie Bischof Pole, der gerade genussvoll eine Hähnchenpastete verspeiste. Felicia bemerkte es.

„Was amüsiert dich so?“, fragte sie.

Ohne ein Wort zu sagen, schlang er seine Arme um sie. Es war eine Wonne, sie so zu spüren. Er vergrub sein Gesicht in ihrem Haar und liebkoste ihren Nacken.

„Thomas, wenn uns jemand sieht!“

Sie protestierte zwar und tat, als wolle sie sich ihm entwinden, aber es war kein ernsthafter Fluchtversuch.

„Ganz offensichtlich geht es dir wieder besser“, kicherte sie.

Das tat es. Ihre Gegenwart sorgte dafür. Er wiegte sie sanft hin und her und wollte sie um keinen Preis wieder loslassen. Es war ein einzigartiger Augenblick in seinem Leben. In der Geborgenheit des Waldes Felicia in seinen Armen zu halten – das war vollkommene Lebensfreude.

Der Himmel bot inzwischen ein majestätisches Farbenspiel zwischen dem tiefen Blau im Zenit und dem hellen Orange über dem Horizont. So ähnlich musste es im Garten Eden gewesen sein: Zwei Menschen ganz allein unter dem weiten Himmelszelt, an dem die ersten Sterne zu funkeln begannen. Die Kühle der Abendluft sorgte dafür, dass er die Wärme ihres nahen Körpers umso wohliger wahrnahm. Ihre Herzen schlugen dicht bei dicht, Arme und Körper eng umschlungen und ihr Atem im Gleichklang. Thomas schloss die Augen und spürte, wie der heiße Hauch seines Mundes ihre Wange berührte und ihn dann wieder traf.

Jeder Mensch erlebt in seinem ganzen Leben meist nur ein oder zwei solcher Augenblicke, die ihm ein Gespür dafür geben, was Vollkommenheit ist. Für Thomas war ein solcher Augenblick gekommen. Und er wünschte sich, dass er niemals zu Ende gehen möge.

„Sag mir, dass du mich liebst“, raunte Felicia.

„Du weißt, dass ich dich liebe.“

„Ich möchte hören, wie du es sagst.“

„Ich liebe dich.“

„Noch einmal.“

„Ich liebe dich.“

„In Latein.“

Thomas lachte.

„Bitte!“

„*Te amo.*“

Felicia seufzte vor Glück.

„Kannst du noch andere Sprachen?“

„Wie wäre es mit dieser?“

Er presste seine Lippen gegen ihre und ließ sie nicht mehr los. Sie ließ es geschehen.

„Die Sprache musst du mir beibringen“, sagte sie.

„Es dauert Jahre, bis man sie perfekt beherrscht.“

„Jahre?“

„Ein Leben lang.“

„Versprochen?“

„Ich verspreche es.“

Er setzte sich mit dem Rücken an einen Baum, und sie nahm zwischen seinen Beinen Platz, wobei sie sich gegen seine Brust lehnte und er seine Arme um sie schlang. Das letzte Orange am Horizont schmolz dahin und ließ ein fahles Blau zurück. Das Himmelsgewölbe war nun mit Sternen übersät. Aus den Kaminen der Hütten im Dorf stoben hier und da Funken wie Glühwürmchen. Von dort hätte die beiden niemand sehen können, denn die Dunkelheit verbarg sie vollständig.

„Komm heute Abend nach Hause, Thomas.“

„Ich weiß nicht, ob ich das schon kann.“

„Was hindert dich?“

Thomas ließ den Blick in die Ferne schweifen. Er wollte jetzt nicht darüber nachdenken und schon gar nicht darüber reden. Alles, was er sich jetzt wünschte, war, Felicia im Arm zu halten.

„Wir machen uns Sorgen deinetwegen, Thomas.“

Thomas gab einen langen, tiefen Seufzer von sich.

„Was immer es ist, Thomas ... wenn wir zusammenhalten, können wir es packen.“

Thomas war gerührt. Er wollte etwas sagen, aber die Gefühle übermannten ihn.

Felicia lehnte ihren Kopf zurück und sah zu ihm auf.

„Es ist etwas, was mir Doktor Wyclif gesagt hat. Er kündigte an, dass seine Feinde nach seinem Tod *mir* nachstellen würden. Ich habe furchtbare Angst, Felicia, Angst davor, was sie mir antun können. Aber ich fürchte fast noch mehr, dass sie dich mit hineinziehen werden."

Sie hörte ihm schweigend zu und schmiegte sich dann noch enger an ihn. Er aber hielt sie ganz fest und war froh, dass sie seine Angst nicht als völlig unbegründet abtat.

Felicia rührte sich plötzlich. Sie suchte etwas an ihrem Gürtel. „Vielleicht hilft dir das", sagte sie.

Sie hielt ihm ein Stück Stoff entgegen mit unbeholfen gezeichneten Buchstaben darauf. Thomas stützte sein Kinn auf ihre Schulter und versuchte, etwas zu entziffern. Doch es gelang ihm nicht. Das Dämmerlicht und der größer werdende Fleck in seinem Auge machten es unmöglich.

„Ich kann nichts erkennen."

Felicia hielt darauf den Fetzen ganz dicht vor die Augen und las ihm vor, was dort stand. „Wenn mir gleich Leib und Seele verschmachtet, so bist du doch, Gott, allezeit meines Herzens Trost und mein Teil."

„Du kannst das lesen?", rief Thomas völlig überrascht. „Wann hast du denn lesen gelernt?"

„Hast du gedacht, wir hätten mit dem Üben aufgehört?", fragte sie fast ein wenig empört.

„Wieso sagst du 'wir'?"

„Vater und ich."

„Howard liest auch schon?"

„Du merkst gar nicht, was ich eigentlich will", rief Felicia. „Muss ich es noch einmal lesen?"

Thomas war immer noch erstaunt, dass Felicia lesen konnte. Da sie so beharrlich blieb, interessierte er sich nun auch für die Schriftstelle. „Das ist aus dem 73. Psalm", sagte er. Die ersten Verse lauten: 'Gott ist dennoch Israels Trost für alle, die reinen Herzens sind. Ich aber wäre fast gestrauchelt mit meinen Füßen; mein Tritt wäre beinahe geglitten. Denn ich ereiferte mich über die Ruhmredigen, als ich sah, dass es den Gottlosen so gut ging."

„Das passt für jemand, den ich kenne", sagte Felicia mit sanfter Stimme.

„Stimmt", erwiderte Thomas. „Aber nun erzähl mir, wieso du und Howard lest."

Es war Felicia anzumerken, dass sie mit der Reaktion von Thomas auf die Schriftstelle nicht zufrieden war, gab aber schließlich nach. „Vater bemüht sich sehr", sagte sie. „Die meisten Buchstaben kann er entziffern, aber irgendwie fällt es ihm schwer zu begreifen, dass man Buchstaben zu einem Wort zusammenziehen kann." Sie lachte. „Er versuchte, mich hinters Licht zu führen, indem er ein Stück Stoff nimmt und so tut, als würde er den Text lesen. Seine Schauspielerei ist ziemlich überzeugend."

„Schauspielerei? Ich verstehe nicht ganz."

„Er sagt dir auf, was auf dem Stoff steht."

Thomas runzelte die Stirn. „Er liest also?"

Felicia lachte wieder. „Er arbeitet mit Tricks. Es dauerte eine Weile, bis ich ihm auf die Schliche kam. Aber irgendwann habe ich ihn dann doch erwischt. Weißt du, wie er es anstellt? Er lernt die Verse auswendig. Wenn man ihm dann einen Vers reicht, erkennt er ihn am ersten Buchstaben. Und hat er ihn erst mal erkannt, rattert er ihn herunter, als würde er ihn ablesen."

„Und die Verse, die mit demselben Buchstaben anfangen?"

„Dadurch konnte ich ihn ja festnageln. Inzwischen aber merkt er sich zusätzlich noch den letzten Buchstaben."

Thomas lachte. „Wie kann sich ein Mann, der sonst so klug ist, so kindisch benehmen!"

„Er gibt sich solche Mühe", sagte Felicia.

Sie schwiegen eine Weile. Thomas dachte daran, wie sehr er diesen geradlinigen, offenherzigen und freundlichen Landmann bewunderte, auch wenn er manchmal ein bisschen begriffsstutzig war.

„Glaubst du es?", fragte Felicia.

„Glauben? Was?"

„Was auf dem Tuch steht", sagte sie und kehrte damit zu ihrem eigentlichen Gesprächsthema zurück.

„Ich denke schon. Warum sollte ich nicht?“

„Es ist nur so ... ach, nein, es steht mir nicht zu, dir das zu sagen.“

„Nun sag schon“, ermunterte Thomas. „Sag, was du auf dem Herzen hast.“

Obwohl Thomas sie bedrängte, schwieg sie eine Weile. Dann aber sagte sie: „Wenn du wirklich glauben würdest, dass Gott deine Stärke ist ...“

„So einfach ist das alles nicht“, sagte er.

„Nein? Ich dachte immer, dass man etwas glaubt oder man glaubt es nicht.“

Thomas seufzte. Er schmiegte seine Wange an ihre. „Ich möchte es ja glauben.“

„Thomas, seit wir Kinder waren, habe ich immer die Erfahrung gemacht, dass Gott seine schützende Hand über dich hält. Ich glaube, dass er große Dinge mit dir vorhat.“

Eine ganze Weile sagte keiner ein Wort. Und dann fiel Thomas plötzlich die Entscheidung, die Nacht im Wald zu verbringen oder mit Felicia nach Hause zu gehen, überhaupt nicht mehr schwer.

Thomas küsste sie auf die Wange und sagte: „Lass uns nach Hause gehen.“

* * *

Plötzlich tauchten in einiger Entfernung die flackernden Lichter von Fackeln auf. Thomas, der eben noch mit Felicia Arm in Arm gegangen war und ihre Nähe genossen hatte, war beunruhigt. Etwa zwei Dutzend Fackeln bildeten eine Linie, wobei jede einzelne im Rhythmus galoppierender Pferde auf und nieder hüpfte. Das Getrappel der Hufe kam näher und näher.

Die berittenen Fackelträger trafen ungefähr gleichzeitig mit Thomas und Felicia bei Howards Hütte ein. Durch den Lärm der galoppierenden Pferde war Howard aufgeschreckt zur Tür geeilt.

Mit seinen breiten Schultern füllte er fast den ganzen Rahmen aus, so dass kaum Licht von innen nach draußen fiel.

„Gut! Ihr seid alle hier. Dann brauche ich es nur einmal zu sagen."

Der Anführer, der gerade gesprochen hatte, war Landvogt Gar Bromley. Neben ihm auf dem Pferd saß zu Thomas' Überraschung der offenbar eingeschüchterte Lord Harborough. Hinter ihnen eine stattliche Zahl schwer bewaffneter Männer zu Pferde.

„Dies sei euch kund getan", begann Bromley, indem er Thomas fixierte. „Von diesem Tag an ist es nicht mehr erlaubt, illegale Bibelübersetzungen oder Auszüge aus der Heiligen Schrift zu besitzen. Jeder, der mit einer illegalen Bibel oder mit Auszügen daraus in seinem Besitz angetroffen wird, wird als abschreckendes Beispiel für all jene, die die Gesetze des Landes und der Kirche missachten, auf dem Scheiterhaufen verbrannt."

Thomas starrte Lord Harborough verwirrt und verunsichert an. Hatte er die Fronten gewechselt? Wurde er von den anderen Adligen der Gegend unter Druck gesetzt? Und was sollte bloß aus der Bibel werden, die er in Auftrag gegeben hatte? Aber von Harborough, der mit starrem Gesicht auf seinem Pferd saß, war heute keine Antwort zu erwarten. Sollte sein Schweigen bedeuten, dass er Bromley zustimmte?

Der Landvogt bemerkte den stummen Blickkontakt zwischen Thomas und Seiner Lordschaft und grinste höhnisch.

„Thomas Torr", sagte er, „deine Arbeit in der Schreibstube von Lutterworth ist hiermit beendet. Deine Pergamente und Schreibutensilien sind konfisziert und vernichtet worden. Solltest du versuchen, dort wieder aufzutauchen, wirst du gefangen genommen und eingekerkert."

Thomas schwieg. Seine einzige Reaktion war ein grimmiger Blick.

„Du solltest auch keinerlei Kontakt zu Wyclifs Wanderpredigern aufnehmen", fuhr Bromley fort. „Alle Lollarden sind für vogelfrei erklärt worden. Man wird sie so schnell wie möglich ausfindig machen und gefangen setzen. Sofern man dir irgendwelche Verbindungen zu ihnen nachweisen kann, wirst auch du deine Freiheit verlieren und möglicherweise sogar dein Leben."

Thomas schossen Wyclifs Worte durch den Kopf: *Meine Feinde werden deine Feinde werden.* Was war aus den übrig gebliebenen Schreibern in Lutterworth geworden? Hatte man sie auch bedroht?

Bromley wandte sich an die Männer hinter ihm. Er deutete auf das Nebengebäude, wo Thomas seinen Arbeitsplatz hatte, und rief: „Durchsucht es!"

Howard trat aus der Tür, um sich ihnen in den Weg zu stellen. Worauf Bromley sein Schwert zog. „Bleib stehen, Bauer! Es wäre doch eine Torheit, wenn du wegen ein paar Worten sterben würdest, die du noch nicht einmal lesen kannst."

Howard blieb stehen, während zwei Männer das Nebengebäude durchsuchten.

„Nichts hier außer ein paar Schreibsachen und das hier", berichtete einer. Er hielt ein paar Stofffetzen in seiner Faust.

„Verbrennt sie alle!", befahl Bromley.

Der Mann, der sie hielt, wusste nicht, was er davon halten sollte. „Das hier verbrennen?", fragte er. Offenbar war er sich der Bedeutung dieser Lumpen nicht bewusst.

„Ich sagte: verbrennen!", brüllte Bromley so laut, dass selbst die Pferde scheuten.

„Durchsucht das Haus", rief Bromley jetzt. „Bringt mir alles, wo Schrift drauf ist!"

Howard trat einen Schritt zurück, so dass er wieder direkt vor seiner Haustür stand. Die Botschaft war klar. Jeder, der ins Haus wollte, würde es mit ihm zu tun bekommen. Die zwei Männer, die aufs Haus zugingen, zögerten. „Wenn er nicht weggeht, schlagt ihn nieder", schrie Bromley.

Einer der Männer zog sein Schwert. Der andere fuchtelte mit seiner Fackel, als wolle er sie als Knüppel benutzen.

Howard rührte sich nicht von der Stelle.

„Wartet!", rief Felicia. „Drinnen sind auch noch beschriebene Stoffstreifen. Ich werde sie holen."

Bevor Bromley etwas sagen konnte, rannte sie an den beiden Männern vorbei zur Tür. Sie sprach kein Wort, als sie vor ihrem Vater stand. Nur mit ihren Augen erbat sie Einlass. Howard trat zur Seite. Und nur kurze Zeit später erschien sie wieder mit den Stoffstreifen, von denen einige beschrieben waren und andere unbeschrieben. Sie wollte sie Bromley übergeben.

Doch der Landvogt wollte sie nicht annehmen. Stattdessen bedeutete er ihr, sie auf den inzwischen angesteckten und lichterloh brennenden Schreibtisch zu werfen.

„Sind das alle?"

„Ja", antwortete Felicia.

Bromley starrte sie an. Seine Wut war wie ein kurzer und heftiger Gewittersturm schon wieder abgezogen. „Na gut", sagte er fast freundlich.

Thomas entdeckte in Bromleys Zügen etwas, was er zuvor noch niemals wahrgenommen hatte: Freundlichkeit. Es erschreckte ihn. Was hatte es zu bedeuten, wenn eine Schlange jemanden anlächelt, den man liebt?

„Wir haben getan, was wir konnten, Landvogt", sagte Lord Harborough, der jeden Blickkontakt mit Thomas mied und nun sein Pferd wendete.

Auch Bromley wendete sein Pferd, aber nicht ohne Thomas noch einen finstern Blick zur Warnung zuzuwerfen. Der Landvogt mit seinen Männern folgte dem Lord, und alle verschwanden in der Richtung, aus der sie gekommen waren.

Howard schäumte vor Wut. Er lief ihnen ein paar Schritte nach und drohte mit erhobener Faust. Er hatte große Lust, nach irgendetwas zu treten. Darauf stieß er mit dem Fuß in die glimmenden Reste seines Schreibtisches, dass die Funken nur so stoben.

Wortlos verschwand er in der Dunkelheit. Das war Howards Art, Ärger zu verarbeiten. Entweder hackte er Holz, oder er ging spazieren.

„Warte!", rief Thomas, worauf Howard stehen blieb und sich umsah. Darauf zu Felicia gewandt sagte Thomas: „Weiß du eigentlich, was du gemacht hast?"

Felicia sah ihn erschrocken an.

„Keine Angst, es war etwas Gutes."

„Was habe ich denn gemacht?"

„Kommt, ich werde es euch zeigen."

Thomas führte Howard und Felicia ins Haus. Die beiden blieben beim Herd stehen, während Thomas zum Bett ging und einen in Leinen gehüllten Gegenstand hervorzog. Er öffnete die Hülle, und zum Vorschein kam eine gebundene Bibel und ein paar lose Blätter.

„Es ist eine von Doktor Wyclifs übersetzten Bibeln", sagte er. „Die losen Blätter sind meine Übersetzungen. Ich habe sie mit nach Hause genommen."

Felicia begriff nun, was er gemeint hatte. „Hättest du dich nicht eingemischt, hätten Bromleys Männer das Haus durchsucht und das hier gefunden, und alles vernichtet."

„Das habe ich nicht gewusst", rief Felicia.

Howard legte seinen muskulösen Arm um die Schultern seiner Tochter und sagte: „Gott aber hat es offenbar gewusst."

* * *

„Der Junge ist zu mir gekommen", sagte Bischof Pole, nachdem er ohne anzuklopfen den Raum betreten hatte. „Er kam am Tag nach Eurem Besuch im Dorf."

„Ich habe nichts anderes erwartet", erwiderte Bromley, der sich weder von seinem Stuhl vor dem Kamin erhob noch sich dem Bischof zuwandte. „Was sollte er auch anderes tun? Wir haben schließlich dafür gesorgt, dass ihm nur dieser eine Weg blieb."

„Er besitzt eine der englischsprachigen Übersetzungen."

„Was?" Bromley sprang von seinem Stuhl auf. „Woher hat er sie?"

„Ich weiß es nicht. Aber das ist nicht schlimm. Es passt sogar ausgezeichnet zu unserem Plan."

Bromley ließ sich nicht beruhigen. Er starrte ins Feuer und

war offensichtlich sehr beunruhigt über die Nachricht von der aufgetauchten Bibel.

Der Bischof betrachtete den Landvogt mit Abscheu. Die beiden waren durch eine unheilige Allianz verstrickt, und das belastete Pole, je länger sie dauerte. Pole tröstete sich, indem er sich sagte, dass dies alles nur ein Mittel zum Zweck sei. So Gott wolle, würde er diese unrühmliche Verbindung nicht mehr allzu lange ertragen müssen.

„Sie muss im Haus gewesen sein", überlegte Bromley. „Entweder dort ... oder vielleicht sogar im Wald."

„Was?"

„Wyclifs Übersetzung!", brüllte Bromley. „Seid ein bisschen mehr bei der Sache, Mann! Bringt einmal im Leben Euren Bauch lange genug zum Schweigen, damit Ihr Kraft habt, etwas durchzuziehen!"

Vor dieser Bemerkung des Landvogts war sich Pole gar nicht bewusst gewesen, dass bald Essenszeit war. Und tatsächlich krochen schon verheißungsvolle Düfte durch die Ritzen der Tür. Wonach roch es eigentlich? Gebratener Hirsch? Oder war es doch Schwein?

„Pole!", schnauzte Bromley.

„*Bischof* Pole", korrigierte der Angesprochene.

Bromley reagierte nicht. „Wir werden unserem kleinen Wyclif einen weiteren Besuch abstatten, uns die Übersetzung und den Jungen schnappen und beide verschwinden lassen."

„Auf keinen Fall!"

Bromley war offenbar zu weit gegangen. Obwohl der Bischof seinen ganzen Mut für diesen Protest zusammennehmen musste, konnte er es doch nicht zulassen, durch den Übereifer des Landvogts alle seine Pläne durchkreuzen zu lassen.

Bromley stemmte die Hände in die Seiten. Unter dunklen Brauen funkelten drohend seine Augen. Die vielen toten Bauern hinter ihm auf dem Wandteppich schienen seiner bedrohlichen Haltung noch Nachdruck zu verleihen.

„Was habt Ihr gesagt?"

„Wir halten an unserem ursprünglichen Plan fest", beharrte der Bischof und war ganz überrascht, wie fest und sicher seine Stimme noch klang. „Ich nehme Thomas mit nach Rom. Ich habe mit ihm bereits darüber gesprochen, und er ist einverstanden."

„Das war Euer Plan."

„Es war unser Plan."

„Die Dinge haben sich eben anders entwickelt."

„Nein, das ist nicht wahr! Alles verläuft genau nach Plan."

Bromley grinste. Ihn amüsierte der Eifer, mit dem sich der Bischof einsetzte.

„Ich glaube kaum, dass Ihr das Durchhaltevermögen habt, den Plan bis zu Ende durchzuführen", meinte Bromley.

„Was meinen Teil betrifft, werde ich mich daran halten."

Der Landvogt trat auf ihn zu und sagte: „Wie Ihr es mit Lord Harborough gemacht habt? Wenn ich mich recht besinne, habt Ihr mir zugesagt, euch um ihn zu kümmern. Aber *ich* war es dann, der ihn gezwungen hat, seinen Bastard wegzugeben."

Pole sah ihn mit großen Augen an. Er war einigermaßen überrascht. Bromley wusste also doch über Harboroughs Affäre Bescheid?

Der Landvogt lachte boshaft. „Ja, ich weiß Bescheid. Wie sollte ich sonst den ehrenhaften Lord all die Jahre in Schach gehalten haben? Er ist ein Ehrenmann mit festen Prinzipien. Von Zeit zu Zeit konnte ich mir diese Eigenschaft zunutze machen."

Erpressung. Das erklärte viel.

„Doch bei dieser Angelegenheit war etwas mehr Druck nötig. Mein treuer alter Hund wollte diesmal nicht spuren."

„Was habt Ihr ihm gesagt?"

„Lord Harborough? Oh, nicht ihm direkt. Ich habe mit den andern Lords und Mitgliedern des Parlaments gesprochen. Das hat Wirkung gezeigt. Die jüngsten Unruhen unter der Bevölkerung schienen sie sehr beunruhigt zu haben. Ich deutete nur an, da der gute Doktor Wyclif verblichen sei, könnte sein Tod noch mehr Unruhen heraufbeschwören."

Während der Jahre, in denen der Bischof das politische Geschäft im Vatikanstaat beobachten konnte, hatte er so manche wichtige Erfahrungen gemacht. Und die kamen ihm nun zustatten. Er hatte es gelernt, zwischen den Zeilen zu lesen. „Ihr habt sie also davon überzeugt, dass Lord Harborough wegen seiner Beziehung zu Doktor Wyclif kaum an der Niederschlagung dieser Aufstände interessiert sein könne. Dadurch aber habt ihr ihn gezwungen, sich durch eine eindeutige Aktion von Wyclif zu distanzieren."

Bromley breitete seine Arme aus. „Ihr habt einen scharfen Blick für politische Zusammenhänge, mein lieber Bischof. Unser guter Lord Harborough scheint jedenfalls nicht bereit zu sein, sich gegen die vereinte Macht der Lords und Parlamentarier auf die Seite eines toten Ketzers, eines Bastards und einer vulgären Übersetzung zu schlagen." Bromley lachte vergnügt. „Der Mann ist jedenfalls nicht auf den Kopf gefallen."

Bischof Pole rieb sich gedankenverloren die Hände. Er verachtete den Mann, der vor ihm stand, aber im Augenblick konnte er sich seiner bedienen. Und er konnte dem Papst berichten, dass sich England gegen Wyclifs Irrlehre stellte.

Warum aber hatte er deshalb das Gefühl, mit dem Teufel im Bunde zu sein?

„Ich nehme Thomas mit nach Rom", sagte er energisch.

„Und die Übersetzung?"

„Die nehmen wir mit."

„Und welchen Zweck soll das alles haben?"

Pole faltete die Hände über seinem Bauch und wollte damit seine Unverkrampftheit signalisieren. Der Landvogt sollte das Gefühl bekommen, er, Pole, habe alles unter Kontrolle.

„Es wird darum gehen, Thomas Torr auf die Seite der Kirche zu ziehen. Wenn er dann heimkehrt, wird er nicht nur Wyclifs Übersetzung verurteilen, sondern auch den guten Doktor selbst. Die Stimme des Jungen wird viel dazu beitragen, dass die Unzufriedenen überall verstummen und die Popularität der Kirche wieder wächst – und das alles ohne Blutvergießen." Um diesen letzten Gedanken zu unterstreichen, wiederholte er ihn: „Ohne Blutvergießen!"

„Und Ihr seid zuversichtlich, dass das gelingen wird?"

„Ich habe bereits mehrere Kardinäle angeschrieben. Thomas wird die Audienz bekommen, die er sich so sehnlich wünscht. Die Kardinäle und ich werden ihm dann vor Augen führen, was für ein Irrweg diese grobe Übersetzung ist. Danach werden wir ihm eine Botschaft an das englische Volk mitgeben. Er wird sich als Sprecher der Heiligen Kirche geehrt fühlen."

„Und Ihr seid wirklich sicher, dass die Kardinäle ihn überzeugen?"

Bischof Pole nickte zuversichtlich. „Sie sind Gelehrte, und er ist nur ein schlichter junger Mann."

„Und wenn sie es nicht schaffen?"

„Sie werden es schaffen."

Die Antwort befriedigte Bromley nicht. Er trat ganz nahe an den Bischof heran.

„Ich teile Eure Zuversicht nicht", sagte er. Dann fügte er mit gedämpfter Stimme hinzu: „Ich möchte Eure Zusage, dass weder er noch seine Übersetzung den Weg zurück nach England finden, sollte er sich nicht bekehren lassen."

„Ich versichere Euch, die Kardinäle in Rom werden ..."

„Weder der Junge noch die Übersetzung werden zurückkommen!", brüllte der Landvogt.

„Mein lieber Vogt ...", begann der Bischof, aber Bromley hörte nicht zu. Er stampfte zur Tür, dass die Dielen krachten.

„Ich hätte es von Anfang an auf meine Weise durchführen sollen", sagte er.

„Landvogt Bromley, kommt zurück!"

Bromley tat, als habe er Pole nicht gehört.

Und so rief Pole noch lauter: „Landvogt Gar Bromley, wenn Euch Eure unsterbliche Seele lieb ist, bleibt stehen!"

Der Vogt hielt inne, bevor er die Tür erreichte und sagte: „Ich bitte Euch noch einmal: Gebt mir euer Wort als Mann Gottes und Diener der Kirche, dass Thomas Torr nie wieder seinen Fuß auf englischen Boden setzten wird, sofern er sich nicht umstimmen lässt."

Der Bischof fühlte sich ausgesprochen unwohl in seiner Haut. Er hatte eine gefährliche Karte ausgespielt. War er bereit, weiter im Spiel zu bleiben?

Die Androhung eines Tadels oder der Exkommunikation war eigentlich immer eine wirkungsvolle Waffe gegen weltliche Herrscher – selbst gegen Könige, wenn es nötig war. Die Drohung reichte meist schon, und die Herrscher krochen zu Kreuze. Aber Landvogt Bromley zeigte keinerlei Furcht. Er schien sich nicht geschlagen zu geben.

Pole machte jetzt zum ersten Mal die Erfahrung, dass diese Methode auch ihre Grenzen hat. Was sollte ein Geistlicher schon tun, wenn der Bedrohte weder Gott noch Menschen fürchtete?

Aber der Bischof glaubte ganz fest an seinen Plan, Thomas zur Erleuchtung zu führen.

„Ihr habt mein Wort", sagte der Bischof.

„Thomas wird nicht nach England zurückkehren?"

„Ich gab Euch mein Wort."

„Auch wenn es seinen Tod bedeutet?"

Was waren das nur für Menschen, die wie Bromley fast alles im Leben mit Angst und Schrecken und mit dem Tod zu regeln suchten?

„Gewiss", sagte der Bischof.

„Gut!", rief Bromley. Und von einem Augenblick zum anderen war er ein völlig anderer Mensch. Er klopfte sich auf den Bauch und sagte: „Gehen wir essen. Ich bin halb verhungert."

Bischof Pole trottete missmutig hinterdrein, als sie sich auf den Weg zum Speisesaal machten. Der Appetit war ihm vergangen.

# 8

In der Gartenerde kniend, richtete sich Felicia auf und streckte ihren Rücken. Die Frühlingssonne tat Wunder. Und deshalb tauten die steifen Muskeln auf wie Eis. Sie hatte schon den ganzen Vormittag im Garten gearbeitet und nach ihren Pflanzen gesehen – Zwiebeln, Ysop und Salbei. Nun begann sie, den Boden für das Frühgemüse vorzubereiten.

Wo mochte Thomas gerade sein? Vor drei Tagen war er aufgebrochen. War er bereits auf dem Schiff? Segelte er gerade längs der französischen Küste? Da sie niemals weiter als Coventry gereist war, konnte sie die Entfernungen einer so gewaltigen Reise nicht abschätzen.

Da Howard irgendwo auf den Feldern arbeitete, war sie im Augenblick ganz allein. Einerseits genoss sie das. Den ganzen Winter über war sie fast ständig mit ihren zwei Männern auf engstem Raum zusammen gewesen. So war das Alleinsein eine willkommene Abwechslung. Andererseits krampfte sich ihr Herz jedes Mal zusammen, wenn sie an Thomas dachte, der so weit fort war.

Sie seufzte. Wenn sie sich doch schnell noch mit Thomas versöhnt hätte.

An dem Tag, als Thomas nach Rom aufgebrochen war, hatte Felicia sich geweigert, ihm eine gute Reise zu wünschen. Nun wäre es ihr lieber gewesen, nicht so starrköpfig gewesen zu sein.

Nein, eigentlich doch nicht. Warum sollte sie Gewissensbisse haben, wenn sie im Recht war?

Der Streit hatte begonnen, als Thomas ihr eröffnete, dass er nach Rom gehen wolle. Als er diese Absicht ausgesprochen hatte, überfiel sie eine innere Unruhe. Unheil drohte, das spürte sie. Diese Reise würde mit einer Katastrophe enden.

Zunächst wollte sie sich nicht eingestehen, von diesem Gefühl geplagt zu werden. Aber der Versuch, es zu verdrängen, schien alles nur noch bedrohlicher werden zu lassen.

„Es wird mir schon nichts Schlimmes zustoßen", sagte Thomas.

„Das kannst du doch nicht mit Bestimmtheit sagen!", widersprach ihm Felicia. „Bedenke doch, was Ives passiert ist. Und er ist in England geblieben. Euer Schiff könnte in einem Sturm kentern oder an einer felsigen Küste zerschellen. Du könntest ein Fieber bekommen. Was ist, wenn dir was in Rom zustößt? Du sprichst nicht einmal die Sprache. Wie bekommst du Hilfe?"

„Du übertreibst mal wieder maßlos", erwiderte Thomas. „Natürlich gibt es Risiken. Aber es lohnt sich, sie auf sich zu nehmen. Und außerdem hast du Recht: Man muss England gar nicht verlassen, um Opfer zu werden. Auch hier könnte mir etwas zustoßen, bevor ich abreise."

„Thomas, ich bitte dich. Bitte geh nicht."

„Felicia, ich kann diese Gelegenheit nicht ungenutzt verstreichen lassen. Es ist die einzige Chance, etwas zu bewegen – für mich, für England, für die englischsprachige Bibel und für uns."

„Von mir solltest du in dem Zusammenhang gar nicht reden", sagte Felicia bitter. Du tust das allein für *dich.* Wenn du an uns beide denken würdest, hättest du abgesagt."

„Wie kannst du das behaupten", rief Thomas. „Mein ganzes Lebenswerk steht auf dem Spiel. Wenn es mir gelingt, den Kardinälen in Rom begreiflich zu machen, welchen Wert eine englische Übersetzung hat, kann ich meine Arbeit vielleicht retten. Wenn mir das nicht gelingt, kann ich mich gleich zu deinem Vater aufs Feld begeben, denn ich habe nichts anderes gelernt."

„Besser ein Bauer als tot."

„Das ist doch wirklich zu albern."

„Albern? Findest du es albern, dich davor zu warnen, dein Leben wegzuwerfen?"

„Ich reise doch nicht allein. Ich fahre mit Bischof Pole. Ich bin also in guten Händen."

Damit hatte er einen weiteren wunden Punkt berührt. Felicia entgegnete: „Eins ist jedenfalls sicher: Du verbringst mehr Zeit bei ihm als bei mir."

„Wie kommst du denn darauf?"

„So was sagt eine verzweifelte Frau, die das Leben des Mannes zu retten versucht, den sie liebt!"

„Nein, ich werde dir sagen, was für eine dumme Bemerkung das ist", sagte Thomas. „Es ist die Nörgelei einer Frau, die mich ohne guten Grund davon abbringen will, die größte Chance meines Lebens zu nutzen – und das alles nur, weil ihr etwas im Magen querliegt.

„Nörgelei?"

„Sollte ich lieber meckern sagen? So hört es sich jedenfalls für mich an. Was du sagst, ist absolut an den Haaren herbeigezogen."

Das waren die letzten Worte, die sie miteinander gewechselt hatten. Bis zu dem Tag, an dem sich Thomas auf den Weg machte, wuchs ihre innere Unruhe. Sie war mehr denn je davon überzeugt, dass sie Thomas nie wieder sehen werde. Als dann der Tag der Abreise kam, hatte sie das Gefühl, schon neben seinem Grab zu stehen. Jeder Abschiedsgruß wäre ihr wie eine Handvoll Sand vorgekommen, die man ins Grab wirft.

Sie hatte sich deshalb geweigert, ihm Lebewohl zu sagen.

Thomas hatte das als Kränkung empfunden und war verärgert abgereist.

War es vielleicht doch ein Fehler gewesen, so starrköpfig zu sein? Nein! Thomas hatte zwar ihre Gefühle nicht nachempfinden können. Es wäre aber doch möglich gewesen, sie zu respektieren.

Ein anderer Gedanke bewegte sie noch. Hatte sie eher Angst, er könne überhaupt nicht zurückkehren, oder fürchtete sie mehr, er könne nicht zu *ihr* zurückkehren? Es konnte ja sein, dass er sich in die Stadt Rom verliebte, dass er mit den Kardinälen wunderbar auskam und man sich gegenseitig sympathisch fand – so wie es sich zwischen ihm und Pole offenbar schon entwickelt hatte. War es das, was sie eigentlich fürchtete – nicht dass er starb, sondern in der Ferne etwas fände, was er mehr lieben würde als sie?

Nein ... nein, das war nicht die Ursache ihres Unbehagens. Thomas war wirklich in Gefahr. Das fühlte sie. Diese Unruhe war ständig so gegenwärtig, dass sie kaum noch Lust zum Arbeiten hatte und wenig Appetit.

Während sie noch knöcheltief in der frisch umgegrabenen Erde ihres Gartens stand, sah sie zum Himmel auf und betete: „O Gott! Wenn du schon die Männer geschaffen hast, warum hast du ihnen dann nicht mehr Vernunft mit auf den Weg gegeben?“

„Vielleicht hat Gott ja dafür die Frauen geschaffen.“

Felicia fuhr zusammen. Fast blieb ihr das Herz stehen. Als sie sich umdrehte, rief sie: „Kendall! Ich habe dich gar nicht kommen hören!“

Kendall lehnte lässig an einem Zaunpfahl. „Vergib mir, wenn ich dich erschreckt habe“, sagte er. „Das war nicht meine Absicht.“

Felicia strich hastig ihre Kittelschürze glatt und bemühte sich, die Erde von ihren Knien zu entfernen. Zwei größere Flecken ließen sich allerdings nicht einfach so abstreifen, und das war ihr schrecklich peinlich. Sie sah auf und bemerkte, dass Kendall sie unverwandt musterte.

„Was führt dich her?“, fragte sie, indem sie sich wieder abwandte und so tat, als müsse sie weiter arbeiten. Dabei überlegte sie, ob sie sich an diesem Vormittag schon irgendwann auf die Erde gesetzt hatte. Sie fürchtete nämlich, auch am Hinterteil sandig zu sein.

„Eigentlich wollte ich Thomas sprechen.“

„Thomas?“ Sie sah ihn an, um herauszubekommen, ob er seine Späße mit ihr trieb. Aber seine Miene ließ nichts davon erkennen. „Ich dachte, du wüsstest Bescheid“, sagte sie. „Thomas ist vor drei Tagen abgereist.“

Kendall wirkte überrascht. „Aber ich dachte ... Nun, da muss ich mich wohl verhört haben.“ Er war ganz offensichtlich überrascht von dieser Nachricht.

Felicia vergaß ihre sandigen Knie und trat auf ihn zu. Das unbestimmte dumpfe Gefühl regte sich wieder in ihr.

„Kendall, ist etwas nicht in Ordnung?"

„Ich weiß nicht. Möglicherweise." Er wendete seinen Blick von ihr, weil er Zeit brauchte, um seine Gedanken zu ordnen.

Felicia griff über den sie trennenden Zaun nach seinem Arm. „Kendall! Sag mir, was du weißt!"

„Lord Harborough kam heute zu uns aufs Gut."

„Er hat euch aufgesucht?"

Kendall nickte und war froh, dass sie offenbar die Bedeutung dieses Ereignisses richtig einschätzte. Normalerweise statten Lords anderen keine Besuche ab, sondern zitieren sie zu sich.

„Was wollte er?"

Kendall zuckte verlegen die Schultern und sagte dann: „Ich wurde nicht zu dem Gespräch gebeten."

„Aber du hast doch etwas mitbekommen, oder?"

„Thomas' Name fiel."

„Was ist mit Thomas?"

„Lord Harborough bat meinen Vater, ihm zu versichern, dass Thomas in Sicherheit ist."

Harboroughs Bitte deutete darauf hin, dass Thomas tatsächlich in Gefahr war. Felicia hatte also die ganze Zeit Recht gehabt! Warum hatte sie nicht darauf bestanden, dass Thomas zu Hause blieb? Ihre Beine begannen, ihren Dienst zu versagen.

„Und was hat dein Vater geantwortet?", rief sie.

Kendall schüttelte den Kopf. „Ich weiß nicht."

„Du weißt es nicht?", schrie sie.

„Es tut mir Leid!", sagte Kendall. „Nur das habe ich mitbekommen. Ich hoffte, Thomas noch zu erwischen und ihn zu warnen."

Felicia schüttelte den Kopf, während sie mit den Fingern über die Zweigspitzen des Flechtzaunes strich. „Er ist mit dem Bischof abgereist", sagte sie. „Sie sind schon auf dem Weg nach Rom."

Kendall trat verärgert gegen den Zaun. „Ich wusste, dass etwas dahinter steckte, als er mich immer wieder auf irgendwelche unsinnigen Botengänge schickte!"

„Aber was wollte dein Vater vor dir verheimlichen?“ Aus Felicias Gesicht wich alle Farbe. Ihre Knie zitterten. Sie musste sich am Zaun festhalten, strauchelte aber. Doch Kendall fing sie auf.

„Was ist los? Soll ich dir was holen?“, fragte er.

Felicia hob ihre Hand. „Danke, nein. Es geht mir gut. Wirklich. Ich weiß nicht, was über mich kam.“

„Bleib ein bisschen sitzen“, sagte er.

Felicia fühlte immer noch diese Schwäche in den Knien. Kendall setzte sich neben sie in den Sand. Seine feine Kleidung war ihm offenbar egal.

„Danke, Kendall“, sagte sie. „Du bist wirklich ein sehr guter Freund.“

Er lächelte, wollte etwa sagen, schluckte es aber hinunter.

„Was ist?“, fragte Felicia.

Kendall schüttelte den Kopf.

„Sag es mir!“

Er zögerte noch immer. „Ich habe mich gerade etwas gefragt.“

„Was hast du dich gefragt?“

„Ich sollte es dir vielleicht nicht sagen.“

Ihre Neugier wuchs. „Bitte, sag es mir.“

„Ich fragte mich, ob du überhaupt mitbekommen hast, wie wichtig du mir geworden bist.“

Felicia spürte, dass sie rot anlief. Sie sah verlegen weg und suchte nach Worten, die sie aber nicht fand.

„Ich wusste, dass ich es dir nicht hätte sagen sollen“, meinte Kendall.

„Nein ... Kendall ... Ich bin froh, dass du es getan hast. Es ist einfach nur ...“

„Thomas?“

Sie sah ihm in die Augen.

„Ja, Thomas.“

Kendall hob die Schultern und ließ sie wieder mit einem Seufzer fallen. Er nahm einen Stein auf und bröselte gedankenverloren den Sand davon ab.

„Ich mag Thomas“, sagte er. „Wirklich. Das macht die Sache

so schwierig für mich. Thomas verdient jemanden wie dich. Und du verdienst jemanden wie Thomas."

Tränen schossen Felicia in die Augen. Dieses Wechselbad der Gefühle überraschte und verunsicherte sie zugleich. „Das hast du so lieb gesagt."

Kendall lachte leise. „Vielleicht war es gar nicht so lieb gemeint. Ich begreife nur allmählich, dass es im Leben unabänderliche Tatsachen gibt. Die Jahre, in denen Thomas auf unserem Gut gelebt hat, waren die schönsten und gleichzeitig die traurigsten in meinem Leben."

Kendall betrachtete den Stein, den er immer noch in der Hand hielt. Da er keine Erde mehr daran fand, warf er ihn fort.

„Als Lord Harborough damals Thomas zu uns brachte, um bei uns zu leben, sind wir schnell Freunde geworden. Das weißt du ja wahrscheinlich. Wir sollten auch zusammen etwas lernen. Ich habe mich nie so recht für das Studium begeistern können. Aber Lord Harborough legte sehr viel Wert darauf, dass Thomas etwas lernte. Ich habe nie den wahren Grund dafür erfahren. Vielleicht hatte er mitbekommen, wie begabt Thomas ist."

„Harborough hat einmal zu Vater gesagt, dass aus Thomas mehr werden solle als ein Bauer", erzählte Felicia.

„Es hat mir nicht einmal etwas ausgemacht, dass Thomas klüger war als ich. Ich war einfach nur froh, dass ich jemand hatte, mit dem ich reden und Ausritte machen konnte. Und als der Hauslehrer anfing, mit ihm mehr zu üben als mit mir, habe ich das nur als Vorteil gesehen. Wenn Thomas die Fragen beantwortete, dann musste ich es wenigstens nicht tun."

Felicia kicherte, und Kendall fuhr fort: „Leider hat mein Vater das anders gesehen. Er konnte es letztlich nicht ertragen, dass ein unehelich geborener Junge als Sohn des Landvogts in Erscheinung trat, auch wenn viele wussten, dass eigentlich Lord Harborough der Vormund war. Er machte uns beiden deshalb das Leben zur Hölle. Und ... nun, ich denke, du kennst den Fortgang der Geschichte besser als ich."

„Thomas kam zu uns."

Kendall nickte und schnippte einen weiteren sauber geputzten Stein ins Gelände.

„Ich habe ihn damals ganz schön vermisst", sagte Kendall.

„Warum hast du ihn nie besucht?"

„Vater hatte es verboten. Als wir uns später dann wieder einmal begegneten, hatten wir uns schon so weit auseinander gelebt, dass wir uns nichts mehr zu sagen hatten."

„Aber dein Vater hat doch nichts dagegen, dass du jetzt kommst."

Kendall grinste breit. „Ich soll *dich* ja besuchen, nicht *ihn*. Komisch, nicht?"

„Hat dir dein Vater mal erklärt, wie es bei ihm zu diesem Sinneswandel gekommen ist? Ich meine, weil unsere Väter doch schon vor meiner Geburt Feinde waren."

Kendall schüttelte den Kopf und sagte: „Ich fürchte, dass mein Vater etwas im Schilde führt. Und wenn ich klug wäre, würde ich den Umgang mit dir meiden. Aber leider ist mein Verlangen größer als mein Verstand. Es tut mir Leid."

„Entschuldige dich bitte nicht."

Kendall stand ganz plötzlich auf. Er bot ihr seine Hand an. „Glaubst du, dass du dich ausreichend erholt hast?"

Felicia nahm seine Hand, und er zog sie hoch. Dabei ließ sie seine Hand nicht los. Ihr Blicke trafen sich, und sie sah in seinen Augen Mitgefühl und Zuneigung.

„Gott verhüte, dass etwas Trennendes zwischen dir und Thomas geschehe", sagte er. „Aber falls du – aus welchem Grund auch immer – einmal feststellen solltest, dass Thomas nicht der Richtige für dich ist, kann ich mir dann ein bisschen Hoffnung machen?"

Wieder kamen ihr die Tränen. Sie blickte auf ihre Hand, die er in seiner hielt, und wusste nicht, was sie antworten sollte.

* * *

Der erste Eindruck von Rom war ziemlich enttäuschend. Thomas sah nur gleißendes Sonnenlicht, das von monotonen Häuserfronten zurückgeworfen wurde. Von den berühmten sieben Hügeln konnte er kaum etwas erkennen. Im Gegensatz zu England, wo die Grautöne vorherrschten, gab es in Rom keine farblichen Übergänge. Entweder erstrahlte etwas in gleißendem Licht, oder es lag im finsteren Schatten.

Doch je länger sie sich in den Straßen der Stadt aufhielten, desto mehr genoss Thomas die Gegend, zumal die Sonne allmählich dem Horizont zustrebte. Die Fassaden der Gebäude wurden jetzt in goldenes Licht getaucht. Und das Kolosseum erstrahlte bis zur Abenddämmerung in einem sanften Rosa.

Thomas betrachtete voller Bewunderung die halb zerfallene Stätte, wo einst die Gladiatoren ihre Kämpfe ausfochten. Für einen Bauernjungen, der sonst nur Felder, Weiden, lehmige Straßen, das eine oder andere Landgut und gerade eine Kathedrale kannte, war Rom natürlich eine architektonische Augenweide. Wohin er auch blickte – überall konnte er Statuen, Arkaden, Säulengänge, Gärten, Springbrunnen, Mosaiken, Mahnmale und Kuppeln bewundern, die sich an Größe und Schönheit gegenseitig zu übertrumpfen schienen. Und jedes Objekt war Zeuge einer längst vergangenen Zeit.

Der Bischof und Thomas hatten am Stadtrand die Kutsche verlassen, mit der sie vom Hafen gekommen waren. Pole hatte den Kutscher angewiesen, ihr Gepäck in den Vatikan zu bringen. Rom erobert man sich am besten zu Fuß, hatte Pole gemeint. Nur so könne man den Geist der alten Stadt spüren.

Er hatte Recht.

Aber nach einer Stunde tat Thomas der Nacken vom ewigen Hochsehen weh. Die ganze Zeit waren sie durch enge Gassen gelaufen, diese von Menschen gemachten Schluchten aus übereinandergeschichteten Wohnungen. Der Gedanke, durch dieselben Gassen zu schlendern, durch die einst die alten Römer und die ersten Christen sich bewegt hatten, ließ ihn ehrfürchtig erschauern. Wie musste sich ein junger Christ damals gefühlt haben, der die engen, schattigen Gassen nutzte, um an einen geheimen Ort in den Katakomben zu gelangen, wo sie einen Christus anbeteten, der von der Regierung zum Gesetzesbrecher erklärt worden war? Was musste das für ein Erlebnis gewesen sein, hier den Apostel Paulus predigen zu hören – oder Petrus zu folgen und seinen Berichten vom Leben mit Jesus in Palästina zu lauschen?

Nachdem sie den Tiber überquert hatten und ein Stück gegangen waren, hielt der Bischof plötzlich an und breitete seine Arme weit aus. „Das Beste haben wir uns noch aufgehoben", sagte er. „Vaticanus und St. Peter!"

Sie standen vor einem Gebäudekomplex mit einem gewaltigen Säulenvorbau, der den Eingang zu der Kirche bildete, die Kaiser Konstantin vor über 1000 Jahren errichtet hatte. St. Peter hatte damals noch einen spitzen Turm mit einem Kreuz. Die Stirnseite war mit Statuen der Apostel und Heiligen geschmückt.

Thomas staunte nicht nur über das Gebäude, sondern auch über das rege Treiben auf dem Vorplatz. Einen Priester, einen Bischof, vielleicht einmal zwei Mönche – mehr Geistliche hatte Thomas nie zuvor gleichzeitig zu Gesicht bekommen. Aber hier wimmelte es von geistlichen Würdenträgern und Menschen, die auf irgendeine Weise mit dem Heiligen Stuhl zu tun hatten.

Bischof Pole strahlte übers ganze Gesicht, als er bemerkte, wie beeindruckt Thomas vom Vatikan war.

„Atemberaubend, nicht wahr?", sagte er.

„Mir fehlen die Worte! Ich kann noch gar nicht glauben, dass ich hier bin."

„Komm, es wird noch besser."

Er führte Thomas zur Südseite der Basilika, von wo man einen Überblick über das gesamte Gelände hatte. „Hier hat Kaiser Caligula den Bau des berühmten Circus angefangen, den dann Nero zu Ende geführt hat. Du stehst gerade an der Stelle der Bahn, wo die Streitwagen ihre Rennen fuhren. Und dort drüben waren die Tribünen. Mit der Hand deutete er das weite Rund an. Das Zentrum der Bahn verlief ungefähr dort, parallel zur Mauer der Basilika.“ Dann deutet er auf den Obelisken und sagte: „Der stand damals im Zentrum der Bahn. Er ist als Einziges vom Circus übrig geblieben.

Als Rom im Jahr 64 abbrannte, beschuldigte Nero die damals noch für viele zwielichtige Sekte der Christen. Tausende von uns wurden gefangen genommen und einige den wilden Tieren vorgeworfen. Und wie Tacitus berichtet, hat Nero manche mit Pech einstreichen lassen, sie auf Podeste gestellt und als Fackeln abbrennen lassen, wenn es dunkel wurde. Gerade hier, wo wir stehen, haben diese Menschen in Todesqualen die finstere Nacht erleuchtet.“

Tiefes Mitgefühl überwältigte Thomas, als er sich ihren Opfertod ausmalte. Wirklich ganz einfache Menschen wie Felicia und er hatten lieber ihr Leben gegeben, als dem Glauben abzuschwören.

„Und hier“, sagte der Bischof in feierlichem Ton, „ist der heiligste Ort von allen.“

Er führte Thomas ein paar Schritte weiter an ein überdachtes Monument.

„An dieser Stelle“, sagte er mit gebrochener Stimme, „wurde der Apostel Petrus hingerichtet. Er wurde mit dem Kopf nach unten gekreuzigt. *Juxta obeliscum* – in der Nähe des Obelisken.“

Je länger Thomas mit dem Bischof von einem historischen Ort zum anderen gewandert war, desto bewegter war er geworden. Das Leben zahlreicher Menschen und viele historische Ereignisse waren an ihnen vorübergezogen – Tragödien und Opfergänge von ganz gewöhnlichen Männern und Frauen, von unbekannt gebliebenen Aposteln und Heiligen. Es fiel Thomas zunehmend schwer, die tiefe Ehrfurcht, die er vor all diesen Schicksalen empfand, innerlich zu verarbeiten, auch wenn er bemüht war, sich nichts anmerken zu lassen.

Jetzt standen sie vor dem Mahnmal, das den Ort kennzeichnete, an dem Petrus sein Leben gegeben hatte. Thomas blickte hinüber zum Obelisken, und es wurde ihm in diesem Augenblick bewusst, dass er das Letzte war, was Petrus in seinem Leben gesehen hatte. An genau diesem Ort schlossen sich also zum letzten Mal jene Augen, die zuvor so oft auf Jesu Antlitz geruht hatten.

Hier hauchte jener sein Leben aus, der bezeugt hatte: „Du bist Christus, der Sohn des lebendigen Gottes!"

Thomas sank auf seine Knie – ob aus Erschöpfung oder innerer Bewegung – er wusste es nicht. Aber eins wusste er genau: Er war nicht würdig, an jenem Ort zu stehen, wo vor ihm die Christen Roms ihr Leben hingegeben hatten.

* * *

In der folgenden Nacht lag Thomas mit den Händen unter dem Kopf in seinem Bett und beobachtete den tanzenden Schatten, den eine einsame Kerze in seiner Zelle an die Decke warf. Die Erlebnisse des Vortages waren noch frisch in seinem Gedächtnis. Und obgleich der Schlaf ab und zu seine Lider zu beschweren suchte, war sein Verstand noch immer allzu wach und aufgewühlt.

Er konnte es immer noch nicht begreifen, dass er sich in Rom aufhielt – im Vatikan. Morgen Vormittag würde er vor dem Kollegium der Kardinäle reden. Und wenn sie ihm wohlgesonnen waren, würde er sogar eine Audienz bei Papst Urban V. gewährt bekommen. Wyclifs Bibel lag, in ein Leinentuch gehüllt, ein paar Meter von ihm entfernt. Im Geist sah er seinen Freund und Mentor im vertrauten Gespräch mit Paulus vertieft. Beide waren heilige Männer Gottes. Und beide hatten in gewisser Weise mit seinem Aufenthalt hier etwas zu tun. Er fragte sich, ob er überhaupt würdig sei, und Beklommenheit ergriff ihn.

Es war doch etwas ganz anderes, aus der verhältnismäßig sicheren Schreibstube Doktor Wyclifs heraus die Welt verändern zu wollen. In dieser fremden Umgebung fühlte er längst nicht mehr die gleiche Zuversicht. Er war ein gebildeter junger Mann in der Fremde, der morgen eine Versammlung von Kirchengelehrten vom Sinn einer englischsprachigen Bibel überzeugen sollte.

*Thomas, hüte dich vor den Bischöfen!*

Das war Wyclifs Warnung. Und er fragte sich, ob diese Warnung auch für Kardinäle galt.

Nein, das war wohl etwas anderes. Wyclif war immer nur von englischen Bischöfen zitiert worden, die bezüglich der Übersetzung bereits eine vorgefasste Meinung hatten. Thomas aber hatte einen Fürsprecher. Bischof Pole hatte ihm bereits den Weg geebnet. Das war ein entscheidender Unterschied.

Dann wanderten seine Gedanken heim zu Felicia. Was machte sie wohl jetzt? Er wünschte, sie wäre bei ihm. Sie würde Rom genauso begeisternswert finden wie er.

Einen Augenblick später war er schon wieder mit seinen Gedanken in Rom. Wenn die Bischöfe so sehr von seinen Gedanken angetan wären, dass sie ihn beauftragen würden, die Herstellung einer englischsprachigen Bibel hier im Vatikan zu beaufsichtigen? Es wäre doch ein viel geeigneterer Ort, um eine neue Übersetzung der Bibel anzufertigen. Felicia und er könnten dann in Rom heiraten und wohnen. Der Gedanke war einfach zu schön, um wahr zu sein.

Er dachte daran, wie Felicia und er im Streit auseinander gegangen waren. Jetzt musste er schmunzeln, weil sie sich so kindisch benommen hatten – sie wegen ihrer völlig überzogenen Ängste und er wegen seiner typisch übertriebenen Reaktion darauf. Inzwischen sah er ein, dass sie wirklich nur um seine Sicherheit besorgt war.

Wie erleichtert Felicia jetzt wäre, wenn sie ihn so sehen könnte. Die Schiffsreise war faszinierend gewesen, aber gleichzeitig auch ohne besondere Vorkommnisse verlaufen – ausgenommen die ersten paar Tage. Die unruhige See im englischen Kanal hatte seinen Magen ganz schön in Mitleidenschaft gezogen. In den ersten 48 Stunden hatte Thomas eigentlich fast nur die graue Wasseroberfläche in seinem Blickfeld gehabt, während er über der Reling lehnte und sich ständig übergab.

Am dritten Tag war es dann besser geworden. Der Bischof tat nun alles, um ihn abzulenken, indem er viel mit Thomas sang.

Am vierten Tag konnte auch Thomas schon wieder voll mit einstimmen. Von nun an war die Reise ein vergnügliches Abenteuer. Er genoss den Anblick der weißen Schaumkronen auf den Wellen. Und es war jedes Mal spannend, wenn in einiger Entfernung fremde Küsten auftauchten. Der Wind, die salzige Luft der See und der aufpeitschende Gischt verursachten zusammen einen angenehmen Reiz auf seiner Haut.

Im Hof krähte der Hahn.

Thomas stand auf, ohne recht zu wissen, wie spät es eigentlich war. Nur eins war sicher: Er würde nun keinen Schlaf mehr finden.

Er zog Wyclifs Übersetzung hervor, legte sie auf die Bettkante und kniete sich davor. Einige Augenblicke betrachtete er sie und strich mit der flachen Hand liebevoll darüber.

Dann senkte er den Kopf und betete. Er bat um die Weisheit, die Kardinäle vom Nutzen einer englischen Ausgabe der Bibel zu überzeugen. Er betete, dass es ihm gestattet werde, das Werk zu vollenden, das Wyclif angefangen hatte. Und in Anbetracht seiner Erlebnisse vom Vortag, der gelobte er, sein Leben so zu führen, dass er seiner Vorgänger im Glauben würdig war.

* * *

Thomas hatte schon im Bett gelegen, als auch Bischof Pole sich fürs Bett fertig machte. Er war zufrieden, dass sein Plan bis jetzt so gut lief. Thomas' unverkennbare Begeisterung war für ihn ein sicheres Zeichen, dass er zufrieden sein konnte. Er erkannte sich in Thomas wieder. Als er, Pole, zum ersten Mal die Stadt besichtigt hatte, war er genauso begeistert gewesen.

Er und der Junge hatten viele Gemeinsamkeiten – Intelligenz, Liebe zur Musik und ein Gespür für geistliche Dinge. Allerdings war der junge Mann in diesem letzten Bereich ein wenig auf Abwege geraten. Aber dagegen wollte er ja nun etwas unternehmen.

Pole dachte an Jesu Gleichnis vom verlorenen Sohn. Es ist die

Geschichte von einem Sohn, der sein Erbteil ausgezahlt haben will, es dann aber verschleudert, sich besinnt und zur überschwänglichen Freude seines Vaters wieder heimkehrt.

Der Bischof zog sein Nachhemd über den Kopf.

Im Grunde hatte er sich immer über den Vater in der Geschichte geärgert, weil der die ganze Zeit nichts unternahm. Junge Männer geraten so schnell auf Abwege – wie man es bei Thomas erlebte. Der Junge war nicht entsprechend erzogen worden, um seinen Irrweg zu erkennen und umzukehren. Ein wahrhaft geistlich gereifter Vater wartet aber nicht ab, bis der Sohn von selber zurückfindet, wie dies der Vater im Gleichnis tat.

Nein, er als geistlicher Vater war extra nach England gereist, hatte sich mit Gar Bromley auseinandergesetzt und Thomas nach Rom gebracht.

Pole schlüpfte unter die Decke seines Bettes, blies die Kerze auf dem Nachttisch aus und richtete sich behaglich für die dringend nötige Nachtruhe ein.

Nur ein einziger Gedanke beunruhigte ihn noch. Er hatte eigentlich erwartet, gleich nach ihrer Ankunft Kardinal Melozzo sprechen zu können. Ein kurzer Gedankenaustausch mit dem Kardinal vor der wichtigen Begegnung morgen wäre nicht schlecht gewesen. Aber es ging wahrscheinlich auch so. Kardinal Melozzo war ein vertrauenswürdiger Mann. Pole konnte also damit rechnen, dass alles in seinem Sinne vorbereitet war, sonst hätte es ihn der Kardinal schon wissen lassen.

Morgen würde ein ganz besonderer Tag sein - für ihn persönlich und für die Kirche ganz allgemein. Die Kirche würde einen der Ihrigen wieder in ihre Reihen aufnehmen können, und es war wahrscheinlich einer der Klügsten. Er sah sich neben Thomas stehen – Mut machend, belehrend, überzeugend und mit Genugtuung beobachtend, wie das Licht der Erkenntnis den Jungen erhellte.

Dabei fragte er sich, was die Kardinäle und Bischöfe wohl denken würden, wenn sie wüssten, dass Thomas sein Sohn war.

# 9

Thomas saß, des endlosen Wartens müde, ganz allein auf einer harten Bank in einem langen Korridor des Vatikans. An die Brust gepresst hielt er Wyclifs Bibel mit seinen eigenen übersetzten Seiten darin.

Das Warten hatte schon heute früh in seiner Zelle begonnen. Er hatte dort auf der Bettkante gesessen, die Bibel fest umklammert, so wie jetzt im Vatikan. Bischof Pole hatte ihn angewiesen, möglichst früh zum Aufbruch bereit zu sein. Aber erst nach Stunden war er erschienen.

Mit noch steifen Beinen begleitete Thomas den Bischof einen Korridor entlang. Dann bogen sie in einen weiteren. Der Bischof hatte es offenbar eilig. Nachdem sie mehrfach abgebogen waren, hatte Thomas völlig die Orientierung verloren.

Auf dem Weg redete der Bischof auf Thomas mit gedämpfter Stimme ein: „Das, was die Kirche tut, ist für die Ewigkeit bestimmt", sagte er. „Da kann es manchmal eine Ewigkeit dauern, bis sich etwas bewegt. Aber ich versichere dir, dass sich alles so entwickelt, wie es soll."

Thomas sagte: „Ich dachte, wir wären heute Morgen als Erste dran."

Der Bischof lächelte väterlich: „Das sollten wir auch. Aber es kommt häufig vor, dass ein Vorgang von gestern nicht fertig wird und noch behandelt werden muss. Wieso fragst du überhaupt? Hast du denn in Rom ein Rendezvous?" Der Bischof schmunzelte dabei.

Nachdem der Bischof ihn auf einer Bank zurückgelassen hatte, war Thomas zunächst damit beschäftigt, sich auszumalen, wie es sein würde, vor dem Kollegium der Kardinäle zu reden. Er hatte schon ganze Sätze dafür vorformuliert, auf die er im Bedarfsfall zurückgreifen konnte.

Doch das war nun schon viele Stunden her. Sein sprühender

Geist war längst ermattet, und so manches schlagende Argument wieder in Vergessenheit geraten – möglicherweise für immer.

Seit sich der Bischof entfernt hatte, waren nur zweimal Schritte in den Gängen zu hören gewesen. Aber niemand wollte etwas von ihm. Das Licht, das durch die Fenster fiel, färbte sich bereits golden und kündete den nahenden Sonnenuntergang an. Die Fensterkreuze, die es auf die gegenüberliegende Wand malte, bewegten sich fast unmerklich höher und höher.

Weil Thomas sich kaum rührte und nichts gegessen hatte, übermannte ihn nach einiger Zeit eine bleierne Müdigkeit. Auch hatte ihn das ständige Grübeln und gedankliche Planen erschöpft. Zusammengekauert saß er da, Wyclifs Bibel neben sich auf der Bank.

Schritte weckten ihn auf. Es war Bischof Pole. Thomas fuhr hoch, packte die Bibel und versuchte, seinen Geist zum Leben zu erwecken. Sein Kopf fühlte sich an, als sei er mit Watte vollgestopft. In seinem jetzigen Zustand war er kaum fähig für eine so schicksalhafte Herausforderung.

„Ich entschuldige mich tausendmal, Thomas", sagte der Bischof. „Aber die Kardinäle haben sich auf morgen vertagt."

Thomas starrte den Bischof verständnislos an. Zweierlei bewegte ihn. Da war einmal Enttäuschung, dass dieser lang ersehnte Tag endlich gekommen, dann aber gegangen war, ohne dass ihm irgend jemand zugehört hätte. Gleichzeitig empfand er Erleichterung, weil er sich inzwischen in einer Verfassung befand, in der er Doktor Wyclifs Bibel keinen guten Dienst erweisen konnte.

„Man hat mir versichert, dass wir morgen gleich zu Anfang gehört werden", sagte der Bischof.

„Wir sind so weit gereist", erwiderte Thomas mit einem Seufzer, „da kommt es auf einen Tag auch nicht mehr an."

„Ja, ja, du hast wohl Recht", sagte der Bischof tonlos. War auch er enttäuscht?

„Ist etwas nicht in Ordnung?", fragte Thomas.

Der Bischof antwortete nicht gleich. Schließlich sagte er: „Ich bin mir nicht ganz sicher. Ich muss erst noch mit meinem guten Freund Kardinal Melozzo sprechen. Ich denke, dass wir uns keine Sorgen zu machen brauchen. Kardinäle sind gegenwärtig vielbeschäftigte Männer, wie die Vertagung heute deutlich macht."

Thomas nickte, aber die Worte des Bischofs überzeugten ihn nicht. Etwas machte dem Bischof zu schaffen. Das konnte nicht nur der verpasste Termin mit seinem Freund sein.

Thomas' zweiter Tag im Vatikan verlief genauso wie der erste. Er saß und wartete – im selben Gang, auf derselben Bank, mit demselben Resultat. Irgendwann am Nachmittag erschien Bischof Pole mit derselben Entschuldigung. Der einzige Unterschied bestand nur darin, dass der Bischof noch besorgter zu sein schien.

Am dritten Tag begann Thomas, sich wie ein abgestelltes Möbelstück zu fühlen. Die zwei Geistlichen, die jeden Tag jeweils zur gleichen Zeit an ihm vorübergingen, nahmen ihn schon gar nicht mehr wahr. Er war zum Inventar geworden wie eine antike Vase, die irgendwo im Gang stand.

Den vierten Tag schlief Thomas fast durch. Die Langeweile und das Nichtstun hinterließen ihre Spuren. Am fünften Tag begann er zu zweifeln, ob die Kardinäle ihn überhaupt noch anhören würden. Wie stünde er da, wenn er unverrichteter Dinge nach England zurückkehrte? Dem Bischof erzählte er nichts von seinen Zweifeln. Er brachte es nicht übers Herz, ihm noch mehr Kummer zu machen. Was ihre Lage noch erschwerte, war die Tatsache, dass das Gespräch mit Kardinal Melozzo immer noch nicht zustande gekommen war. Zum fünften Mal akzeptierte Thomas die Entschuldigung des Bischofs und seine Ankündigung, man werde sie morgen als Erste empfangen.

Thomas hatte schon ein wenig geschlafen. Da stand plötzlich der Bischof an seinem Bett. Licht fiel durch die offene Zellentür.

„Thomas! Steh auf! Man will uns sprechen!"

Schon kurze Zeit später eilte Thomas hinter dem Bischof her. Er versuchte verzweifelt, seine Kleider glatt zu ziehen, ohne Wyclifs Bibel fallen zu lassen.

Das Labyrinth der Gänge war Thomas inzwischen ein wenig vertrauter geworden. Dennoch wirkte alles jetzt unheimlicher als sonst, weil in der Dunkelheit so mancher Gang in einem finsteren Nichts zu enden schien. Das Ächzen und Stöhnen des um Eile bemühten Bischofs, das Rascheln seines Gewandes und der Hall ihrer Fußtritte auf dem Steinboden – all das verbreitete eine Atmosphäre, die Thomas erschaudern ließ.

Eine Frage ging ihm durch den Kopf: „Warum trafen sich die Kardinäle noch so spät in der Nacht?"

Sie kamen an eine Tür, vor der zwei Soldaten mit Lanzen bewaffnet ihre Wache hielten. Wortlos öffneten sie die beiden Flügel.

Der Bischof wartete, bis Thomas ihn einholte. Atemlos murmelte er etwas. Erst als Thomas ihn erreichte, konnte er verstehen, was er sagte: „Das ist nicht recht. Das ist nicht recht." Er sah Thomas mit weit aufgerissenen Augen aber irgendwie geistesabwesend an.

All die Gedanken, die sich Thomas in den letzten Tagen gemacht hatte, wie es wohl sein würde, vor den Kardinälen zu sprechen, zerplatzten in dem Moment wie eine Seifenblase, als er einen Blick in den Raum werfen konnte.

Es war ein riesiger Saal, über dem sich eine Decke so gewaltig wie das Himmelszelt spannte. Doch was ihn schockierte, war das, was sich unter diesem Gewölbe tat.

Da gab es nämlich kein großes Kollegium – nicht einmal ein kleines. Lediglich zwei Kardinäle saßen zusammengesunken am anderen Ende des Saales und unterhielten sich mit gedämpfter Stimme. Sie erinnerten an zwei Kaninchen, die am Rande einer großen Wiese gemeinsam an einem Salatblatt knabberten.

Beim Geräusch der sich schließenden Türflügel sahen die beiden Kardinäle auf. Nun aufrecht sitzend, beobachteten sie schweigend, wie sich Thomas und der Bischof auf sie zubewegten. Es war ein langer Weg quer durch den Saal.

Ihre nachtschwarzen, mit Rot abgesetzten Roben reichten bis zum Boden. Neben ihnen im Kamin loderte eine Flamme und warf, hüpfend und züngelnd, einen flackernden Schein auf ihre versteinerten Mienen.

Thomas mühte sich redlich, seine Nervosität zu verbergen. Wo waren all die anderen Kardinäle? Er warf Bischof Pole einen Blick zu, der genauso verblüfft wie er zu sein schien.

An den Wänden wechselten sich Wandteppiche und Fresken mit Motiven aus Bibel und Kirchengeschichte ab. Dort war der gekreuzigte Petrus zu sehen. Daneben thronte Maria, die Jesus, den Knaben, im Arm hielt – beide gekrönt mit goldenen Heiligenscheinen. In der Mitte der Wand ein großes Fresko, das den erwachsenen Jesus als Weltenrichter auf dem Thron darstellte, seine rechte Hand zum Segen erhoben. Ein runder Wandteppich stellte das Jüngste Gericht dar. Überall waren Menschen zu sehen, die auf verschiedenen Ebenen die Hölle oder den Himmel erlebten. Vielleicht waren es seine angespannten Nerven, aber Thomas hatte tatsächlich den Eindruck, dass es in jedem dieser Bilder jemand gab, der ihn anstarrte.

Endlich erreichten Thomas und der Bischof die gegenüberliegende Seite des Saales. Beide Kardinäle musterten sie stumm, sahen Thomas an und dann wieder die Bibel unter seinem Arm.

Bischof Pole grüßte die beiden Kardinäle und sagte: „Thomas, darf ich dir Kardinal Barberini vorstellen."

Der ältere der beiden hatte ein feistes Gesicht und aufgequollene Hände. Mit stechend dunklen Augen sah er Thomas prüfend an.

„Eure Eminenz!", sagte Thomas höflich.

Der Angesprochene blieb aber stumm.

„Und das", sagte Pole, und seine Stimme begann zu beben, „das ist Kardinal Carole."

Carole war ein bleicher und dürrer Mann mit hohen Wangenknochen. Die halb geschlossenen Augenlider vermittelten zwar den Eindruck eines völlig desinteressierten Mannes. Aber bei näherem Hinsehen wurde deutlich, dass dies nur Schein war. Der Kardinal war wie ein Gelassenheit vortäuschendes Raubtier, das in Wahrheit sein Opfer mit scharfem Blick beäugte.

„Eure Eminenz!“, sagte Thomas.

Auch Kardinal Carole reagierte nicht.

Bischof Pole sah sich noch einmal um und wirkte nervös und fahrig. Doch auf wen immer er gehofft hatte, er war nicht erschienen. Und das beunruhigte ihn offenbar sehr.

„Eure Eminenzen“, sagte er, nachdem er sich wieder den beiden alten Männern zugewandt hatte, „erlaubt mir, Euch jenen jungen Mann aus England vorzustellen, den ich ...“

„Ist das der Lump, der die Irrlehre des Ketzers Wyclif weiterhin verbreiten will?“, unterbrach ihn Kardinal Barberini.

„Ich bitte um Vergebung, Eure Eminenz“, sagte Pole, der sich ein weiteres Mal zur Tür umsah. „Bevor wir beginnen, würde ich gern erfahren, was Kardinal Melozzo aufgehalten hat. Ich fürchte fast, es ist zu Unstimmigkeiten bezüglich unseres Termins gekommen. Er sollte nämlich das Anliegen dieses jungen Mannes dem Kardinalskollegium vortragen.“

„Kardinal Melozzo ist zur Zeit mit anderen Dingen befasst“, antwortete Barberini.

„Was das Kollegium betrifft“, fügte Carole hinzu, „so bin ich über Euch ein bisschen verwundert, mein lieber Bischof, dass Ihr so naiv glaubtet, man müsse nur an die Tore des Vatikans klopfen und schon werde man von einer so heiligen Institution angehört.“

„Eure Eminenz“, sagte der Bischof, „es war niemals meine Absicht, diese heilige Versammlung gering zu achten.“ Dem Bischof rann der Schweiß von den Schläfen. „Aber in Anbetracht der Tragweite dieser Angelegenheit hielt ich es für geraten ...“

Kardinal Barberini unterbrach ihn erneut: „Kommen wir zur Sache. Es ist uns aufgetragen worden, den Jungen zu prüfen, festzustellen, ob er ein Ketzer ist, und falls dies zutrifft, die Strafe festzulegen.“

Bischof Pole geriet außer sich. „Aber Eure Eminenz ...“

„Zweifelt Ihr unsere Qualifikation für diese Aufgabe an?“, unterbrach diesmal Kardinal Carole.

„Gewiss nicht, eure Eminenz. Vergebt mir, wenn ich den Eindruck vermittelte“, rief der Bischof erregt. „Es ist nur ... nun ja ... wenn ich einen Augenblick mit Kardinal Melozzo sprechen könnte.“

Kardinal Carole erwiderte: „Wir haben Euch bereits mitgeteilt, dass Kardinal Melozzo unabkömmlich ist.“

Barberini deutete auf das Buch, das Thomas trug. „Ist das die ketzerische Übersetzung?“

Thomas sah Bischof Pole an und hoffte auf Beistand. Der Bischof aber starrte nur unverwandt auf das Buch. Er war genauso hilflos und entsetzt wie Thomas.

Thomas hatte eine Idee.

Er schlug das Buch auf und sagte: „Mit allem Respekt, Eure Eminenz, aber ist Euch schon etwas daraus vorgelesen worden?“

Kardinal Barberini entgegnete. „Man muss sich an Ketzereien nicht schmutzig machen, um zu erkennen, dass sie ein Übel sind. Allein schon die Existenz dieser Übersetzung ist eine Bedrohung für alles, was uns heilig ist.“

„Wird denn Gott oder seine Kirche durch sein eigenes Wort bedroht. Wie kann das sein?“

Kardinal Carole brüllte: „Impertinenz! *Wir* sind es, die bestimmen, was Gottes Wort ist und was nicht!“

„Eure Eminenz, bitte erlaubt mir zu sprechen“, bat Bischof Pole. Er hatte sich wieder gefasst und sah Thomas an. Der war ganz überrascht, als er bemerkte, dass sich der Bischof auf die Kardinäle zubewegt hatte. Das signalisierte ihm, dass inzwischen drei gegen einen kämpften.

„Thomas, glaube mir, ich wollte auch, dass dieses Gespräch einen anderen Verlauf nimmt. Aber du musst die Position der Kirche verstehen. Christus hat sein Evangelium den Geistlichen anvertraut mit der Maßgabe, es den Laien und Schwachen im Glauben zu verkündigen. Was Doktor Wyclifs Übersetzung so gefährlich macht, ist die Tatsache, dass er das Evangelium aus dem Lateinischen in eine profane Sprache übertragen hat und es damit den unwissenden Massen ohne aufklärende Anleitung und Auslegung überlässt. Du wirst gewiss erkennen, welchen Schaden das anrichten kann! Im Grunde hat er das Evangelium wie Perlen vor die Säue geworfen. Und sie werden die kostbaren Edelsteine mit ihren Hufen in den Schmutz treten. Was über die Jahrhunderte vom Klerus wie ein Schatz bewahrt und beschützt worden ist, ist damit zum Spielball der Laien geworden. Denk einmal nach, Thomas! Glaubst du wirklich, dass es Gottes Absicht war, das Schicksal seines allerheiligsten Wortes in die Hände eines einfältigen Bauern wie Howard zu legen?"

Thomas verschlug es die Sprache. Aber es waren nicht so sehr die Worte des Bischofs selbst, sondern die Erkenntnis, dass dies alles offenbar von Anfang an zu seinem Plan gehörte.

Kardinal Barberini erhob sich. Und indem er auf das Buch deutete, fauchte er: „Das, was Ihr da in der Hand haltet, ist die Pestilenz und das verwerfliche Produkt eines verdammungswürdigen Hirns. Verfasst wurde es von der Hand eines gewissen John Wyclif, einem Kind des alten Teufels. Er selbst muss ein Schüler des Antichristen gewesen sein, der in der Eitelkeit seines eigenen Denkens wandelte und seine Bosheit damit krönte, dass er die Heilige Schrift ins Englische übertrug."

Thomas brauchte einen Augenblick, sich wieder zu fassen. Mit einer so heftigen Attacke auf Doktor Wyclif und seine englisch sprachige Übersetzung hatte er nicht gerechnet. „Mit allem nötigen Respekt, Eure Eminenz", sagte er. „Habt Ihr überhaupt schon einmal darin gelesen? Es ist einfach wunderschön! Ihr müsstet mit eigenen Augen sehen, wie die Botschaft bei den einfachen Menschen ankommt. Ich habe miterlebt, wie diese Worte einen einfachen Landmann zu Tränen gerührt und seinen sterbenden Bruder getröstet haben. Hört einfach einmal, wie ein Psalm klingt ..."

Er schlug das Buch ungefähr in der Mitte auf. Dann fiel ihm seine eigene Übersetzung ein.

Der Bischof versuchte, es zu verhindern und streckte die Hand nach Thomas aus. „Thomas ...", sagte er.

Thomas aber trat einen Schritt zurück und zog seine eigene Übersetzung zwischen den Seiten hervor. Er musste schnell handeln, denn er wusste, dass sie ihn nicht lange gewähren lassen würden. Er glättete das Blatt mit einer Hand auf dem Buchdeckel der Bibel. Und während er tief Luft holte, blickte er die beiden Kardinäle an. Das hätte er lieber nicht tun sollen, denn zwei grimmig versteinerte Gesichter starrten ihn plötzlich an. Einen Augenblick war er verunsichert, aber dann fasste er sich wieder.

Er suchte das erste Wort, konnte es aber nicht sehen. Da war dieser rabenschwarze Fleck, der die ersten beiden Wörter bedeckte. Er blinzelte, aber das änderte nichts. Er wusste aus Erfahrung, dass es zwecklos war.

Er machte sich Mut. Er hatte ja gelernt, um den Fleck herum zu lesen. So schaffte er es, die ersten Wörter zu entziffern, und begann zu lesen: „Ich habe meine Augen auf zu den Bergen erhoben. Woher kommt mir Hilfe? Meine Hilfe kommt vom *Herrn,* der Himmel und Erde gemacht hat. Er wird deinen Fuß nicht gleiten lassen, und der dich behütet, schläft nicht. Siehe, der Hüter Israels schläft und schlummert nicht. Der *Herr* behütet dich; der *Herr* ist dein Schatten über deiner rechten Hand, dass dich des Tages die Sonne nicht steche noch der Mond des Nachts. Der *Herr* behüte dich vor allem Übel, er behüte deine Seele. Der *Herr* behüte deinen Ausgang und Eingang von nun an bis in Ewigkeit!"

Er sah auf und hoffte, dass das Wort Gottes die versteinerten Mienen der beiden Kardinäle zum Leben erweckt hätte. Aber das war nicht geschehen.

„Die Seite, von der Ihr gelesen habt, gehört nicht zu Wyclifs Übersetzung", bemerkte Kardinal Barberini.

„Nein, Eure Eminenz, das stimmt. Es ist meine Übersetzung."

Barberini überlegte einen Moment und sagte dann freundlich: „Darf ich sie sehen?" Dabei streckte er seine Hand aus.

Thomas sah die Hand misstrauisch an. Sein Instinkt sagte ihm, dass sie eine Bedrohung war. Aber er wollte auch die mögliche Chance nutzen. Deshalb gab er das Blatt dem Kardinal.

Dieser nahm es, lehnte sich zurück und las den Text. Sobald

Barberini fertig war, reichte er es Carole, der es auch las. Barberini sagte: „Darf ich auch Wyclifs Übersetzung sehen?“

Alle Alarmglocken läuteten in Thomas. Ein einzelnes Blatt mit der eigenen Übersetzung – das war nicht allzu riskant. Aber sollte er tatsächlich Wyclifs vollständige Übersetzung aus der Hand geben? Doch wozu hatte er dann die weite Reise gemacht? Und hatte er nicht die Kardinäle selber aufgefordert, einen Blick hineinzuwerfen?

Er sah sich nach Bischof Pole um, in der Hoffnung, von ihm ein Zeichen zu bekommen. Aber der war offensichtlich genauso ratlos.

Thomas atmete tief durch und überreichte dann Kardinal Barberini das Buch. Dieser blätterte darin und las hier und da eine Textpassage. Plötzlich musste ihm ein Gedanke gekommen sein. Immer gleich daumendicke Seitenbündel umblätternd arbeitete er sich zum Neuen Testament vor und hatte schließlich die Stelle gefunden, die er offensichtlich gesucht hatte. Er las sie mit großer Aufmerksamkeit.

Thomas' Plan schien aufzugehen. Der Text würde für sich sprechen. Davon war er überzeugt. Aus dem Augenwinkel beobachtete er Bischof Pole, der genauso gespannt die Aktion des Kardinals verfolgte. Thomas beglückwünschte sich schon selbst. Er hatte instinktiv richtig gehandelt. Bibelgelehrte überzeugt man am besten, indem man die Übersetzung für sich selber sprechen lässt.

Doch dann drang ein Geräusch an sein Ohr, das ihn aufschreckte. Jemand zerriss und zerknüllte Pergament. Thomas traute seinen Augen nicht. In Kardinal Barberinis Faust verwandelte sich eine Seite nach der anderen zu einem Knäuel, das er dann mit Abscheu ins Feuer warf, als würde er fürchten, sich mit jedem Blatt die Finger zu beschmutzen.

„Nein!“, schrie Thomas. Er lief zum Kamin, kniete sich davor und griff ins Feuer, um die Seiten wieder herauszuziehen. Aber die Flammen vertilgten sie, und so gelang es ihm nur, ein paar Fetzen zu retten. Und der Preis dafür waren verbrannte Finger.

Wieder hörte er, wie Pergament zerriss. Seite um Seite flog an seinem Kopf vorbei in die lauernden Flammen.

„Haltet ein!“, schrie Thomas.

Jetzt ging das Reißen doppelt so schnell. Beide Kardinäle machten sich an dem Buch zu schaffen. Bischof Pole wich zurück und betrachtete die Szene mit offenem Mund.

Thomas sprang auf Barberini zu, packte, was von dem Buch übrig geblieben war, und versuchte, es dem Kardinal zu entreißen. Aber die Kraft des alten Mannes verblüffte ihn. Außerdem schmerzten ihn die Verbrennungen an den Fingern. Kardinal Carole kam Barberini zu Hilfe.

Doch dann machte sich Thomas' jugendliche Ausdauer bezahlt, und den beiden alten Männern entglitt das Buch.

Die beiden Kardinäle riefen nach der Wache.

In dem Augenblick, als Thomas sich das Buch erkämpft hatte, packten ihn die kräftigen Hände der Wachen von hinten und rissen ihn zurück. Erst waren es zwei Soldaten, schließlich aber überwältigten ihn vier. Für Thomas gab es kein Entrinnen.

„Haltet ihn!“, rief Barberini mit puterrotem Gesicht. „Ich möchte, dass er hiervon Zeuge wird.“

Fast genüsslich nahm der Kardinal die zerfledderten Reste von Wyclifs Übersetzung, riss Seite um Seite heraus und warf sie in die Flammen des Kamins. Schließlich folgten auch Thomas' Seiten.

Bischof Pole sah Thomas leiderfüllt an. „Das ist bittere Medizin, mein Sohn“, sagte er. „Aber eines Tages wirst du verstehen, dass es so kommen musste. Wenn man die Bibel unbeaufsichtigt unters Volk bringt, bricht Chaos in dieser Welt aus. Du hast es gut gemeint, Thomas, aber stell dir vor, man würde es zulassen, dass die Heiden ihrer habhaft werden.“

Thomas hörte den Bischof reden, hörte ihm aber nicht zu. Er starrte entgeistert, wie Wyclifs Übersetzung in den Flammen verbrannte.

Es war sein störrischer Stolz und seine Hartnäckigkeit, die dies möglich gemacht hatten. Er hätte niemals nach Rom fahren dürfen. Er hätte auf keinen Fall dieses Exemplar mitbringen dürfen. Nie und nimmer hätte er Bischof Pole trauen und ihm als Ersten von dieser Übersetzung berichten dürfen. Wyclif hatte ihn gewarnt. Felicia hatte ihn gewarnt. Aber er hatte nicht hören wollen. Das Ergebnis war, dass eine von Wyclifs kostbaren Übersetzungen – das letzte Exemplar, soweit er wusste – verbrannt worden war.

Und es war alles seine Schuld.

# 10

Alles war für sie verloren. Bischof Pole hatte bereits geahnt, dass es so kommen würde, als er Barberini und Carole einträchtig beieinander sitzen sah.

Die beiden Kardinäle gingen sich eigentlich als erbitterte Feinde aus dem Weg. Barberini war der mächtigste italienische Kardinal, während Carole als Sprecher der französischen Kardinäle galt. Dass diese beiden Männer die Köpfe zusammensteckten, bedeutete, dass das ein Anliegen für sie wichtiger war als ihre gegenseitige Abneigung.

Bischof Pole hatte seinen Plan aber auf das Zerwürfnis der beiden aufgebaut. Ihm war von Anfang an klar, dass er nicht hoffen konnte, das Wohlwollen der französischen Kardinäle für eine Sache zu gewinnen, die England Vorteile verschaffte. Seine Strategie war also, die Unterstützung der Italiener zu gewinnen und ihre Mehrheit im Kollegium zu nutzen. Bei einer früheren Begegnung mit Kardinal Melozzo hatte dieser dem Bischof ein einstimmiges Votum der italienischen Fraktion versprochen. Doch als Pole dann Barberini und Carole nebeneinander sitzen sah, wurde ihm klar, dass Melozzo versagt hatte.

In dieser Situation sah Pole nur eine Chance, sich und Thomas zu retten: Der Junge durfte sich in keinem Fall mehr für die angeblich ketzerische Übersetzung einsetzen. Als Thomas für einen Augenblick die Oberhand zu gewinnen schien, indem er kühn aber höflich die Kardinäle aufforderte, seine Übersetzung doch einmal selber zu prüfen, war er richtig stolz auf diesen Jungen. Und für einen winzigen Augenblick keimte Hoffnung auf. Aber es war nur wie das kurze Schimmern einer in den Nachthimmel tauchenden Sternschnuppe. Zwar war Pole bewusst, dass die Kardinäle nie und nimmer eine englische Übersetzung unterstützen würden, aber er hatte dennoch gehofft, dass sie in der Übersetzung die großen Begabungen des Jungen erkannten.

Aber sie rissen sie kurz und klein.

Sie warfen sie ins Feuer.

Sie rangen.

Und holten die Wachen.

Der noch immer keuchende Kardinal Barberini stand da in Siegerpose, während die letzte ketzerische Ausgabe der Bibel von den Flammen verzehrt wurde. Neben ihm stand eher gelassen der Franzose. Mit ihrem vorgespielten Interesse an der Übersetzung hatten sie ihr Ziel erreicht.

„Vom Feuer verzehrt!", sagte Kardinal Barberini mit einem drohenden Unterton. „So endet alles, was sich gegen die Heilige Kirche Gottes auflehnt!"

Der Bischof musterte Thomas. Der Junge konnte seinen Blick nicht von den Flammen wenden. In seinen Zügen war keine Furcht zu entdecken, nur Entsetzen und tiefe Traurigkeit.

Den Wachen befahl Kardinal Carole: „Bringt den Jungen weg. Schließt ihn für diese Nacht ein. Wir werden ihn morgen befragen und dann die Strafe festsetzen."

Kardinal Barberini stieß mit dem Fuß einen Fetzen Pergament zurück ins Feuer, der herausgeweht worden war. „Ich rate Euch, junger Mann, diese Nacht im Gebet zu verbringen", sagte er. „Denn deine Antworten morgen werden dein ewiges Schicksal besiegeln."

Die Wachen begleiteten Thomas zur Tür. Er wehrte sich nicht.

„Eure Eminenz!", mischte sich Bischof Pole ein.

Caroles erhobene Hand und sein wütender Blick ließen jedoch den Bischof sogleich verstummen. „Hütet Eure Zunge, Bischof. Ihr bekommt die Erlaubnis, euch zu erklären, sobald der Junge gegangen ist."

„Aber ich möchte etwas zu seiner Verteidigung vorbringen."

Ihn grimmig anblickend, drohte Barberini: „Ihr solltet euch lieber um das Schicksal Eurer eigenen Seele kümmern."

Plötzliches Gerangel an der Tür ließ sie aufhorchen. Als der Bischof sich umsah, bekam er gerade noch mit, wie ein Wächter stürzte und auf dem Boden ein Stück in ihre Richtung schlitterte. Dann ein wildes Handgemenge. Wie ein Krake seine Beute mit unzähligen Armen zu packen sucht, so mühten sich die Wächter, Thomas festzuhalten. Doch keinem gelang es, ihn richtig zu fassen, und er entschlüpfte ihnen.

Getrappel hallte den Korridor entlang. „Stehen bleiben!“, riefen die vier Wächter, die die Verfolgung aufgenommen hatten.

Bischof Pole wandte sich an die Kardinäle: „Er ist kein Ketzer, lediglich ein irregeleiteter junger Mann. Unter der richtigen Anleitung kann er nach meinem Dafürhalten eine wertvolle Stütze für die Heilige Kirche Englands werden.“

Kardinal Carole antwortete: „Der Junge ist Eurer Verantwortung entzogen.“ Und Kardinal Barberini fügte hinzu: „Eure Aufgabe, Bischof, wird es sein, uns zu erklären, warum wir Euch nicht anklagen sollten. Seid Ihr oder seid Ihr nicht fortgesetzt für diese Ketzerei eingetreten, wissend, dass die Heilige Kirche mehrere Bullen verschickt hat, mit denen diese üble Übersetzung für gesetzeswidrig erklärt wurde?“

Bischof Pole spürte die Wucht der Anklage, die diese beiden mächtigen Kardinäle aussprachen. Nun war seine Stellung in Rom höchst gefährdet. Wenn es ihm nicht gelang, deutlich zu machen, dass er mit dieser Ketzerei nichts zu tun hatte, dann konnte seine Karriere sehr schnell beendet sein.

„Eure Eminenz, ich wollte Läuterung, nicht Auflehnung. Ich sah in dem Jungen die Klugheit, die der Heiligen Kirche eines Tages sehr nützlich sein könnte.“

Kardinal Carole unterbrach ihn. „Ihr meintet also wirklich, die guten Anlagen eines Jungen zu fördern, indem Ihr ihn ermuntert habt, die verdammungswürdigen Schriften dieses John Wyclif an den Ort des Heiligen Stuhls zu bringen?“

„Und dann versucht ihr noch, einen Kardinal gegen den anderen auszuspielen“, tobte Kardinal Barberini. „Ihr hattet also tatsächlich die Absicht, einen Mann Gottes gegen den anderen aufzubringen, nur um einem Bauernlümmel auf möglichst schonende Art beizubringen, dass man die Gesetze Gottes halten muss?“

Dem Bischof entging der ironische Unterton dieser Anklage

keineswegs. Er wusste aber aus Erfahrung, dass ein Gegenangriff von seiner Seite alles nur noch schlimmer machen würde. Er war in die Defensive geraten, und er war sich dessen bewusst. Ihm blieb deshalb im Augenblick nur, Reue zu zeigen. Er senkte seinen Blick und sagte: „Eure Eminenz, lasst mich Euch versichern …“

Ein Wächter erschien an der Tür. Er rang nach Atem und rief: „Eure Eminenz, der Junge ist entkommen.“

Bischof Pole sah seine Chance gekommen: „Eure Eminenz“, rief er, „lasst mich den Jungen finden. Ich werde ihn Euch bringen!“

Kardinal Barberini sah ihn skeptisch an.

„Erlaubt mir, den Ketzer zu finden und ihn Euch auszuliefern. Dann könnt Ihr mit ihm tun, was Euch beliebt. Ich bitte Euch. Überlasst mir diese Aufgabe. Es ist meine einzige Chance, mich vor Euch zu rechtfertigen.“

Pole verabscheute, was er gerade sagte. Aber es ging um sein Leben.

Die beiden Kardinäle sahen sich an. Zwei Götter, die über das Schicksal eines ihnen unterlegenen Menschen befanden.

Kardinal Barberini sagte: „Geht. Kommt Ihr aber ohne ihn wieder, so werdet Ihr sein Schicksal teilen.“

* * *

Wäre der vorauseilende Wächter nicht gestürzt, so dass die anderen über ihn stolperten, hätten sie Thomas sicher erwischt. Und obwohl Thomas trotz seiner kranken Augen und der schlecht beleuchteten Gänge kaum etwas sehen konnte, schaffte er es, ins Freie zu gelangen. Er rannte, bis er das Gefühl hatte, keine Luft mehr zu bekommen.

Schließlich stand er mit dem Rücken an den steinkalten Obelisken gepresst. Sein Herz hämmerte wild, Arme und Beine bebten, und er konnte keinen klaren Gedanken fassen.

Man hatte ihn in die Falle gelockt. Und diese Kerle hatten

Doktor Wyclifs Bibel vernichtet – den Flammen übergeben. Dieses Bild würde ihn sein Leben lang verfolgen.

Welche Rolle hatte der Bischof bei all dem gespielt? War er etwa von Anfang an eingeweiht? Nein, bestimmt nicht. Der Bischof war ebenso überrascht wie Thomas. Andererseits musste er gewusst haben, dass es von Anfang an das Ziel der Audienz gewesen war, die Übersetzung zu verdammen. Was aber hatte es dann zu bedeuten, dass sich der Bischof so viel Zeit für ihn genommen, mit ihm geredet und gesungen hatte? Was sollte Thomas von all seinen Versprechungen halten? War das alles Lug und Trug?

*Hüte dich vor den Bischöfen.*

Thomas schlug rückwärts mit dem Kopf gegen den Stein. Es schmerzte. Wem sollte er noch trauen, und was sollte er jetzt tun? Wohin sollte er gehen? Bis auf den Bischof kannte er niemand in Rom. Er konnte die Sprache nicht. Er hatte kein Geld und nichts zu essen. Und sollte es ihm gelingen, diese Nacht zu überleben, würden die Wachen die Bevölkerung am Morgen befragen, ob man einen Fremden aus England in den Straßen gesehen habe. Deshalb galt es, jeden Kontakt zu meiden.

Der Drang, noch weiter zu laufen, war stark. Aber in welche Richtung? Zurück konnte er nicht. Jedenfalls im Augenblick nicht. Er musste nachdenken, Pläne machen. Und dazu brauchte er Zeit.

Hinter ihm hallten die Befehle der Wachen durch die Nacht, die ihre Suche offenbar koordinierten. Und vor ihm die Finsternis, die alles in ein undurchschaubares Nichts hüllte.

Er stieß sich von der Säule ab und lief einfach los – über jenes Pflaster, das schon mit dem Blut der Märtyrer getränkt war. Er rannte, ohne zu wissen wohin. Er rannte, bis er keine Stimmen mehr hinter sich hörte, bis seine Beine den Dienst versagten. Aber er raffte sich immer wieder auf, denn er wollte sich, solange es Nacht war, so weit wie möglich von St. Peter entfernen. Und während er rannte, kam ihm eine Idee.

* * *

Der Bischof beschattete seine Augen wegen der sich tausendfach im Hafenwasser spiegelnden Strahlen der Mittagssonne.

„Ein Engländer. Ein junger Mann“, sagte er und versuchte, der Dunstwolke zu widerstehen, die den angesprochenen Seemann umgab. Der Mann hatte wahrscheinlich nicht mehr gebadet, seit sie seinen Heimathafen verlassen hatten. Und dem Duft nach zu urteilen, war er schon weit gereist.

„N' Engländer, sagt Ihr?“, fragte der Matrose.

„Ein junger Bursche. Nicht sehr groß. Drahtig. Kneift häufig die Augen zu.“

Der Matrose schüttelte den Kopf. „Ihr fragt am besten den Kapitän.“

„Mit dem habe ich schon gesprochen. Er hat den Jungen nicht gesehen. Ich dachte, dass Ihr ihm vielleicht begegnet seid.“

Der Matrose kratzte sich seinen grauen Bart. „Wenn der Kapitän nichts sieht, dann habe ich auch nichts gesehen. Was hat er angestellt, der Bengel? Zu viel von Eurem heiligen Wein gesoffen?“ Der Seemann lachte dröhnend über seinen eigenen Witz.

Der Bischof blickte verärgert die Küste entlang. Ein paar hundert Meter entfernt entdeckte er zwei Wachsoldaten, die die Mannschaft eines Bootes befragten. Doch die Seeleute schüttelten die Köpfe.

Wenn Thomas es hier nicht versucht hatte, ein Schiff nach England zu erwischen, dann war ihm das vielleicht in Ostia gelungen. Das war zwar nicht sehr wahrscheinlich, aber man musste es zumindest einkalkulieren.

Bischof Pole ging zu seiner wartenden Kutsche zurück. Die Hitze und der klebrige Staub auf der nassen Haut widerten ihn an. Er hasste es, im Sommer unterwegs sein zu müssen. Dann hielt er sich lieber in den schattigen Gärten des Vatikans auf. Aber heute konnte er sich diesen Luxus nicht leisten.

* * *

Thomas lag inzwischen zusammengerollt und vor Kälte zitternd auf der untersten Stufe einer unterirdischen Steintreppe. Die Feuchte der Luft durchdrang seine Kleidung und ließ ihn frösteln. Der Bischof hatte Thomas während ihres Stadtrundganges von den Katakomben erzählt. Er erinnerte sich, dass der Bischof berichtet hatte, die Katakomben seien nicht nur Begräbnisstätten gewesen, sondern hätten auch den ersten Christen als Versteck gedient.

Als im dritten Jahrhundert die oberirdischen Kirchen auf kaiserlichen Befehl zerstört wurden, habe man die Gottesdienste in den großen Grabkammern gefeiert. Als man später die Verstecke fand und zum Teil zerstörte, habe man die offiziellen Eingänge zugemauert und geheime Zugänge geschaffen.

Dieses Wissen hatte Thomas in jener Nacht auf eine Idee gebracht. Er wusste, dass es nicht so einfach sein würde, einen dieser geheimen Eingänge zu finden, aber eine solche Katakombe wäre schließlich ein ideales Versteck. Die ganze Nacht hatte er vergeblich im felsigen Umland gesucht.

Als es zu dämmern begann und die Sonne den Himmel färbte, war er fast schon entschlossen aufzugeben. Da entdeckte er Abwasser, das in einem Rinnsal die Straße entlanglief und dann unter einem Busch verschwand, ohne eine Pfütze zu bilden.

Bei Thomas keimte Hoffnung auf. War das ein Zeichen von Gott?

Gerade als die ersten Sonnenstrahlen die alte Stadt erleuchteten und ihre Kuppeln in helles Gold tauchten, schob Thomas die Zweige jenes Busches beiseite und legte damit die Kante eines ziemlich großen, flachen Steins frei. Mit seinen vom Feuer noch immer verbrannten und geschwollenen Fingern versuchte er, den Stein zu bewegen. Das schmerze fürchterlich. Die Platte aber bewegte sich keinen Millimeter. Lediglich bröckelte hier und da am Stein festgebackener Sand ab. Alles deutete darauf hin, dass hier ein Eingang war. Bevor er es ein weiteres Mal versuchte, brach er Zweige von dem Busch ab und säuberte damit die Ränder.

Er sah sich nach etwas um, was man als Hebel hätte benutzen können. Doch er fand nichts. Deshalb blieb ihm keine andere Wahl: Er musste die Hände benutzen.

Das Rasseln eines Pferdegespannes war plötzlich zu hören. Thomas geriet in Panik, denn er durfte hier nicht gesehen werden.

Schnell zog Thomas sein Hemd aus und legte es um die Kante der Steinplatte, um seine Finger zu schützen.

Der zweite Versuch war erfolgreicher. Der Stein bewegte sich ein wenig. Und so entstand eine kleine Öffnung. Thomas versuchte es noch einmal. Ächzend bewegte er die Platte ein Stück weit. Immerhin konnte er jetzt in dem Loch die ersten Stufen einer Treppe erkennen, die in die Tiefe führte.

Das Rasseln der Wagenräder kam immer näher. Nach einem weiteren Versuch war die Öffnung groß genug. Schnell stieg Thomas die Stufen hinab in die Finsternis. Sein Herz klopfte wild. Und seine Finger brannten wie Feuer. Als er glaubte, das Fuhrwerk sei weit genug fort, streckte er vorsichtig den Kopf aus dem Loch.

Es war niemand mehr da. Mit einem abgeknickten Zweig verwischte er seine Fußspuren und bog die Zweige am Busch so zurück, dass die Öffnung darunter wieder versteckt war. Dann stieg er ein paar Stufen hinab und lud die Steinplatte auf seine Schultern. Mit unerwarteter Leichtigkeit ließ sie sich bewegen. Von hier unten aus war sie mit dem Einsatz seines Rückens und dem Anstemmen seiner Beine leichter zu handhaben.

Er stieg die Treppe weiter hinunter. Da ihm aber keine Fackel oder Laterne zur Verfügung stand, blieb er in der Nähe des Eingangs. Er wollte bis zum späten Abend warten, sich dann in die Stadt schleichen, um sich irgendwo Essen und vielleicht eine Laterne zu besorgen.

Zusammengerollt versuchte er, sich warm zu halten und Ruhe zu finden. Ab und zu wehte ein Hauch warmer Sommerluft die Stufen herunter und verdrängte für einen Augenblick die feuchte Kühle. Immer dann wurde ihm bewusst, wie heiß es dort oben war. Die Felsen, an die er sich zuweilen lehnte, waren dagegen jahrhundertelang nicht von der Sonne erwärmt worden und fühlten sich entsprechend an.

Das ständig an verschiedenen Stellen darüber rinnende Abwasser verbreitete einen Gestank, der sich mit dem im Gewölbe vorhandenen muffig-moosigen Geruch fast unerträglich mischte.

Es war schon eine Ironie der Geschichte: Genau hier an diesem Ort versteckten sich die frühen Christen, die später jene Kirche bildeten, vor der er sich jetzt verbergen musste.

Thomas lachte bitter, und seine Stimme hallte dumpf und dunkel von den Wänden wider. Er schloss daraus, dass er sich in einem größeren Raum befinden musste. Der Gedanke daran ließ ihn noch mehr frösteln.

Als es zu dämmern begann, stieg Thomas wieder zur obersten Stufe hinauf, von wo er hinausspähen konnte. Das Tageslicht verblasste so unglaublich langsam, dass er dachte, dieser Tag würde niemals vergehen. Er fror zwar, wollte aber vorsichtig bleiben. Unnötige Hast könnte zu seiner Gefangennahme führen. Also wartete er lange, bevor er die Steinplatte wegrückte und in die dunkle Sommernacht hinaustrat.

Die Luft war so frisch und mild, dass er tief durchatmete und sich streckte. Er genoss es, frei zu sein. Bevor er sich in die Stadt aufmachte, warf er noch Zweige von dem Buschwerk ringsum in das Loch.

In der Stadt nutzte er jeden Schatten, um sich zu verbergen. Er entdeckte einen Handkarren, auf dem Obstabfälle und altes Brot lagen. Er aß davon, um die verdorbenen Stellen herum, um seinen Hunger zu stillen. Er fand auch ein paar Scheite, die er als Fackeln benutzen konnte. Doch das war schwierig. Wie sollte er die Fackeln entzünden und wieder zu den Katakomben gelangen, ohne entdeckt zu werden? Doch es blieb ihm keine andere Möglichkeit. Er musste es wagen, die Scheite schon in der Stadt zu entzünden.

Da sah er eine unbeaufsichtigte Laterne. Schnell, aber nicht zu schnell, um nicht die Aufmerksamkeit auf sich zu lenken, verließ er den schützenden Schatten, überwandt die kurze Distanz zur Laterne und entzündete seine Fackel. Sofort wich die Dunkelheit um ihn herum. Eilig kehrte er zur Katakombe zurück.

Später würde Thomas zu der Erkenntnis kommen, dass Gott über ihn gewacht hatte, denn es gelang ihm, sich aus der Stadt zu schleichen, ohne von einem einzigen Menschen gesehen zu werden. Bald war er in seinem Versteck und konnte die Steinplatte über sich verschließen. Durch das Licht der Fackel konnte er nun zum ersten Mal sehen, wo er sich befand.

Thomas stand mitten in einer geräumigen Kammer mit einer gewölbten Decke. An jeder Seite waren Nischen ausgehauen – mehrere übereinander. Hier hatte man vermutlich die verstorbenen Christen bestattet. Die Wände waren mit Mosaiken und Fresken geschmückt. Es wurden verschiedene biblische Themen dargestellt: Christus verkündigt das Evangelium - Christus als guter Hirte mit einem Lamm auf den Schultern - Abraham, der seinen Sohn auf einem Altar opfern will – Daniel in der Löwengrube – Jona und der Walfisch.

Thomas erinnerte sich, dass der Bischof ihm erzählt hatte, die Katakomben bestünden aus bis zu vier oder fünf Ebenen. Weil er fürchtete, Licht könne durch einen Spalt der Deckplatte nach außen dringen, entschloss sich Thomas, sich auf eine tiefere Ebene zurückzuziehen. Er suchte und fand schließlich eine Treppe, die weiter abwärts führte.

Er stieg die schmalen Stufen hinab und gelangte in einen ähnlichen Raum wie oben, der ebenfalls mit Fresken und Mosaiken geschmückt war. Er fühlte sich noch unwohler hier unten, war aber hier wenigstens sicher. Hier konnte er am Tag im Verborgenen bleiben und die Nächte nutzen, um sich Nahrung zu verschaffen, bis er eine Möglichkeit fand, nach England zurückzukehren. Jetzt musste er es nur noch schaffen, ein Feuer zu unterhalten.

Dazu stieg er hinauf zur ersten Ebene, sammelte die Zweige zusammen, die er am Vortag hinuntergeworfen hatte. Als er sich bückte, fiel ihm etwas ins Auge. Es war ein Stück Stoff. Er hatte es gestern von seinem Hemd abgerissen, um damit seine Füße einzuwickeln und warm zu halten.

Sonderbar war nur, dass es eine andere Farbe hatte. Und waren nicht auch Buchstaben darauf?

Thomas ließ das gesammelte Holz fallen und kniete sich hin, um den Stofffetzen zu untersuchen. Sobald er ihn in Händen hielt, erkannte er, was es war. Felicia! Es war ihre Handschrift! Sie musste es ihm vor der Abreise in den Saum eingenäht haben.

Seine Hände zitterten vor Erregung, als er las, was dort stand:

*„Wenn mir gleich Leib und Seele verschmachtet, so bist du doch, Gott, allezeit meines Herzens Trost und mein Teil.“*

Thomas presste den Stoff an seine Brust, schloss die Augen, und Tränen rannen ihm über die Wangen.

„Felicia“, flüsterte er.

Er konnte sie vor sich sehen, ihre Gegenwart spüren. Und doch war sie so weit, weit weg.

Nie hatte er sie mehr geliebt, als in diesem Augenblick. Nie hatte er sich mehr nach ihr gesehnt. Was für ein Narr war er doch gewesen. Ein stolzer, begriffsstutziger und arroganter Narr. Nun bezahlte er für seinen Stolz einen hohen Preis. Wahrscheinlich würde er Felicia niemals wieder sehen, würde sie je wieder umarmen und betört sein vom Blau ihrer Augen, von ihrem fröhlichen Lachen und ihrer Klugheit?.

Selbst wenn es ihm gelingen sollte, nach England heimzukehren, würde er auch dort als ein Ausgestoßener der Kirche leben müssen. Er konnte nicht zu Hause auftauchen und so tun, als sei nichts gewesen. Seine Gegenwart würde auch Gefahr für sie bedeuten. Und das alles nur, weil er nicht hören wollte. Er war so von sich selbst überzeugt. Und er wusste immer alles besser. Was für ein Dummkopf er war, als er glaubte, er würde in Rom sogleich empfangen werden und im Handumdrehen erreichen, was noch nicht einmal ein Doktor Wyclif geschafft hatte.

Allen Warnungen zum Trotz hatte er das Risiko gesucht und

das Leben vieler Beteiligter in seinem gewagten Spiel als Einsatz missbraucht.

Und jetzt hatte er alles verloren.

Alles verloren – seine Freiheit, sein Zuhause und Felicia.

* * *

Am dritten Abend in der Katakombe hörte Thomas plötzlich ein Geräusch. Er lag, schon zum Aufbruch bereit, auf den Stufen zum Eingang und wartete darauf, dass es draußen dunkel wurde. So hatte er es bis jetzt jeden Abend gemacht. Doch nun hörte er dieses Geräusch. Es musste von draußen gekommen sein.

Da! Wieder!

Thomas spitzte die Ohren. Es piff jemand. Ja, es hörte sich an, als würde jemand pfeifen. Und die Person kam offenkundig näher.

Thomas zog sich zwei Stufen zurück und hielt den Atem an. Jeden Augenblick konnte jemand die Steinplatte entdecken und beiseite schieben. Würde er dann in die Gesichter von Gardisten des Vatikans blicken?

Aber niemand bewegte den Stein. Auch das Pfeifen verstummte plötzlich.

Thomas lauschte noch angestrengter, um irgend etwas zu hören: ein Räuspern, Fußtritte, ein Rascheln der Zweige des Busches. Irgend etwas. Aber es herrschte jetzt draußen Totenstille.

War es Einbildung gewesen? Nein, er hatte es gehört – jedenfalls war er sich ziemlich sicher. Doch je länger es draußen still blieb, um so stärker wurden die Zweifel.

Es waren nicht irgendwelche Töne gewesen. Nein, es war eine erkennbare Melodie. Eine Melodie, die er sogar kannte.

Behutsam wie eine Katze schlich er die restlichen zwei Stufen hinauf, so dass er sein Ohr an die Steinplatte legen konnte. Das einzige jedoch, was er hörte, war sein pochendes Herz. Es schlug so laut, dass er fürchtete, es würde jedes Pfeifen von draußen übertönen.

Er versuchte, sich zu beruhigen und wartete.

Nur sein Atem und das leise Plätschern des Abwassers unterbrachen die Stille.

Dann ein schrecklicher Gedanke: Das Abwasser! Es hatte ihn vor Tagen zum Eingang geführt. War auch jemand anders darauf aufmerksam geworden? Stand jetzt jemand da oben neben der Steinplatte, verfolgte das Rinnsal und wunderte sich, dass sich das Wasser nirgends sammelte?

Er saß in der Falle. Wohin sollte er entkommen? Als er die zweite Ebene untersucht hatte, war ihm eine Öffnung aufgefallen, die möglicherweise zu einer weiteren Ebene führte. Aber dann hatte sich herausgestellt, dass es nur ein Schacht war, der in die Tiefe führte. Und er wusste nicht wie tief.

Er brauchte ein Versteck.

Wieder hörte er ein Geräusch von draußen. Diesmal war es kein Pfeifen. Jemand summte – dieselbe Melodie. Ab und zu eingestreut auch Worte.

Und Thomas kannte dieses Lied!

*Sancte deus,*
*Sancte fortis,*
*Sancte misericors salvator,*
*Amarea morti ne tradas nos.*

Thomas versuchte, etwas durch einen Spalt zu erkennen. Aber er sah nur ein winziges Stück vom Himmel. Konnte er es wagen, den Stein zu bewegen?

Nein. Das wäre viel zu riskant.

Die Stimme wurde lauter. Sie klang so wohlvertraut.

Ein Schatten huschte über den Spalt. Thomas fuhr zusammen. Einerseits wollte er schnell die Treppe hinabsteigen und sich in Sicherheit bringen. Andererseits wollte er wissen, wer dort oben sang. Die Neugier gewann die Oberhand. Thomas presste sein Gesicht gegen die Platte und spähte durch den Spalt.

Wieder nichts. Da waren nur der Himmel und ein paar Zweige vom Busch zu erkennen. Doch in diesem Augenblick hörte er wieder das Singen. Es wurde allerdings leiser. Wer immer dort draußen war – er entfernte sich. Eigentlich brauchte Thomas jetzt nur lange genug zu warten, bis die Luft rein war. Aber die Neugier siegte, denn die Stimme kam ihm bekannt vor. Er musste deshalb einen Blick wagen.

Thomas presste die Schulter gegen den Stein. So leise wie möglich hob er ihn an und schob ihn nur so weit, dass er seinen Kopf hinausstrecken konnte.

Erst beim zweiten Versuch war die Öffnung groß genug. Vorsichtig spähte er über die Kante. Er sah eine einzelne Person, die sich von ihm entfernte. Es war ein ziemlich beleibter Mann, der eine schwarze Robe trug. Ein Geistlicher.

Konnte es sein?

Thomas sah sich um, ob noch jemand in der Nähe war. Aber es war niemand zu sehen. Deshalb kletterte er aus dem Loch und folgte dem Geistlichen in sicherer Entfernung. Der sang noch immer.

*Sancte deus,*
*Sancte fortis ...*

Wollte er sich mit jemand treffen? Nein, er blieb allein.

Thomas war übervorsichtig. Das Risiko, das er einging, war beträchtlich. Doch je länger er dem Mann folgte, desto überzeugter wurde Thomas, dass er allein war. Es war offensichtlich keine Falle.

Er näherte sich dem Unbekannten, der immer noch summte Schritt für Schritt.

„Bischof Pole?“

Der Mann fuhr zusammen, fasste sich an die Brust und drehte sich um.

„Thomas!“, rief er.

„Was macht Ihr hier?“, fragte Thomas.

„Dich suchen, mein Junge. Dich suchen.“

* * *

Bischof Pole betrachtete voller Bewunderung die Fresken an der Katakombenwand. Es hatte ihn einige Mühe gekostet, die enge Treppe hinunterzusteigen.

„Ich hatte so eine Ahnung, dass du dich in den Katakomben aufhalten könntest."

Thomas lächelte gequält und nickte. Er wusste, dass er sich entscheiden musste, dem Bischof zu trauen oder nicht.

„Es war eine gute Idee, das Lied zu singen", sagte Thomas.

Der Bischof lächelte. „Nicht wahr? Das kannten wir beide."

„Wenn es nicht diese Melodie gewesen wäre, hätte ich sicher nicht reagiert."

„Dann hat sie ja ihren Zweck erfüllt."

Eine Weile saßen sie schweigend beieinander und sahen gedankenverloren in das kleine Feuer. Eine dünne Rauchsäule stieg zur Decke und bildete dort oben eine dunkle, wabernde Schicht, die an eine Gewitterwolke erinnerte.

„Ich hoffe, dass du noch einmal über alles nachdenkst und mit mir in den Vatikan zurückkehrst", sagte der Bischof.

Thomas überlegte einen Augenblick. „Kann ich denn sicher sein, dass mir dort nichts passiert?"

Der Bischof gab sich überrascht. „Thomas, du kränkst mich! Glaubst du wirklich, ich würde dich ins Verderben laufen lassen?"

*Absichtlich wahrscheinlich nicht,* dachte Thomas. Laut aber sagte er: „Ihr habt mich immerhin in die Hände der Kardinäle gegeben."

Das Gesicht des Bischof lief rot an. „Die Dinge haben sich nicht so entwickelt, wie ich es mir vorgestellt habe", sagte er. „Es war eine höchst unangenehme Begegnung."

„Tatsache ist doch, dass Wyclifs Übersetzung von Anfang an keine Chance hatte. Ihr hattet es von vornherein darauf angelegt, sie zu zerstören."

„Das ist nicht wahr", rief der Bischof. „Das hätte ich schon viel früher und leichter haben können, zum Beispiel, dass Bromley sie in Fearnleah vernichtet."

„Und warum habt Ihr das nicht getan?"

„Ich möchte eine Gegenfrage stellen: Warum hast du mir erzählt, dass sie existiert? Ich bin immerhin ein Repräsentant jener Kirche, die einer solchen Übersetzung unmissverständlich feindselig gegenübersteht."

Thomas überlegte einen Augenblick und sagte dann: „Am Tag, als Ihr nach Fearnleah zurückkehrtet, habt Ihr Landvogt Bromley überredet, mich nicht gefangen zu nehmen. Und dann habt Ihr, obwohl Ihr wusstet, dass ich mit Wyclif zusammenarbeite, den freundschaftlichen Kontakt zu mir gesucht. Und als dann Lord Harborough plötzlich keinen Widerstand mehr leistete und der Landvogt die Schreibstube schloss, da brauchte ich jemand, mit dem ich reden konnte. Und ich dachte, unsere Freundschaft sei stärker als unsere Differenzen."

„So ist es auch!", meinte der Bischof.

„Trotzdem war es nie Eure Absicht, Euch für die englische Übersetzung einzusetzen."

„Sie ist doch auch ein gotteslästerliches Werk, Thomas. Ich hoffte, dass es den Kardinälen und mir gelingen würde, dich davon zu überzeugen. Komm mit mir. Wir setzen uns dann mit Bibelgelehrten zusammen, und lass dir von ihnen die Augen für die Wahrheit öffnen. Du wolltest doch immer in Oxford studieren, stimmt's? Das hier ist viel, viel besser!"

Thomas starrte ins Feuer. Er war unentschlossen, verunsichert. Das Angebot, mit Bibelgelehrten des Vatikans das Wort Gottes zu studieren, war natürlich ungemein reizvoll.

Der Bischof lehnte sich vor und redete beruhigend auf Thomas ein: „Du kannst mir glauben, wenn ich dir sage, dass dir niemand ein Haar krümmen will. Ich gebe ja zu, dass die Kardinäle manchmal ein wenig zu übereifrig sind. Aber du musst dir auch vergegenwärtigen, dass sie mit der Führung der Heiligen Kirche eine schwere Bürde tragen. Eines Tages werden sie vor dem Richtstuhl des Allmächtigen stehen und Rechenschaft für ihr treuhänderisches Wirken ablegen müssen. Ihr Eifer ist also ein Eifer für die Heilige Kirche, für die auch ich mich mit allen Kräften einsetze."

Thomas schwieg. Er sah den Bischof nicht an und konzentrierte sich ganz darauf, das Feuer zu schüren. Die Rede des Bischofs wirkte wie Balsam. Thomas wollte ihm so gerne glauben. Aber je länger er über seine Situation nachdachte, desto stärker wurde in ihm der Wunsch wegzulaufen, alle Querelen hinter sich zu lassen, an Bord eines Schiffes zu gehen, nach Hause zu segeln, in Felicias Arme zu fallen und zu vergessen, dass er überhaupt einmal nach Italien gereist war.

Was hatte ihn nur geritten, als er glaubte, er ganz allein könne die Welt verändern? Wer war er denn, dass er es wagte, die Gelehrten des Vatikans herauszufordern, die die Schrift schon länger studierten, als er überhaupt lebte? Was hielt er von sich, dass er herkam und die geistlichen Leiter dieser Kirche in Frage stellte? Er war ein Nichts, ein Niemand, ein Bauer ohne ein Examen, wahrscheinlich das uneheliche Kind eines englischen Edelmanns und eines Dienstmädchens. Sollten sie doch ihre Kirche behalten, so, wie sie war, und auch ihre Bibel! Ja, er wollte nur noch nach Hause.

„Komm, Thomas, begleite mich. Es ist noch längst nicht alles verloren. Wir können uns ja kompromissbereit zeigen. Ich bin zuversichtlich, dass die Kardinäle deine Begabung erkennen, wenn wir ihnen etwas Zeit lassen."

Thomas senkte den Kopf und sagte: „Ich will aber heim nach England."

Der Bischof stand auf und rieb sich den schmerzenden Rücken.

„Hast du dich schon mal gefragt, was das für Leute waren, die in diesen *loculi* gelegen haben?"

„*Loculi?*"

„Die frühen Christen nannten diese Höhlen *loculi.* Es waren ihre Schlafplätze. Was aber waren das für Menschen? Wie war das Leben damals? Was waren ihre Hoffnungen, ihre Träume?

Wen liebten sie? Wen hassten sie? Wie starben sie? Was haben sie bedauert in ihrer Lebensbilanz?"

Jetzt stand auch Thomas auf und streckte sich. Er betrachtete die Wände.

„Sieh mal hier", sagte der Bischof und deutete auf eine Schrift, die in die Wand gekratzt war. „*Cuius dies inluxit* ... der Tag, an dem sie ins Licht trat." Er drehte sich zu Thomas. Hast du schon einmal über den Tod nachgedacht? Hast du dich gefragt, wie es sein wird, wenn man stirbt? Was erlebte diese Frau an jenem Tag, als sie ins Licht trat? Wie erlebt sie es gerade jetzt, im Licht zu leben?

Tatsächlich hatte Thomas bislang ziemlich wenig über den Tod nachgedacht. Er war nicht aus dem Leben wegzudenken, sicher. Aber Thomas war bisher viel zu sehr mit dem Lernen beschäftigt gewesen, als dass er Zeit gehabt hätte, über den Tod nachzudenken. Doch in diesem Augenblick schien es ein Thema zu sein, das sich regelrecht aufdrängte, wo die Symbole des Todes sie umgaben. Doch nicht der Raum, in dem sie sich befanden, ließ Thomas erschaudern. Ihn beunruhigte viel eher die Art, wie der Bischof darüber redete.

„Hier steht noch etwas", sagte der Bischof und deutete auf Worte, die jemand anders in die Wand gekratzt hatte. Er las sie laut vor: „'O heilige Brüder, gedenkt Marcianus, Successus, Severus und all unserer Brüder.' Wer waren diese Männer? Enge Freunde? Oder stehen ihre Namen beisammen, weil sie am selben Tag hingerichtet wurden? Und mit welcher Absicht hat man zu ihrem Gedenken aufgerufen? Sollte es noch heute jemand geben, der ihre Geschichte erzählen kann, weil sie von Generation zu Generation weitergegeben worden ist? Bewegend ist das alles, Thomas, bewegend! Man hat das Gefühl, genau hier an der Schwelle zwischen dieser Welt und der jenseitigen zu stehen."

Als der Bischof keine weiteren Inschriften mehr fand, setzte er sich wieder ans Feuer. Seine Augen funkelten wie damals am Nachmittag nach dem Weihnachtsgottesdienst. „Wie viel Vergnügen könnten wir beide haben, wenn wir gemeinsam studieren würden! Was kann ich tun, um dich zu einer Rückkehr in den Vatikan zu überzeugen?"

Dem Bischof war es tatsächlich gelungen, Thomas' Interesse am Studieren zu wecken. Aber das Heimweh des Jungen war immer noch größer. Er sagte: „Ich möchte Euch für alles danken, was Ihr für mich getan habt. Doch schon morgen werde ich zum Hafen gehen und versuchen, eine Passage nach England zu bekommen."

Das sagte er, um den Bischof auf die Probe zu stellen. Die Antwort des Geistlichen würde nicht nur einen Hinweis darauf geben, was Thomas von den Kardinälen im Vatikan zu erwarten hatte. Er würde auch etwas über die Einstellung des Bischofs ihm gegenüber erfahren.

Einige Augenblicke starrte Bischof Pole ins Leere. Er suchte offenbar nach Worten, um einen komplizierten Sachverhalt zu erklären.

„Was ich dir erzählen will", sagte der Bischof stockend, „weiß außer Gott niemand."

Er sprach mit gedämpfter Stimme, als fürchte er, die Seelen der Toten könnten mithören. Nervös nestelte er an seiner Kleidung, faltete die Hände und löste sie wieder. Er blickte in die Flammen, doch vor seinen Augen spielten sich Szenen aus längst vergangenen Tagen ab.

„In jener Nacht, als Lord Harborough Callie – deine Mutter – in die Kirche brachte, bekannte er mir, dass er sich an ihr vergangen hatte. Die Leidenschaft hatte ihn ein einziges Mal übermannt. Der Lord war zutiefst erschüttert. Zu seinem Entsetzen hatte er seine lebenslang vertretenen Überzeugungen für einen Augenblick der fleischlichen Begierde geopfert. Weil er fürchtete, die ruchlose Tat ein weiteres Mal begehen zu können, suchte er eine Unterkunft für deine Mutter außerhalb seines Landsitzes."

Der Bischof verstummte.

Thomas hatte das Gefühl, dass noch etwas kommen musste. Aber es kam nichts mehr. Wartete der Bischof zunächst seine

Reaktion ab? „Ihr habt mir nur bestätigt, was ich all die Jahre bereits vermutet habe."

Der Bischof sah Thomas an. „Du weißt Bescheid?"

Thomas nickte. „Ich habe es mir mehr oder weniger zusammengereimt. Durch den Dorfklatsch und die Tatsache, dass Lord Harborough mein Vormund ist, bin ich darauf gekommen."

Der Bischof nickte. Er wusste mehr - das sah Thomas ihm an. Was sprach aus des Bischofs Blick? Warum zögerte er? War es Angst?

„Ich wollte dir das ..." Er verstummte, von Gefühlen übermannt. Dann fuhr er fort: „Ich wollte dir das schon erzählen, seit ich nach England zurückgekehrt war und dich vor dem Bauernhaus habe stehen sehen. Ich war erstaunt, wie groß und gebildet du inzwischen geworden warst, obwohl du nicht offiziell studiert hast."

Pole schwieg einen Augenblick.

„Ich kann mich noch sehr gut an jenen Abend erinnern, als Harborough deine Mutter brachte. Ich empfand Ekel und Abscheu für diesen Mann. Er war immerhin ein Edelmann, der etwas darstellte und von edlem Geblüt war. Darüber hinaus war er ein Vorbild für alle Christenmenschen. Dass ausgerechnet er einem so niederen Instinkt erlag ..."

Er konnte nicht weitersprechen. Offenbar durchlebte er noch einmal die Ereignisse jener Nacht.

Als er wieder sprach, änderte sich sein Tonfall. Er wurde leiser und sanfter. „Dann ... brachte er das Mädchen herein. Sie trat aus der Dunkelheit hervor, und das sanfte Licht der Kerzen schien ihre ohnehin schon feinen Züge zu adeln – ihr Haar, ihre Augen. Niemals, niemals zuvor hatte ich eine Frau von so natürlicher Anmut gesehen. Anziehend war sie, ohne selber bewusst kokett zu sein. Sie gab sich ganz natürlich. Sie war einfach sie selbst ... und ..." Er begann zu schluchzen. „Gott vergebe mir. In diesem Augenblick verstand ich, dass Lord Harborough schwach geworden war. Ich spürte die Versuchung, die er erlebt haben musste. Ich konnte es nachvollziehen, weil es mir nicht anders erging als ihm – mir, dem Mann, der nie zuvor mit der Begierde eine Last gehabt hatte. Ich war ein Mann, der so sehr mit der Kirche verheiratet war, dass er von keiner einzigen Frau versucht werden konnte! Doch von jenem Augenblick an war es nur noch ein einziger Kampf – den ich verlor. Ich war von dem Gedanken besessen, sie zu bekommen. Ich musste sie haben!"

Das Herz des Jungen schlug schneller. Wollte der Bischof tatsächlich andeuten, was Thomas zu ahnen begann?

„Du musst mir glauben, Thomas", sagte der Bischof, „dass ich vier Tage mit mir gerungen habe. Ich habe mich mit schwerer Arbeit kasteit. Ich bin in die äußersten Winkel meiner Pfarre gereist, um Abstand zu gewinnen. Und ich betete. Oh, wie ich gebetet habe. Gott ist mein Zeuge, Thomas. Ich betete um die Kraft, dieser Versuchung zu widerstehen."

Tränen blinkten in des Bischofs Augen. Verzweifelt bewegte er seinen Kopf hin und her.

„Meine Gebete, meine guten Vorsätze, meine besten Absichten ... alles vergebens. Nichts ... nichts konnte das Feuer löschen, das in mir loderte! Und so kam es, dass ich an einem regnerischen Nachmittag ..."

Er ließ seinen Tränen freien Lauf und sah Thomas bei seinem Bekenntnis ins Gesicht.

„Ich schlich mich in die Kammer deiner Mutter ... und zwang sie, mir gefügig zu sein."

Ermattet sank der Bischof in sich zusammen und wischte sich die Tränen mit der Hand aus dem Gesicht.

Thomas starrte ihn fassungslos an. Ein solches Bekenntnis hatte er nicht erwartet. Plötzlich war da das Gefühl, einen völlig fremden Mann vor sich sitzen zu haben. Thomas war wie betäubt. Er konnte keinen klaren Gedanken fassen und war unfähig, auch nur irgend etwas zu empfinden.

Mit belegter Stimme fuhr der Bischof nach kurzer Zeit fort: „Es war niemals meine Absicht, ihr ein Leid zuzufügen! Das musst du mir glauben, Thomas. Ich weiß, dass es unglaubwürdig klingt, aber es war nicht meine Absicht, ihr zu schaden."

Der Bischof sah Thomas an und hoffte inständig, irgend ein Zeichen für sein gnädiges Verstehen zu entdecken. Aber Thomas blieb starr und stumm.

„Irgendwann in der Nacht ist sie dann weggelaufen“, fuhr der Bischof fort. „Und ich habe sie gesucht, weil ich wusste, dass sie keine Angehörigen hatte und nirgendwo unterkommen würde. Ich fand sie schließlich am Gartenzaun kauernd. Sie war völlig durchnässt und zitterte am ganzen Leib. Irgendwie gelang es mir doch noch, sie wieder in die Kirche zu locken, indem ich ihr hoch und heilig versprach, dass sich das, was geschehen war, niemals wiederholen würde.“

Der Bischof seufzte schwer. „Und durch Gottes Gnade ist es mir auch gelungen, mich an mein Wort zu halten. Einige Wochen später stellte sich dann heraus, dass Callie schwanger war.“

Tausend Gedanken schossen Thomas durch den Kopf, und er wusste nicht, wie er seiner Gefühle Herr werden sollte.

„Thomas, bitte höre mich an!“, bettelte der Bischof. „Glaubst du, dass aus Bösem etwas Gutes hervorgehen kann? Wenn du das glaubst, dann kannst du verstehen, was ich empfand, als ich dich vor dem Bauernhaus in Fearnleah stehen sah. Ach Thomas, verstehst du nicht? In diesem Augenblick wusste ich ... ich wusste, dass Gott meine Sünde von mir genommen und etwas Großartiges daraus gemacht hatte! Das bist du Thomas, du!“

Thomas tastete nach der Wand, um Halt zu finden. Ihm war, als müsse sein Kopf jeden Augenblick bersten. „Ihr wollt damit sagen ...“ Er stockte. Es schien unmöglich, diesen Gedanken in Worte zu fassen. „Ihr wollt damit sagen, dass *Ihr* mein Vater seid?“

Der Bischof antwortete nicht gleich. Seine Worte sollten wohl überlegt sein. „Natürlich ist es möglich, dass Lord Harborough dein leiblicher Vater ist. Aber welche Erklärung sollte es dann dafür geben, dass wir so viele Gemeinsamkeiten haben? Wir haben dieselbe Statur. Und da ist diese Begabung für Sprachen, die Liebe zur Musik, das Interesse an Geschichte und Theologie. Da kommt eins zum anderen, Thomas.“

„Deshalb habt Ihr mich auch die ganze Zeit ...“

„Ja, ich habe dich beschützt, dir mit Rat und Tat zur Seite gestanden und dich behandelt wie ..."

„... einen Sohn", ergänzte Thomas.

„Ich weiß noch, als du geboren wurdest, Thomas, habe ich meine Hände über dich gehalten."

„Ihr wart da, als ich geboren wurde?"

Der Bischof lächelte. „Ich sehe noch deine Mutter, wie sie dich als Neugeborenes auf dem Arm hält ..."

„Ihr wart *anwesend*? Aber meine Mutter ist doch zur Kirche geflohen. Ich bin am Fuß des Kirchturms geboren."

„Das stimmt, Thomas. Und – Gott ist mein Zeuge – ich weiß nicht, warum deine Mutter so kurz vor der Geburt fortgelaufen ist. Ich habe es mich schon hundertmal gefragt ..."

„Ihr wart dabei, als ich geboren wurde?"

„Ja, das war ich. Ich bemerkte, dass deine Mutter weglief. Ich folgte ihr."

„Ihr folget ihr?"

„Ich sah aus einiger Entfernung, wie sie dich gebar."

„Und Ihr habt ihr nicht geholfen?"

„Thomas, was verstehen Priester denn von Geburtshilfe? Ich konnte gar nicht sinnvoll eingreifen. Ich konnte nur dem Wunder zusehen. Außerdem war deine Mutter bemerkenswert tapfer. Man hatte den Eindruck, sie hätte schon mehrfach geboren. Und wenn sie Hilfe gebraucht hätte ..."

„Ihr habt sie dort im Stich gelassen?"

Der Bischof lief rot an. Im Überschwang hatte er sich offenbar hinreißen lassen, zu viel zu sagen.

„Thomas, glaube mir, deine Mutter kam wunderbar zurecht, als ..."

„Sie starb dort am Fuß des Turmes."

„Es gab keinen Hinweis, dass sie in Schwierigkeiten war."

„Sie starb mit einem Stock in der Hand."

„Wer hat dir das erzählt?"

„Howard. Er berichtete, dass meine Mutter einen Stock in der Hand hatte, als man sie fand."

„Das wusste ich nicht.“

„Wozu hatte sie diesen Stock, Bischof? Howard meinte, sie habe mich vor einem wilden Tier beschützt. Vielleicht hat sie sich aber gegen Euch verteidigt.“

Diese Anschuldigung traf den Bischof härter als ein Schlag ins Gesicht. „Wie kannst du es wagen ...“

„Zumindest habt Ihr sie und mich im Stich gelassen!“, schrie Thomas. „Ihr habt uns unserem Schicksal überlassen und unseren Tod in Kauf genommen.“

„Thomas, ich hatte Pflichten. Ich konnte nicht bleiben.“

„Was muss das für ein Mann sein, der eine Frau und ein Neugeborenes im Stich lässt?“

„Thomas, versuche zu verstehen!“

„Hättet Ihr sie nicht dort liegen gelassen, so wäre sie damals möglicherweise nicht gestorben.“

„Das kannst du nicht einfach so behaupten“, verteidigte sich der Bischof.

„Was darf ich dann *behaupten*? Ersten: Ihr habt ein junges Mädchen vergewaltigt, das Euch zum Schutz übergeben worden war. Zweitens: Sie lief fort, um zu gebären, und starb dabei. Ihr wart anwesend. Ihr hättet ihr beistehen können, aber Ihr habt es nicht getan.“

„Meine Sünde hat mich auch all die Jahre verfolgt ...“

„Nun wollen wir doch mal überlegen, was bisher unausgesprochen geblieben ist“, unterbrach ihn Thomas. „Was denkt ein Mann, der ein junges Mädchen im Haus hat? Lord Harborough hatte sich an dem armen Ding ja schon vergangen. Was machte es da schon aus, wenn man es auch mal versucht. Wenn sie tatsächlich schwanger werden würde, so könnte sie niemals sagen, wer der Vater war. Und außerdem würde man sie schon davon überzeugen, dass es für das Kind in jedem Fall besser sei, den Gutsherrn der Vaterschaft zu bezichtigen als einen armen Gemeindepriester. Deshalb ist die arme Frau in ihrer Verzweiflung und Schande einfach weggelaufen, weil sie niemanden beschuldigen wollte. Sie bringt ein Kind zur Welt, und etwas geht dabei schief. Sie kommt dabei um. Und vielleicht – vielleicht ist der Priester, der alles beobachtet, klammheimlich froh, weil die einzige Zeugin seiner Sünde nun tot ist."

„Aber warum sollte ich dir das alles ausgerechnet jetzt erzählen?", rief der Bischof. „Wenn mein wichtigstes Anliegen das Vertuschen gewesen wäre, warum sollte ich dir dann alles erzählen? Warum sollte ich es preisgeben?"

Thomas schwirrte der Kopf, und er konnte keinen klaren Gedanken fassen. Das Reden fiel ihm schwer.

„Niemand anders weiß Bescheid", sagte der Bischof. „Warum sollte ich ein Risiko eingehen? Ein Wort von dir, und meine Laufbahn ist beendet. Warum sollte ich das riskieren, wenn es mir nicht um unsere persönliche Beziehung ginge? Warum? Warum?"

Thomas hielt sich die Ohren zu. „Ich weiß es nicht!", schrie er, warf sich gegen die Wand und rutschte dabei zu Boden.

Der Bischof kniete sich neben ihn und sprach beruhigend auf Thomas ein: „Thomas, ganz gleich, was in der Vergangenheit geschehen ist – ich liebe dich, wie ein Vater seinen Sohn liebt. Zählt das gar nichts?"

Die Worte des Bischofs prallten an Thomas ab. Er fühlte nichts mehr.

Und dann sagte er: „Morgen segle ich nach England."

„Ich weiß, dass das alles für dich schwer nachzuvollziehen ist. Gib uns etwas Zeit und komm mit mir ..."

„Ich fahre nach England zurück!", sagte Thomas mit fester Stimme.

Zwei, drei Minuten vergingen, bis der Bischof resignierend sagte: „Ich werde dich zum Hafen begleiten."

Thomas schüttelte den Kopf.

Doch der Bischof ließ nicht locker: „Es läuft morgen ein Schiff mit der Flut nach England aus. Ich kenne den Kapitän, und ich kann dafür sorgen, dass du die Passage bekommst. Wenn du dann zu Hause bist, kannst du in Ruhe über alles nachdenken, was du heute Abend gehört hast. Vielleicht fällt es dir dann leichter, einem alten Narren zu vergeben."

Thomas rührte sich nicht. Er tat so, als habe er dem Bischof gar nicht zugehört. Das Chaos der Gefühle und die Erschöpfung waren Grund genug, sich innerlich zurückzuziehen – bis ihm die Augen zufielen und er gnädig einschlummerte. So konnte er für einen Augenblick aus dieser für ihn so chaotischen Welt hinaustreten.

Bischof Pole, der sich in einiger Entfernung auf den Boden gesetzt hatte, beobachtet den in einen unruhigen Schlaf gesunkenen Jungen. Das Herz war ihm schwer.

Er hatte einen anderen Ausgang erhofft. Mit anfänglicher Verwirrung und mit Verärgerung hatte er durchaus gerechnet. Sein Fehler war es allerdings gewesen, dass er sich hatte hinreißen lassen, von seiner Gegenwart bei der Geburt des Jungen zu erzählen. Dieser Fehler hatte ihn nun seinen Sohn gekostet. Und das wiederum verschlimmerte die Lage.

Was sollte er nur tun?

Er konnte Thomas doch nicht nach England abreisen lassen. Es würde sie beide den Kopf kosten. Andererseits war nicht zu erwarten, dass Thomas freiwillig mit ihm in den Vatikan zurückkehrte. Und selbst dann war völlig ungewiss, welchen Empfang man ihm dort bereiten würde. Man musste in jedem Fall damit rechnen, dass die Kardinäle ein Exempel statuieren würden. Thomas musste mit einer Bestrafung rechnen, die andere davon abschreckte, die Bibel in eine fremde Sprache zu übersetzen.

Der Bischof seufzte. Und steckte er nicht selber in einer höchst prekären Lage? Im Vatikan ohne Thomas vorstellig zu werden, wäre politischer Selbstmord gewesen. Kardinal Barberini würde ihn gewiss in irgendein abgelegenes Bergkloster schicken, wo er sein Leben in der Verbannung fristen müsste.

Er betrachtete seinen schlafenden Sohn.

Zeit – das war es, was er am dringendsten brauchte. Wenn er Zeit hätte, würde er, da war er ganz zuversichtlich, Thomas so betreuen und leiten, dass dieser irgendwann die Kirche genauso lieben würde wie er selbst – lieben wie eine Braut. Thomas würde seine Wünsche der Mutter Kirche unterordnen und sie unter Hingabe seines eigenen Lebens schützen. Vor allem aber würde er begreifen, dass für sie kein Opfer zu groß ist.

Das Feuer verursachte inzwischen mehr Qualm als Licht. Der Bischof schürte die Glut, bis sie wieder hell brannte, so dass er auch wieder die Fresken an der Wand sehen konnte: Jesus, der das Lamm trug – das offene Grab, über dem ein Engel schwebte – Abraham und sein Sohn Isaak ...

Wie gebannt starrte der Bischof auf das letzte Bild. Und dann war ihm plötzlich ein Gedanke gekommen, der zu einem Plan reifte.

War es möglich?

Der Plan beschwerte zwar sein Herz, aber er konnte ihn nicht mehr aus seinen Gedanken verscheuchen. Dieser Plan war für alle Beteiligten die beste Lösung. Für das Wohl der Kirche durfte kein Opfer zu groß sein!

Hatten nicht alle großen geistlichen Errungenschaften ihren Preis? Stand nicht im Hebräerbrief, dass einige gequält und gefangen gehalten wurden, damit ihre Auferstehung vollkommener sei? Einige haben Hohn und Schläge ertragen, andere aber wurden in Ketten gelegt und ins Gefängnis geworfen.

Jene waren im Glauben vorangeschritten. Und dasselbe musste nun auch er tun – im Gehorsam gegen Gott und zum Besten der Kirche.

Es war ein vernünftiger Plan, und es passte alles zusammen. England war noch zu retten. Seine Position im Vatikan würde gefestigt sein. Und was noch wichtiger ist: die Kirche würde als Gewinnerin daraus hervorgehen.

Dennoch war sich der Bischof nicht sicher, ob er es durchstehen konnte. Es musste doch noch einen anderen Weg geben! Sollte er Thomas doch nach England abreisen lassen? Nein! Er musste mit Bromley und den Kardinälen rechnen. Er konnte sich fortschleichen und die Wachen über Thomas' Aufenthaltsort informieren. Die Kardinäle hätten ihre Genugtuung, aber Thomas würde ihm das niemals vergeben, und die ganzen Monate in England wären vertane Zeit gewesen.

Aber es gab wohl doch keinen anderen Weg!

Der Bischof stützte seinen Kopf in die Hände. Er hatte keine andere Wahl. Dann weinte er und betete um Stärke.

Er sah zu dem Fresko an der Wand auf. Es deutete zwar die Lösung seines Problems an, bedeutete aber gleichzeitig höchste Seelenqual. Es war schon sonderbar, dass das Kunstwerk eines anonymen Christen, der vor Hunderten von Jahren gelebt hatte, den Ausweg aus seinem Dilemma zu weisen schien.

Diese schlichten Pinselstriche faszinierten und machten kühn. Da stand der Altar. Er sah Abraham, den Vater, der seinen Sohn herzlich lieb hatte. Und dann war da auch Isaak, der Sohn – gebunden und auf dem Altar liegend. Der Dolch in Abrahams Faust über dem Jungen. Das war das Opfer, das Gott erwartete.

Der Bischof ahnte, was Abraham empfunden haben musste.

*Vertraust du Gott? Bist du bereit, deinen Sohn als Opfer darzubringen?*

Abraham hatte ja gesagt.

Und Bischof Pole flüsterte in die Stille der Höhle hinein: „Ja. Ja, Herr, ich bin bereit."

* * *

*Sancte deus,*
*Sancte fortis,*
*Sancte misericors salvator,*
*Amarea morti ne tradas nos.*

Thomas war sich nicht bewusst, ob er wachte oder träumte. Das Lied - war es ein Traum, oder hörte er den Bischof singen? Die Worte kamen von weit, weit her. Dann erkannte Thomas die Stimme. Sie gehörte Bischof Pole.

Immer noch ein Traum? Möglich. Vielleicht nicht mehr. Er kämpfte sich durch ins Land der Wirklichkeit und ließ das Reich der Träume hinter sich.

Nun, da er fast sein Ziel erreicht hatte, war er nicht mehr sicher, ob er bleiben wollte. Sein Kopf schmerzte, die verbrannten Finger taten ihm weh. Er lag zusammengerollt auf dem harten Boden. Der Rücken war schmerzhaft verspannt, und er fror erbärmlich. Je deutlicher er seinen leidenden Körper wahrnahm, desto unabwendbarer war seine Ankunft im Land der Wirklichkeit.

Noch hatte er die Augen geschlossen, doch der Schlaf war schon von ihm gewichen. Klar verstand er die Worte.

*Heiliger Gott,*
*starker Gott,*
*heiliger und barmherziger Erlöser,*
*überlass uns nicht dem bitteren Tod.*

Der Sänger verstummte. Nur das Feuer prasselte, sonst Stille. Thomas begann, wieder in den Schlaf zu gleiten. Er ließ es geschehen. Er hatte mitbekommen, wo er sich befand und wie verletzt er war – äußerlich und innerlich ... Gedankenfetzen:

Poles Bekenntnis.

Der Boden unter den Füßen war fort.

Vogelfrei.

Und Felicia so weit, weit fort.

Die Wirklichkeit schmerzte allzu sehr. Lieber sich der Finsternis ergeben - schlafen – fliehen - vergessen. Sich in Nichts auflösen.

Fast war er am Ziel, als er wieder jemand reden hörte. Es war kein Singen, eher ein Murmeln – in feierlichem Ton.

„Herr, wie Abraham geopfert hat ..."

Wie Wellen am Sandstrand wechselten sich Schlaf und Wachheit ab.

„Genau so werde ... meinen Sohn...verstehe ich jetzt ... geboren zu diesem Zweck ..."

Es war Pole, und er betete. Aber Gebete würden Thomas auch nicht umstimmen.

„Nimm ihn nun, Herr ... dein Reich ... in dem Geist, in dem auch Abraham sein Opfer darbrachte ... mein Opfer, das ich dir darbringe ... meinen Sohn, die Frucht meines ..."

Nimm ihn? Abrahams Opfer? Mein Opfer?

Blitzartig sah Thomas ein Bild vor sich: Abraham, Isaak, einen Altar und einen Dolch!

Er riss die Augen auf. Der Feuerschein warf einen bedrohlichen Schatten an die Wand, der sich höher und höher reckte. Oben eine erhobene Hand mit einem Dolch!

Thomas rollte sich blitzschnell zur Seite. Die Klinge, die auf sein Herz gezielt hatte, drang tief in seine Schulter ein, spaltete den Muskel und glitt vom Knochen ab. Er konnte seinen Schrei bis in die entferntesten Winkel der Katakombe hallen hören. Auf keinen Fall durfte er jetzt stillhalten, denn ein zweiter Stoß würde bestimmt gleich folgen. Er sah die Klinge im Licht des Feuers blinken, mit seinem Blut verschmiert. Sie schwebte über ihm und fuhr dann herab. Wieder wich er aus, rollte zur Seite und hörte, wie Metall auf Stein schrammte.

Pole hatte wieder nicht getroffen und diesmal das Gleichgewicht verloren. Der beleibte Mann lag über Thomas' Beinen. Aber er raffte sich schnell wieder auf und war sogleich zu einem weiteren Angriff bereit. Thomas rollte über den Boden und versuchte, auf die Beine zu kommen. Liegend war er ausgeliefert. Er musste aufstehen, sich verteidigen können.

Doch als er sich auf seinen verletzten Arm stützen wollte, war der kraftlos wie ein dünner Zweig. Thomas fiel zurück und stieß gegen einen Stein. Vor seinen Augen begann es zu flimmern, dann wurde es dunkel, obgleich er doch seine Augen weit aufriss. *Nein, nicht ohnmächtig werden! Dann bist du tot! Bleib in Bewegung! Beweg dich!* Wieder fuhr die Klinge hernieder. Thomas wich nach der anderen Seite aus. Pole hatte das vorausgesehen, parierte aber zu stark und verfehlte ihn wieder.

Allzu schnell war der Angreifer wieder auf den Beinen und hob noch einmal das Messer, um zu töten. Verzweifelt versuchte er noch, seinem Opfer den Tod schmackhaft zu machen: „Wehre dich nicht! Isaak hat sich auch nicht gewehrt. Ich schicke dich nur zum himmlischen Vater!“

Doch Thomas verspürte gar keine Lust, zum himmlischen Vater zu gehen – zumindest im Augenblick nicht. Blitzschnell sah er sich um. Gab es irgendwo eine Waffe zur Verteidigung oder einen Fluchtweg? Er konnte zur oberen Ebene gelangen. Aber der Deckstein war viel zu schwer. Pole hätte ihn schnell eingeholt und hinterrücks erstochen.

Sein Blick fiel zum Schacht – diese unfertige Treppe oder Zisterne. Pole kniete neben ihm und holte ein weiteres Mal aus, während sich Thomas zum Schacht rollte, ohne zu wissen, wie tief er war. Das war jetzt ohne Bedeutung. Er verlor Blut und langsam das Bewusstsein. Wenn er jetzt nicht entkam, würde er sterben. Thomas rollte weiter, so schnell er konnte, während Pole schreiend auf allen Vieren in seine Richtung kroch. Gerade wollte der Bischof sich aufrichten, da öffnete sich unter dem Jungen der Boden. Zeit und Schwerkraft waren aufgehoben, und er fiel, schlug gegen die Wände, drehte sich im Flug. Er stürzte und war doch gerettet.

Dann wurde es Nacht um ihn.

* * *

Bischof Pole starrte in den Schacht.

„Thomas?“

Keine Antwort.

„Thomas, kannst du mich hören?“

Wieder keine Antwort.

Mit einem Seufzer setzte er sich an den Rand des Schachts.

„Ach Thomas, warum musst du alles immer so schwierig machen?“

Er stand auf und nahm einen brennenden Kien, hielt ihn über die finstere Öffnung und sah hinunter. Seine Hand zitterte. Aber das Licht reichte nicht, den Boden zu beleuchten.

„Thomas, wenn du mich hören kannst, gib einen Laut.“

Er lauschte angestrengt, aber es rührte sich nichts. Der Bischof ließ sich wieder neben der Öffnung nieder und lauschte. Wenn Thomas noch lebte, war es nur eine Frage der Zeit, bis er sich meldete.

Der Bischof blieb dort sitzen, bis er sicher war, dass der Tag angebrochen war. Dann stieg er ganz bewusst laut und vernehmlich die Treppe zur obersten Ebene hinauf und trat hinaus ans Tageslicht.

Den Tag verbrachte er damit, den geheimen Eingang zu beobachten, falls Thomas doch noch lebte. Doch er wartete umsonst.

Alles blieb totenstill, und so kam er zu dem Schluss, dass Thomas nicht mehr am Leben sei. Da entdeckte er ein Stück Stoff auf dem Boden. Beim Aufnehmen bemerkte er, dass etwas darauf geschrieben stand. Es war ein Text aus der Bibel in Englisch. Pole steckte den Fetzen ein und ging ...

# 11

Es war Frühling geworden, und Felicia überlegte, ob sie ihren Mantel anziehen sollte. Draußen war es noch zu unbeständig. Als sie aber die Tür öffnete, schlug ihr ein milder Hauch entgegen, und es duftete lieblich nach frischem Gras. Den Mantel konnte sie also getrost im Haus lassen. Dafür nahm sie den Sack mit Hühnerfutter und schloss die Tür hinter sich.

Sogleich kamen die Hühner gelaufen, und Felicia streute die Körner unter sie. Die Sonne wärmte bereits angenehm, und die Luft war glasklar. Das war nun schon der zweite Frühling ohne Thomas.

Weder hatte er sich gemeldet noch war etwas über ihn in Erfahrung zu bringen gewesen. Wenn sie darüber nachdachte, wurde ihr das Herz schwer. Doch sobald sie sich ablenkte und mit anderen Dingen beschäftigt war, vermisste sie ihn kaum noch. Und das erschreckte sie. Die Zahl der Tage, an denen sie ihren täglichen Pflichten nachging, ohne an ihn zu denken, wuchs. War das Gottes Art, sie auf eine Nachricht aus Rom vorzubereiten?. Er habe dort eine gute Stellung gefunden und werde nicht mehr heimkehren?

Es gab Zeiten, da konnte ein solcher Gedanke einen Schatten auf den Rest des Tages werfen. Inzwischen blieb es meist bei einem kurzen Stich im Herzen. Natürlich wäre sie bei einer solchen Nachricht entsetzt, doch inzwischen wusste sie auch, dass ein Leben ohne Thomas möglich war.

In diesem Augenblick bemerkte sie ein Loch im Zaun. Wieder diese Kaninchen! Sie konnte machen, was sie wollte, es gelang ihr nicht, sie vom Garten fern zu halten.

Mit einem Seufzer warf sie den Futtersack fort und lief zum Waldrand, um Zweige zu sammeln. Wohl schon ein Dutzend Mal hatte sie im letzten Jahr den Zaun repariert.

Kaum hatte sie eine Hand voll Zweige gesammelt, als sie einen Reiter bemerkte, der sich näherte. Die Staubwolke, die er aufwirbelte, deutete auf einen schnellen Galopp. Felicia war nicht sonderlich beunruhigt. Zwei oder mehrere Reiter hätten eher Gefahr bedeutet. Außerdem ahnte sie schon, wer es war.

Als er näher kam, wurde ihre Ahnung zur Gewissheit. Es war Kendall. Thomas war kaum eine Woche fort gewesen, da fing Kendall an, Felicia regelmäßig zu besuchen. Inzwischen waren diese Besuche schon so alltäglich, dass sich selbst der Dorfklatsch neuen und interessanteren Themen zuwandte.

Felicia freute sich. Es würde ein schöner Tag werden. Allerdings beunruhigte sie etwas die Eile des Reiters, und auch die Tageszeit war etwas ungewöhnlich. So früh kam er normalerweise nicht.

Kendalls regelmäßiges Erscheinen, seine guten Manieren und seine Freundlichkeit hatten inzwischen sogar ihren Vater positiv gestimmt. Zu Felicias großer Verwunderung hatte Howard eines Tages Kendall sogar zum Essen eingeladen. Die zwei hatten einige Gemeinsamkeiten: Beide schätzten Thomas, waren um Felicia besorgt und verachteten den Landvogt. Felicia genoss die Gesellschaft der beiden. Inzwischen trafen sie sich regelmäßig sonntags zum Essen.

Kendall war nun so nahe, dass Felicia sein Gesicht erkennen konnte. Brachte er etwa schlechte Nachrichten. Es wurde ihr eng ums Herz. Vater? War ihm etwas auf dem Feld zugestoßen?

Sie ließ die Zweige fallen und rannte ihm entgegen. „Kendall, was ist passiert. Etwas mit Vater?"

Das Getrappel der Hufe übertönte ihre Fragen, bevor Kendall sein Pferd zum Stehen brachte. Die Staubwolke waberte noch immer um sie, als er bereits abgestiegen war.

Kendall sah Felicia entsetzt in die Augen. Er öffnete den Mund, um etwas zu sagen, brachte jedoch keinen Ton heraus. Tränen füllten seine Augen. Das war ein ungewohnter Anblick. Felicia hatte noch nie erlebt, dass er sich nicht im Griff hatte. Das machte ihr Angst.

Sie griff nach seinem Arm. „Kendall, ist was mit Vater? Ist Vater verletzt?"

Kendall schüttelte den Kopf. Es fiel ihm offenbar schwer, die Nachricht zu überbringen.

„Kendall, sag was!“, rief Felicia. Sie sah schon ihren Vater verletzt auf dem Acker liegen.

Endlich gelang es Kendall, ein paar Worte zu stammeln: „Bischof Pole ...“

Felicia erschrak – nicht wegen dieses Namens selber, sondern wegen der Person, deren Schicksal inzwischen mit dem Bischof eng verbunden war. Thomas! Kendall hatte Nachrichten von Thomas!

Der Sohn des Landvogts hatte sich inzwischen wieder so gefasst, dass er weiterreden konnte: „Der Bischof ist wieder im Lande.“

Das konnte nicht alles sein. Warum sollte Kendall deswegen so beunruhigt wirken? Felicia wollte es wissen – oder vielleicht auch nicht? Sie fürchtete das Schlimmste.

Sie rief: „Und was ist mit Thomas? Ist er etwa auch mitgekommen?“

Kendall wand sich beunruhigt. Er wusste, dass die Nachricht, die er zu überbringen hatte, Felicia schwer treffen würde.

„Kendall, sag es mir endlich!“ Felicia war außer sich.

„Er ist tot. Thomas ist tot.“

Nun war es heraus. Und es traf sie wie ein Brecher, der an eine Klippe schlägt.

Thomas tot? Nein, das konnte nicht sein! Es kam immer wieder vor, dass sich Todesnachrichten als Gerüchte im Dorf verbreiteten, weil jemand falsch identifiziert worden war. Oder man hatte Namen verwechselt.

„Woher weißt du das? Wer hat es dir erzählt?“

Kendall sah sie mitleidig an. Auch er wünschte sich um ihretwillen, dass seine Quelle unglaubwürdig sei.

„Es war der Bischof selbst“, sagte er.

„Vielleicht hast du was Falsches aufgeschnappt.“

Kendall schüttelte den Kopf. „Ich stand direkt neben meinem Vater, als der Bischof ihm die Nachricht überbrachte.“

Es war also wahr! Bei jedem anderen Zeugen wäre noch ein

Fünkchen Hoffnung geblieben, nicht aber beim Bischof. Er musste es ja wissen.

*Thomas ... mein Thomas tot?*

Der letzte Hoffnungsschimmer, dass es sich um einen Irrtum handeln könnte, war verloschen. Der Tod war also wieder in ihrem Dorf zu Gast. Und diesmal hatte er ihren Thomas mitgenommen. In wie viele Häuser war er schon eingekehrt! Wie konnte sie da glauben, er werde nun für immer an ihrer Tür vorüberziehen?

Sie dachte an den Augenblick, als sie Thomas zum letzten Mal gesehen hatte. Ihre Befürchtungen waren also wahr geworden. Doch es tröstete sie nicht, am Ende Recht behalten zu haben. Im Gegenteil. Sie hatte ihm auf den Kopf zugesagt, dass er sterben werde. Sie hatte es vorausgesehen. Hatte sie damit aber sein Schicksal heraufbeschworen? Wie konnte sie jemanden nur etwas Abscheuliches an den Kopf werfen! Irgendwie schien sie den Samen in seine Seele gesät zu haben. Und dort war er nun aufgegangen. Ihr Thomas war tot!

Felicia barg ihr Gesicht in Kendalls Gewand und weinte bitterlich. Sie spürte, wie er seine Wange in ihr Haar schmiegte und wie seine Brust bebte, denn auch er musste weinen.

* * *

Ein hölzernes Podium war für die Gemeindeversammlung direkt vor der Kirche errichtet worden. Zwei Tage vor der Veranstaltung waren Ausrufer unterwegs gewesen, die die Bewohner aufgefordert hatten, sich an diesem Tag zu versammeln. Die vom Landvogt festgesetzte Strafe für das Fernbleiben entsprach dem Steuerbetrag eines ganzen Jahres.

Felicia stand neben ihrem Vater am Rande der versammelten Menge. Er hatte seinen starken Arm um sie gelegt. Das gab ihr ein Gefühl der Geborgenheit nach ihrem Schicksalsschlag.

Drei Tage war es nun her, dass sie die Nachricht vom Tod ihres Freundes überbracht bekommen hatte. Und immer noch wurde sie von plötzlichen Weinkrämpfen geplagt, die anscheinend keinen konkreten Anlass zu haben schienen. Auch ihr Vater war in Tränen ausgebrochen, als er davon hörte. Es war das erste Mal, dass sie ihren Vater hatte weinen sehen – ein Bild, das sie so schnell nicht vergessen würde. Wie sie hatte auch er sich noch nicht von dem Schock erholt. Morgens beim Erwachen war er bereits schlecht gelaunt, und abends ging er mürrisch in Bett.

Nun stiegen zwei schwarz gekleidete Gestalten die Stufen zum Podium hinauf. Zusammen repräsentierten sie die Autorität im Himmel und auf der Erde. Es waren Bischof Pole und Landvogt Bromley. Niemand aber wusste, warum Lord Harborough nicht erschienen war.

Felicia entdeckte Kendall, der direkt vor dem Podium stand. Eigentlich hatte er sich zu ihr stellen wollen, aber sein Vater hatte darauf bestanden, dass Kendall entsprechend seiner Position als Nachfolger im Amt des Landvogts in der Nähe des Podiums gesehen wurde.

Der Landvogt ergriff als Erster das Wort. Selbstbewusst und gebieterisch trat er nach vorn und blieb breitbeinig stehen.

Dann sprach er zu der Menge: „Bischof Pole, der vor kurzem aus Rom zurückgekehrt ist, wünscht zu euch über Ketzerei zu sprechen. Anschließend werde ich euch über das entsprechende Gesetz in Kenntnis setzen."

Howard raunte seiner Tochter ins Ohr: „Das kann ja ein spannender Nachmittag werden."

„Leise!", raunte Felicia zurück und lächelte. Sie freute sich, denn dies war das erste Anzeichen dafür, dass ihr Vater seine Trauer zu überwinden begann.

Bromley trat zurück, um dem Bischof seinen Platz zu überlassen. Dieser schritt würdevoll nach vorn, seinem Stand als heiliger Mann entsprechend. In seiner Rechten hielt er ein beschriebenes Pergament.

„Ich beginne mit einer traurigen Nachricht. Die meisten von euch werden es schon vernommen haben. Wir betrauern den Verlust eines Bruders aus unserer Mitte. Es war mein großes

Glück, diesen jungen Mann mit dem wachen Geist zu kennen, der eine große Zukunft vor sich hatte. Ich spreche von Thomas Torr, der mich auf meiner Reise zum Vatikan begleitet hat, der aber aus Gründen, die allein Gott kennt, sein Leben ließ, bevor er heimkehren konnte.

Thomas starb, als er das Gleichgewicht verlor und in einen tiefen Schacht stürzte, während wir die Katakomben in Rom besichtigten. Ich wünschte, ich könnte euch etwas von der Begeisterung vermitteln, die diesen jungen Mann in der heiligen Stadt erfasste. Wir besuchten die Katakomben, weil Thomas genau dort anbeten wollte, wo die frühen christlichen Märtyrer zur letzten Ruhe gebettet wurden. Dann ein Augenblick der Unachtsamkeit. Er strauchelte und stürzte sich zu Tode. Ich trauere mit euch, denn ich habe diesen jungen Mann lieben gelernt, als wäre er mein eigener Sohn."

Der Bischof konnte nicht weiterreden. Die Gefühle übermannten ihn. Er brauchte einige Minuten, um sich wieder zu fassen. Felicia und die anderen Dorfbewohner waren ebenso beeindruckt – alle außer Bromley, der die Szene mit Verachtung beobachtete. Er war offensichtlich der Meinung, der Bischof verschwende nur Zeit.

Nachdem er seine Fassung wiedergewonnen hatte, fuhr der Bischof fort: „Zumindest ist Thomas nicht umsonst gestorben, denn sein Wirken in Rom wird Einfluss auf das geistliche Leben in England für viele Generationen haben."

Das war zwar eine kühne Behauptung, aber die kleine Versammlung nahm sie dankbar entgegen. Selbst Felicia vergaß ein wenig ihre Trauer und erwartete mit Spannung, was der Bischof noch zu sagen hatte. Der Gedanke, dass einer der Ihren für England einen Markstein von historischer Bedeutung gesetzt hatte, war für sie beachtlich.

„Mir fehlen die Worte, um euch zu beschreiben, wie dieser begabte und gelehrige Schüler mit den klügsten Köpfen des Vatikans über Gott und die Welt debattierte und wie er, als diese frommen Männer ihm die Irrungen eines Doktor Wyclif darlegten, diese komplizierten Zusammenhänge nicht nur sofort begriff, sondern den Kardinälen auch zustimmte."

Felicia zuckte zusammen. Konnte das wahr sein? Es war eigentlich nicht sehr wahrscheinlich. Thomas sollte zu dem Schluss gekommen sein, dass Doktor Wyclifs Bibel eine Ketzerei sei?

„Ich kann euch gar nicht sagen, wie viele Kardinäle mich ansprachen und voll des Lobes über Thomas Torr waren. Sie zeigten sich alle außerordentlich beeindruckt. Und so kam es, dass er als Zeichen seiner Hochachtung der Kirche und der Heiligen Schrift gegenüber eigenhändig Wyclifs Übersetzung ins Feuer warf und darauf achtete, dass nichts als Asche davon übrig blieb, damit kein Stückchen übrig blieb, um einem unbedarften Leser den Kopf zu verdrehen und ihn auf den Pfad zur Hölle zu führen."

Das war zu viel. Das wollte und konnte Felicia nicht glauben. Nie und nimmer hätte Thomas Dr. Wyclifs Übersetzung verbrannt! Aber konnte sie wirklich ganz sicher sein? Konnte es nicht doch sein, dass die Kardinäle Thomas umgestimmt hatten?

Felicia blickte in die Runde. Niemand schien gegen das Gehörte aufzubegehren. Die Stimmung war ganz anders. Alle waren stolz, dass einer der Ihren mit den Kardinälen im Vatikan persönlichen Umgang pflegte. Das galt allerdings nicht für Howard. Auch er schien besorgt über das, was er hörte, und schüttelte bedächtig den Kopf.

Bischof Pole hielt das Dokument hoch, das er mitgebracht hatte. „Das ist die Aussage von Thomas, die er unterschrieben hat, und zwei der mächtigsten Kardinäle des Vatikans waren Zeugen." Der Bischof las den Text vor. Thomas verdammte darin Wyclifs Übersetzung als das Werk eines unbußfertigen Ketzers und alle, die sie lasen oder verbreiteten. Das heilige Wort Gottes sei der Kirche zur Treuhandschaft übergeben worden, und deshalb sei jede Verbreitung ohne ihre Zustimmung eine Sünde gegen Gott und seine Heilige Kirche.

Der Bischof hielt das Pergament in die Höhe und deutete auf die letzte Zeile. Er sagte: „Unterzeichnet von Thomas Torr!"

Die Zuhörer applaudierten. Aber das änderte nichts an Felicias Skepsis.

„Unser ursprünglicher Plan war es, dass Thomas und ich dieses Dokument gemeinsam dem König von England übergeben wollten. Doch da uns Thomas durch so unglückliche Umstände verlassen hat, muss ich das nun allein tun. Seid jedoch gewiss, König Richard wird nicht nur dieses Dokument in Augenschein nehmen, sondern auch vom heroischen Glauben und den tapferen Taten jenes Thomas Torr aus Fearnleah hören. Gott sei uns allen gnädig!"

Beifall brandete auf und erfasste nach und nach die ganze Menge. Felicia hörte, wie schwer ihr Vater atmete. Schließlich flüsterte er ihr ins Ohr: „Das hört sich so gar nicht nach unserem Thomas an."

Felicia nickte.

Dann stand Bromley wieder vorn. „Ihr habt gehört, was der Bischof gesagt hat. Jedermann soll wissen, dass ich meine Anstrengungen verdoppeln werde, jeden zu erwischen und zu bestrafen, der Wyclifs Ketzerei kopiert und unter die Leute bringt. Jeder, der mir etwas über diese abtrünnige Schmiererei und ihre Befürworter berichten kann, wird reichlich belohnt werden. Solange ich Landvogt dieses Distrikts bin, wird Fearnleah treu zu seinem König und zur Kirche stehen. Wer entweder den einen oder den anderen durch den Frevel einer solchen Abschrift in den Schmutz zieht, wird gnadenlos verfolgt, gefangen gesetzt und mit dem Tod bestraft."

Die versammelten Bewohner jubelten frenetisch. So etwas hatte Felicia noch nicht erlebt – weder bei den Karnevalsfeiern noch zu sonst einem Anlass.

Wieder lehnte ihr Vater sich vor und raunte ihr ins Ohr: „Ich möchte wissen, wo Lord Harborough ist. Bei solch einer Gelegenheit sollte er doch eigentlich anwesend sein."

Bevor Felicia antworten konnte, verstummten die Versammelten plötzlich. Und als Felicia sich umsah, wusste sie, warum. Bischof Pole hatte das Podium verlassen und kam auf sie zu.

Kaum hatte er sie erreicht, nahm er Felicias Hand. „Meine Tochter, ich spreche dir mein herzlichstes Beileid aus“, sagte er. „Ich denke, du weißt es: Er hat dich sehr geliebt. Ja, das hat er mir anvertraut. Einige Male sagte er zu mir, als wir in Rom waren: ‚Es tut mir nur so Leid, dass Felicia jetzt nicht hier ist und all das sieht‘ oder: ‚Jetzt müsste Felicia hier sein.‘ Er wünschte sich so sehr, dass du den Sinneswandel verstehst, den er durchgemacht hat.“

Felicia wusste nicht, was sie sagen sollte. Die Worte des Bischofs klangen zwar unwahr. Aber es gab auch keinen konkreten Anhaltspunkt, auf den sie ihren Zweifel hätte stützen können. Deshalb entschied sie sich, ihm freundlich entgegenzutreten.

„Danke, Eure Exzellenz“, sagte sie und nutzte die Gelegenheit, ihm forschend ins Gesicht zu blicken. Er sah tatsächlich besorgt aus, und sein Mitgefühl wirkte echt.

„Thomas' Tod ist ein unvorstellbarer Verlust für uns alle“, sagte der Bischof. „Es tröstet mich allein die Tatsache, dass er lange genug gelebt hat, um die Suche nach der Wahrheit zu vollenden und andere durch dieses geschriebene Dokument aufzurufen, es ihm gleichzutun.“

„Darf ich es sehen?“, fragte Felicia.

Der Bischof starrte sie verdutzt an. „Du kannst lesen?“

„Wenn ich dieses Dokument sehen und berühren kann, wird es mir möglich sein, mich ein letztes Mal Thomas ganz nahe zu fühlen.“

Der Bischof lächelte gnädig und reichte ihr das Pergament. Während sie es mit der flachen Hand berührte, betrachtete sie prüfend Thomas' Unterschrift, was dem Bischof keineswegs entging.

„Danke für Eure Freundlichkeit“, sagte Felicia.

„Ach, ich vergaß beinahe!“, sagte der Bischof. „Ich habe noch etwas für dich.“

Als er dann einen Stoffstreifen hervorzog, stocke Felicia der Atem.

„Ich dachte mir, dass du es erkennen würdest“, sagte der Bischof lächelnd. Er sah sich verstohlen um und trat etwas näher an Felicia heran. „Landvogt Bromley muss nicht mitbekommen, dass ich es dir gebe", sagte er gewollt vertraulich. „Er würde es nicht verstehen. Aber wir beide wissen, was es bedeutet. Du kannst es als Erinnerungsstück aufbewahren."

Der Bischof hielt den Streifen neben die Unterschrift auf dem Dokument.

„Ganz ohne Zweifel ist das seine Schrift, meinst du nicht auch?"

Felicia verglich die beiden Schriften. Die Ähnlichkeit war nicht von der Hand zu weisen. Darauf nahm sie das Stück Stoff entgegen und verstaute es unauffällig. „Ihr seid sehr freundlich", sagte sie.

Der Bischof wiederholte noch einmal seine Beileidsbekundung und entfernte sich dann.

Howard legte seinen Arm um Felicias Schulter und sagte: „Komm, lass uns auch gehen."

Kaum waren sie außer Hörweite, sagte Felicia zu Howard: „Irgend etwas stimmt nicht."

Howard sah seine Tochter verwundert an und blieb stehen.

„Was ist mit dir?", fragte er.

„Ich weiß es nicht", antwortete sie und zitterte am ganzen Leib.

„Was ist los? Erzähl es mir."

Sie zog den Streifen hervor. „Hiermit stimmt was nicht."

„Was denn nur?"

„Hast du gesehen, dass sich die Schriften sehr ähneln?"

„Meinst du, dass sie doch nicht übereinstimmen?"

„Das schon. Man hat dafür gesorgt, dass sie übereinstimmen. Es sollte so aussehen, dass das Dokument von ihm ist."

„Ich verstehe kein Wort", sagte Howard.

Felicia hielt ihm den Stoff entgegen. „Die Schrift auf diesem Streifen stammt nicht von Thomas, sondern von mir!"

* * *

Thomas lag in einer alten Hängematte im vollgestopften Unterdeck einer Handelsgaleere. Leckwasser schwappte unter ihm hin und her. Obwohl der Gestank, den es verbreitete, kaum zu ertragen war, hatte sich sein Magen doch einigermaßen erholt. Das Schiff lag vor Frankreichs Küste. Man hatte Vorräte geladen und wollte mit dem nächsten Morgenhochwasser wieder in See stechen.

Er versuchte, ein wenig zu schlafen, aber sobald er die Augen schloss, tauchten sofort wieder die Erinnerungen an seine Erlebnisse im Schacht auf. Er spürte den nasskalten Steinboden der Grube, der schleimig überzogen war und pestilenzartig roch. Das ganze Körpergewicht lag auf dem vom Dolch verletzten Arm, der ausgekugelt oder gebrochen war, weil er den Fall abbremsen musste. Sein mit Schnitt- und Schürfwunden übersäter Körper war beim Sturz mehrfach an die Schachtwand gestoßen. Zunächst hatte er sich nicht rühren können. Das wäre auch unklug gewesen, denn der Bischof hätte ihn womöglich entdeckt und versucht, sein Werk zu vollenden.

Eine Ewigkeit schien er dort gelegen zu haben – so reglos wie möglich, weil die leiseste Bewegung, ein lauter Atemzug, ein Husten, ein Niesen oder ein Stöhnen ihn verraten hätte. Thomas fürchtete, der Bischof könne so tun, als ob er sich entferne, um dann heimlich zurückzukehren, wie er es schon einmal getan hatte. So lag Thomas wie tot in der finsteren, dumpfen Kälte des Schachtes, sank immer wieder in eine Ohnmacht, erwachte und saugte an dem moosigen Belag, um seine trockene Kehle zu befeuchten. Er wusste nicht, ob es Tag oder Nacht war und wie lange er schon dort lag. Er hörte noch des Bischofs Stimme im Schacht hallen. Zuerst war es ein Rufen. Dann, um ihn zu quälen, war es das Summen und Singen ein und derselben Melodie – immer und immer wieder -, während über dem Schachteingang Fackellicht flackerte.

*Sancte deus,*
*Sancte fortis,*
*Sancte misericors salvator,*
*Amarea morti ne tradas nos.*

Irgendwann wurde es still. Kein Geräusch mehr. Kein Licht. Doch Thomas wartete. Einen Tag – zwei – drei – eine Woche? Oder waren es nur ein paar Stunden? Es gab keine Möglichkeit, dies herauszubekommen. Es fehlte der Lichtwechsel. Und auch die immer wiederkehrende Bewusstlosigkeit verhinderten, dass er ein Zeitgefühl entwickeln konnte.

Er wartete so lange, bis er fürchtete, irgendwann zu schwach zu sein, etwas für seine Rettung zu tun.

Seine erste Bewegung nach der langen Zeit wurde mit einem so heftigen Schmerz quittiert, dass er ohnmächtig zu werden drohte. Er wusste nicht, wie viel Zeit verging, bis es ihm endlich gelang, sich aufzurichten. Erschöpft sank er zusammen und saß dann, das Kinn auf die Knie gestützt.

Während er für die nächste Kraftanstrengung Energie sammelte, untersuchte er seine Verletzungen. Seinen rechten Arm konnte er überhaupt nicht benutzen. Er konnte ihn weder anheben noch beugen. Auch seine Finger waren taub. An der Stirn klaffte eine große Schnittwunde und auf dem ganzen Körper verteilt ertastete er viele Abschürfungen.

Um sich für den Aufstieg zu stärken, schlief er noch eine Weile.

Zunächst schien es unmöglich, überhaupt aus dem Schacht zu entkommen. Nachdem er sich mühsam aufgerichtet hatte, tastete er die Wände des Schachtes ab. Er suchte irgendwelche Vertiefungen oder Vorsprünge, an denen er Halt für seine Füße gefunden hätte. Aber es gab sie nicht. Deshalb versuchte er, selbst Vertiefungen zu schaffen. Mit den Fingernägeln seiner heilen Hand kratzte er an den Wänden herum. Dann nahm er seine Schuhe zu Hilfe. Das steinige Material war bröckelig, aber dennoch zu hart für seine Finger. Mit den Schuhen ging es zwar besser, aber die Fortschritte waren gering. Er arbeitete, bis er sich erschöpft auf den Boden fallen ließ und sofort einschlief.

Als er wieder erwachte, kam ihm eine Idee. Er stemmte die Füße gegen eine Seite des Schachtes, während er mit dem Rücken gegen die gegenüberliegende Seite drückte. So gelang es ihm, sich mit dem Rücken an der Wand hochzustemmen.

So könnte es ihm gelingen, nach oben zu gelangen. Doch schon nach kurzer Zeit begannen seine Beine zu zittern, und die Schulterpartie verkrampfte sich. Deshalb machte er sich wieder auf den Rückweg. Auf keinen Fall wollte er hinunterstürzen.

Ob es noch einen anderen Weg gab? Er sah keine andere Möglichkeit. Deshalb bereitete er sich auf einen letzten Versuch vor. Das Risiko war groß. Würde er über die Hälfte des Weges schaffen und ihm dann die Kräfte schwinden, wäre ein erneuter Sturz unvermeidlich. Und diesmal würde er wohl den Tod bedeuten.

Ein weiteres Abwarten aber konnte ihm nichts nützen. So stemmte er die Füße gegen eine Wand des Schachtes und ließ seinen Rücken hinaufgleiten. Da von oben kein Licht einfiel, konnte er nicht feststellen, wie hoch er sich gestemmt und welchen Weg er noch vor sich hatte. Wieder fingen seine Beine vor Schwäche zu zittern an. Zudem verkrampften sich Schultern und Nacken.

Doch er kämpfte sich weiter höher. Für den Rückzug war es bereits zu spät.

Bald begannen seine Beine zu schlottern. Schultern und Kopf schmerzten so sehr, dass er kaum noch denken konnte. Plötzlich jedoch kippte sein Kopf nach hinten. Keine Wand war mehr hinter ihm! Er war oben angelangt! Behutsam arbeitete er sich mit den Schultern über die Kante vor. Wenn er jetzt einen Fehler machte, würde das den sicheren Tod bedeuten. Noch einmal spannte er die Beine an, stieß sich mit letzter Kraft ab und landete auf festem Boden.

Er blieb dort einfach liegen. Wie lange, wusste er hinterher nicht mehr. Er rang nach Atem, und jede Faser seiner Muskeln spannte sich. Zudem lähmte ihn die Kälte in diesem feuchten

Gemäuer. Doch er hatte es geschafft und war aus dem Schacht entkommen!

Nachdem er wieder ein wenig zu Kräften gekommen war, tastete er sich im Dunklen voran, bis er an die Treppe zur obersten Ebene stieß. Schließlich fand er auch die Stufen, die ganz nach oben zu dem geheimen Eingang führten.

Nun musste er nur noch die Deckplatte beiseite schieben. Allerdings beschlich ihn die Angst, Bischof Pole könne den Eingang versperrt haben oder habe Wachen davor aufstellen lassen. Es gab allerdings nur eine Möglichkeit, dies herauszufinden. Er drückte mit der gesunden Schulter gegen die Platte – und sie öffnete sich! Sie war also nicht verriegelt worden. Vorsichtig spähte er hinaus. Zum ersten Mal seit langer Zeit konnte er wieder frisch durchatmen. Es waren keine Wachen aufgestellt worden. Niemand war zu sehen. Thomas stieg aus der Katakombe und spürte zum ersten Mal wieder die Sonne auf seiner Haut.

Er machte sich mit der Gewissheit auf den Weg, dass Bischof Pole ihn für tot erklärt hatte. Es gab keinen vernünftigen Grund, etwas anderes anzunehmen. Eine glückliche Fügung war es dann, dass er auf dem Weg zur Tibermündung etwas außerhalb von Rom an einem Gasthaus vorbeikam, das früher einmal von Kreuzfahrern auf ihrer Pilgerfahrt nach Jerusalem aufgesucht worden war. Jetzt aber trafen sich hier vor allem Seeleute von Handelsschiffen.

Fast ohnmächtig vor Hunger und völlig entkräftet betrat er das Gasthaus. Er suchte nach Arbeit, um sich Brot zu verdienen. Es hätte ihm aber auch nichts ausgemacht, trotz Sprachbarriere um Essen zu betteln. Wer am Verhungern ist, dem ist alles egal.

Eine weitere glückliche Fügung war es, dass er dort Kapitän Wilford traf, der sich in diesem Gasthaus regelmäßig aufhielt. Er und die Gastwirtin Elberta mochten sich und trieben mancherlei Geschäfte miteinander. Der Kapitän war es dann auch, der Thomas' Wunde mit einer Nadel nähte, die schon so manches Mal beim Netzflicken gute Dienste geleistet hatte. Bald machte Thomas' Geschichte die Runde unter den Gästen, und Elberta überredete den Kapitän schließlich, Thomas mit nach England zu nehmen.

Als Gegenleistung musste Thomas dem Kapitän als Kabinensteward zur Verfügung stehen, was sich hochtrabend anhörte, letztlich aber nichts anderes bedeutete, als die Arbeiten eines Leibsklaven zu verrichten. Der Kapitän war hocherfreut, als er erfuhr, dass Thomas lesen und schreiben konnte – obgleich es dem Jungen wegen seiner wunden Finger und seines verletzten Armes sehr schwer fiel. Aber das Gekritzel von Thomas war immer noch leserlicher als die Handschrift des Kapitäns. Und so schrieb Thomas jeden Abend ins Logbuch, was der Kapitän diktierte.

An all das dachte Thomas, als er in der alten Hängematte im vollgestopften Unterdeck von Kapitän Wilfords Handelsschiff lag und zu schlafen versuchte.

„Torr, zum Teufel! Wo steckst du, Bengel?"

Thomas rollte sich aus seiner Hängematte und lief hinauf aufs Deck.

„Schläfst du den ganzen Tag, du Tunichtgut?"

Thomas wunderte sich, wie sehr sich der Kapitän verändert hatte, seit Elberta nicht mehr in seiner Nähe war. Seine Mannschaft aber kannte ihn nur so raubeinig.

„Hol mir das Portolano!", bellte der Kapitän.

Thomas lief in die Kapitänskajüte und holte das Navigationshandbuch, während über ihm die Matrosen in wilder Hast an Seilen zogen, in die Wanten kletterten und das Hauptsegel setzten.

Thomas las dann dem Kapitän aus dem Portolano vor, in dem Landmarken, Küstenformationen, Ankerplätze, Entfernungen, Positionen und Gezeiten verzeichnet waren. Diese Arbeit tat Thomas am liebsten auf diesem Schiff, denn mit jeder neuen Landmarke war ihm bewusst, dass er seiner Heimat und Felicia ein Stück näher gekommen war.

* * *

Eine englische Landstraße. Die Sonne wärmte seine Haut. Frische Luft und Raum, sich zu bewegen, so weit das Auge reichte. Wie lange war es her, dass er englischen Boden verlassen hatte? Zweieinhalb Jahre! Es kam ihm länger vor. Die lange Reise hatte sein Zeitgefühl völlig durcheinander gebracht.

Die vergangenen fünf Tage waren für ihn der Himmel auf Erden gewesen. Er war in Portsmouth an Land gegangen, war zum Teil als Anhalter gereist und hatte den Rest der Strecke zwischen der Küste und Fearnleah zu Fuß zurückgelegt. Er erlebte England im Herbst. Im Vergleich zu Italien war die Luft außergewöhnlich feucht. Thomas fröstelte, war aber überzeugt, sich ganz schnell wieder daran zu gewöhnen. Hier war immerhin sein Zuhause. Und außerdem würde Felicia auf ihn warten. Durch Gottes Gnade lebte er noch, und er war fast zu Hause. Nun konnte kommen, was wolle - Felicia und er würden es schon schaffen.

Thomas hatte keine weiteren Pläne außer der festen Absicht, das Mädchen zu heiraten, das er liebte, und nie wieder seine Heimat zu verlassen. Wenn er fortan sein ganzes Leben lang nichts anderes tun musste, als mit Howard auf den Feldern zu arbeiten, würde er sich dennoch als gesegneter Mann fühlen.

Eins war jedenfalls sicher: Mit der Kirche, mit Bibelübersetzungen, mit Politik und Theologie wollte er nichts mehr zu tun haben. Davon hatte er die Nase voll. Sollten sich die Lords, Bischöfe und Kardinäle doch gegenseitig die Köpfe einschlagen. Je eher sie alle den Namen Thomas Torr vergaßen, desto besser. Er konnte es gar nicht abwarten, endlich wieder in die Anonymität abzutauchen.

Er wollte zunächst so unauffällig wie möglich nach Fearnleah zurückkehren. Je näher er seinem Heimatdorf kam, desto mehr bemühte er sich, Reisenden aus dem Weg zu gehen. Je weniger Menschen von seiner Rückkehr wussten, desto besser.

Sein Herz begann heftig zu schlagen, als er sich dem Dorf näherte und aus einiger Entfernung die strohgedeckten Häuser mit ihren Gärtchen, die Ziegen und die spielenden Kinder sah. Dieser Anblick erwärmte sein Herz mehr als es das majestätische

Rom mit all seiner marmornen Pracht je vermochte. Es war später Nachmittag, und so würde er also zum Abendessen daheim sein.

Er machte einen Umweg am westlichen Rand des Dorfes vorbei, um nicht sogleich von allen Bewohnern gesehen zu werden. Als ihn dann nur noch eine sanfte Anhöhe von Howards Haus trennte, war seine Vorfreude so groß, dass er sich kaum noch beherrschen konnte. Er bekam eine Gänsehaut, und Tränen rannen ihm über die Wangen. Es schien eine Ewigkeit her, dass er zu Hause war. Und so viel war in der Zwischenzeit passiert – vor allem Unerfreuliches. Jetzt war ihm klar, dass er niemals hätte nach Italien reisen dürfen.

Als er zum ersten Mal über die Anhöhe blicken konnte und das Hausdach auftauchte, brach er in Tränen aus, so tief bewegt war er. Weißer Qualm kräuselte sich über dem Schornstein. Und er fragte sich, was Felicia wohl gerade kochte. Aber was spielte das schon für eine Rolle! Ganz gleich, was sie ihm auftischen würde, es konnte nur das schönste Festmahl sein, das ihm je vorgesetzt wurde, denn seine Felicia würde es zubereitet haben.

Hühner liefen scharrend umher und pickten Körner vor der Haustür. Felicias Kräuter gediehen dieses Jahr besonders üppig in ihrem Gärtchen. Dann bewegte sich etwas am Zaun. Ein Kaninchen grub sich gerade wieder hindurch. Thomas schmunzelte. Felicia würde nicht sehr erfreut sein.

Da die Sonne schon ziemlich tief stand, war zu erwarten, dass auch Howard bald vom Feld heimkehren würde. Thomas wollte aber ein paar Minuten allein mit Felicia verbringen. Nicht dass ihm Howard weniger bedeutete. Er vermisste ihn fast so sehr wie Felicia. Thomas konnte sich kaum eine bessere Familie für den Rest seines Lebens wünschen. Was würde sein zukünftiger Schwiegervater für Augen machen, wenn er heute Abend die Tür aufschlug und ihn dort sitzen sah?

Plötzlich blieb er wie angewurzelt stehen. Da hatte sich etwas bewegt. Jemand kam aus dem Wald.

War es Felicia?

Doch noch bevor sein Herz einen Freudensprung machen konnte, erkannte er, dass sie nicht allein war. Ein Mann war bei ihr! Er lief nicht etwa neben ihr her. Nein, die beiden gingen Hand in Hand. Ihre Arme schwangen gemeinsam ausgelassen im Takt. Thomas blinzelte, um zu erkennen, wer da mit seiner Felicia Hand in Hand ankam. Die untergehende Sonne und sein eingeschränktes Sehvermögen machten es ihm schwer.

Doch dann kam ihm die Kleidung bekannt vor. Natürlich, das war Kendall!

Thomas kauerte sich nieder und beobachtete die beiden, während sie auf das Haus zusteuerten. Sie schienen es eilig zu haben. Außerdem waren sie offenbar so sehr mit sich selbst beschäftigt, dass sie nichts von der Umgebung wahrnahmen.

Als sie die Tür erreichten, blieb Felicia stehen und sah Kendall an.

Und dann kam für Thomas der wohl schwärzeste Augenblick in seinem Leben. Wer hätte ihm Schlimmeres antun können? Weder Bischof Pole noch die Kardinäle und auch der Papst nicht! Kein zerschmetterter Arm, keine verbrannten Finger, keine Schnitte, keine Abschürfungen und keine Nadelstiche ohne Betäubung konnten schlimmer sein als der Schmerz, der ihn in diesem Augenblick durchfuhr.

Er musste mit ansehen, wie Felicia ihren Arm um Kendalls Nacken legte. Er zog sie an sich, und die beiden küssten sich – lange und leidenschaftlich.

Thomas hatte das Gefühl, jemand habe ihm ein Messer in die Brust gestoßen und gnadenlos in der Wunde gedreht. Er konnte den Anblick nicht länger ertragen und wandte sich ab von jenem Haus, das seine einzige wirkliche Heimstatt gewesen war.

* * *

Thomas erwachte durch das Summen von Fliegen in der Nähe seines Ohres. Doch kaum war er zu Bewusstsein gekommen, kehrten sofort wieder die schmerzhaften Erinnerungen zurück. Er hatte nicht die geringste Lust, die Augen zu öffnen. Es gab keinen vernünftigen Grund aufzustehen, wie es auch keinen Grund mehr gab, am Leben zu bleiben.

Thomas spürte die noch kräftige Sonne auf seinem Rücken. Mit seiner einen Gesichtshälfte lag er in trockenem Laub, und ein merkwürdiges Kitzeln war über die ganze Länge seines gesunden Armes zu spüren.

Er hob seinen Kopf, um nach der Ursache zu sehen. Einige Blätter blieben an Wange und Schläfe kleben. Aber das kümmerte ihn nicht. Er musste ein paar Mal zwinkern, um wieder scharf sehen zu können. Dann entdeckte er, dass eine Ameisenstraße vom Ellbogen bis zu den Fingerspitzen führte. Jetzt wusste er, woher dieses merkwürdige Kitzeln kam.

Mit einem tiefen Seufzer ließ er sich wieder ins Gras fallen. Ameisen, Fliegen, Menschen, das Leben – es bedeutete ihm alles nichts mehr. Er dämmerte wieder ein.

Plötzlich spürte er einen Rippenstoß. Er reagierte nicht. Wahrscheinlich irgendein Viehzeug. Konnte es ihn nicht für tot halten?

Es folgte ein zweiter Stoß. Ohne aufzusehen wedelte er mit der Hand, um den Störenfried zu verscheuchen.

Jetzt folgte ein richtiger Fußtritt mit einem Lederstiefel, der ihm den Atem raubte. Thomas drehte sich um und versuchte, gegen das blendende Sonnenlicht zu erkennen, wer ihn da störte und sogar angriff. Es waren vier Personen, die aufrecht wie Bäume an seiner Seite standen.

„Hat dich deine Alte rausgeschmissen, was?"

„Oder 'n bisschen über den Durst getrunken?"

Thomas beschirmte seine Augen, um besser sehen zu können. Aber das half nicht viel.

„Ich habe kein Geld", sagte er. „Auch keine reichen Verwandten, wenn ihr an Lösegeld denkt. Und wenn ihr barmherzige Samariter seid, dann macht, dass ihr wegkommt, und lasst mich in Ruhe. Ich brauche eure Barmherzigkeit nicht."

Er rollte sich zurück in seine Schlafposition.

Doch ein weiterer Fußtritt ließ ihn wieder hochfahren. Nun wusste er wenigstens, das waren keine barmherzigen Samariter.

„Was machst du hier?“

Die Stimme kannte er noch nicht.

„Ich tue keinem etwas zuleide“, sagte Thomas. „Ich habe hier nur geschlafen.“

„Lass dich nicht so hängen und steh endlich auf, du Memme!“

Aus alter Gewohnheit stützte sich Thomas auf seinen rechten Arm. Doch als die Hand den Boden berührte, durchfuhr ihn ein heftiger Schmerz. Er verlagerte sein Gewicht auf die andere Seite, und es gelang ihm aufzustehen.

Nun blendete die Sonne auch nicht mehr, und so konnte er die Gesichter der Störenfriede betrachten. Zwei kannte er nicht, aber die anderen beiden Männer waren ihm durchaus bekannt. Ihre Miene verriet ihm, dass auch sie ihn erkannten.

„Sieh mal an, wen wir da haben!“, sagte der Mann mit der hässlichen Narbe auf der linken Wange, die sich auch noch über das Auge zog und damit verhinderte, dass das Lid sich öffnete.

„Ist ja ‘n Ding“, staunte der andere, der in der Gruppe offenbar das Sagen hatte. „Da haben wir ja wohl einen mausetoten Helden gefangen. Sieht irgendwie gar nicht so tot aus. Was meint ihr?“

Das Narbengesicht packte Thomas. „Überlasst ihn mir für ‘n paar Minuten. Dann sorg’ ich dafür, dass er wirklich tot aussieht.“

Die anderen grinsten.

Thomas bemühte sich, seine Schläfrigkeit abzuschütteln. Dann wandte er sich an den Anführer: „Kay, wir haben doch nichts miteinander zu schaffen.“

Der breitschultrige Zimmermann nickte anerkennend. „Aha! Der große Held erinnert sich an mich. Ich fühle mich geschmeichelt. Der mit Lords, Bischöfen und Päpsten anbandelt, findet tatsächlich noch Zeit, mit dem gemeinen Volk zu reden.“

Thomas hatte keine Lust, mit diesem Möchtegernrevolutionär ein Streitgespräch anzufangen.

„Ist schon komisch", sagte Kay. „Möchte wissen, warum er hier draußen in der freien Natur übernachtet – ohne Waffen, ohne Proviant und so dicht bei der Stadt, die ihm früher mal zugejubelt hat."

Kays Kumpane hatten Antworten parat: „Er war besoffen und hat den Weg nach Hause nicht gefunden!"

„Ich glaube noch immer, dass ihn seine Alte rausgeschmissen hat!"

Kay lachte hämisch. Er lehnte sich vor und schnüffelte. „Er hat keine Fahne. Na, und was seine amourösen Fähigkeiten betrifft ..."

„Was für Fähigkeiten?", fragte einer der Umstehenden.

Sein Kumpan gab ihm einen Stoß. „Du bist vielleicht blöd. Er meint seine Fähigkeiten als geiler Bock."

Kay erhob seinen Zeigefinger: „He, Leute, ihr überseht eine wichtige Eigenschaft von diesem Mann. Ihr vergesst, dass er schon längst gestorben ist. Unser guter Bischof Pole hat ihn zumindest für tot erklärt."

Das war eine überraschende Neuigkeit für Thomas. Pole war also nach England zurückgekehrt. Und er glaubte, dass Thomas tot sei. Im Grunde hatte er ja sogar Recht. Sein kranker Arm verursachte heftige Schmerzen, der andere juckte von Ameisenbissen, die Feuchtigkeit des Erdbodens war in seine Gelenke gekrochen, und sein Magen knurrte.

Das Narbengesicht schlug auf Thomas' kranke Schulter ein. Hätte er ein Messer hineingestochen, es hätte nicht weniger geschmerzt.

„Normalerweise fasse ich keine Toten an. Aber der hier erscheint mir doch ziemlich lebendig."

Langsam verlor Thomas die Geduld. Alles tat ihm weh. Und jetzt kam auch noch diese Feindseligkeit hinzu. Er besaß doch nichts, woran diese Männer interessiert sein konnten. Und er wollte nichts von ihnen.

„Ob Hochwohlgeboren bereit ist, uns Aufklärung zu gewähren?", fragte Kay.

„Nein“, sagte Thomas kurz angebunden. „Wenn ihr nichts dagegen habt, mache ich mich jetzt auf den Weg.“

Er versuchte, sich zwischen Kay und den anderen hindurchzudrängeln. Aber das Narbengesicht stieß ihn mit der flachen Hand zurück.

„Du gehst nirgendwohin!“, zischte er.

Die Mienen der vier Männer verrieten, dass es mit den Späßen nun vorbei sei.

Thomas wandte sich an Kay, der der Intelligenteste unter ihnen zu sein schien. „Ich habe dir schon gesagt, dass ich kein Geld habe. Ich besitze nichts. Lass mich also gehen.“

Wieder versuchte er zu entwischen. Aber das Ergebnis war dasselbe, nur war der Schlag diesmal härter. Thomas strauchelte und fiel auf den Rücken.

Vor Wut kochend stieß er sich mit dem gesunden Arm ab, sprang auf das Narbengesicht zu und setzte sein ganzes Körpergewicht ein, um ihn umzureißen. Beide stürzten zu Boden.

Thomas schrie auf vor Schmerz und Wut und schlug blindlings auf den anderen ein.

Aber er wurde von hinten gepackt und hochgerissen. „Das wird dich lehren ...“

Im nächsten Augenblick fuhr etwas auf ihn zu. Er schloss reflexartig die Augen. Dann ein dumpfer Schlag und ein Blitz zwischen den Augen.

Er spürte, dass seine Knie nachgaben. Dann verlor er das Gleichgewicht und fiel vorwärts in den Staub, der zu einer Wolke aufwirbelte.

Das Letzte, was er vernahm, war die Stimme über ihm: „Wie konnte er nur so dumm sein!“

# 12

Hühner? Nein, Gänse. Thomas glaubte, mitten in einer Gänseherde zu sitzen. Sein Kopf schmerzte gnadenlos. Er saß offenbar mit ausgestreckten Beinen an irgendeinem Felsen. Sein Kopf neigte sich zur Seite. Fast wäre er wieder abgetaucht in die Dunkelheit, aus der er gerade gekommen war.

Nein, es waren keine Gänse. Kinder quiekten und kreischten ohrenbetäubend. Zusätzlich Stimmengewirr. Mit einiger Kraftanstrengung riss er endlich die Augen auf. Er sah Kay, der auf einem großen Stein saß und nähte.

Thomas richtete sich auf und streckte seine Glieder. Er lehnte sich vor, um nachzusehen, was sich da in seinen Rücken gebohrt hatte. Es waren die spitzen Kanten und Vorsprünge des Felsens hinter ihm.

„Du bist selber schuld", sagte Kay, der von seiner Näharbeit aufsah.

„Meine Schuld?" Das waren nur zwei Wörter, aber schwer hervorzubringen, wenn Mund und Kehle trocken wie ein Tuch sind.

„Es war idiotisch von dir, Kleef anzugreifen."

„Kleef?"

„Der mit der Narbe im Gesicht."

„Ich habe mich nur verteidigt, weil ihr mich ausrauben wolltet."

„Ausrauben? Dich? Nun mach aber halblang. Wie kannst du uns vorhalten, dich ausrauben zu wollen, wenn du selber gesagt hast, nichts Wertvolles bei dir zu haben?"

„Ihr wolltet mir ans Leder."

„Wenn wir das wollten, warum haben wir dich dann hierhergebracht?"

Thomas sah sich um. Ein hügeliges und zum Teil felsiges Grasland erstreckte sich bis zum Horizont. Gegen größere Felsbrocken lehnten sich kleine Hütten. Frauen waren an Kochtöpfen beschäftigt. Einige von ihnen trugen ihre Säuglinge über der Hüfte oder auf den Rücken gebunden. Die Männer waren damit beschäftigt, die Hütten auszubessern oder Waffen zu reparieren. Ältere Kinder hüteten die kleineren Geschwister – mehr oder weniger erfolgreich. Hier und dort standen in kleinen Gruppen Rinder oder Ziegen zusammengepfercht, während die Hühner frei herumstolzierten. Diese ländliche Szenerie war eigentlich nichts Außergewöhnliches im England jener Tage. Es fiel jedoch auf, dass nirgends feste Behausungen und beackertes Land zu sehen war.

„Aber wenn ihr mir nichts tun wolltet, warum hat mir dann dieser Ochse – wie hieß er doch gleich - Kleef? – fast die Rippen gebrochen?"

„Das musst du Kleef schon nachsehen. Er ist manchmal ein bisschen jähzornig und hat dann seine Kräfte nicht mehr ganz unter Kontrolle."

Thomas betrachtete den Mann, der ihn verschleppt hatte, etwas genauer. Er war breitschultrig, muskulös und groß gewachsen. Trotz seiner riesigen Hände arbeitete er geschickt mit Nadel und Faden. So stellt man sich eigentlich nicht unbedingt einen typischen Umstürzler vor, als der er damals zum Weihnachtsfest mit dem Titel „Herr der Narren" aufgetreten war.

„Wozu machst du das?", fragte Thomas.

„Was? Nähen?" Kay hielt die Hose hoch, an der er arbeitete, und spähte durch den halb verschlossenen Riss. „Es gäbe doch kein schönes Bild, wenn ich mit einem Loch in der Hose durchs Land ziehe, meinst du nicht auch?"

„Ich meinte eigentlich, ob es niemand gibt, der es für dich erledigen könnte?"

„Bei uns sorgt jeder für sich selbst. Und jeder trägt das für das Allgemeinwohl bei, was ihm besonders liegt. Jetzt bin ich aber mit Fragen dran. Was ist mit dir geschehen? Angeblich bist du doch tot?"

„Das sind gleich zwei Fragen auf einmal. Stört es dich, wenn ich stehe?"

Kay zuckte mit den Schultern. Er beobachtete, wie Thomas

sich am Felsen hinter sich abstieß und mit Ächzen und Stöhnen aufstand.

„Sarah!“, rief Kay. Und er tat dies mit solch einer Lautstärke, dass Thomas es wie einen Schlag gegen den Kopf empfand und instinktiv zusammenfuhr. „Bring unserem Gast einen Becher Ale.“

Ein schwarzhaariges junges Mädchen, das ein paar Ziegen hütete, lief sofort einen Hügel hinauf und verschwand einen Augenblick hinter der Kuppe. Kurze Zeit später erschien sie wieder mit einem Krug. Sie goss einen Becher voll Ale und reichte ihn Thomas mit einem schüchternen Lächeln. Thomas dankte ihr und trank. Das Bier war ein Labsal für seinen ausgetrockneten Hals.

Das Mädchen, das ganz hübsch, aber nur in Lumpen gekleidet war, verließ sie sofort wieder.

„Beantwortest du mir jetzt meine Fragen?“, wollte Kay wissen.

„Ich bin gerade aus Rom zurückgekehrt.“

„Und du wolltest nach Fearnleah?“

Es war eine Frage ohne Hintergedanken. Aber sie erinnerte Thomas wieder an Felicia und Kendall, wie sie vor Howards Haus standen, sich umarmten und küssten. Die Wunde, die dieser Anblick geschlagen hatte, wurde dadurch wieder frisch aufgerissen. Und deshalb schwieg Thomas.

„Wenn du nichts sagen willst, dann musst du mir aber Folgendes erklären“, sagte Kay, der nicht ahnte, was seine Frage angerichtet hatte. „Warum erzählt Bischof Pole überall herum, dass du tot bist?“

„Weil er es glaubt.“

Kay ließ seine Näharbeit sinken. Thomas’ Antwort weckte offensichtlich seine Neugier.

Weil Thomas ihn bat, erzählte Kay, was Pole überall im Land verbreitete. Er erzählte ihm von dem angeblichen Bekenntnis, und er erwähnte Bromleys verstärkte Anstrengungen, die Ausbreitung der englischen Bibel zu verhindern. Im Gegenzug berichtete Thomas, was sich wirklich zugetragen hatte. Er erzählte von seiner Audienz bei den Kardinälen, von den Ereignissen in den Katakomben und von seiner Rückreise auf dem englischen Handelsschiff.

„Und was willst du jetzt machen“, fragte Kay. „Kehrst du zu diesem hübschen Ding zurück, mit dem ich dich bei Lord Harborough gesehen habe?“

Da war er wieder, dieser tiefe Schmerz. Thomas merkte, dass er den Schock noch nicht überwunden hatte. „Für mich ist da nichts mehr drin“, antwortete er.

Es tat ihm gut, dies einmal auszusprechen. Das half ein wenig, die Tatsache hinzunehmen.

Kay nickte verständnisvoll. „Da hat sich einiges in deiner Abwesenheit geändert, nicht wahr? Das geschieht leider häufig.“

Thomas wusste, dass es nun auch ihn und Felicia treffen würde. Wie konnte sie ihm das nur antun? Selbst wenn sie davon ausging, dass er tot sei, wie konnte sie sich dann so schnell Kendall an den Hals werfen? Es musste schon vorher etwas zwischen ihnen gewesen sein.

„Wann planst du denn, den hinterhältigen Bischof zu entlarven?“, fragte Kay.

„Wieso?“

„Du wirst das doch wohl wollen.“

Thomas schüttelte den Kopf.

„Wieso nicht?“, rief Kay ungläubig und sprang auf. „Du lässt ihn einfach so davonkommen?“

„Was hätte ich davon? Mein Leben ist so oder so ruiniert. Ich will nichts mehr mit ihm zu tun haben.“

„Und das, was er in deinem Namen anderen antut – ist dir das auch egal?“

Thomas ließ den Kopf hängen. „Mit ist inzwischen alles egal.“

Kay schnaubte verächtlich. Er wandte sich wieder seiner Näharbeit zu. Doch die Heftigkeit, mit der er die Stiche setzte, ließ erkennen, wie erbost er war.

„Wo willst du bleiben?“, fragte er dann.

Thomas zuckte mit den Schultern.

„Wenn du willst, kannst du bei uns bleiben“, sagte Kay.

Thomas sah sich um und schüttelte dann bedächtig den Kopf. Er wollte niemand um sich haben und einfach nur in Ruhe gelassen werden.

Kay reagierte darauf nur, indem er die Augenbrauen hochzog und unverdrossen weiternähte.

Thomas stellte den leeren Bierkrug auf einen Stein und fragte dann: „Kann ich gehen?"

„Ich habe dir bereits gesagt, dass du nicht unser Gefangener bist."

„Gut, dann werde ich mich jetzt auf den Weg machen", sagte Thomas. Er blickte umher. Wo war er eigentlich? Und da er das nicht wusste, konnte er sich nicht entscheiden, welche Richtung er einschlagen sollte. Aber spielte das überhaupt noch eine Rolle? Er hatte ja ohnehin seine Heimat verloren. So lief er einfach los.

„Mir ging es auch mal wie dir", rief ihm Kay hinterher.

Thomas blieb stehen und kehrte um.

„Damals war meine Welt die Werkstatt meines Vaters. Was außerhalb geschah, bekam ich überhaupt nicht mit."

Thomas wurde neugierig. „Wie kam es, dass sich das geändert hat?"

„Ohne mich um Erlaubnis zu bitten, ist die Welt da draußen in unsere heile Welt eingebrochen wie ein wild gewordener Stier. Und ich konnte nichts dagegen tun. Dieser Stier war Landvogt Bromley, der meinem Vater den Auftrag gab, einen Anbau auf seinem Landgut auszuführen."

„Am Ostflügel?", fragte Thomas.

Kay sah ihn verblüfft an. „Woher weißt du das?"

„Ich wohnte zu jener Zeit dort. Ich war Kendalls Studiengenosse."

Kay brummte missmutig und fuhr dann fort: „Mein Vater brauchte damals eine Woche länger als vereinbart."

„Ich erinnere mich. Bromley war außer sich."

„Er weigerte sich, meinem Vater den Lohn zu bezahlen."

„Soweit ich weiß, befand sich eine Klausel im Vertrag, nach

der Bromley nicht zahlen musste, wenn die Arbeiten nicht fristgerecht fertig gestellt werden. Ich erinnere mich noch daran, weil ich schon damals nicht verstand, dass jemand einen solchen Vertrag abschließt."

„Mein Vater hat ihn unterschrieben, weil er das Geld dringend brauchte, um seine Familie durchzubringen", erwiderte Kay. „Und außerdem war er überzeugt, diesen Auftrag rechtzeitig fertig stellen zu können."

„Aber er hat es dann doch nicht geschafft."

„Nein, er hat es tatsächlich nicht geschafft. Und weißt du, warum?"

Thomas schüttelte den Kopf.

Der Landvogt selber hat die Verzögerung verursacht. Er sorgte dafür, dass das Bauholz einen ganzen Monat zu spät geliefert wurde."

„Und als dein Vater davon erfuhr?"

„Zuerst stellte er Bromley zur Rede. Dann wandte er sich an Lord Harborough."

„Und wie hat der Lord reagiert?"

„Überhaupt nicht."

„Überhaupt nicht? Warum nicht?"

Mein Vater konnte niemand dazu bringen, gegen Bromley auszusagen. Deshalb wies Lord Harborough die Klage meines Vaters wegen Mangel an Beweisen ab. Zwei Monate später klagte er meinen Vater wegen aufrührerischer Betätigung gegen die Krone an. Die Vorwürfe waren völlig aus der Luft gegriffen. Bromley sorgte dafür, dass Vater nach London vors Gericht gezerrt wurde. Dort verurteilte man ihn und steckte ihn ins Gefängnis. Nach kaum einem Jahr ist er gestorben. Nachdem mein Vater gefangen genommen worden war, bekam ich keine Arbeit mehr. Wer gibt schon dem Sohn eines Aufrührers Arbeit! Wir mussten deshalb unsere Werkstatt verkaufen. Ein paar Monate später starb dann meine Mutter an Lungenentzündung."

„Das tut mir Leid."

„Ich begreife es selbst heute kaum noch, aber es gelang mir

damals recht gut, mich mit meinem Schicksal abzufinden. Ich sagte mir, dass das Leben nun einmal so ist. Als Sohn eines Adligen wäre es mir eben anders ergangen. Aber das war ich nicht – basta.

Eines Tages hörte ich einem Wanderprediger zu. Er gehörte zu den Lollarden. Er sprach über Mose und das Volk Israel in der ägyptischen Gefangenschaft. Der Mann berichtete, dass Mose die Israeliten aus der Sklaverei geführt und ihnen ihr eigenes Land gegeben hat."

Thomas versuchte, sich an den Text zu erinnern. Dann fiel er ihm ein, und er zitierte: „Ich habe das Elend meines Volks in Ägypten gesehen und ihr Geschrei über ihre Bedränger gehört; ich habe ihre Leiden erkannt."

Kay sah ihn verblüfft an. „Du kennst die Geschichte?"

„Ich habe sie übersetzt."

„Dann kennst du die Arbeit der Lollarden?"

Thomas nickte.

Kay betrachtete ihn eine Weile forschend. Und dann sagte er plötzlich: „Komm mit!" Er wirkte aufgeregt wie ein kleines Kind, dem man etwas geschenkt hat.

Ohne sich zu vergewissern, dass Thomas folgte, eilte Kay zwischen den provisorischen Hütten hindurch, zwischen kleinen Feuern und Tieren. Männer sahen von ihrer Arbeit auf und Frauen von ihren Töpfen, als die beiden an ihnen vorübereilten. Sogar die Kinder unterbrachen ihr Spiel, um sie zu mustern.

Schließlich hatten sie den höchsten Hügel der Umgebung erreicht. Dort oben war ein kleiner Verschlag gezimmert. Kay warf die Hose fort, an der er genäht hatte, und holte aus der Hütte ein Buch, das er Thomas überreichte.

Es war eine englische Übersetzung der Bibel!

„Woher hast du die?", fragte Thomas.

„Sie gehört dem Wanderprediger, von dem ich dir erzählt habe."

Thomas schlug die Bibel mit sehr gemischten Gefühlen auf und blätterte darin, immerhin war sie das Objekt seiner größten Liebe und seiner tiefsten Verunsicherung.

„Es waren Geschichten aus der Bibel“, sagte Kay, „die mich zu der Überzeugung kommen ließen, dass wir heute gar nicht so anders leben als die Menschen damals zu Moses Zeiten. Sein Volk wurde von den ägyptischen Herren geknechtet, und unser Volk ist zu Sklaven der reichen Adligen geworden. Unser Sklaventreiber ist Landvogt Bromley. Sieh dir all die Menschen hier an. Jeder hatte sein Haus, seinen kleinen Acker und sein Auskommen. Aber man hat es ihnen weggenommen. Einfach so, weil ein Adliger oder Landvogt es wollte. Entweder konnten sie die Steuern nicht bezahlen, ließen sich von ihren Herren nicht beugen oder wurden Opfer reiner Willkür. Das sind heute die Unterdrückten.“

Thomas sah sich die Menschen, die die umliegenden Hügel bevölkerten, etwas genauer an. Eine gewisse Ähnlichkeit hatten sie schon mit den Stämmen Israels, die durch die Wüste wanderten. Und er selber konnte sich mit ihnen identifizieren, denn auch er war das Opfer von Willkür geworden.

„Ob du es wahrhaben willst oder nicht, Thomas, du bist einer von uns. Was du mir von dir erzählt hast, belegt doch eindeutig, dass auch du die Willkür zu spüren bekommen hast, die die Herrscher unseres Landes ausüben – sei es die Kirche oder der Adel.“

Thomas klappte die Bibel zu. „Ich sollte mich auf den Weg machen“, sagte er. Kay nahm sie ihm aus der Hand und schlug sie wieder auf. „Willst du behaupten, dass dieses Buch all den Menschen hier keine Hoffnung geben kann?“

Thomas sah verlegen zu Boden. Er wollte sich mit dieser Frage nicht beschäftigen.

„Steht hier nicht viel drin über die Befreiung des Menschen?“

„‚Und ihr werdet die Wahrheit erkennen, und die Wahrheit wird euch frei machen.‘“ Dieses Zitat kam Thomas ganz spontan über die Lippen. Kay freute sich, während Thomas sich wunderte, dass ihm das alles noch so gegenwärtig war.

„Und was ist mit der Geschichte vom jungen Hirten, der den Riesen erschlagen hat? Das steht doch auch hier drin, oder?“

„Du sprichst von David und Goliath."

„Nimm den englischen Adel mit den Bischöfen und die Menschen hier auf diesen Hügeln. Wer ist David und wer Goliath?"

„So einfach ist das nicht", sagte Thomas.

„Ist es nicht? Oder willst du es einfach nicht so sehen?"

„Warum hältst du mich auf", fragte Thomas. „Ich kann dir nichts bieten, was wichtig für dich wäre."

„Doch. Wir brauchen jemand, der sich in der Bibel auskennt und der den Menschen etwas beibringen kann – aber so, dass sie es auch verstehen. Glaube mir, das wird sie zusammenschweißen wie nichts auf der Welt."

„Das ist doch die Aufgabe deines Freundes von den Lollarden. Lass ihn doch die Menschen lehren."

Kay blickte finster. „Er sitzt in London im Gefängnis. Bromleys Werk. Wir konnten zwar unseren Lehrer nicht retten. Aber zwei von uns gaben ihr Leben, um dieses Buch vor dem Zugriff des Landvogts zu bewahren."

Thomas war keineswegs unberührt von der Leidenschaft seines Gegenübers. Er konnte sich vorstellen, warum dieser Mann so viele Anhänger um sich scharen konnte. Aber Thomas wollte keiner von ihnen werden.

„Tut mir Leid", sagte er und gab die Bibel zurück. Man sah es Kay an, wie enttäuscht er war. Aber er hatte kaum Zeit zur Trauer. Etwas erregte seine Aufmerksamkeit hinter Thomas' Rücken.

Der wollte die Ablenkung nutzen, um sich zu entfernen. „Ich muss jetzt wirklich gehen", sagte er.

„Das solltest du auch", sagte Kay. „Darf ich dich noch um etwas bitten?"

„Worum?"

„Wenn du gehst, nimm die hier mit und bewahre sie gut auf." Ohne seinen Blick von dem Geschehen hinter Thomas' Rücken zu wenden, drückte er Thomas die Bibel so an die Brust, dass der sie einfach greifen musste.

„Weggehen?", fragte Thomas. Er sah sich um, um endlich zu erfahren, was Kay die ganze Zeit beobachtete.

Es waren Reiter, gefolgt von Fußsoldaten, die sich dem Lager näherten.

„Bromleys Männer", sagte Kay.

Thomas war starr vor Schreck.

„Ich denke, du machst dich jetzt schnellstens aus dem Staub. Du wirst kaum die Gelegenheit bekommen zu erklären, dass du nicht zu uns gehörst."

Kaum hatte er zu Ende geredet, da lief er auch schon den Hügel hinab und gab im Laufen Befehle an alle, die sich in Hörweite aufhielten.

Thomas seufzte tief und lief los. Zunächst zögernd, doch als er die waffenstarrende Reiterschar mit donnernden Hufen heranreiten sah, presste er die Bibel noch fester an sich und lief um sein Leben.

*Es war ganz schön klug von Kay, mir die Bibel zuzuschieben,* dachte er. *Wenn ich mit dem Leben davonkomme, bin ich es, der für den Rest seines Lebens hinter Gittern verschwindet. Vielleicht teile ich sogar die Zelle mit ihrem befreundeten Lollarden.*

Das Schnauben eines Pferdes warnte ihn. Ein Soldat hatte ihn schon fast eingeholt. Thomas drehte sich gerade noch rechtzeitig um. Er sah das blutverschmierte Schwert seines Verfolgers. Doch gerade in diesem Augenblick stieß sein Fuß an einen Stein. Er strauchelte und hörte noch, wie die Waffe über seinem Kopf durch die Luft sauste.

Der Reiter wendete glücklicherweise nicht, weil er wohl meinte, dass genug andere da seien, Thomas den Gnadenstoß zu geben. Vom Boden aus konnte Thomas sehen, dass der Hügel mit Leichen übersät war – Männer, Frauen und Kinder.

Thomas sprang auf, packte die Bibel ganz fest und rannte, so schnell er konnte. Er wusste eigentlich nicht, warum er floh. Einen Augenblick dachte er ernsthaft darüber nach, ob er nicht einfach stehen bleiben sollte. Mehr brauchte er doch nicht, um sich seinem Schicksal zu ergeben. Alles wäre überstanden. So einfach wäre das – so einfach für einen Mann, der nichts mehr hatte, wofür es sich zu leben lohnte.

* * *

Als man Bischof Pole das Beefsteak vorsetzte, klatsche er wie gewohnt in die Hände, beugte sich über den Teller und schnüffelte.

„Wunderbar“, rief er verzückt. „Mit Zimt.“

Kendall, der ihm gegenübersaß, war längst nicht mehr amüsiert von diesem gewohnten Schauspiel, und sein Vater ging mit einem Schulterzucken darüber hinweg.

Während der Bischof noch voller Vorfreude seinen Teller betrachtete, hatte Bromley seinen ersten Bissen vom Fleisch abgeschnitten und in den Mund gestopft. Noch immer kauend fragte er: „Ist alles für die Ankunft Kardinal Barberinis vorbereitet?“

Der Bischof, der gerade nach der günstigsten Stelle für den ersten Schnitt in sein Steak forschte, zog eine Grimasse. „Ja doch“, sagte er etwas gereizt. „Alles ist bereit.“

„Und der Abgesandte des Königs? Er wird ja wahrscheinlich bei Lord Harborough übernachten.“

„Ja, Lord Harborough bestand darauf. Alles ist so arrangiert wie verabredet. Wenn Ihr mich aber nun einen Augenblick entschuldigt - mein Filet wartet.“

„Dann ist ja für Sonntag alles arrangiert“, meinte Bromley.

Der Bischof reagierte nicht.

„Und die Vorbereitungen für Montag laufen auch? Der Kardinal und sein Gefolge werden sich nach London aufmachen zu einer Audienz beim König?“

Der Bischof lehnte sich in seinem Stuhl zurück, ohne sein Beefsteak berührt zu haben. „Gewiss, mein lieber Bromley. Ich habe alles selber beaufsichtigt. Am Sonntag findet der Gottesdienst in Coventry statt, und dann werden wir uns nach London aufmachen, wo uns König Richard empfangen wird. Es verspricht einer der größten Tage in Englands Geschichte zu werden, an dem König und Kirche sich gegen die gemeinsame Bedrohung durch Wyclifs Ketzerei verbünden. Darf ich nun endlich diesem wunderbaren Stück Fleisch die Aufmerksamkeit widmen, die es verdient?“

Bromleys Reaktion bestand darin, dass er einen weiteren Bissen von seinem Stück Fleisch abtrennte, in den Mund schob und gelangweilt darauf herumkaute, während der Bischof den dritten Versuch unternahm, sich ehrerbietig seinem Teller zu nähern.

Bromley fragte mit vollem Mund: „Die Gerüchte beunruhigen Euch also gar nicht?“

„Was für Gerüchte?“

„Über Thomas Torr.“

Selbst Kendall, der bisher gelangweilt am Tisch gesessen hatte, hielt inne und wartete gespannt auf das, was sein Vater zu sagen hatte.

Bischof Pole gab sich große Mühe, die Unruhe zu verbergen, die diese Bemerkung ausgelöst hatte. „Und was sind das für Gerüchte bezüglich Thomas Torr?“

Bromley kaute zu Ende und schluckte, bevor er antwortete. Er schnitt ein weiteres Stück Fleisch ab. „Dass er lebt ...“, sagte er und stopfte sich den Bissen in den Mund. „... und dass er hier in England ist.“

Der Bischof legte das Messer ab. „Humbug“, sagte er. „Woher kommen diese Gerüchte?“

Bromley zuckte die Schultern. „Das ist schwer zurückzuverfolgen.“

„Sie entbehren jeder Grundlage“, entrüstete sich der Bischof. „Thomas Torr ist tot.“

„Seid Ihr sicher?“, fragte Bromley.

„Gott ist mein Zeuge.“

* * *

Pferdegetrappel. Felicia und Howard horchten auf. Der Reiter hielt direkt vor ihrem Haus an. Jemand pochte an die Tür – fünfmal.

Howard bedeutete Felicia, sich leise in den hinteren Bereich des Hauses zurückzuziehen. Er nahm sein Messer und schlich zur Tür.

Wieder heftiges Pochen.

„Felicia? Howard? Ich bin's, Kendall!"

Vater und Tochter warfen sich Blicke zu. Howard legte das Messer auf den Tisch und öffnete die Tür.

„Ich weiß, dass es schon spät ist", sagte Kendall beim Eintreten. „Vergebt mir bitte. Ich musste einfach mal weg von zu Hause, frische Luft schnappen. Und da ich durch Zufall hier in der Nähe vorbeikam, dachte ich, ich könnte mal nach euch sehen. Ich hoffe, ich störe nicht."

Howard deutete auf einen Stuhl, und Kendall setzte sich. Felicia bemerkte, dass Kendall ungewöhnlich angespannt war. So kannte sie ihn gar nicht. Etwas an ihm war ständig in Bewegung. Wenn seine Finger nicht auf den Tisch trommelten, dann schaukelte er mit den Knien oder bewegte unruhig die Füße. Diese Unruhe steckte allmählich auch Felicia an.

„Das ganze Dorf spricht schon über den kommenden Sonntag. Ihr geht doch auch, oder? Natürlich geht ihr. Wann hat man schon mal die Gelegenheit, am selben Tag einen Kardinal aus Rom und einen Abgesandten des Königs zu Gesicht zu bekommen!"

„Wir haben uns noch nicht entschieden", sagte Howard.

„Tatsächlich? Ich bin davon ausgegangen, weil doch alle im Dorf gehen wollen. Ich ... ich hätte vielleicht ..."

„Soll ich dir einen Tee machen?", fragte Felicia.

„Das wäre toll! Ich kann jetzt wirklich einen Becher Tee gebrauchen."

Felicia bereitete den Tee und stellte drei Becher auf den Tisch. Felicia und Howard nahmen an einer Seite Platz, während Kendall ihnen gegenübersaß.

Plötzlich fing er an zu lachen. „Ihr hättet das Schauspiel sehen sollen, das der Bischof heute wieder bei Tisch vorgeführt hat. Ihr kennt ihn ja. Ach nein, ihr habt ihn ja niemals essen sehen. Es ist wirklich ein Lustspiel. Heute Abend war er wieder in Bestform." Kendall lachte, aber es hörte sich irgendwie gekünstelt an.

„Was hast du auf dem Herzen, Kendall?", fragte Howard.

„Auf dem Herzen? Nichts, wirklich. Dachte einfach, ich komme mal vorbei."

Die drei schlürften ihren Tee.

Mit einem Schlag auf den Tisch stand Kendall dann plötzlich auf.

„Es ist spät", sagte er. „Ich ... ich hätte gar nicht vorbeikommen sollen ... bin halt zufällig hier ... na ja, das habe ich euch ja schon erzählt."

Er stand schon an der Tür, die halb offen stand.

Felicia sah ihn fragend an.

Howard rief ihm zu: „Junge, meinst du nicht auch, dass du uns sagen solltest, warum du gekommen bist? Du bist doch nicht ohne Grund den ganzen Weg hierher geritten."

Kendall schloss die Tür wieder und lehnte sich von innen dagegen. Es dauerte eine Weile, bis er die Worte über die Lippen brachte. „Es ist ja nur ein Gerücht."

„Gerüchte?", wiederholte Felicia.

„Am Esstisch hat Vater heute Abend dem Bischof erzählt, was er gehört hat. Es müsse zwar noch überprüft werden, meinte Vater. Aber immerhin schien die Nachricht so wichtig zu sein, dass sie dem Bischof den Appetit verdarb. Und das will schon was heißen."

„Kendall, spann uns nicht auf die Folter", rief Felicia.

„Du wirst es ja sowieso irgendwann erfahren."

„Kendall!"

Er holte tief Luft und sagte: „Es könnte sein, dass Thomas noch lebt."

* * *

Felicia lag im Bett, aber an Schlaf war nicht zu denken.

*Thomas am Leben? Kann es wahr sein?*

Je länger sie nachdachte, desto mehr Hoffnung keimte auf. Doch im gleichen Maß wuchs ihre innere Zerrissenheit. Immerhin hatte sie es so weit gebracht, dass sie nicht mehr weinen musste, wenn sein Name fiel. Und nun das. Natürlich wollte sie, dass das Gerücht wahr sei. Wenn aber nicht? Das hieße, Thomas ein zweites Mal zu verlieren. Und sie wusste nicht, ob sie das noch einmal ertragen könnte.

„Felicia?"

Sie richtete sich auf. „Ja, Vater?"

Seine Stimme kam aus der Finsternis. Es war so dunkel im Haus, dass sie noch nicht einmal seine Umrisse sah.

„Habe ich dich aufgeweckt?"

„Nein."

„Ich konnte auch nicht schlafen."

Felicia zog ihre Beine an und schlang ihre Arme darum. Dann schaukelte sie leicht hin und her.

Ihr Vater räusperte sich. „Ich werde mich morgen früh auf den Weg machen", sagte er.

„Auf den Weg machen?"

„Kendall meinte, dem Gerücht nach halte sich Thomas bei den Abtrünnigen im Norden auf. Vielleicht ist er bei Kay und seinen Männern. Ich werde hinaufziehen und nachsehen."

„Nein, Vater. Das ist zu gefährlich. Denk dran, was mit Onkel Ives passiert ist."

„Ich werde schon aufpassen."

„Ich möchte aber trotzdem nicht, dass du gehst."

„Ich weiß. Aber ich muss einfach. Wenn es eine Chance gibt ..." Seine Stimme versagte.

„Dann will ich mitkommen."

„Kommt nicht in Frage. Das ist zu gefährlich. Wenn dir etwas zustoßen würde, hätte ich keine Kraft mehr zum Leben. Dich auch noch zu verlieren, das wäre zu viel."

„Aber ich könnte ..."

„Nein!"

Da war nichts mehr zu machen. An seinem Tonfall erkannte

Felicia, dass jeder weitere Versuch so unmöglich wäre wie der Versuch, mit dem Kopf durch die Wand zu wollen.

„Ich werde ein paar Sachen für dich zusammenpacken", sagte sie.

„Fein."

Dann schwiegen sie eine ganze Weile. Felicia dachte schon, Howard habe sich wieder schlafen gelegt.

„Felicia?"

Die Frage kam so unerwartet, dass sie zusammenfuhr.

„Ja, Vater?"

„Wenn Thomas lebt, dann finde ich ihn auch."

# 13

„Harold, mein Schatz! Ist hier ein riesiger Kerl vorbeigekommen?“

Aus einem der hinteren Räume trat ein Mann. Er trug ein Fass, das so rund war wie sein eigener Bauch. Ächzend stellte er es ab. Felicia vermutete, dass das Harold war. Indem er sich den Schweiß von der Stirn wischte und ihn dann von den Fingern abschüttelte, musterte er Felicia von oben bis unten.

„Ihr sucht Riesen, mein Fräulein?“

„Ich habe nicht gesagt, dass er ein Riese ist“, erwiderte Felicia. „Er ist ein stattlicher Mann, und er ist mein Vater. Habt Ihr ihn vielleicht gesehen?“

Felicia war ihrem Vater seit dem frühen Morgen, da er von Fearnleah aufgebrochen war, heimlich gefolgt. Sie wusste, dass sie damit gegen sein Gebot verstieß. Doch das war ihr egal. Sie musste um jeden Preis wissen, ob Thomas noch am Leben war.

Zunächst war es ganz einfach gewesen, den Vater zu verfolgen. Seine Statur machte es ihr leicht. Auch war sein Verhalten auffallend. Immer wieder hielt er an, machte kleine Umwege und sprach mit Passanten. Manchmal deutete er auf den Lederbeutel an seinem Gürtel und machte sich dann wieder auf den Weg.

Als ihr Vater über eine Lichtung an eine Brücke kam, musste sie ein wenig zurückbleiben, um nicht gesehen zu werden. Sie wartete eine Weile. Und als sie glaubte, es sei sicher, ihm wieder zu folgen, versuchte sie den Abstand zu verringern.

Aber dann kam diese Weggabel. Für welche Richtung hatte sich ihr Vater entschieden? Sie suchte ungewöhnlich große Fußtapfen, aber der Boden war zu hart, um deutliche Fußabdrücke entstehen zu lassen. Es half auch nichts, nacheinander in beide Richtungen zu laufen, denn die Wege waren zu gewunden. Also musste sie sich für eine Richtung entscheiden.

Sie schlug den linken Weg ein. Doch schon ein paar Minuten später war ihr klar, dass sie falsch gewählt hatte. Es ging plötzlich abwärts in ein waldiges Tal. Und der Weg verengte sich zu einem schmalen Trampelpfad. Felicia geriet langsam in Panik. Sie kehrte eilends zur Gabelung zurück. Auf dem anderen Weg erreichte sie schließlich die Schenke.

Drinnen war es dämmrig, und es roch nach Bier und Männerschweiß. Ihre Augen mussten sich zunächst an das schwache Licht gewöhnen. Die Stimmen, die sie noch von draußen gehört hatte, verstummten bei ihrem Eintritt.

Als sich ihre Augen an das schwache Licht gewöhnt hatten, sah sie drei Männer an einem alten, wackligen Tisch sitzen. Einer von ihnen war ein Mönch.

Eine dickliche Frau mit wirrem, rotem Haar, die gerade den Boden fegte, unterbrach ihre Arbeit und fragte Felicia nach ihren Wünschen. Das war der Augenblick, da die Frau nach Harold, ihrem Mann, rief.

„Ihr sagt, Euer Vater?“, fragte Harold.

„Habt Ihr ihn gesehen?“

Die drei Männer dachten nicht daran, weiter miteinander zu sprechen. Sie hörten lieber zu, was Felicia und der Wirt zu besprechen hatten. Auch die Frau lauschte auf ihren Besen gestützt.

Harold rieb sich die Nase. „Meint Ihr vielleicht den Mann, der für den Landvogt Geld transportiert?“

Felicia runzelte die Stirn. „Er transportiert Geld?“

„Hat groß herumgetönt.“

Der Mönch nickte zustimmend.

Felicia, die entsetzt und höchst beunruhigt war, antwortete: „Davon weiß ich nichts. Aber mein Vater ist ein ziemlich stattlicher Mann. Schwarzes Haar, breite Schultern, riesige Hände.“

Harold nickte und der Mönch ebenso. „Ja, so sah er aus“, sagte er. „Ist vor kurzem aufgebrochen.“

Felicia dankte ihm und beeilte sich, ihrem Vater zu folgen. Das grelle Licht des Tages blendete sie, als sie aus dem Wirtshaus trat. Aber sie stürmte trotzdem los, hielt sich in der Mitte des Weges, um nirgends anzuecken. Kaum konnte sie wieder halbwegs sehen, bemerkte sie einen Schatten. Hatte sich da jemand gerade noch hinter einem Baum versteckt?

Sie sah genauer hin. Aber es war nichts zu erkennen.

Das war wahrscheinlich nur ihr schlechtes Gewissen. Ihr Vater hatte sich kaum geäußert, dass sie ihn nicht begleiten könne, da hatte sie schon beschlossen, ihm nicht zu gehorchen. Sie konnte nicht einfach zu Hause sitzen, die Hände in den Schoß legen und auf die Nachricht warten, ob Thomas nun am Leben sei oder nicht.

Sie hatte sich vorgenommen, ihrem Vater bis zum Einbruch der Dunkelheit zu folgen, ehe sie sich ihm zeigen würde. Natürlich würde er ungehalten reagieren. Davon ging sie aus. Aber was konnte er noch tun? Sie wieder in die Dunkelheit hinausschicken? Nein, sie würde den Rest des Abends Zeit haben, ihn mit Erfolg zu überreden. Allerdings hatte sie nicht mit der Möglichkeit gerechnet, ihn zu verlieren.

Die Allee vor ihr sah aus wie eine Leiter mit vielen Sprossen, denn die Stämme der Linden warfen regelmäßige Schatten über den Weg. Kaum hatte sie den ersten Baum passiert, da sprang jemand hinter ihm hervor, umklammerte sie so fest, dass sie sich nicht rühren konnte, und hielt ihr den Mund zu. Es war alles so blitzschnell geschehen, dass sie keine Zeit gefunden hatte, noch einen Laut von sich zu geben.

Aber der Schrecken, der ihr in die Glieder gefahren war, legte sich schnell. Ihre Glieder entspannten sich, und sie sagte etwas in die hohle Hand des Angreifers, was jedoch niemand verstand.

Behutsam löste sich die Hand vor ihrem Mund.

„Ich weiß, dass du es bist, Vater", sagte sie – nun verständlich.

Der Arm, der sie umklammert hielt, löste sich. Befreit tat sie ein paar Schritte und drehte sich zu dem Angreifer um.

„Was hättest du gemacht, wenn es ein Wegelagerer gewesen wäre?", grollte Howard.

„Ich wusste gleich, dass du keiner bist. Die Hand auf meinem Mund roch wie die meines lieben Vaters."

„Es hätte aber auch der Geruch eines Straßenräubers sein können", beharrte er und sah sie grimmig an. Er war wirklich wütend.

Felicia aber grinste. „Und wie riecht ein Straßenräuber? Weißt du das?“

Howard war nicht zum Lachen. „Du solltest nicht hier draußen auf der Landstraße sein“, sagte er. „Du machst jetzt kehrt und gehst nach Hause.“

In diesem Augenblick sah Felicia, dass sich in der Nähe der Gastwirtschaft etwas bewegte. Jemand versteckte sich dort. Sie war sich sicher, sich nicht getäuscht zu haben.

Ihr Vater, der mit dem Rücken zum Gasthaus stand, bekam davon nichts mit.

„Wenn du gleich aufbrichst, kannst du noch ...“

„Jemand verfolgt uns.“

Howard wollte sich sofort umsehen, um sich selbst zu überzeugen. Aber Felicia hielt ihn zurück.

„Ich habe ihn gerade zum zweiten Mal gesehen“, flüsterte sie.

„Wie sieht er aus? Ist er allein?“

Felicia schüttelte den Kopf. „Ich konnte ihn bisher noch nicht erkennen.“

„Ist noch jemand da?“

„Nein, ich habe bisher nur einen gesehen. Aber hinter dem Gasthaus könnten noch andere sein.“

„Geh los!“, sagte Howard. Sieh dich nicht um und lauf.“

Auch Howard setzte sich in Bewegung. Felicia blieb an seiner Seite.

„Genau deshalb wollte ich nämlich nicht, dass du mitkommst“, brummelte er.

Sie liefen ungefähr eine Meile, bis die Landstraße um einen Hügel herum einen Bogen machte. Sobald sie von einem möglichen Verfolger nicht mehr gesehen werden konnten, schickte Howard Felicia hinter einen Felsbrocken. Sie sollte dort bleiben, ganz gleich, wie viele Männer es sein würden.

Auch Howard versteckte sich hinter einer Erhebung und bereitete sich darauf vor, den Ersten zu packen, der auftauchen würde.

Als so viel Zeit verstrichen war, dass sie eigentlich mit keinem

Verfolger mehr rechnen konnten, spähte Felicia um die Felskante. Ihr Vater aber gab ihr ein Zeichen, sich wieder zu ducken.

Im selben Augenblick kam jemand um die Kurve. Howard war mit einem Satz bei ihm, und schon im nächsten Augenblick rollten sich beide im Staub. Howard aber gewann ziemlich schnell die Oberhand.

„Kendall!", rief Felicia.

Howard stieß ihn ein wenig von sich, um ihn besser sehen zu können. „Ach, da haben wir ja noch einen von der Sorte!", rief er.

„Kendall, was machst du denn hier?" Felicia stand, die Hände in die Hüften gestemmt, über den beiden, die noch immer am Boden lagen.

Kendall, der unter dem Gewicht des Landmannes ächzte, bemühte sich um eine Antwort: „Ich habe dich heute Morgen zufällig beobachtet, wie du aufgebrochen bist – allein und ohne Proviant. Da dachte ich, dass das ein ziemlich unvernünftiges Unternehmen ist und bin dir gefolgt."

Howard löste die Arme von dem Jungen und half ihm auf die Beine. „Ich hätte es nicht besser ausdrücken können", sagte er. „Und wie sich nun herausstellt, hat Kendall uns einen Gefallen getan. Er kann dich zurück nach Fearnleah begleiten."

„Nein!", rief Felicia und warf dem ziemlich verstaubten Sohn des Landvogts einen vorwurfsvollen Blick zu. Der zuckte bedauernd die Schultern. „Tut mir Leid, Felicia. Das konnte ich nicht ahnen. Ich war nur so besorgt."

„Du gehst auf jeden Fall wieder nach Hause. Die Landstraße ist kein Ort für junge Mädchen", sagte Howard streng.

Felicia stampfte unwillig mit dem Fuß auf. „Ich gehe nicht!"

„Du solltest wirklich auf deinen Vater hören", sagte Kendall.

Felicia schüttelte trotzig ihren Kopf. „Wenn ihr auch nur einen Augenblick glaubt, dass ich nach Fearnleah zurückgehe, dort sitze und Däumchen drehe ..."

„Jetzt hör mir mal gut zu, junge Dame!", rief Howard. „Du machst jetzt auf der Stelle kehrt."

Einen Augenblick herrschte Stille.

Dann geschah alles sehr schnell. Männer tauchten auf, traten hinter Felsbrocken oder Bäumen hervor und umringten die drei. Es waren keine Soldaten, obwohl sie alle Waffen trugen. Einige waren nur in Lumpen gekleidet und hatten nur Knüppel in ihren Händen. Felicia schätzte, dass es etwa zwei Dutzend Männer sein mussten, und keiner blickte auch nur halbwegs freundlich.

Einer von ihnen trat hervor. Er hatte eine Narbe vom linken Auge bis zur Wange. Felicia erinnerte sich an ihn. Er war es, der auf der Weihnachtsfeier bei Lord Harborough Thomas so bedrängt hatte, als es darum ging, für den Herrn der Narren zu stimmen. Mit dem Ende seines Knüppels tippte er auf den Beutel an Howards Gürtel.

„Den wollen wir haben", sagte er.

Howard machte keine Anstalten, den Beutel abzunehmen, sondern starrte das Narbengesicht wütend an.

„Zwing mich nicht, dich mit dem Messer zu bearbeiten."

„Wie du es mit meinem Bruder gemacht hast?"

Das saß. Das Narbengesicht sah Howard verblüfft an.

„Guck dir noch mal die Gegend an", sagte Howard. „Mein Bruder hat dir das eine Auge geschlossen. Ich tue es dann mit dem anderen."

Bevor das Narbengesicht wusste, wie ihm geschah, sprang Howard schon auf ihn zu und schlug auf ihn ein.

„Was soll der Unsinn? Trennt sie!"

Die Stimme kam von weiter oben.

Die Männer reagierten sofort und trennten Howard und das Narbengesicht. Zwei, drei Männer mussten schnell zupacken, um Howard festzuhalten, der allen anderen an Größe und Kraft überlegen war.

Felicia sah zum Hügel hinauf um festzustellen, wer den Befehl gegeben haben könnte. Es war Kay.

Er kam herunter und stellte sich vor Howard, der noch immer festgehalten wurde. Dann griff er nach dem Beutel.

„Wie ich vermutet hatte", sagte Kay und streute den Inhalt in den Staub der Straße. Es waren getrocknete Bohnen.

Kay trat an Howard heran und sagte: „Das Ganze ist ein Täuschungsmanöver – nur um dich zu rächen?"

Howard sah Kay furchtlos in die Augen und sagte: „Ich bin nicht gekommen, um mich zu rächen!"

„Gut!", sagte Kay. Denn wenn du dich hättest rächen wollen, wärst du am falschen Ort, beim falschen Mann."

Der Wegelagerer wandte sich den beiden anderen Gefangenen zu, musterte zunächst Felicia und dann Kendall.

„Aber wozu das ganze Theater?" Er sah Howard verächtlich an. „Man wusste doch gleich, dass da etwas nicht stimmen konnte. So dumm kann doch niemand sein. Ich hätte einen Besen gefressen, wenn da Gold drin gewesen wäre."

Schallendes Gelächter. Alle lachten los, nur das Narbengesicht nicht.

„Aber was hatte er vor?", fragte Kay, ohne jemand direkt anzusehen. „Das ist in der Tat ein Rätsel. Warum sollte ein Mann sein liebes Töchterlein mit hineinziehen ..." Dabei raunte er Felicia ins Ohr: „Ja, mein Schatz, ich kenne dich von der Weihnachtsfeier bei Lord Harborough." Laut fügte er hinzu: „Und was noch merkwürdiger ist: der Sohn des Landvogts ist auch in solch eine kleine Schweinerei verwickelt."

„Die beiden haben überhaupt nichts mit der Sache zu tun", sagte Howard. „Ich bin der, mit dem du zu schaffen hast."

Kay tat so, als habe er nichts gehört. „So etwas Rätselhaftes ist uns nicht begegnet seit wir ..." Er unterbrach seine Rede, um die Spannung zu erhöhen. Und er fuhr fort, indem er Felicia ansah: „... seit wir auf Thomas Torr gestoßen sind."

„Thomas?", rief Felicia. „Ihr wisst, wo Thomas ist?"

Howard versuchte, einen Schritt nach vorn zu tun, wurde aber sogleich zurückgehalten. „Kay, sag ehrlich. Lebt Thomas?"

* * *

Thomas saß vor der Hütte, die er sich mit Kay teilte und die am Hang einer Anhöhe aufgestellt worden war. Er wusste noch immer nicht recht, was er hier überhaupt wollte. Am meisten bedauerte er, dass er sich nicht von Bromleys Reitern hatte umbringen lassen. Aber seine Angst vor dem Sterben hatte ihm noch einmal das Leben gerettet. Sollten aber Bromleys Männer ein weiteres Mal auftauchen, würde er es bestimmt anders machen.

Die englische Bibel lag aufgeschlagen in seinem Schoß. Kay war zuvor mit ein paar Männern aufgebrochen, um eine vermutete Falle zu untersuchen, die Landvogt Bromley offenbar für sie gestellt hatte. Irgend so ein Narr zog nämlich durch die Lande und erzählte herum, dass er viel Geld bei sich habe. Entweder war der Mann tatsächlich nicht ganz richtig im Kopf oder aber er sollte sie ködern. Kay war aufgebrochen, um das herauszufinden. Thomas nutze seine Abwesenheit, um sich etwas mehr mit dieser Bibel der Lollarden zu beschäftigen.

Mit der gesunden Hand strich er über die pergamentenen Seiten. Der Kopist, der dieses Buch geschrieben hatte, hätte die Seiten ruhig ein wenig sorgfältiger glätten können, dachte Thomas.

Der Text war zweispaltig geschrieben und nirgends von Illustrationen unterbrochen. Zweck dieser Bibel war es ja, das Wort Gottes unter das Volk zu bringen. Da hielt man farbige Bilder für überflüssig. Thomas sah das allerdings anders. Die Bibel war immerhin Gottes Buch und deshalb jede Mühe wert ...

Er unterbrach seinen Gedankenfluss. War das nicht wieder der alte Thomas?

Er beugte sich vor, um die Seiten besser in Augenschein nehmen zu können. Trotz seines eingeschränkten Sehvermögens entdeckte er so manche Nachlässigkeit des Schreibers. Die Buchstaben waren zwar von einer geübten Hand geschrieben, ab und zu aber musste der gute Mann in Eile gewesen sein. Was für ein Jammer!

Thomas schlug das Buch ungefähr in der Mitte auf. Er suchte den 121. Psalm. Das war die Stelle, bei der Doktor Wyclif gemeint hatte, sie sei am besten ins Perfekt zu übersetzen.

Doch er kam nicht mehr dazu, den Psalm zu lesen, denn er

hörte, dass sich eine Gruppe von Personen näherte. Es waren, wie sich herausstellte, Kay und seine Männer. Thomas wollte vermeiden, dass Kay ihn in der Bibel lesend vorfand. Deshalb stand er auf und verstaute das Buch dort, wo es gelegen hatte.

Dann trat er wieder aus der Hütte heraus – und war überrascht. Es war nichts Ungewöhnliches, dass Kay um diese Zeit heimkehrte. Doch es waren noch drei weitere Personen bei ihm, die eindeutig nicht zu seiner Bande gehörten. Der eine war ein Hüne, dann war eine Frau dabei und – er erkannte es an der Kleidung – es hatte sich offenbar auch noch ein Edelmann zu ihnen gesellt.

Nein! Das konnte nicht wahr sein! Howard! Und ... Felicia! Sie waren es tatsächlich. Und wer lief da an ihrer Seite? Kendall! Was hatten die drei denn hier zu suchen?

Thomas blicke ungläubig den Hügel hinab. Seine Hände und Knie begannen zu zittern. Er wollte sie jetzt auf keinen Fall sehen. Sie hatten hier nichts verloren!

Deshalb wandte er sich um und lief fort.

Er hastete die Anhöhe hinauf, wo das Grasland aufhörte und in ein steiniges und felsiges Gelände überging. Das war auch der verabredete Fluchtweg für den Fall, dass Bromleys Männer wieder angreifen würden. Auf der anderen Seite des Kammes erstreckte sich ein dichter Wald. War man erst einmal hinter dem Kamm und so für die Angreifer nicht mehr sichtbar, konnte man im Wald in drei Richtungen entkommen – geradeaus einen steilen Hang hinauf - nach links, wo man an einen Fluss gelangte – oder nach rechts immer tiefer ins dichte Unterholz. Diese Fluchtmöglichkeiten standen nun auch Thomas offen.

Als er den Bergkamm erreichte, sah er sich noch einmal um. Einer war hinter ihm her. Es war Howard.

Felicia, Kendall und Kay standen in einiger Entfernung und beobachteten das Geschehen.

Doch Thomas lief weiter und verschwand im Wald.

Felicia starrte noch immer ungläubig und fassungslos zur Anhöhe. Sie hatte das Gefühl, sich wie in einem Traum zu bewegen.

Sollte ihr Thomas wirklich am Leben sein? Warum aber flüchtete er dann vor ihr? Und was hatte er mit diesen Leuten zu schaffen? Er hätte doch direkt nach Hause kommen können.

Viele unterschiedliche Gefühlsregungen überfielen sie – Erleichterung, Bestürzung, Erschöpfung und Kränkung. Sie sank ins Gras und starrte ins Leere.

Auch diesmal – wie schon so oft in letzter Zeit – war es Kendall, der sie aufzurichten versuchte.

Thomas kauerte derweil hinter einer alten Steinmauer, die zu den letzten Resten einer alten Wehranlage gehörte. Er versuchte, sein heftiges Schnaufen unter Kontrolle zu bekommen, während er angestrengt lauschte, ob er ein Geräusch von seinem Verfolger hörte. Er hatte den geraden Weg über den steilen Hang gewählt, weil er sich ausrechnete, dass er beim Klettern wegen seiner Jugend im Vorteil sein würde. Und außerdem boten die alten Ruinen ausgezeichnete Möglichkeiten, sich zu verstecken.

„Thomas! Warum läufst du weg?"

Da Howards Stimme in diesem Gelände an Bäumen, Felsen und Mauerresten widerhallte, war es schwer, seinen Standort auszumachen. Mit äußerster Vorsicht spähte Thomas über die Mauerkrone. Da sah er Howard, vorn übergebeugt, die Hände an den Knien abgestützt und nach Atem ringend. Er war noch ein gutes Stück von Thomas entfernt. Und an seiner Stellung erkannte Thomas, dass er ihn mehr in Richtung Fluss vermutete.

„Thomas, hier ist dein Vater!"

Thomas zuckte zusammen. Howards Worte trafen ihn ins Herz. Er verdankte diesem Mann so viel. Howard war es, der ihn im Wald gefunden hatte, nachdem seine Mutter gestorben war. Howard war es, der sich um ihn gekümmert hatte – zunächst auf Bitten von Lord Harborough und später wieder, als er vom Landvogt geflohen war. Howard hatte ihn gekleidet, ernährt und bei sich im Haus aufgenommen. Niemals hatte er geklagt, dass Thomas selten mit anpackte und dafür immer nur studierte. Dieser Mann war mehr Vater für ihn gewesen, als so mancher leibliche Vater es für seine Kinder ist.

„Warum läufst du vor deinem alten Vater fort, der dich lieb hat? Ich will dir doch nichts tun!“

Nichts tun? Thomas kannte keinen friedfertigeren Mann als ihn.

„Felicia ist bei mir. Wir dachten, du seist tot.“

Thomas schloss die Augen und kämpfte gegen seine aufwühlenden Gefühle an. Wäre er doch tot! In gewisser Weise war er es ja bereits. Alle seine Hoffnungen und Erwartungen lagen in jenem Schacht der Katakomben in Rom begraben. Der Rest von ihm war an dem Tag gestorben, als er mit ansehen musste, wie Felicia Kendall küsste. Was war ihm denn noch geblieben? Das Leben war längst von ihm gewichen. Gewiss, hier war noch sein Leib, aber darin war das Feuer des Lebens erloschen.

„Ich weiß, dass ich nur ein dummer Bauer bin. Ich habe keine Ahnung, was dir passiert ist, warum du nicht gleich nach Hause gekommen bist, warum du glaubst, Felicia und mir nicht unter die Augen treten zu können. Aber du hast es schon immer gut verstanden, Dinge zu erklären. Hilf mir jetzt, es zu begreifen. Hilf mir zu verstehen!“

Tränen rannen Thomas über die Wangen. Er wollte diesem Mann doch kein Leid antun! Deshalb hielt er sich die Ohren zu.

„Thomas, wenn du willst, dass wir abziehen, dann tun wir das. Unser Auftauchen hier sollte dich nicht in Bedrängnis bringen. Nur, zuerst haben wir gehört, dass du tot seist, und dann kam uns zu Ohren, du seist am Leben. Wir mussten doch nachsehen. Wenigstens wissen wir jetzt, dass du tatsächlich lebst.“

Obwohl er sich die Ohren zuhielt, verstand Thomas doch jedes Wort. Deshalb presste er seine Hände so heftig gegen die Ohren, dass er nur noch seinen eigenen Atem hörte. Er zog sich so vollständig in sich selbst zurück, dass für ihn nichts mehr existierte als sein kleines, elendes Ich in einem großen, dunklen Meer. Behutsam nahm er schließlich die Hände von den Ohren.

„... gehe jetzt. Aber Thomas, ich möchte, dass du eins weißt: du warst für mich immer wie mein eigener Sohn. Und das wird auch so bleiben. Nichts, was du tust, kann daran etwas ändern.“

Thomas hörte das Geräusch von Geröll, wenn jemand sich darin bewegt. Howard befand sich also auf dem Rückweg.

* * *

Kendall half Felicia beim Aufstieg zu Kays Hütte. Aber sie konnte ihren Blick nicht von jener Kante abwenden, hinter der erst Thomas und dann Howard verschwunden war. Kay wollte nun wissen, wie alles zusammenhing, und Felicia erklärte ihm die ungewöhnliche Beziehung zwischen ihr, Howard und Thomas. Dabei bemerkte sie, wie Kay sie unverwandt anstarrte und Kendall so abwesend wirkte, wie sie ihn gar nicht kannte.

Da bewegte sich etwas.

Ein Kopf tauchte auf – und dann ein zweiter!

Bevor Kendall und Kay überhaupt mitbekamen, dass sich oben am Hügel etwas bewegte, war Felicia schon aufgesprungen und losgelaufen.

„Thomas! Thomas! Gott sei Dank, du lebst."

So schwungvoll fiel sie ihm um den Hals, dass die beiden fast den Halt verloren. Sie bedeckte sein Gesicht mit Küssen. Er aber blieb merkwürdig zurückhaltend. Felicia fühlte, dass etwas nicht stimmte und musterte ihn erst einmal.

„Thomas! Dein Arm!"

Er hielt ihn noch immer angewinkelt, um ihn zu schonen. Ihre Anteilnahme war geweckt, und so berührte Felicia den Arm voller Mitleid.

„Du armer Kerl", sagte sie und küsste ihn erneut.

Diesmal bemerkte sie, dass er ihre Küsse nicht erwiderte. Sie sah ihm in die Augen. Er aber blickte sie nur teilnahmslos, fast feindselig an. Was war los? Warum benahm er sich so?

„Thomas?"

Bevor er reagieren konnte, traten Kendall und Kay zu ihnen. Kendalls Gruß wirkte gequält, und Thomas wandte sich von ihm ab.

Was war mit Thomas geschehen, dass er sich so merkwürdig

benahm? Felicia sah ihn aufmunternd an. Er würde es ihr sicher irgendwann erzählen. Und sie würde bestimmt zuhören. Sie waren immerhin zwei Jahre getrennt gewesen. Offensichtlich war er innerlich und äußerlich verletzt worden. Sie würde viel Geduld mit ihm haben müssen. Was sie jetzt brauchten, war vor allem Zeit.

Sie nahm ihn bei der Hand und führte ihn zur Hütte. Dabei hatte sie das Gefühl, mit einem Fremden zu gehen. Ein Gedanke schoss ihr durch den Kopf, den sie jedoch schnell wieder loswerden wollte. Aber er ließ sich nicht abschütteln: Das war nicht mehr ihr Thomas!

* * *

Stumm saß er abseits, grübelnd, verdrießlich. Er empfand sich als Zuschauer, der alles von außen teilnahmslos beobachtet.

Das Licht des Tages zog sich langsam hinter die Hügel und Berge zurück. Thomas sah, wie Felicia sich nützlich machte. Sie verteilte Hammelfleisch. Und jedes Mal, wenn sie zum Spieß zurückkehrte, um Nachschub zu holen, schien Kay sie mit seinen lüsternen Blicken zu verschlingen. Als sie ihm auch ein Stück reichte, wäre es ihm fast in den Schoß gefallen, weil er eher Augen für Felicia als für das Fleisch hatte.

Kendall war ihr Schatten. Wo sie war, hielt auch er sich auf. Er ging ihr eifrig zur Hand. Sie lachten viel und hatten augenscheinlich eine Menge gemeinsamen Gesprächsstoff. Immerhin hatten sie zwei Jahre lang häufig Kontakt miteinander gehabt und vieles gemeinsam erlebt.

Als Felicia auch Thomas ein Stück Fleisch brachte, vermied er es, ihr ins Gesicht zu sehen, und er murmelte nur ein flüchtiges Dankeschön.

Howard, der sich ebenfalls nützlich gemacht hatte, indem er ab und zu den Spieß drehte, ließ sich neben Kay nieder und verschlang hungrig seine Portion.

„Warum hast du vorhin auf der Landstraße Kleef angegriffen?“, fragte Kay ihn.

Howards Miene verfinsterte sich sofort.

Kay schüttelte den Kopf. „Nein, Kleef hat zwar auf deinen Bruder eingestochen, aber erst nachdem der ihm quer durchs Gesicht geschnitten hatte.“

„Ihr habt ihn ausrauben wollen!“

„Wir sind auf dieselbe üble Machenschaft reingefallen wie er.“

„Machenschaft?“

„Von Landvogt Bromley.“

Howard wischte sich den Mund mit dem Handrücken sauber. Kay hatte ihn neugierig gemacht.

„Ich weiß nicht, wie gut du den Landvogt kennst ...“ Kay warf einen Blick zu Kendall. Doch es deutete nichts darauf hin, dass der Junge etwas von ihrem Gesprächsthema mitbekommen hatte. Er saß neben Felicia, und die beiden raunten sich gegenseitig etwas ins Ohr.

Howard erwiderte: „Ich kenne den Landvogt leider viel zu gut.“

„Dann hast du bestimmt mitbekommen, dass er fähig ist, Menschen wie Bauern auf dem Schachbrett für seine Zwecke zu opfern.“

„Ja und weiter.“

„Bromley hat vier Männer bezahlt, um sich über deinen Bruder herzumachen.“

„Und du warst einer von ihnen?“

Kay schüttelte den Kopf. „Nein. Als sie mir erzählten, wofür sie bezahlt worden waren, fand ich die Sache höchst sonderbar. Ich habe mich ihnen dann deshalb angeschlossen, um ihnen Schwierigkeiten zu ersparen.“

„Was meinst du mit ‘über ihn hermachen’?“

Kay seufzte. Es fiel ihm offenbar schwer, seine Beteiligung an der Sache zuzugeben. Schließlich sagte er: „Bromley hatte den Männer gesagt, er verdächtige deinen Bruder, ihn bestohlen zu haben.“

„So was hätte Ives nie getan!“, rief Howard aufgebracht.

„Woher sollten wir das wissen!“, erwiderte Kay. „Wir sollten uns als Wegelagerer verkleiden. Und wir sollten ihm eine Beteiligung an der Beute versprechen, wenn er uns das Geld ohne Widerstand aushändigen würde.“

„Und wenn nicht?“

„Dann sollten wir ihn zunächst unter Druck setzen. Wenn er aber das Geld dennoch nicht herausgäbe, sollten wir ihn gehen lassen und ihm das Gefühl geben, er sei entkommen.“

„Und was ist dann schief gegangen?“

„Dein Bruder verhielt sich völlig unerwartet. Bevor Kleef noch ein Wort sagen konnte, zog Ives sein Messer. Hat damit Kleef schlimm verletzt. Du hast es ja gesehen. Das hat ihn natürlich in Wut gebracht. Als wir die beiden endlich trennen konnten, hatte es deinen Bruder bereits erwischt.“

Howard schüttelte den Kopf. „Was du da erzählst, kann gar nicht wahr sein. Mein Bruder hatte doch so viel Grips im Kopf, dass er nicht gegen eine Überzahl angegriffen hätte. Außerdem – so groß war die Liebe zu Bromley nun auch wieder nicht, dass er sich so für ihn eingesetzt hätte. Er hätte das Geld bestimmt freiwillig hergegeben.“

„Du kennst die Hintergründe nicht“, sagte Kay. „Es war eine hinterhältige Intrige. Dein Bruder hatte gar kein Geld bei sich.“

„Was?“, rief Howard.

„Es war gar kein Geld im Beutel. Doch er selber war davon überzeugt.“

„Jetzt verstehe ich gar nichts mehr!“, rief Howard.

„Ich habe auch erst hinterher von einem Hausdiener Bromleys erfahren, dass man deinem Bruder die Hälfte des Geldes versprochen hatte, wenn er es gut abliefern würde. Bromley erzählte ihm dann von einer Viererbande betrunkener Männer, die schon ein paar Mal vergeblich versucht hätte, Boten auszurauben. Er müsse sich aber nicht fürchten, sondern nur gleich zuschlagen. Dann würden sie das Weite suchen.“

Howard runzelte die Stirn und versuchte, es zu begreifen.

„Wie ich schon sagte, es war Bromleys Intrige.“

„Aber warum gerade mein Bruder?"
„Es ging nicht um deinen Bruder. Ich war gemeint."
„Aber du sagtest doch, dass du ursprünglich nichts damit zu tun gehabt hast."
„Er war hinter mir her. Bis dahin hatte er keinen echten Grund, mich festzunehmen. Meine Anhänger und ich waren aber schon lange für ihn ein Dorn im Auge. Nach dem Vorfall mit deinem Bruder konnte Bromley uns als Banditen brandmarken. Jetzt glauben alle im Land, wir seien eine Horde Wegelagerer. Und er hat endlich den Vorwand gefunden, uns zu jagen."
Felicia begann, mit halbem Ohr das Gespräch zu verfolgen und fragte: „Wenn das alles stimmt, warum hat er dich dann nicht bei der Weihnachtsfeier festgenommen?"
„Diese Weihnachtsfeier ist ein fröhliches Fest, an dem viele teilnehmen. Lord Harborough hat ihn zurückgehalten. Er fürchtete, dass sich die Dorfbewohner mit uns solidarisieren könnten, wenn man uns in aller Öffentlichkeit an einem solchen Festtag festnahm."
Felicia war entrüstet. „Du hast unter dem Schutz des Lords an diesem Abend gestanden und hast trotzdem die Gelegenheit genutzt, ihn öffentlich anzupöbeln?"
Kay reagierte aufgebracht. Offensichtlich war er es nicht gewöhnt, in seinem eigenen Lager so angegriffen zu werden. „Ich fühle mich ertappt", sagte er ironisch und hob die Hände. „Ich bin schuldig, schlechte Manieren zu haben. Aber vergleiche das mal mit der Heuchelei des Lords das ganze Jahr über. Wozu veranstaltet er denn dieses Fest? An einem Abend schmiert er den Bauern Honig ums Maul und hofft, dass sie die unerträglichen Lebensbedingungen ein bisschen vergessen, unter denen sie sonst das ganze Jahr leiden müssen. Ein Abend im Büßergewand für ein Jahr voller Sünden. Und jetzt sag mir, wer von uns der größere Sünder ist!"
Thomas musste ihm Recht geben. „Stimmt schon. Das hat der Lord mir gegenüber an diesem Abend zugegeben", sagte er. „Er meinte damals, dass ein Abend Großzügigkeit die Bauern

für ein Jahr bei Laune hält. Es sei sozusagen ein gutes Geschäft für ihn."

„Da habt ihr's!", rief Kay, der sich bestätigt fühlte.

Er wandte sich wieder an Howard: „Bromley hat deinen Bruder wie einen Bauern beim Schach geopfert, um seine politische Stellung zu festigen."

„Es wäre nicht das erste Mal", erwiderte Howard. Er war entrüstet und starrte ins Leere. Dabei quetschte er das Stück Hammelfleich in seiner Hand so sehr, dass der Saft herauslief.

„Er ist sich nicht zu schade, selbst seinen eigenen Sohn für seine Zwecke einzusetzen", mischte sich jetzt Kendall ein. „Er hat mir sogar den Auftrag gegeben, Felicia den Hof zu machen."

Felicia lief rot an, während Kay amüsiert grinste. Kendall warf Thomas einen kurzen Blick zu, aber richtig ansehen konnte er ihn nicht.

„Und zu welchem Zweck?", fragte Kay.

Es war Howard, der antwortete: „Um sich an mir zu rächen."

Kendall nickte. „Es stimmt. Aber es gab noch einen weiteren Grund. Er glaubte, wenn es ihm gelänge, Felicia ihrem Liebhaber auszuspannen, würde sie nicht mehr die Pläne stören, die der Bischof und er mit Thomas hatten."

„Hat dir dein Vater das alles erzählt?"

„Nein, ich habe zufällig ein Gespräch zwischen dem Bischof und meinem Vater mit angehört."

„Und deshalb bist du so oft bei uns vorbeigekommen?"

„Nein, bestimmt nicht", rief Kendall ernstlich gekränkt. „Ich kam, weil ..."

Er hatte aus dem Nähkästchen geplaudert. Und nun sahen ihn alle erwartungsvoll an.

„Na los!", munterte Kay den Jungen auf.

Kendall nahm allen Mut zusammen und sah Felicia mit ernster Miene an. „Ich denke, du weißt es bereits. Ich bin immer wieder gekommen, weil ich ... ich dich liebe."

Felicia errötete und blickte nervös zu Thomas hinüber.

Auch ihm schoss das Blut ins Gesicht. Aber es war Zornesröte.

Doch schnell versuchte er, sich wieder zu beruhigen. Es war ihm inzwischen ja ohnehin alles egal. Für Kay oder Howard war es vielleicht eine Neuigkeit, aber für ihn doch nicht.

„Wie viel wollen wir uns eigentlich noch von Bromley gefallen lassen?", fragte Kay, der unbedingt wieder auf den Landvogt zu sprechen kommen wollte. „Er ist der eigentliche Grund, warum wir alle zusammenhalten müssen. Meint ihr nicht auch? Wenn wir Männern wie ihm nicht widerstehen, werden sie nicht aufhören, bis wir alle versklavt sind."

Howard und Kendall sahen ihn neugierig an.

„Wenn sich genug von uns zusammentun und jeder nach seinen Kräften beiträgt, können wir eines Tages mit einer Stimme sprechen, und König und Adel werden gezwungen sein, uns anzuhören."

„Das heißt Aufruhr", sagte Howard.

„Ich spreche nicht von Anarchie. Wir wollen *neue* Gesetze haben, die uns vor denen schützen, die nur das Gesetz des Stärkeren kennen."

„Es ist nicht recht, sich gegen den Adel und den König aufzulehnen", sagte Howard. „Gott macht einige Menschen zu Adligen und andere zu Bauern."

„Ha!", rief Kay aufgebracht. „Das habe ich auch mal gedacht. So hat man es uns beigebracht, seit wir Kinder waren. Aber es ist nicht die Wahrheit!"

„Und was macht dich glauben, dass du es besser weißt als die Gelehrten?", fragte Howard.

„Ich habe es von Gott selbst gelernt!", antwortete Kay selbstbewusst. Er griff nach hinten in die Hütte und holte die englische Bibel hervor. Sobald sie sahen, was er in Händen hielt, richteten sich alle Blicke auf Thomas.

„Es ist nicht meine!", sagte der und hielt abwehrend seine Hände hoch.

„Stimmt", sagte Kay. „Ich kann ihn noch nicht einmal bewegen, darin zu lesen. Aber nun zu dir, Howard. Wenn es wahr wäre, dass Gott manche Menschen von vornherein als Sklaven erschafft, warum hat er dann sein Volk aus der ägyptischen Knechtschaft ins Land der Freiheit geführt?"

Howard sah Thomas Hilfe suchend an. „Ist das wahr?", fragte er.

Thomas war klar, welche Absichten der listige Bandenführer verfolgte. Er wollte ihn in das Gespräch ziehen, was Thomas überhaupt nicht wollte. Da es aber einfacher war, diese eine Frage zu beantworten als seinen Unwillen langwierig zu erklären, entschloss er sich, auf die Frage einzugehen. „Ja, Gott rettete sein Volk aus Ägypten und führte es in das Verheißene Land."

„Seht ihr. Das ist die Wahrheit!", rief Kay. „Und die Bibel sagt auch, dass wir alle frei werden, sobald wir die Wahrheit kennen."

Wieder starrten alle Thomas erwartungsvoll an. Aber diesmal reagierte er nicht.

Felicia sah ihn enttäuscht an. Und Howard fragte noch einmal nach: „Steht das in der Bibel, Thomas?"

Thomas wendete sich von ihnen ab. Sie wollten ihn in eine Rolle zwingen, die er auf keinen Fall mehr spielen wollte. Das Buch, das Kay in den Händen hielt, hatte ihm nichts als Leid und Verfolgung eingebracht.

„Thomas?", fragte Howard noch einmal.

Resignation überfiel ihn. Hätte jemand anders gefragt, er hätte gewiss nicht geantwortet.

„Ja", sagte er. „Der genaue Text lautet: ‚Und ihr werdet die Wahrheit erkennen, und die Wahrheit wird euch frei machen'.

Kay hatte offensichtlich in Howards Augen an Ansehen gewonnen. Er fragte ihn: „Und was sollen wir jetzt tun?"

„Zunächst einmal gehen wir Bromley aus dem Weg. Dann lehren wir die Menschen diese biblischen Wahrheiten, so wie es die Lollarden tun. Und wir warten auf Gelegenheiten, die Adligen mit ihrer Habgier und Arroganz bloßzustellen."

„Was denn für Gelegenheiten?", fragte Howard.

„Ich denke da zum Beispiel an nächsten Sonntag in Coventry."

„Coventry? Bischof Pole wird dort sein. Was gedenkst du zu tun?"

„Wir könnten das Dokument widerlegen, das der Bischof überall herumzeigt und das sich gegen die englische Bibel ausspricht. Thomas soll es doch unterschrieben haben. Wir könnten dem guten Bischof die scheinheilige Maske vom Gesicht reißen. Erzählen wir allen, was sich wirklich in Rom zugetragen hat. Sagen wir den Leuten, dass es die Kardinäle und der Bischof fast geschafft hätten, Thomas umzubringen."

Alle blickten Thomas an.

Howard fragte: „Was hält uns davon ab?"

„Willst du die Wahrheit bezeugen, Thomas?"

Alle, die um das Feuer saßen, warteten gespannt auf die Antwort.

Thomas aber erhob sich schweigend und verschwand in der Dunkelheit.

„Thomas!"

Er hörte Felicias Stimme, reagierte aber nicht darauf.

„Thomas, warte!"

Er blieb nicht stehen.

Als Felicia ihn eingeholt hatte, packte sie Thomas beim Arm und riss ihn herum.

„Thomas, was ist los mit dir?"

„Nichts."

„Es stimmt etwas nicht mit dir! Ich habe das Gefühl, dich überhaupt nicht mehr zu kennen."

Thomas konnte ihr nicht in die Augen sehen. „Vielleicht kennst du mich ja tatsächlich nicht mehr."

Eine Weile standen sie sich schweigend gegenüber. Der Mond, der sonst die Liebenden bescheint, war aufgegangen und sein fahles Licht schien über den beiden und das weite Hügelland.

Die Stille tat gut, machte gelassener. Und so fragte Felicia mit sanfter Stimme: „Was ist mit dir in Rom geschehen?"

Ohne sie anzusehen, erwiderte Thomas: „Ich habe gelernt, dass ich mich all die Jahre zum Narren gemacht habe."

„Du hast dich zum Narren gemacht?"

„Ja, ich bin ein Narr gewesen! Die Kardinäle und Bischöfe werden es nie und nimmer zulassen, dass wir unsere englische Bibel behalten. Sie werden uns nachstellen, bis der letzte von uns erledigt ist.“

„Dann werden wir dafür sorgen, dass wir für sie zu zahlreich sind.“

„Ja? Und wie wollen wir das anstellen? Welche Mittel haben wir denn?“

„Es wird genug fromme Männer geben, die sich nicht fürchten ...“

„Fromme Männer? Da kämen nicht viele zusammen. Und selbst wenn wir genügend Mittel zusammenbekämen – mein Augenlicht ist inzwischen so schlecht, dass ich dich kaum noch sehen kann. Und dann das hier noch.“

Er hob seinen angewinkelten rechten Arm. „Ich bin nicht mehr in der Lage, irgend etwas zu schreiben.“

„Ich kann für dich die Hand sein“, sagte Felicia schnell. „Ich habe viel geübt. Und ich übe noch immer jeden Abend.“

„Dann hast du deine Zeit verschwendet.“

Felicia trat einen Schritt zurück. „Du hast dich verändert“, sagte sie. „Es passt gar nicht zu dir, so zu resignieren.“

„Hast du mir nicht zugehört?“, rief Thomas aufgebracht. „Die Gegner dieser englischen Übersetzung sind mächtige Männer. Sie werden nicht nur jedes Manuskript verbrennen, das sie in die Finger bekommen, sondern auch skrupellos jeden Menschen töten, den sie beim Übersetzen oder Verbreiten erwischen. Sie haben schon einmal versucht, mich umzubringen! Ich werde ihnen keine Gelegenheit geben, es ein zweites Mal zu versuchen.“

Felicia antwortete nicht.

*Gut,* dachte Thomas. *Vielleicht dämmert es ihr ja jetzt, was ich durchgemacht habe.*

Aber dann dauerte ihr Schweigen so lange, dass er ihr einen verstohlenen Blick zuwarf. Er sah in ein erstarrtes Gesicht, das ihn fassungslos und abfällig musterte.

„Wenn du mich fragst“, sagte sie schließlich, „es ist ihnen bereits gelungen, Thomas Torr in Rom zu töten. Denn der Thomas, den ich kannte, ist nicht der sich selbst bemitleidende Feigling, der vor mir steht."

Thomas schwieg betroffen. Sie bestätigte nur, was er selber längst wusste: Thomas Torr starb in Italien.

„Willst du mir wenigstens die eine Frage beantworten? Warum bist du nicht nach Hause gekommen? Warum hast du uns im Glauben gelassen, du seist tot?"

„Ich bin nach Hause gekommen."

Die Antwort verblüffte sie. „Du meinst, du warst in Fearnleah, aber nicht bei uns zu Hause?"

„Doch, ich war am Haus."

„Wann? Und wieso haben wir dich dann nicht gesehen?"

„Wahrscheinlich hast du mich nicht gesehen, weil dich Kendalls Küsse zu sehr abgelenkt haben."

Blitzschnell fuhr ihre Hand zum Mund. „Oh, Thomas! Ich ... wir dachten doch, du seist tot!"

„Du hast dich ja schnell getröstet. Es war aber auch gleich jemand zur Stelle."

Jetzt war es Felicia, die empfindlich und aufgebracht reagierte: „Sprich nicht schlecht von Kendall! Er hat mir als guter Kamerad zur Seite gestanden und ist dabei immer ein Ehrenmann geblieben!"

„Natürlich, und der Ehrenmann ist auch sofort zur Stelle, das trauernde und allein gelassene Mädchen zu trösten."

Zwar konnte er bei der inzwischen hereingebrochenen Dunkelheit Felicias Gesicht nicht mehr erkennen, ahnte aber, dass ihre Augen zornig funkelten.

„Wenigstens ist Kendall nicht so ein weinerlicher Hasenfuß, der nur noch sich selbst bemitleidet", sagte sie.

„Dann ist doch für dich alles bestens gelaufen. Du hast einen besseren und auch noch reichen Mann abgekriegt. So brauchst du dich – Gott sei Dank – nicht für den Rest deines Lebens mit einem feigen Krüppel herumschlagen!"

Felicia kochte vor Wut und zitterte am ganzen Körper. Sie wollte etwas sagen, brachte aber kein Wort mehr hervor. Kopfschüttelnd stapfte sie an Thomas vorbei und verschwand in der Richtung, aus der sie gekommen war.

Thomas hatte plötzlich das Gefühl, ein eiserner Ring lege sich um seine Brust. Er rang nach Atem. Schließlich stieg er langsam einen Hügel hinauf, bis er einen Felsbrocken fand, auf den er sich setzen konnte. Er konnte ins Tal hinunterblicken, das sich vor ihm erstreckte und vom sanften Mondlicht erhellt wurde. So viele Menschen waren dort unten versammelt. Aber keiner bedeutete ihm etwas. Nur wüste Gedankenfetzen marterten sein Hirn.

# 14

Bischof William Pole thronte majestätisch in Coventrys Kathedrale. Er hatte bereits vorn Platz genommen und freute sich über die Menschenmassen, die in das Gebäude strömten. Das war ja auch kein Wunder. Wann hatte das einfache Volk schon Gelegenheit, einen Blick auf die Versammlung so erlauchter Persönlichkeiten zu werfen. Mit ihm im Chor saßen Kardinal Barberini aus Rom; Lord Edgar Suffield, des Königs persönlicher Gesandter; Lord Harborough und Landvogt Bromley.

Er hatte es also geschafft! Weltliche und geistliche Autoritäten saßen einträchtig nebeneinander. Es war ein großer Tag für England und die Kirche. Und es war der stolzeste Tag in seinem Leben.

Dieser Gottesdienst war Abschluss und Höhepunkt seiner Rundreise mit dem Bekenntnis von Thomas. Überall hatten er und Bromley das Dokument gezeigt und vorgelesen. Und überall war es mit Interesse und allgemeiner Zustimmung begrüßt worden. Das Schicksal dieses Thomas Torr, der offenbar ein glühender Verfechter der Rechtgläubigkeit geworden war, bewirkte ein Umschwenken der öffentlichen Meinung bis hin zur Ablehnung englischer Übersetzungen. Und sein frühzeitiger Tod gab ihm auch noch das Ansehen eines Märtyrers. Wohin der Bischof auch reiste, überall kamen ihm Berichte zu Ohren, dass Lollarden von der Bevölkerung attackiert und englische Übersetzungen verbrannt worden waren. Alles schien für ihn nach Plan zu verlaufen.

Irgendwie tat ihm der Junge Leid. Schade, dass er seinen Ruhm nicht miterlebte. Die Gerüchte über seine Auferstehung in England hatten sich – Gott sei Dank – als das erwiesen, was sie waren – eben Gerüchte. Es war eine Dummheit, ihnen auch nur einen Augenblick Glauben zu schenken und sich davon beunruhigen zu lassen.

Gewiss wäre es schöner gewesen, wenn Thomas eingelenkt und

diesen Triumph noch miterlebt hätte. Nun aber bekam sein tragischer Tod noch im Nachhinein eine Bedeutung von historischer Dimension.

Zur Linken des Bischofs saß Kardinal Barberini, der erst kürzlich aus Rom eingetroffen war. Ursprünglich sollte der Zweck seiner Reise sein, dem Bischof nach England zu folgen und bezüglich der ketzerischen Übersetzung Druck auf König und Parlament auszuüben. Doch aufgrund des positiven Berichts von Bischof Pole war seine Anwesenheit im Grunde nur noch zeremonieller Natur. Im Laufe des Festgottesdienstes würde er eine Grußbotschaft und den Segen des Papstes überbringen.

Neben dem Repräsentanten des Vatikans saß der schon betagte Lord Suffield, ein Vertreter des Adels, der sowohl vom König als auch von der Kirche respektiert wurde. Er war der offizielle Vertreter der Krone. Nach dem Gottesdienst sollte er die Delegation nach London begleiten, die für die Audienz beim König zusammengestellt worden war.

*Ach Thomas,* dachte der Bischof, *wenn du wüsstest, was alles durch dein Opfer erreicht worden ist! Es ist gerecht, dass dein Name überall in England gepriesen wird. Ich bete, dass du mir vergeben hast, mein Sohn. Mögest du nun eingesehen haben, dass du für eine große Sache gelitten hast. Dennoch vermisse ich dich schrecklich. Ich vermisse unsere Debatten. Ich vermisse es, dich zu lehren und mit dir zu singen.*

Nun war es so weit. Der Gottesdienst begann, und die hellen Knabenstimmen des Chores erfüllten mit ihrem Jubelgesang die himmelwärts strebenden Gewölbe:

*Alleluia. Alleluia. Beatus vir,*
*qui suffert tentationem:*
*quoniam cum probatus fuerit,*
*accipiet coronam virae. Alleluia.*

Diese Melodie und das Gedenken an Thomas trieb dem Bischof Tränen in die Augen. Doch schnell wurde er wieder Herr seiner Gefühle. Es war die Zeit gekommen, seinem Sohn Ehre zu erweisen.

Der Bischof strich noch einmal seine Robe glatt. Er wartete darauf, dass das letzte Halleluja verklang. Der große Augenblick war gekommen, für den er so lange gearbeitet und so oft gebetet hatte. Und er war entschlossen, ihn ganz auszukosten.

Jemand stieß ihn von der Seite an. Barberini bedeutete ihm, endlich auf die Kanzel zu steigen. Das war typisch der Kardinal. Immer musste er bestimmen und anderen Leuten sagen, was sie zu tun hatten.

Bischof Pole ließ sich jedoch nicht drängen – zunächst aus Trotz. Aber dann wollte er sich auch nicht diesen vorläufigen Höhepunkt seiner Laufbahn durch allzu große Eile und das Drängen eines Kardinals verderben lassen, der immer seine Finger im Spiel haben musste. Der Bischof neigte sich zum Gebet. Tatsächlich aber betete er nicht. Er zählte bis zehn. Langsam. Jedenfalls langsam genug, um den Kardinal zu reizen. Er spürte, wie dieser neben ihm unruhig wurde.

Noch einmal strich der Bischof seine Robe glatt. Dann erhob er sich und stieg würdevoll zur Kanzel empor. Dort stand er nun und ließ seinen Blick über die versammelte Gemeinde schweifen. Er genoss es sichtlich, all die ehrfürchtigen Blicke auf sich zu ziehen, und eröffnete seine Ansprache mit denselben Worten, mit denen er auch schon die Veranstaltungen in den andern Orten eingeleitet hatte.

„Beginnen muss ich mit einem traurigen Sachverhalt. Allerdings glaube ich, dass inzwischen die meisten von dem Verlust wissen, den wir zu beklagen haben. Einer aus unseren Reihen hat sein Leben gelassen. Ich spreche von Thomas Torr, der mit mir zu einer Reise nach Rom aufgebrochen war, aber aus Gründen, die nur Gott allein kennt, viel zu früh starb, bevor ..."

*Thomas?*

Ein plötzliches Japsen unterbrach seinen Redefluss. Ihm stockte der Atem. Hatte er nicht gerade Thomas unter den Zuhörern gesehen? Er war nur für einen winzigen Augenblick zu erkennen. Aber diese Ähnlichkeit!

Hektisch suchte er den Bereich ab, in dem er das bekannte Gesicht gesehen zu haben glaubte. Vergeblich. Es standen dort Männer, Frauen und Kinder. Alles Bauern. Aber kein Thomas.

Die Unterbrechung dauerte inzwischen so lange, dass es peinlich zu werden drohte. Der Bischof atmete einmal tief durch und fuhr dann mit seiner Ansprache fort, wobei er allerdings immer wieder seinen Blick über jenen Bereich schweifen ließ, in dem er das Gesicht seines toten Sohnes gesehen hatte.

Der Bischof berichtete, wie es zu dem Unfall gekommen war. Und wieder brach er mitten im Satz ab.

*Dort! Thomas!*

Pole hielt sich mit beiden Händen an der Kanzel fest. Das Herz schlug ihm bis zum Hals, und Schweiß rann ihm von den Schläfen.

Es *war* Thomas! Er war sich fast sicher.

„Bischof Pole, geht es Euch nicht gut?"

Es war Barberini. Er konnte es nicht lassen, wartete nur auf den kleinsten Vorwand, um selber auf die Kanzel zu steigen und dem Bischof seinen größten Triumph zu rauben.

„Nein. Mir geht es gut", erwiderte der Bischof. „Ich fahre fort."

Er wandte sich wieder der Gemeinde zu. Sein Blick wurde jedoch immer wieder von jenem Bereich magisch angezogen, wo er Thomas vermutete. Aber der Junge war wie vom Erdboden verschluckt.

Der Bischof fuhr fort: „Aber ... aber immerhin ist Thomas nicht umsonst gestorben, denn mit seinem Wirken in Rom hat er ein geistliches Erbe hinterlassen, das England für Generationen prägen wird."

Er machte eine kleine Pause und fuhr dann fort, indem er beschrieb, wie Thomas erkannt habe, dass Wyclifs Bibel ein Irrweg sei und, zutiefst von dieser neuen Erkenntnis überzeugt, die ketzerische Bibel eigenhändig ins Feuer geworfen habe.

Indem er das Dokument mit Thomas' angeblichem Geständnis hochhielt, sagte er: „Das ist das Bekenntnis von Thomas Torr, das er unterzeichnet hat. Und zwei der mächtigsten Kardinäle in Rom können es bezeugen ..."

Weiter kam er nicht mehr. Ihm stockte der Atem. Und starr vor Entsetzen ließ er den Arm sinken. Wie gebannt fixierte er einen Punkt in der Menge.

* * *

Schon einige Zeit, bevor der Gottesdienst begonnen hatte, war Thomas in die Kathedrale geschlüpft. Kay und ein Dutzend von seinen Anhängern hatten sich um ihn gruppiert, damit er nicht sofort erkannt wurde. Um seine Identität noch weiter zu verschleiern, trug er außerdem eine Kapuze und ein langes Gewand.

Die innere Anspannung beim Betreten der Kathedrale machte Thomas zu schaffen. Er fragte sich, was bei ihrer Aktion herauskommen könne. Würde man sie erwischen, so bedeutete dies Gefängnis für sie alle. Aber selbst wenn alles nach Plan verlief, konnten die Folgen doch unabsehbar sein, denn Thomas stünde unvermittelt wieder im Zentrum des Interesses.

Was war schlimmer? Er wusste es nicht. Vielleicht wäre es für ihn besser, festgenommen zu werden. Im Kerker könnte er wenigstens in völliger Abgeschiedenheit sein Leben fristen.

Als die Ehrengäste ihre Plätze einnahmen, lief es ihm kalt den Rücken hinunter.

*Bischof Pole!*

Seit den Erlebnissen in den Katakomben hatte Thomas den Bischof nicht mehr gesehen – also seit dem Tag, als dieser ihn töten wollte.

Neben dem Bischof saß Kardinal Barberini, der Mann, der ihm unter dem Vorwand, Wyclifs Übersetzung lesen zu wollen, das Buch entrissen und ins Feuer geworfen hatte.

Zu den Ehrengästen gehörte ebenso Lord Harborough. Mäzen und Mentor oder Unterdrücker – was war er heute gerade?

In diesem Augenblick traf Thomas die Erkenntnis wie ein Blitz aus heiterem Himmel: Dort vorn im Chorgestühl saß sein Vater! Aber er wusste nicht, wer es tatsächlich war – Lord Harborough oder Bischof Pole.

Der Knabenchor stimmte einen Gregorianischen Choral an.

*Halleluja. Halleluja. Gesegnet sei der,*
*der in der Drangsal besteht.*
*Ist er geläutert,*
*so empfängt er die Krone des Lebens. Halleluja.*

Die Musik, die Thomas einst in heilige Verzückung versetzen konnte, zerrte nun an seinen Nerven. Seine Hände wurden feucht und klamm. Es war Musik, die ihn immer wieder in seinen Albträumen verfolgte. Zu diesen frommen Klängen hallte dann des Bischofs hohle Stimme in dem Schacht der Katakomben. Und es hörte sich jedes Mal an wie ein Requiem zu seinem eigenen Begräbnis, als er dort unten im Finstern ausharrte – im Niemandsland zwischen dieser Welt und der Ewigkeit -, erwachte und dahindämmerte und niemals wusste, welches Reich ihn für sich beanspruchen würde.

„Thomas! Was ist los?“, flüsterte Kay.

Augenblicklich kehrte Thomas in die Gegenwart zurück. „Es ist alles in Ordnung“, log er.

Nachdem der Chor seinen Vortrag beendet hatte, tat sich vorn eine Weile gar nichts. Das aber steigerte die Spannung nur um so mehr. Endlich erhob sich Bischof Pole und stieg zur Kanzel hinauf. Jetzt war es für Thomas höchste Zeit, sich zu verbergen. Er duckte sich, so dass er nicht von vorn gesehen werden konnte.

Kay hatte sich das ausgedacht. Er wollte den Bischof nicht sofort konfrontieren, sondern ihn erst einmal gehörig erschrecken.

„Beginnen muss ich mit einem traurigen Sachverhalt. Allerdings glaube ich, dass inzwischen die meisten von dem Verlust wissen ...“

Thomas wartete auf ein Zeichen von Kay. Als er den Rippenstoß bekam, richtete er sich auf und suchte den direkten Blickkontakt mit dem Bischof. Und es klappte.

Das Japsen des Bischofs war wieder im ganzen Kirchenschiff zu hören.

Schnell duckte sich Thomas wieder und die, die neben ihm standen, rückten zusammen.

Nach einer kurzen Unterbrechung ergriff der Bischof wieder das Wort. „Thomas wurde getötet, als er das Gleichgewicht verlor und in einen tiefen Schacht stürzte, während wir die Katakomben erforschten. Ich wünschte, ich könnte euch ..."

Kay gab wieder das Zeichen, und Thomas richtete sich erneut auf. Diesmal zog er die Kapuze weiter zurück, um mehr von seinem Gesicht zu zeigen.

Bischof Pole sah ihn direkt an. Ihre Blicke trafen sich. Der Bischof schnappte erneut nach Luft und hielt sich mit beiden Händen an der Kanzel fest, um nicht vor Schreck über die Brüstung zu stürzen.

Und wieder duckte sich Thomas. Überall Unruhe. Es wurde gemurmelt und getuschelt. Die zweite Unterbrechung dauerte schon länger als die erste.

„Was passiert?", flüsterte Thomas.

Kay klopfte ihm ermunternd auf die Schulter.

Dann war wieder des Bischofs Stimme zu hören: „ Aber ... aber immerhin ist Thomas nicht um ... umsonst gestorben, denn mit seinem Wirken in Rom hat er ein geistliches Erbe hinterlassen, das England für Generationen prägen wird ..."

Thomas fiel es schwer, auf das nächste Signal zu warten. Seine gebückte Haltung war ziemlich unbequem. Noch unerträglicher aber war der Bericht des Bischofs über die Ereignisse in Rom. Eine geistreiche theologische Debatte? Nein, es war ein abgekartetes Spiel! Als er dann hörte, dass er sich angeblich der überlegenen Weisheit des Kardinals gebeugt habe, gab ihm das einen Stich ins Herz. Doch vollends in Rage geriet er, als der Bischof ihn auch noch als den Zerstörer von Wyclifs Bibel bezeichnete.

Das war zu viel! Jetzt war er froh, dass Kay ihn überredet hatte, ihnen zu helfen, den Bischof endlich bloßzustellen.

Mit donnernder Stimme verkündete der Bischof: „Das ist das Bekenntnis von Thomas Torr, das er unterzeichnet hat. Und zwei der mächtigsten Kardinäle in Rom können es bezeugen ..."

Kay rammte seinen Ellbogen in Thomas' Seite. Und damit er ihn ja nicht missverstand, flüsterte er ihm noch zu: „Jetzt!"

Thomas richtete sich augenblicklich auf, riss sich die Kapuze vom Kopf und rief in die Menge: „Dieses Dokument ist eine Fälschung, und dieser Mann dort ist ein Lügner! Ich muss es wissen, denn ich bin Thomas Torr!"

Der Bischof erschrak zutiefst. Er ließ den Arm, der das Dokument hielt, sinken und stammelte irgend etwas Unverständliches.

Ohne Ausnahme waren alle Ehrengäste von ihren Sitzen gesprungen. Thomas musste ihre Verblüffung ausnutzen.

„Seht her!", rief er. „Nein, ich bin keineswegs tot. Warum verkündet der Bischof dann aber ständig mein Ableben? Ich werde es euch sagen. Er hielt mich für tot in jenem Schacht der Katakomben, in dem ich lag. Ich blutete aus einer Stichwunde, die er mir mit einem Messer zugefügt hatte, um mich zu ermorden!"

Zum Beweis hob er seinen verletzten Arm in die Höhe.

Es entstand ein richtiger Tumult. Der Bischof versteckte sich hinter der Kanzel. Thomas erkannte, dass er seine Botschaft schnell loswerden musste, wenn er noch Gehör finden wollte. Sonst drohte alles, in dem allgemeinen Getöse unterzugehen.

„Hört mich an! Hört mir zu!", rief er in die Menge. „Alles, was ihr über meine Reise nach Rom gehört habt, ist eine einzige Lüge! Ich habe niemals Doktor Wyclifs Bibel verbrannt. Im Gegenteil! Man hat sie mir entrissen und gegen meinen Willen ins Feuer geworfen. Und was mein Bekenntnis betrifft – ich habe es niemals unterzeichnet, und es entspricht nicht meiner Meinung!"

Die Menge geriet außer sich. Protestgeschrei, Zwischenrufe, Empörung, Drohungen. Kay beobachtete alles und freute sich über Thomas' Triumph. Sie hatten es geschafft. Es war ihnen gelungen, etwas anzustoßen, was so skandalös war, dass es wie ein Lauffeuer von Ort zu Ort getragen und all den Schaden wieder gutmachen würde, den Pole und Bromley der englischen Bibel angetan hatten.

„Ruhe!" Eine Bass-Stimme donnerte von vorn und war laut genug, den Tumult zu übertönen. Kardinal Barberini war vorgetreten. „Im Namen all dessen, was euch heilig ist – habt Respekt vor dem Haus Gottes!" Sein leuchtend rotes Gewand und das Schwenken seiner Arme erregte sofort Aufmerksamkeit.

„Wenn ihr euch um eure unsterbliche Seele sorgt, dann hört auf mich!"

Es war erstaunlich, wie schnell es dem Kardinal gelang, den Sturm in der Kathedrale zu stillen. Er hatte es geschafft und war nun Herr der Lage!

Barberini nutzte die plötzliche Stille, um seine Autorität wirken zu lassen. Als er gewiss war, die Aufmerksamkeit aller zu haben, ergriff er jedoch immer noch nicht das Wort, sondern schritt vor dem Altar auf und ab und blickte in die Menge, wie ein enttäuschter Vater seine Kinder ansieht. Dann wandte er sich direkt an Thomas.

„Was für eine Überraschung, Thomas, die Ihr uns hier bereitet habt!", sagte der Kardinal ironisch. „Wir glaubten doch tatsächlich, Ihr seiet tot. Und obgleich ich der Erste bin, der seine Freude über Euer lebendiges Erscheinen hier zum Ausdruck bringt, so fürchte ich gleichzeitig, dass Ihr bei Eurem Sturz in den Schacht nicht nur Euren Leib, sondern auch Euren Verstand und Euer Urteilsvermögen beschädigt habt."

Lord Harborough und Lord Suffield halfen derweil dem vor Schreck auf die Knie gesunkenen Bischof wieder auf die Beine. Doch er konnte noch immer nicht ohne Hilfe stehen. Bromley hatte inzwischen seine Soldaten herbeigerufen und ihnen befohlen, die Ausgänge zu versperren.

„Und so frage ich mich", fuhr der Kardinal fort, „warum sollte ein junger Mann, den man irrtümlich für tot hält, nicht sofort ans Licht der Öffentlichkeit treten und die Wahrheit bezeugen?

Warum lässt er es bloß geschehen, dass sein geliebter Freund und Mentor monatelang unnötig um ihn trauern muss? Warum schleicht er sich ins Land? Und warum tritt er jetzt hier auf und kränkt auf so gemeine Weise den Bischof, mit dem er befreundet ist? Ihr seht, was Ihr mit Eurem plötzlichen Erscheinen diesem guten Mann angetan habt, der Euch immer nur mit Freundlichkeit entgegengetreten ist."

Der Kardinal trat auf Bischof Pole zu und deutete auf den noch immer am ganzen Leib schlotternden Mann. Er war sein Zeuge.

„Sag was!" rief Kay. „Er ist dabei, den Spieß umzudrehen!"

Doch Kardinal Barberini gab Thomas keine Gelegenheit. „Es drängt sich mir der Gedanke auf, dass ein junger Mann, der Liebe mit Leid vergilt, entweder durch seine Verletzungen nicht richtig im Kopf ist, oder aber seine Motive sind so finster und unlauter, dass jeder rechtschaffene Mensch sich mit Grausen abwenden würde, wenn er davon erführe. Wie steht es um Euch, Thomas? Welchen Gewinn habt Ihr eigentlich durch diesen grausigen Plan?"

„Die Wahrheit ist ...", rief Thomas so laut er konnte.

„Die Wahrheit ist!", übertönte ihn der Kardinal.

Gegen dessen Stimme konnte Thomas kaum an.

„Die Wahrheit ist", wiederholte der Kardinal noch einmal der Wirkung wegen, „dass Ihr die von uns dargestellten Ereignisse in Rom durchaus bestreiten könnt. Ihr könnt sogar ein paar Halunken herbeischaffen und ihr Zeugnis über das eines Kardinals oder Bischofs stellen. Aber das hier könnt Ihr nicht bestreiten!"

Kardinal Barberini bückte sich und hob das Bekenntnis auf, das auf den Boden gefallen war. Er hielt es so, dass alle es sehen konnten, und deutete auf die letzte Zeile.

„Unterzeichnet von Thomas Torr!", rief der Kardinal triumphierend. „Zeugen sind ..." Er sah das Dokument an, tat so, als würde er stutzen. „Nanu! Steht da etwa mein Name? Meine Unterschrift? Tatsache!" Er war überzeugt, die Anwesenden auf seine Seite gezogen zu haben. Deshalb verkündete er theatralisch: „Gott ist mein Zeuge! Ich habe zugesehen, wie dieser Mann,

Thomas Torr, die Feder zur Hand nahm und seinen Namen unter dieses Bekenntnis setzte."

Thomas' Triumph war nur von kurzer Dauer. So, wie sich die Anwesenden verhielten, deutete alles darauf hin, dass der Kardinal ihre Sympathie zurückgewonnen hatte.

„Wir können froh sein, wenn wir hier wieder lebendig rauskommen", murmelte Kay.

Der Kardinal schwieg und wartete - siegessicher.

Aber der Kardinal hatte zu hoch gepokert. Er glaubte, Thomas in die Enge getrieben zu haben. Im Augenblick seines Triumphes war er Opfer seines eigenen Hochmuts geworden. Er hatte einen fatalen Fehler begangen.

„Ich habe dieses Bekenntnis keineswegs unterzeichnet", sagte Thomas gelassen in die Stille hinein.

Kardinal Barberini sah ihn mit wachsender Ungeduld an. „Mein Sohn, gebt Gott die Ehre. Und hütet Euch davor, durch die Worte, die Ihr zu sprechen gedenkt, Eure unsterbliche Seele in Gefahr zu bringen. Ihr habt immerhin schon ein falsches Zeugnis gegen den Bischof der Mutter Kirche hervorgebracht. Ist es etwa Eure Absicht, Eure Sünde zu vervielfachen, indem Ihr einen Kardinal Roms der Lüge bezichtigt?"

Es herrschte Totenstille. Thomas aber griff in seine Tasche. Mit seiner gesunden Hand hielt er einen alten, zerknitterten Stofffetzen hoch.

„Dieses Stück Stoff hatte ich in Rom bei mir", rief er. „Es ist jener Stoffstreifen, den Bischof Pole in Fearnleah vorzeigte, als er zum ersten Mal über mein angebliches Geständnis sprach. In Gegenwart von Zeugen benutzte er es als Beweis dafür, dass die Unterschrift auf dem Dokument echt sei. Und tatsächlich, wenn man die beiden Unterschriften nebeneinander hält – wie er damals -, muss man zu demselben Schluss kommen. Es bestehen kaum Zweifel, dass die Schrift auf dem Stoff und die Signatur unter dem Dokument von ein und derselben Hand stammen."

Kay wusste nicht, was er von diesem Eingeständnis halten sollte. „Weißt du, was du tust?", rief er entsetzt.

Kardinal Barberini gab sich amüsiert. Aber man merkte ihm die Anspannung an.

Die Menge wurde unruhig. Stimmen wurden laut, man sollte Thomas doch endlich festnehmen. Beschimpfte ihn einen Heuchler und forderte ihn auf, den Kardinal um Vergebung zu bitten.

„Lasst mich ausreden!“, rief Thomas in die Menge. „Lasst mich erst ausreden! Ich gebe zwar zu, dass dieses Tuch mir gehört. Aber die Schrift darauf ist von jemand anders. Das ist nicht meine Handschrift!“

Die Menge verstummte wieder.

Kardinal Barberini schien um Fassung zu ringen.

Und Kay rief immer nur: „Mach weiter! Mach weiter!“

„Als Beweis kann ich viele solcher Stoffstreifen zur Verfügung stellen, die von derselben Hand geschrieben worden sind. Aber genauso viele Streifen kann ich vorzeigen, die *ich* beschrieben habe und damit unwiderlegbar beweisen, dass diese Unterschrift nicht von mir stammt!“

Die Stimmung schlug wieder um. Alle blickten jetzt zum Kardinal. Und es waren keine freundlichen Blicke.

„Und so frage ich mich“, sagte er gespielt nachdenklich und imitierte damit den Kardinal, „warum sollte jemand ein Dokument fabrizieren, das von jemand unterzeichnet sein soll, den er für tot hält? Wie soll man das anstellen? Ich vermute mal, dass man sich einer Schriftprobe des angeblich Verstorbenen bedient und die Unterschrift fälscht. Doch leider war in unserem Fall der Tote nicht tot. Und die Schriftprobe stammte leider auch nicht von ihm!“

Kardinal Barberini drehte sich abrupt zu Bischof Pole um. Der sah so schuldbewusst drein, dass man das als offenes Geständnis werten konnte.

Landvogt Bromley sprang auf, deutete auf Thomas und rief: „Ergreift den Mann!“

Von allen Eingängen stürzten bewaffnete Männer in die Kathedrale.

Thomas sah sich blitzschnell um. Gab es noch einen Fluchtweg? Dann sah er Kay an. Doch der schüttelte den Kopf. Alle Ausgänge waren versperrt.

Kay und Thomas hatten aber diese mögliche Entwicklung schon im Voraus besprochen. Sie waren also vorbereitet. Kays Männer waren zwar auch bewaffnet und warteten nur auf sein Signal. Aber man war bereits vorher übereingekommen, dass ein Blutvergießen in der Kathedrale der Sache nicht dienlich sei. Kay hatte versprochen, dass Gewalt nur als allerletzte, verzweifelte Maßnahme in Frage komme. War dieser Punkt aber bereits erreicht?

„Hier lang!“

Thomas kannte die Stimme nicht, noch die schmutzige Hand, die ihn packte und fast umzuwerfen drohte. Das Gesicht des Mannes war fast so beschmiert wie seine Hände. Über der fauligen Zahnreihe in seinem Mund prangte eine dicke Knollennase. Doch so abscheulich dieser Mann auch aussah, er pflügte ihnen einen Weg durch die Menge.

„Macht Platz für Thomas Torr!“, rief er fortwährend. „Macht Platz für Thomas Torr!“

Es war wie bei Mose, als sich das Wasser des Roten Meeres auf wundersame Weise teilte. Thomas und Kay blieben dicht hinter ihrem dreckigen Führer.

Bromleys Männer versuchten immer wieder, sich ihnen in den Weg zu stellen.

„Lasst nicht zu, dass sie Thomas Torr erwischen!“, rief der Mann, der ihr Geleitschutz war. „Haltet sie auf! Lasst nicht zu, dass sie Thomas Torr gefangen nehmen.“

Und die Gottesdienstbesucher gehorchten ihm. Sofort bildeten sich kleine menschliche Bollwerke, die Bromleys Männer blockierten.

Schon Augenblicke später waren Thomas und Kay draußen auf dem Vorplatz, gefolgt von einer stetig anwachsenden Menschenmenge, die ihre Verfolger regelrecht verschluckte.

* * *

„Großartig!“, rief Kay begeistert. „Ihr hättet ihn erleben müssen! Thomas war einfach genial!“

Thomas spürte, dass er rot anlief. Aber das störte ihn im Augenblick überhaupt nicht. So wohl hatte er sich schon lange nicht mehr gefühlt.

Howard, Felicia und Kendall saßen um einen Tisch, der bedeckt war mit Stoffstreifen, Pergamenten und Schreibutensilien. Ein magerer Mann mit grauem Bart gehörte zu ihrer Runde. Es war ein Wanderprediger der Lollarden. Thomas und Kay unterhielten die anderen mit den Geschehnissen in der Kathedrale.

„Ihr hättet Bischof Poles Gesicht sehen sollen, als Thomas sich zeigte“, sagte Kay. „Der Mann hat danach kein Wort mehr gesagt und sich nicht mehr von dem Schreck erholt.“

„Dann ist alles so gelaufen, wie ihr es euch vorgestellt habt?“, fragte Howard. „Es gab keine Probleme?“

Es war seine größte Sorge gewesen, dass sie mit Bromley aneinander geraten könnten. Er hätte die beiden allzu gern zur Kathedrale begleitet, aber Felicia wollte auch unbedingt mit. Und die einzige Möglichkeit, seine Tochter davon abzuhalten, bestand darin, zu Hause zu bleiben und sicherzustellen, dass sie ihnen nicht folgte.

Auch Kendall wollte gehen. Doch Kay hatte sich dagegen ausgesprochen, weil er nicht sicher sein konnte, wie sich der Junge bei einer Konfrontation mit dem Vater verhielt.

„Es verlief keineswegs genau so, wie wir es uns vorgestellt hatten“, sagte Thomas. Und dann erzählte er, wie es Kardinal Barberini fast gelungen war, das Blatt zu dessen Gunsten zu wenden.

Kay lachte. „In diesem Augenblick habe ich mich schon auf ‘lebenslänglich’ in einem Londoner Gefängnis eingestellt.“

„Ich bin Barberini ja schon zuvor begegnet. Mit dem möchte man nicht oft die Klinge kreuzen.“

„Ihr hättet Thomas sehen sollen!“, sagte Kay. „Er hat die Situation genial gemeistert. Es war herrlich! Eben noch dachte ich, man würde uns bestimmt gleich hopsnehmen. Und schon im nächsten Augenblick holte Thomas zum entscheidenden Schlag aus!“

„Was hast du denn getan?“, fragte Felicia.

Ausgelassen griff Thomas in seine Tasche und zog einen Stoffstreifen hervor. Er sagte: „Ich habe die Waffe gezückt, die du mir gegeben hast.“ Den anderen erklärte er: „Bevor wir nach Coventry aufbrachen, hat mir Felicia diesen Stoffstreifen hier übergeben, den ihr der Bischof in Fearnleah überlassen hatte.“

„Das ist ja ein Ding!“, rief Kay. „Hättest du mir von dieser kleinen Wunderwaffe nicht vorher erzählen können, bevor mich fast der Schlag traf?“

„Irgendwie tat mir der Kardinal fast Leid“, sagte Thomas.

„Leid?“, rief Kay. „Er hätte es nach Bischof Pole fast geschafft, dich ein zweites Mal lebendig zu begraben!“

„Aber ich glaube tatsächlich, dass er fest von der Echtheit der Unterschrift überzeugt war“, erwiderte Thomas. „Ich vermute, dass er mit der Fälschung nichts zu tun hat. Habt ihr gesehen, was für einen Blick er dem Bischof zuwarf, als er die Wahrheit erfuhr?“

„Wie seid ihr dann aber entkommen?“, fragte Howard. „Bromley hat euch doch bestimmt nicht einfach laufen lassen.“

Kay lachte. „Das war ja das große Wunder. Gott hat uns einen Engel geschickt.“

„Einen Engel?“, fragte Felicia.

„Er sah doch wie ein Engel aus, oder?“ Thomas lachte. „Er war der hässlichste und schmutzigste Engel, den man sich vorstellen kann. Aber er war trotzdem unser Schutzengel.“

„Was hat er dir erzählt, als wir draußen waren?“, erkundigte sich Kay.

„Zuerst fragte ich, warum er uns geholfen hat. Und wisst ihr, was er geantwortet hat? ‚Wenn Bromley dich hasst, dann hast du viele Freunde‘.“

„Hast du noch seinen Namen erfahren?“, wollte Kay noch wissen.

Thomas nickte und grinste. „Burford.“

Kay jubelte. „Stellt euch vor, wir sind von einem Engel gerettet worden, der *Burford* heißt!"

Alle lachten – alle außer Kendall. Der saß trübsinnig etwas abseits und – Thomas hatte es längst bemerkt – beobachtete Felicia.

* * *

Am Abend jenes ereignisreichen Tages lag Thomas im Gras und betrachtete die Sterne über ihm. Er ließ alles, was heute geschehen war, noch einmal Revue passieren. Schlendernd kam Howard den Hügel hinauf und setzte sich neben ihn. „Toller Tag heute, nicht wahr?"

„Versteh mich nicht falsch", erwiderte Thomas, „ich bin zwar stolz auf alles, was wir erreicht haben, aber wieder mal ein geruhsamer Nachmittag in der Schreibstube wäre auch nicht schlecht."

„Ist das dein Ernst?", fragte Howard, der wegen der Dunkelheit Thomas kaum sehen konnte.

„Wieso Ernst?"

„Na, dass du wieder in die Schreibstube willst."

Es war ihm eigentlich nur darum gegangen, Ruhe zu haben. Er hatte noch keine konkreten Absichten, wieder zu schreiben. Aber Howard schien die Fähigkeit zu besitzen, Gedankennebel zu verscheuchen und zu einer einfachen Betrachtung der Dinge zu gelangen.

„Ja, das könnte ich mir vorstellen."

Howard lächelte. „Die Antwort gefällt mir. Bist ein toller Kerl, Thomas!"

Vom Lagerfeuer her fiel ein schwacher Schein auf Howards Gesicht, und Thomas betrachtete es. Dieser Mann war für ihn Vater wie kein anderer. „Danke, dass du dich damals auf die Suche nach mir gemacht hast, dass du mich gedrängt hast, nach Coventry zu gehen. Dir habe ich es zu verdanken, dass ich ins Leben zurückgekehrt bin, wieder für die Dinge kämpfen will, an die ich glaube – auch wenn ich nicht weiß, was dabei herauskommt."

„Du wärst früher oder später selber darauf gekommen", erwiderte Howard. „Ich habe nur dazu beigetragen, dass es früher geschah."

Thomas legte sich wieder zurück ins feuchte Gras. Ja, es gab auf dieser Welt keinen Menschen, den er mehr achtete. Dieser einfache Bauer hatte einen edleren Charakter als so manch blaublütiger Edelmann.

Und so, wie er Howard bewunderte, so sehr liebte er dessen Tochter. Was er früher für sie empfunden hatte, war wieder ganz gegenwärtig. Auf keinen Fall wollte er sie mehr verlieren. Doch er fürchtete, es könnte bereits zu spät sein. Es war heute ein Tag voller Aufregung und Abenteuer gewesen. Und er war rehabilitiert worden. Das war alles großartig. Aber viel mehr als all das bedeutete ihm dieser Blick von Felicia, als Kay von ihrem Sieg über Bischof Pole erzählte. Es war ein Blick voller Stolz und Zuneigung.

Howard brach in seine Gedankenwelt ein und bemerkte fast beiläufig: „Ach, übrigens, Kendall ist nach Fearnleah zurückgekehrt."

Thomas antwortete nicht. Er dachte nur: *Du hattest Recht, Howard. Das ist ein toller Tag!*

# 15

Felicia und ihr Vater saßen in einem Haus, das als provisorische Schreibstube hergerichtet worden war, an einem Tisch. Felicia sortierte Pergamente nach Thomas' Anweisungen, während Howard gedankenverloren ein paar Stofffetzen musterte, die ebenfalls auf dem Tisch lagen. Er sagte: „Vor drei Tagen hat Bromley Coleville mit seinen Männer durchkämmt. Es hat mehrere Festnahmen gegeben."

„Woher weißt du das?"

„Von Gardner. Und er hörte es von den zwei Lollarden, die gestern Abend durchkamen."

„Das macht drei Aktionen in jeder Woche", sagte Felicia.

„Männer wie Bromley sind jetzt obenauf – Männer, die es lieben zu hassen. Jetzt, wo ihn nichts mehr aufhalten kann, wird er Menschen jagen bis zum bitteren Ende."

Sie schwiegen eine Weile. Dann sagte Felicia: „Du langweilst dich wohl."

Howard sah sich in dem spartanisch eingerichteten Raum um. „Ich vermisse unser Zuhause. Das ist alles. Unsere Tiere, unsere tägliche Arbeit. Manchmal fehlt mir auch die Arbeit auf dem Feld."

Felicia lachte. „Du musst wirklich Heimweh haben, wenn dir das Pflügen auf dem Feld fehlt. Übrigens, das habe ich dir noch nicht erzählt. Thomas hat etwas über Bischof Pole erfahren."

Sofort wich alle Trägheit von Howard.

„Nach dem Debakel in Coventry hat man das Treffen zwischen Barberini und König Richard abgesagt."

„Das ist ja auch kein Wunder."

„Kardinal Barberini hat England verlassen und ist nach Rom zurückgekehrt. Er hat, wie man sich erzählt, auch Bischof Pole mitgenommen – unter Bewachung."

„Unter Bewachung?", rief Howard.

Felicia nickte. „Das hat Thomas irgendwo aufgeschnappt."

Howard stutzte. „Ihr sprecht also tatsächlich wieder miteinander?“
„Wir haben niemals aufgehört, miteinander zu reden.“
„Das ist richtig“, gab Howard zu. „Wenn man Anschreien als ‚Reden‘ bezeichnet.“
Felicia reagierte nicht, runzelte nur die Stirn und konzentrierte sich wieder ganz auf ihre Arbeit mit den Pergamenten.
Howard stützte seine Arme auf, um sich vorlehnen und aus dem Fenster sehen zu können. „Na gut, dann reden wir mal über Kendall.“
„Nein! Wir werden auf keinen Fall über Kendall reden“, sagte Felicia heftig.
„Ich denke aber, dass es Kendall gegenüber nicht redlich ist, wenn du ihn immer noch im Glauben lässt, es könnte zwischen euch was werden.“
Felicia errötete. Und es war mehr Verärgerung als Scham. „Ich glaube nicht, dass ich Kendall gegenüber unfair bin!“
„Das bist du doch. Der Junge glaubt nämlich immer noch, dass du ihn eines Tages heiratest. Wir beide aber wissen, dass du Thomas heiraten wirst.“
„Davon weiß ich aber nichts!“
„Natürlich weißt du das. Du bist nur diesbezüglich ein alter Sturkopf.“
Es reichte Felicia. Sie warf Pergament und Ahle auf den Tisch und sprang auf. Ihre Augen wurden feucht. „Thomas hat mir bislang überhaupt nicht zu verstehen gegeben, dass ich ihm noch etwas bedeute! Und was Kendall angeht ...“
„Pst!“
„... er ist ein guter Freund, der sehr lieb zu mir war.“
„Still!“
Howard war aufgesprungen.
„Was ist los?“, fragte Felicia.
„Hörst du das?“
„Nein.“
„Hör doch.“

Sie lauschte. Es war ein fernes Donnern. Pferde. Viele Reiter. Es machte ihr Angst.

Howard ging zur Tür und öffnete sie einen Spalt. Und sofort schlug er sie wieder zu. „Der Herr stehe uns bei!"

Felicia spürte ihr Herz klopfen. Howard nahm sie bei den Schultern und murmelte nur ein einziges Wort.

„Bromley!"

Kaum hatte Howard seine Tochter hinter einer Wand verstecken können, die einen geheimen Raum abtrennte, da schlug die Haustür mit voller Wucht auf. Bewaffnete Männer stürmten wütend herein, bis drangvolle Enge in dem kleinen Raum herrschte. Niemand sprach ein Wort, doch sie alle starrten Howard feindselig an. Dann das Scharren von Füßen. Jemand bahnte sich den Weg. Ein weiterer Mann war eingetreten.

„Seid gegrüßt, Landvogt Bromley", sagte Howard.

Er saß scheinbar ungerührt am Tisch, Pergament und Ahle in der Hand.

Bromley schien überrascht, Howard hier anzutreffen und sagte: „Wen haben wir denn da? Wenn man das Netz weit genug auswirft, fängt man doch immer irgend etwas."

„Wenn Gott will, fangt Ihr Euch hier nur eine Sommergrippe", erwiderte Howard.

Doch Bromley fand das nicht komisch. „Wo sind die anderen?"

„Andere? Seht Euch um. Seht Ihr andere? Ein kleiner Tisch, ein Bett in der Ecke."

„Ich zähle vier Stühle."

„Vier Gäste", erwiderte Howard. „Wollt Ihr euch setzen?"

Bromleys Blick wanderte über die Einrichtungsgegenstände des Raumes. Dann sah er unter dem Bett nach, unter dem Tisch und oben im Dachraum. Als er nichts fand, beugte er sich über den Tisch und begutachtete die Pergamente, die Stoffstreifen und die Schreibutensilien. Er nahm einen der Stoffstreifen, und mit grimmiger Miene fragte er: „Wie viele davon muss ich eigentlich noch vernichten?"

Howard schwieg.
„Einmal ein Gesetzesbrecher, immer ein Gesetzesbrecher. Ich hätte dich schon vor Jahren einkerkern sollen, dann wäre ich dich los gewesen. Wo sind die anderen?"
„Wenn Ihr denkt, wegen dieser vielen Streifen müssten andere beteiligt sein, so irrt Ihr euch. Sie gehören alle mir."
Bromley schnaubte halb wütend, halb belustigt. „Ausgerechnet du hast lesen gelernt? Da musst du mir mal deinen Lehrer vorstellen. Ich habe auch einen Ochsen im Stall, der lesen lernen soll."
„Ihr glaubt mir also nicht."
„Ich kenne dich doch. Du bist dümmer als der Dreck, den du pflügst."
Howard nahm einen der Stoffstreifen, spannte ihn zwischen seinen Händen und las: „*Unsre Seele harrt auf den HERRN; er ist uns Hilfe und Schild.*" Dann legte er den Stoff vor den Landvogt auf den Tisch.
Bromley las und sah verdrießlich drein.
„Gebt mir noch mehr", sagte Howard herausfordernd. „Wählt irgend einen aus."
Bromley griff in den Stoffhaufen, zog einen Fetzen hervor, las, was darauf stand, und gab ihn Howard.
Der las dann laut vor: „*Wenn mir gleich Leib und Seele verschmachtet, so bist du doch, Gott, allezeit meines Herzens Trost und mein Teil.*"
Bromley wurde immer ungehaltener, weil er annahm, es müsse sich um einen Trick handeln. Noch einmal wühlte er in dem Stoffhaufen und wählte einen dritten Streifen aus.
Howard nahm ihn aus seiner Hand, las leise und lächelte. Dann sagte er: „*Ihr Königreiche auf Erden, singet Gott, lobsinget dem Herrn!*"
Grollend entriss Bromley ihm den Streifen und rief: „Ergreift ihn!"
Sogleich stürzten sich fünf, sechs Männer auf Howard und drehten ihm den Arm auf den Rücken.
Howard leistete keinen Widerstand. Und zu seinem langjähri-

gen Widersacher gewandt, sagte er: „Das ist ein armseliger Fang. Du hast den kleinsten aller Fische erwischt.“

Bromley griff eine Hand voll Stoffstreifen und stopfte sie Howard in den Mund. Dann trat er ganz dicht an seinen Gefangenen heran und brummte: „Gratulation fürs Lesen lernen. Dann weißt du ja auch, wie man ‘Todesstrafe’ schreibt.“ Und seinen Männern gab er den Befehl: „Bringt ihn raus!“

Howard wurde durch die Tür gezerrt, gefesselt und auf einen wartenden Pferdewagen gestoßen. Bromley, der sich noch im Haus aufhielt, stieß Tisch und Bett um, zerschlug Stühle, trat gegen Wände und versuchte, Fußbodendielen herauszureißen. Je mehr er zerstörte, ohne etwas zu finden, desto mehr geriet er in Rage. Wutschnaubend rannte er hinaus und kam Augenblikke später mit einer Fackel zurück. Bald füllte beißender Rauch das ganze Haus. Felicia sah durch einen Spalt, wie alles in Flammen aufging. Dann sah sie, dass jemand zurückkam. Felicia erschrak. Kendall!

Er sah sich kurz um und verschwand wieder.

Dann Pferdegetrappel. Bromley zog ab. Sie selber aber konnte sich nicht mehr aus dem brennenden Haus retten.

* * *

Thomas, Kay und Gardner, der Lollard, mit dem Thomas sich früher das Pult in der Schreibstube geteilt hatte, waren auf dem Weg zu Howard. Thomas war erstaunt, wie sehr sich Gardner seit damals verändert hatte. Durch das Schweigegebot in der Schreibstube konnten sie sich danach allerdings auch kaum näher kommen.

Als sie in das Tal hinabstiegen, in dem das Haus des Lollarden lag, wurde Thomas auf eine Rauchsäule aufmerksam. Kay sah sie ebenfalls. „Seht, dort!“, rief er.

Die Rauchsäule ließ nichts Gutes ahnen. Sie war viel zu schwarz und ausladend für ein kontrolliertes Feuer.

„Das Haus!“, rief Gardner.

„Howard und Felicia sind drin!“, rief Thomas.

Kay war der Schnellste von ihnen. Er war schon durch den brennenden Türrahmen im Haus verschwunden, als Thomas ankam. Der größte Teil des Hauses war bereits ein Raub der Flammen geworden. Die Hitze war deshalb fast unerträglich.

„Thomas! Beeil dich! Felicia ist noch hier drin!“

Thomas hielt sich den Arm zum Schutz vor die Augen und stürzte in das brennende Haus. Drinnen waren Tisch, Stühle und Bett bereits bis zur Unkenntlichkeit verkohlt.

„Helft mir! Hilfe!“ Felicia Stimme war schwach und röchelnd. Immer wieder musste sie husten.

Über Kay brannten schon die Deckenbalken. Er starrte verwundert eine der Wände an. „Sie ist hinter dieser Wand. Wie ist sie nur dahinter gekommen?“

Jetzt erschien auch Gardner, der das Haus besser kannte. „Die Geheimtür ist verklemmt. Zwei Männer müssen anpacken und die ganze Wand verschieben“, rief er und bemühte sich, gegen das tosende Prasseln des Feuers anzukommen. Er zeigte Kay, wo man die Balken am besten anpackte.

Thomas presste noch schnell sein Ohr an die Wand und lauschte. Felicias Rufen und Husten war jetzt für ihn lauter zu hören.

Die Hitze begann, ihnen die Kräfte zu rauben. Als Kay richtig zupacken wollte, ließ er den Balken gleich wieder erschrocken los und fächelte mit den Händen, um sie zu kühlen.

„Nimm dein Hemd!“, rief Thomas ihm zu. Kay begriff sogleich. Er zog sein Hemd aus, wickelte es um die Hände und versuchte es noch einmal.

„Hoch und dann zurück!“, rief Gardner keuchend.

„Beeilt euch! Thomas! Bitte!“

Mit aller Kraft zerrte Thomas mit an den Balken der Trennwand. Am anderen Ende packe Kay mit an, dessen Gesicht puterrot anlief.

Schließlich schafften sie es mit vereinten Kräften. Die Wand bewegte sich. Hinter der Wand verbarg sich ein Raum von der Länge einer Hauswand, aber nur ungefähr 30 Zentimeter tief.

Hier waren Pergamente und Schreibutensilien versteckt. Das meiste lag inzwischen auf dem Boden verstreut. Und mitten darin Felicia – keuchend.

Thomas packte sie bei der Hand, zog sie durch den Spalt. Er nahm sie auf den Arm und trug sie aus dem inzwischen lichterloh brennenden Haus. In einiger Entfernung stand eine Esche. Dort legte er Felicia behutsam auf den Boden.

„Wo ist Howard?", fragte er noch ganz außer Atem.

Sie kämpfte gegen einen weiteren Hustenanfall an, bis es ihr endlich gelang zu sprechen: „Sie haben ihn abgeholt!"

„Wer hat ihn abgeholt?"

„Bromley."

Kay und Gardner versuchten noch, so viele beschriebene und unbeschriebene Pergamente wie möglich zu retten.

Plötzlich erschien auch noch Kendall. „Was ist denn hier passiert?", fragte er.

Thomas deutete auf Kay und Gardner. „Hilf ihnen."

Thomas selbst wollte auch, aber die Arme einer verzweifelten Felicia hielten ihn zurück. „Bitte, lass mich jetzt nicht allein", jammerte sie. „Bitte Thomas, ich habe große Angst." Sie schmiegte ihr Gesicht an seine Brust und klammerte sich an ihn, als brenne das Feuer noch immer rings um sie her.

* * *

„Kendall? Kann ich mit dir reden?", fragte Felicia.

„Felicia! Wie geht es dir?"

Er war bei ihnen im Lager, das am Fuß einer grasbewachsenen Anhöhe aufgeschlagen worden war.

„Wollen wir ein Stück gehen?", fragte sie.

Dieses Angebot ließ ihn wieder einmal lächeln. Und sie schlenderten dann gemeinsam über die Wiesen.

„Das mit deinem Vater tut mir schrecklich Leid", sagte er. „Wenn ich dabei gewesen wäre, hätte ich vielleicht noch etwas tun können."

Felicia drohte, sofort in Tränen auszubrechen, nur weil er ihren Vater erwähnte. Aber sie kämpfte dagegen an, denn es war jetzt nicht der richtige Augenblick dafür.

„Hast du alles beobachtet?“, fragte er.

Sie nickte. „Da war ein kleiner Spalt in der Wand.“

Kendall wirkte plötzlich beunruhigt. „Der Rauch hat dich doch bestimmt schnell erreicht“, sagte er.

„Ja!“

Er lächelte schwach, und sie schwiegen eine Weile.

Dann blieb er stehen und sah sie an. „Ich musste einfach herkommen“, bekannte er. „Auch wenn mir klar ist, dass ich keine Chancen mehr bei dir habe, nun, da Thomas zurück ist. Ich weiß, dass sich das töricht anhört. Doch ich musste dich einfach wiedersehen.“

Felicia schwieg.

„Ich habe mir einen Plan ausgedacht, wie man Howard retten könnte“, sagte er. „Ich ahne, wo mein Vater ihn gefangen hält.“

„Du, Kendall.“

„Ja?“

„Ich habe dich in dem brennenden Haus gesehen!“

Kendall zuckte zusammen. Er war sichtlich schockiert. „Was meinst du?“

„Nachdem dein Vater das Haus in Brand gesteckt hatte, bist auch du plötzlich aufgetaucht. Du wolltest offenbar sicher gehen, dass ich nicht mehr im Haus war.“

„Der Rauch war ja schon ganz schön dicht, dass du mich dort erkannt haben willst“, sagte er.

„Ich weiß, was ich gesehen habe.“

Kendall sah sie an und seine Lippen bebten.

Plötzlich ertönte hinten eine Stimme. Es war Kay. „Du hast deinem Vater von dem Haus erzählt. Stimmt’s?“

Kendall drehte sich erschrocken um. Aus einem nahegelegenen Versteck kamen Thomas, Kleef, Gardner und ein halbes Dutzend anderer Männer hervor. Felicia hatte ihren Weg bewusst so gewählt, dass sie an diesem Versteck vorbeikommen mussten.

Sie wollten Kendall unter Druck setzen und die Wahrheit erfahren.

„Warum, Kendall? Warum?“, jammerte Felicia.

Kendall wich ein paar Schritte vor dieser bedrohlichen Front von Männern zurück. Zu Felicia gewandt sagte er: „Du weißt gar nicht, wie sehr ich dich liebe! Die letzten Tage waren eine Tortur für mich. Als wir uns kennen lernten, war es anders. Ich wusste, dass du Thomas mehr liebtest und ich keine Chance hatte. Aber dann war er verschwunden, und ich bekam eine neue Chance. Selbst nachdem wir hörten, dass er tot sei, wartete ich noch ab. Ich hatte Geduld und meine Träume wurden wahr. Ich spürte, dass du mich liebtest. Das hast du. Ich weiß es genau!“

„Wer konnte ahnen, dass Thomas zurückkehrt?“, sagte er mit tränenerstickter Stimme. „Ich dachte, nun sei alles verloren. Aber dann verhielt er sich so sonderbar, und du mochtest ihn nicht mehr. Ich ... ich aber wollte dich immer noch nicht loslassen!“

Er warf einen Blick auf die Männer und fürchtete sich vor ihnen.

„Ich habe mit meinem Vater eine Abmachung getroffen“, sagte er stockend. „Howard für Thomas. Dein Vater kann noch immer gerettet werden. Eigentlich wollen sie nämlich Thomas!“

„Wir haben genug gehört“, sagte Kay.

Die Männer drängten sich um Kendall, der erschrocken auf die Knie sank.

Felicia sagte zu Kay: „Bitte, tut ihm nichts.“

„Nach allem, was er deinem Vater angetan hat?“, fragte Kay verwundert. „Und fast auch dir?“

„Er ist nicht wirklich böse.“

Kay verzog verwundert sein Gesicht. Er konnte Felicia nicht begreifen. Dann stand er eine Weile stumm da und führte offensichtlich ein Selbstgespräch. Schließlich sagte er zu seinen Männern: „Schickt ihn nach Hause. Aber sorgt dafür, dass er auch wirklich geht!“ Dann wandte er sich wieder an Felicia. „Dir ist doch sicher klar, dass wir nun wieder weiterziehen müssen.“

Felicia nickte. „Ich danke dir für dein Verständnis.“

# 16

Lord Harborough ist nicht bereit, sich für Howard einzusetzen", sagte Thomas, als er in die Hütte gekrochen kam. Tief enttäuscht, wütend und verzagt ließ er sich nieder. Auch Kay warf seinen Proviantbeutel missmutig in die hinterste Ecke.

Felicia rührte gerade in einem Eintopf, als sie die Nachricht hörte. Sie hängte den Rührlöffel an den Spieß, an dem der Topf hing, wischte sich die Hände an einem Tuch ab und setzte sich zu den anderen.

„Dieser Feigling!", rief Thomas, indem er mit der Faust auf den Boden schlug.

„Der Lord meinte, er gehe schon ein großes Risiko ein, uns überhaupt zu empfangen", sagte Kay.

„‚Es ist niemand da, der noch auf meiner Seite steht'", entgegnete Thomas weinerlich und äffte den verzagten Lord nach. „‚Was kann einer allein schon ausrichten!'"

„Er rührt keinen Finger für uns?", fragte Felicia.

Thomas schüttelte den Kopf. „Er hat große Angst vor Bromley. Wir erkannten es an seinem Blick."

Am Tag nach Howards Festnahme waren er und Kay zum Landsitz des Lords gewandert und hatten dort um Begnadigung gebeten. Hinterher überlegte Thomas, ob seine Chance vielleicht größer war, wenn er allein gegangen wäre.

Er war sich so sicher gewesen, dass der Lord ihnen hilft. Niemals hatte er Seine Lordschaft um irgendetwas gebeten. Dafür hatte er sich stets bemüht, den Erwartungen seines Mentors und Freundes zu entsprechen. Das war doch etwas, was er in die Waagschale werfen konnte. Außerdem hätte man erwarten können, dass sich der Lord Howard gegenüber verpflichtet fühlte, nach all dem, was dieser Landmann über Jahre für Thomas getan hatte. Vielleicht hatte Kay tatsächlich Recht, wenn er behauptete, dass ein Bauer bei einem Edelmann nichts gelte und dass er nur dazu da sei, dem hohen Herrn das Leben angenehmer zu gestalten.

Als Thomas die Ereignisse in Gedanken immer wieder bewegte, fiel ihm ein, was Wyclif ihm einmal gesagt hatte: „Ich habe hin und wieder mächtigen und wohlhabenden Männern mein Vertrauen geschenkt und darauf gebaut, dass sie mir in Zeiten der Not beistehen. Doch dann musste ich erleben, dass sie mich im Stich ließen. Es war töricht von mir, sehnsüchtig zu den Gipfeln aufzublicken. Thomas, baue auf das Wort des Psalmisten. Vertraue nicht den Königen, dem Adel oder dem Klerus. Vertraue allein auf Gott. ‚Woher kommt mir Hilfe? Meine Hilfe kommt vom *Herrn* ...‘“

„Was bleibt uns nun noch übrig?“, fragte Felicia.

„Es sieht so aus, als wären wir nur noch auf uns selbst gestellt“, erwiderte Kay.

„Es ist also höchste Zeit, dass wir aufhören, auf Hilfe von den ‚Gipfeln‘ zu hoffen.“

* * *

Mit einem strahlenden Sonnenaufgang begann eine Woche später jener Tag, der für Howards Hinrichtung festgesetzt worden war. Es wurde ein heißer Sommertag, und Thomas fürchtete, unter dem mit einer Kapuze versehenen Mantel ersticken zu müssen. Er war viel zu schwer und dick für dieses Wetter. Thomas bemerkte, dass auch anderen Leuten diese unzeitgemäße Bekleidung aufgefallen war. Und er fragte sich, ob Kay und Felicia, die mit ihm auf dem Weg zur Hinrichtungsstätte waren, genauso viele verwunderte Blicke auf sich zogen wie er.

Er sah nach den beiden. Sie gingen gesenkten Hauptes, so dass er ihre Gesichter nicht sehen konnte. Nur an ihrer Körpergröße erkannte er, dass Felicia direkt neben ihm in der Mitte ging.

Drei Tage lang hatten er und Felicia sich gestritten. Thomas war der Meinung, dass sie nicht mitkommen dürfe. Es sei viel zu gefährlich. Doch Felicia bestand darauf. Die einzige Möglichkeit, sie davon abzuhalten, sei, sie zu fesseln und zu knebeln. Doch selbst dann, so warnte sie, müssten die Stricke besonders dick und neu sein. Irgendwann gab Thomas nach. Er war zu dem Schluss gekommen, dass es allemal besser sei, sie von Anfang an in den Plan mit einzubeziehen, als dass sie plötzlich als unerwarteter Störfaktor auftauche.

Plötzlich spürte Thomas Kays Arm. Der Freund hinderte Felicia und ihn am Weitergehen. Mit dem Kopf deutete er nach vorn. Kaum ein paar Meter entfernt standen zwei bewaffnete Wachen, die jeden überprüften, der an ihnen vorbei wollte.

Kay forderte die beiden auf, sich nicht von der Stelle zu rühren. Dann gab er Kleef, der ihnen in einigem Abstand gefolgt war, ein Zeichen.

Der Mann mit der Narbe eilte an ihnen vorüber. Auch er trug eine Kapuze. Er ging direkt auf die Wachen zu und versuchte dreist, ohne anzuhalten, an ihnen vorbeizukommen. Einer der Wachen packte ihn und griff nach seiner Kapuze, worauf Kleef einen Wutanfall vortäuschte. Er sprang die Wache an und machte einen Höllenlärm.

Während dieses Handgemenges strömten die Zuschauer ungehindert zur Hinrichtungsstätte. Thomas, Kay und Felicia befanden sich unter denen, die ohne Kontrolle passieren konnten.

Die Hinrichtungsstätte befand sich auf einem Hügel in der Nähe von Howards Haus in Fearnleah. Deshalb kannten Thomas und Felicia diesen Ort gut. So manchen Sommerabend hatten sie dort oben verbracht und darauf gewartet, dass ein Stern nach dem anderen gegen das sich zurückziehende Sonnenlicht die Oberhand gewann.

Die Hinrichtungsstätte war so aufgebaut, dass die Zuschauer auf jenem Acker stehen mussten, den Howard seit Menschengedenken Jahr für Jahr im Schweiße seines Angesichts gepflügt hatte. Doch dieses Jahr lag er brach und verwilderte.

Die leichte Anhöhe eignete sich besonders gut für das Spektakel. Ganz oben war ein einzelner Pfahl eingerammt worden - ein solider Stamm für einen kräftigen Mann. Daneben lag Reisig aufgestapelt. Und zwei Soldaten bewachten das Ganze.

Thomas ging voran und stellte sich auf die rechte Seite der Anhöhe. Er gab Kay das Zeichen, dass dies der bei der Planung verabredete Ort sei.

Felicia blickte auf und sah nun zum ersten Mal den Scheiterhaufen. Es war ein so schockierender Anblick, dass sie wankte. Doch Thomas fing sie gerade noch auf.

„Es ist die Hitze", sagte sie, als sie wieder fester stehen konnte.

Immer mehr Menschen strömten herbei. Kay begutachtete währenddessen das Gelände, um die Erfolgschancen ihrer geplanten Aktion abzuschätzen. Dann sah er zu Thomas und nickte ihm zu. Ja, es könnte klappen.

Ihr Plan zu Howards Befreiung beruhte auf zwei Elementen: Überraschung und Überzahl. Ob ihnen die Überraschung gelingen würde, war nicht so sicher. Sie mussten davon ausgehen, dass Bromley eine Befreiungsaktion einkalkuliert hatte. Aber er wusste nicht, wann und wo etwas geplant war. Was die Überzahl betraf, so rechneten sie mit ungefähr einem Dutzend Männern, die für die Sicherheit vor Ort sorgen sollten. Doch das war wahrscheinlich schon zu hoch geschätzt. Für die Exekution selbst brauchte Bromley höchstens vier oder fünf Männer.

Ihre Absicht war, die Wachen durch eine blitzschnelle Aktion zu überrumpeln. Kay hatte über fünfzig Männer für diesen Plan gewinnen können. Und das war keineswegs schwierig gewesen. Wie Engel Burford prophezeit hatte, gab es genug Männer, die große Lust hatten, sich an Landvogt Bromley zu rächen.

Etwas erregte Thomas' besondere Aufmerksamkeit. Ein einzelner Reiter erschien kurz auf der Anhöhe und verschwand gleich wieder.

Dieser Reiter war das für alle Beteiligten sichtbare Zeichen. Jeder trat bei einer verabredeten Entfernung von ihm in Aktion. Felicia sollte lautstark um Gnade betteln und so tun, als würde sie in Ohnmacht fallen, sobald sich der Reiter bis auf hundert Meter genähert hatte.

Daraufhin sollten Kays Männer die Anhöhe stürmen und Bromleys Wachen und den Henker überwältigen. Zwei würden Howard auf das herbeieilende Pferd setzen, das sich dann fluchtartig entfernen konnte. Felicia, Thomas, Kay und die anderen sollten dann die allgemeine Verwirrung nutzen und verschwinden.

Thomas beobachtete die Wachen auf dem Exekutionshügel. Die Männer waren nicht besonders groß und kräftig. Zwar größer als er, aber auf jeden Fall schmächtiger als Kay. Der erfahrene Rebell hatte Thomas davor gewarnt, sich besondere Sorgen wegen der Wachen zu machen. Seine Männer würden schon mit ihnen fertig werden. Obgleich Thomas' Aufgabe lediglich darin bestand, Howard vom Stamm zu lösen, war er aufs Äußerste angespannt.

Die Menschen waren festlich gestimmt. Männer lachten und schlugen sich auf die Schenkel, während sie Witze rissen und die neusten Gerüchte verbreiteten. Frauen klagten, ereiferten sich über ihre nichtsnutzigen Kinder und tratschten genauso wie die Männer. Und schreiende Kinder jagten den Erwachsenen ausgelassen um die Beine, als würden sie in einem Wald Verstecken spielen.

Plötzlich aber ging ein Raunen durch die Menge. Dann Stille. Thomas wandte sich um. Ein Ochsenkarren näherte sich, auf der Ladefläche kniend ein großer Mann. Es war Howard. Der Henker mit schwarzer Kapuze stand hinter ihm. Wie ein Triumphator ritt Landvogt Bromley auf einem massigen Schlachtross nebenher. Hinterdrein schritt der Landpfarrer, gefolgt von gut zehn Wachsoldaten. Gemächlich holperte der Wagen in Richtung Anhöhe.

Als Felicia ihren Vater sah, erschauderte sie. Jammernd schmiegte sie sich an Thomas, der seine Arme um sie legte. Thomas stellte sich so, dass sie ihren Vater nicht mehr sehen konnte. Heftig schluchzend vergrub sie ihr Gesicht in seinem Gewand, während er ihr ins Ohr raunte: „Was immer auch geschieht, ich werde dich immer lieben!"

Sie sah zu ihm auf. Es war das erste Mal seit Thomas' Rückkehr, dass sie sich wieder so nahe waren. Felicia sagte kein Wort. Das musste sie auch nicht. Sie verstanden sich auch so – so wie früher.

„Gütiger Gott! Ich glaube es einfach nicht!"

Kays Ausruf ließ sie aufhorchen. Thomas sah sich um.

Kendall! Er ritt unter den Soldaten seines Vaters. Felicia schüttelte den Kopf. Sie konnte nicht glauben, dass Kendall ausgerechnet bei diesem Ereignis für alle sichtbar zum Tross seines Vaters gehörte. Auch Thomas war fassungslos. Doch bevor er noch etwas äußern konnte, rief Kay: „Irgendwas stimmt da nicht!"

Er blickte in die Ferne jenseits der Anhöhe. Und Thomas folgte seinem Blick. Da war wieder der Reiter zu sehen. Aber diesmal trabte er hektisch hin und her.

„Noch nicht! Noch nicht!", murmelte Kay.

Thomas sah nach, wie weit der Wagen inzwischen gekommen war. Bergan trotteten die Ochsen noch langsamer als zuvor.

Während Kay den Reiter beobachtete, verfolgte Thomas, was Bromleys Sohn tat. Der stieg vom Pferd und reichte die Zügel einem Jungen. Langsam ließ er dann seinen Blick über die Menge schweifen.

„Guck nach unten!", flüsterte Thomas.

„Wieso?", wollte Kay wissen.

„Kendall. Er sieht sich um, sucht irgendwas - möglicherweise uns."

„Ich hätte den Jungen doch erledigen sollen, als ich die Gelegenheit dazu hatte", murmelte Kay.

„Wenn er uns entdeckt, haben wir verloren", erwiderte Thomas.

Auf dem Hügel kam der Ochsenkarren mit dem Gefangenen endlich zum Stehen. Der Henker half Howard auf die Füße, sprang vom Wagen und stützte den Gefangenen beim Herunterspringen. Thomas fand diese fast zuvorkommende Behandlung grotesk. Schon ein paar Minuten später würde der Henker handeln, denselben Mann ins Jenseits zu befördern.

Howard stand mit dem Gesicht zur versammelten Menschenmenge. Jetzt hatte auch Thomas Gelegenheit, Howard genauer zu betrachten. Und ihn erfasste jähe Wut. Howard trug ein sackähnliches Büßergewand, an dem noch Strohreste und Lehmklumpen hafteten. Auch sein wirres Haar war verklebt und schmutzig. Arme und Beine waren übersät von Striemen und Blutergüssen. Sein Gesicht war offensichtlich noch stärker misshandelt worden. Es war blau angelaufen, und ein Auge war derart geschwollen, dass er es nicht mehr öffnen konnte.

Thomas hörte, wie neben ihm Felicia vor Entsetzen nach Luft rang. Sie hatte auch einen Blick auf ihren Vater geworfen.

„Das gefällt mir nicht“, sagte Kay und wunderte sich noch immer, warum sich der Reiter so merkwürdig verhielt. „Irgendetwas stimmt nicht. Da ist ganz eindeutig was faul.“

Thomas wollte sich selber vergewissern. Doch kaum hatte er den Reiter entdeckt, da kam dieser auch schon herangaloppiert. Er hielt direkt auf sie zu, etwas rufend und mit dem Arm winkend.

Kay fluchte. „Nein! Noch nicht, du blöder Kerl!“ Alle seine Männer hatten noch nicht ihre Posten bezogen.

„Was macht er bloß?“, rief Felicia. „Hast du denn schon das Signal gegeben?“

„Natürlich nicht!“, antwortete Kay erbost.

Der Überraschungseffekt drohte zu verpuffen, denn die Zuschauer wurden längst unruhig. Bald starrten alle auf den sich nähernden Reiter – Bromleys Wachen natürlich auch.

„Gib das Zeichen!“, rief Thomas.

„Sie sind noch nicht ...“ Kay verstummte.

Inzwischen waren nun doch fast alle auf ihren Posten. Einzelne Männer in der Menge gaben geheime Zeichen, die die Angriffsbereitschaft signalisierten.

„Thomas, versuche irgendwie zu Howard durchzukommen. Vielleicht müssen wir ihn zu Fuß wegbringen“, flüsterte Kay.

Thomas nickte, um zu bestätigen, dass er den Befehl verstanden hatte. Wie er ihn aber ausführen sollte, wusste er nicht.

Kay stieß einen schrillen Pfiff aus. Das war für seine Männer das Angriffssignal.

Inzwischen war der Reiter in Hörweite und schrie: „Eine Falle! Es ist eine Falle."

Doch die Warnung kam zu spät.

Bromley, der siegesgewiss auf dem Exekutionshügel stand, schwenkte sein Schwert, zeigte damit in drei Richtungen und rief „Attacke!".

Feuerpfeile flogen aus unterschiedlichen Richtungen über die Köpfe der Zuschauer. Auch der Landvogt hatte also ein Zeichen verabredet.

Aus der Senke hinter der Anhöhe schwärmten plötzlich Soldaten aus. Es waren Hunderte, die wie Fledermäuse aus ihrem Versteck hervorschnellten. Sie nahmen den Hügel ein, umstellten das versammelte Volk und schnitten so Thomas, Felicia und Kay von jeder Unterstützung ab. Sie bedrängten Kays Männer, die durch den Pfiff bereits aus ihrer Deckung getreten waren, und jagten sie in alle Richtungen auseinander.

Der Reiter hatte kehrtgemacht und wurde nun von einer kleinen berittenen Truppe verfolgt. Thomas und Kay sahen sich an. Sie waren nun ganz auf sich selbst gestellt.

„Mach dich aus dem Staub! Versuche, irgendwie wegzukommen. Wir treffen uns dann im Lager", rief Thomas Felicia zu.

Sie aber schüttelte heftig den Kopf. „Ich werde nicht ..."

„Bitte jetzt keinen Streit! Dafür ist keine Zeit."

Er hatte Recht. Sie hatten keine Zeit – weder für einen Streit noch für eine Rettungsaktion. Bevor Thomas und Kay noch irgend etwas unternehmen konnten, hatten die Soldaten den Hügel eingekreist und so die Hinrichtungsstätte für die Zuschauer abgeriegelt. Es waren bestimmt fünfzig Mann, und so gab es auch keine Möglichkeit mehr zu entkommen. Bromley hatte offenbar an alles gedacht.

Nur mit einem hatte er nicht gerechnet.

Mit seinem Sohn. Kendall, der inzwischen hinter Bromley stand, zog sein Schwert und stürzte sich auf den Henker. Mit einem Schrei trat er ihm gegen die Brust und setzte ihn damit außer Gefecht. Gleich darauf machte er sich an Howards Fesseln zu schaffen.

„Was machst du, Kendall?“, rief Felicia erschrocken.

Thomas und die anderen beobachteten verwundert, wie Bromleys Sohn versuchte, Howard zu befreien.

„Ich habe euch doch gesagt, dass er nicht böse ist“, sagte Felicia. „Haltet euch bereit! Das ist vielleicht unsere letzte Chance.“

Howard spannte die Muskeln an und zerrte an den sich lockernden Fesseln, um möglichst schnell frei zu kommen. Doch es gelang ihm nicht.

Im nächsten Augenblick hatte Bromley mit einer Hand seinen Sohn an den Haaren gepackt, mit der anderen hielt er ihm sein Schwert an die Kehle. Howard versuchte, mit einem Ruck frei zu kommen, aber einer der Soldaten stieß ihn zurück, während ein anderer dem Henker auf die Beine half.

Die Ordnung war wiederhergestellt.

Thomas stieß einen Schrei aus. Er konnte nicht anders, so entsetzt war er.

„Ich habe also einen Verräter in meinem Haus!“, rief Bromley für alle hörbar. „Aber das überrascht mich keineswegs.“

Jemand nahm Kendall das Schwert ab, während Bromley ihn immer noch an den Haaren hielt. Er zerrte seinen Sohn zu dem Pfahl und schmetterte seinen Kopf dagegen. „Das hast du dir selber zuzuschreiben!“, schrie er außer sich und vor Wut bebend. „Du hintergehst deinen Vater für einen dummen Bauern?“

„Ich habe keinen Vater“, stieß der Junge hervor.

Bromley geriet nun vollends außer sich. Immer wieder schlug er den Kopf seines Sohnes gegen das Holz. Als er ihn schließlich losließ, fiel Kendall auf seine Knie, während er mit dem Oberkörper am Pfahl lehnte.

Felicia, die alles beobachtet hatte, wendete sich erschrocken ab. Sie hielt sich den Mund zu, um nicht laut schreien zu müssen.

Völlig unerwartet stieß sich der Junge vom Pfahl ab, ließ sich fallen, rollte sich gegen die Beine seines Vaters, dass der das Gleichgewicht verlor. Kendall sprang dann auf, stieß den Henker beiseite und zerrte an Howards Fesseln.

Doch schon im nächsten Augenblick stand er mit weit aufgerissenen Augen da, starr vor Entsetzen. Er wankte, fiel kraftlos auf die Knie. Und mit geöffnetem Mund starrte er nach unten auf die Stahlklinge, die in seiner Brust steckte.

Der Landvogt zog sein Schwert aus dem Leib seines Sohnes.

„O Kendall!", wimmerte Felicia. Sie barg das Gesicht in ihren Händen.

Stumm und starr vor Schrecken verfolgten die Menschen das makabre Schauspiel oben auf dem Hügel.

Selbst der Landvogt war für einen Augenblick keiner Regung fähig, als er begriff, was gerade geschehen war und wie sein Sohn langsam mit dem Gesicht nach unten ins Gras sank. Doch schnell hatte sich der Vogt wieder gefasst.

„Bindet ihn mit dem Ketzer an den Stamm", befahl er tonlos, immer noch mit ungebrochener Autorität.

Der Henker mühte sich, den leblosen Körper gegen den Stamm zu pressen und gleichzeitig Seile um ihn zu spannen. Er sah sich nach den Wachen um, die ihm helfen sollten.

Da sagte Howard: „Ich kann ihn halten."

Der Henker blickte ihn verdutzt an.

„Es ist kein Trick", versicherte Howard. „Ich halte ihn, während du uns beide bindest."

Der Henker zögerte.

Bromley verfolgte den Vorgang mit versteinerter Miene. Durch eine flüchtige Handbewegung gab er zu verstehen, dass er nichts dagegen einzuwenden hatte. Für einen kurzen Augenblick wurden Howards Hände noch einmal gelöst und Kendall in seine Arme gelegt. Dann fesselte man beide zusammen an den Pfahl.

Thomas, Felicia und Kay beobachteten das Geschehen wie betäubt. Ihr Plan war durchkreuzt worden. Ihre Helfer in alle Winde zerstreut. Und Kendall, der plötzlich als rettender Engel aufgetreten war, hatte sein Leben verloren.

Bromley trat vor, um zu den Versammelten zu reden. Der Tod seines Sohne schien ihn kaum zu bewegen. Er hielt ein Pergament hoch, von dem er ablas.

„Den Anwesenden sei hiermit kund getan, dass dieser Mann, Howard, ein Bauer aus Fearnleah, bewusst und heimtückisch das Gesetz übertreten hat, das allen Untertanen des Königs verbietet, heilige Texte zu besitzen. Darüber hinaus hat er sich schuldig gemacht, indem er das Übersetzen dieser Texte in die vulgäre Sprache des Volkes begünstigte, ein Akt, der strengstens verboten ist."

Darauf wandte sich Bromley an den Gemeindepfarrer von Fearnleah, der mit aschfahlem Gesicht und schlotternden Gliedern mit oben auf dem Hügel stand. Der Vogt sagte etwas zu ihm, was Thomas aber nicht verstehen konnte. Der Priester fingerte darauf nervös in den Taschen seiner Soutane. Schließlich holte er eine Hand voll Stofffetzen hervor, die er Bromley übergab.

Der Landvogt hielt die Streifen hoch und rief: „Diese Stoffstreifen, auf denen verbotene heilige Texte geschrieben stehen, wurden im Besitz dieses Mannes gefunden. Er leugnete nicht, dass sie ihm gehören. Die Beweislage spricht also eindeutig gegen ihn."

Thomas wandte sich an Kay: „Wir müssen doch etwas tun!"

„Was können wir denn machen?", antwortete der verzweifelt. „Es sind einfach zu viele."

Bromley machte dem Priester Platz, der sich daraufhin vor den Angeklagten stellte. Mit bebender Stimme erklärte er: „Ich habe dich in all den Jahren immer als gerechten Mann und guten Vater erlebt. Dennoch hast du die Gesetze Gottes und unseres Landes gebrochen, und für diese Übertretung verurteile ich dich nun zum Tod."

„Thomas, lass nicht zu, dass es so endet!", schrie Felicia.

Thomas tat spontan einen Schritt auf den Hügel zu, aber Kay packte ihn am Arm. „Was hast du vor?"

„Ich gehe da rauf ..."

„Damit auch du und wir anderen getötet werden? Wäre das Howards Wunsch?“

Der Priester fuhr fort: „So du dich nun darauf vorbereitest, dem ewigen Richter gegenüberzutreten, gib Gott die Ehre und verdamme diese ketzerische Übersetzung, die von dem persönlichen Schüler des Satans, John Wyclif, verbrochen worden ist. Bekenne deine Sünde, mein Sohn, auf dass Gott deiner Seele gnädig sei.“

Es ging ein Raunen durch die Menge, dann Totenstille. Was würde der Landmann tun? Ein tränenreiches Bekenntnis ablegen? Würde er Gott fluchen oder den König, den Landvogt und die Zuschauer beschimpfen? Würde er seine Unschuld beteuern und um Gnade bitten? Das alles hatten die Anwesenden schon bei so mancher Hinrichtung miterlebt. Es waren immer Augenblicke höchster Dramatik und Spannung, und deshalb erschien man ja auch jedes Mal so zahlreich und neugierig.

Der Verurteilte drückte den leblosen Körper des Jungen an sich. Dann blickte er in die Menge. Und ganz plötzlich huschte ein Lächeln über sein Gesicht.

Dann hob der Verurteilte seine Augen zum Himmel auf und rief: „‘Kommt her zu mir alle, die ihr mühselig und beladen seid, denn ich will euch erquicken.’“

Der Landvogt warf dem Priester einen Blick zu. War das etwa ein Zitat aus der Bibel? Der Priester bestätigte es mit einem Nikken.

Howard wandte sich dann an die Menge: „Diese Worte habe ich zum ersten Mal gehört an dem Tag, da mein Bruder starb. Und nun gebe ich sie an euch weiter an dem Tag, da ich sterben werde! Nehmt sie euch zu Herzen! Es ist Gottes Einladung an jeden einzelnen Menschen.“

„Bringt ihn zum Schweigen!“, rief der Landvogt.

Der Henker suchte hilflos auf dem Ochsenkarren herum, fand aber nichts.

Und wieder rief Howard: „Jetzt noch ein weiteres Wort: ‘Der Herr ist mein Hirte!’ Wisst ihr, wann ich dieses Wort kennen lernte? In meinem eigenen Haus! Mit meiner eigenen Hand schrieb ich den ersten Buchstaben! Denkt darüber nach, was das bedeutet. Gottes Wort in meinem eigenen ..."

Bromley trat vor ihn, und wie am Tag von Howards Festnahme stopfte er ihm eine Hand voll Lumpen in den Mund.

Felicia sagte darauf: „Ich nehme jetzt endlich meine Kapuze ab."

„Was? Auf keinen Fall!"

„Ich lasse meinen Vater nicht einsam in dem Glauben sterben, wir hätten ihn im Stich gelassen."

Thomas hielt ihr die Hände fest, um sie davon abzuhalten, ihre Absicht in die Tat umzusetzen.

„Wenn du jetzt deine Kapuze abnimmst, stehst du auch gleich da oben!"

„Vielleicht wäre das sogar richtig", erwiderte sie.

„Felicia, denke jetzt an deinen Vater! Was wird er empfinden, wenn man dich zu ihm an den Pfahl bindet? Er hat dafür gesorgt, dass du dich verstecken konntest, und Bromley abgelenkt, um dich zu retten. Wirf das jetzt nicht einfach fort."

Das überzeugte sie.

Bromley sprach wieder zum Volk: „Der Tod dieses Mannes möge als abschreckendes Beispiel für alle wirken, die John Wyclifs Ketzerei bejahen und vorantreiben wollen."

Darauf gab er den Befehl, das Feuer zu entzünden.

Drei Männer verteilten Reisigbündel kniehoch um den Fuß des Pfahles. Dann reichte man dem Henker eine Fackel. Der umkreiste sofort den Pfahl und entzündete das Reisig an verschiedenen Stellen.

„Bitte, Gott, nein!", rief Felicia.

Thomas drückte sie an sich.

Schnell breiteten sich die Flammen aus und züngelten hoch. Howard drückte Kendall fest an sich und schmiegte seine Wange in das Haar des Toten.

Howard gelang es, die Lumpen auszuspucken. So konnte er doch noch etwas sagen. Er rief: „Wenn es für einen Engländer ein Verbrechen ist, das Wort Gottes zu lesen, dann möchte ich lieber sterben, als länger ein Engländer zu sein."

„Bringt ihn endlich zum Schweigen!", brülle Bromley.

„Die Flammen nehmen uns gnädig auf!", rief Howard. „Ich heiße sie willkommen! Ich werde das Land nur einen Augenblick erhellen. Aber ein Feuer wird durch dieses Land brausen, das nicht mehr zu löschen sein wird! Und dieses leuchtende Feuer ist das Wort Gottes!"

Bromley tobte. „Stopft ihm das Maul! Stopft ihm endlich das verdammte Maul!"

Doch die Flammen schlugen bereits zu hoch. Der Henker konnte nicht mehr nahe genug an Howard herantreten, um ihn am Reden zu hindern.

„Tut etwas!", wütete der Landvogt. „Ich will nichts mehr von ihm hören!"

„Vergib mir, Kendall, dass ich dich für einen Menschen wie deinen Vater hielt. Jetzt werden wir beide zusammen in den Himmel gehen", sagte Howard zu dem toten Jungen.

„Nimm ihn auf, Gott! Bitte, nimm ihn zu dir! Ich kann es nicht länger ertragen, ihn leiden zu sehen", wimmerte Felicia.

Howard versuchte noch einmal, einen letzten Blick auf seine Tochter zu werfen. „Weine nicht um mich, mein Liebling", sagte er.

Und zu Thomas gewandt. „Mein Sohn, sorge immer dafür, dass die Lampe nicht zu flackern anfängt!"

Dann schlugen die Flammen über ihm zusammen.

Thomas sah plötzlich über das Inferno. Er sah den mit dem Kopf nach unten gekreuzigten Petrus. Er sah die Allee der geteerten Christen, die zum Vergnügen eines Nero lichterloh brannten. Er sah die Gräber der Märtyrer, die im Schoß der Heiligen Stadt bis zur Auferstehung ruhten.

Und er sah Howard, den Bauern, den Mann ohne Titel und Amt, der das Wort Gottes in seiner Muttersprache vernommen hatte und der, wie so viele vor ihm, bereit war, für das zu sterben, was er als gut und wahrhaftig erkannt hatte.

„Was kann ein Mensch alleine schon ausrichten?“, murmelte Thomas.

„Hast du was gesagt?“, fragte Kay.

Thomas nahm Felicia und drehte sie fort von dem Hügel, während die Flammen immer höher schlugen.

„Ich dachte gerade an die Frage, die Lord Harborough mir einmal gestellt hat: ‘Was kann *ein* Mensch alleine schon ausrichten?’“

„Gib mir zehn Männer wie Howard“, antwortete Kay, „und ich werde unser Land auf den Kopf stellen.“

Thomas hob mit seinem Finger Felicias Kinn an, bis sich ihre Blicke trafen. „Niemals sonst ist mir ein Mann begegnet, der so klug und stark war wie dein Vater“, sagte er. „Und Gott ist mein Zeuge! Ich werde nicht ruhen, bis jeder Mann, jede Frau und jedes Kind in diesem Land die Heilige Schrift so kennt, wie sie dein Vater gekannt hat.“

Der Hauch eines Lächelns huschte über ihr Gesicht. „Bring mich nach Hause“, sagte sie.

# Von Jack Cavanaugh liegt in unserem Verlag außerdem vor:

**Und niemand kennt das Morgen**
*Südafrika Saga - Band 1*
Bestell-Nr. 330 349
ISBN 3-86122-349-X
388 Seiten, Paperback

Die Waise Margot de Campion, eine Hugenottin, hübsch, geduldig und doch couragiert, wird von einem widrigen Schicksal nach Kapstadt verschlagen. Dort begegnet ihr Jan van der Kemp, der älteste Sohn eines südafrikanischen Großgrundbesitzers, stolz, voller Selbstvertrauen und ein ungezügelter Charakter.

Jans und Margots Wege kreuzen sich immer wieder, ihre unterschiedlichen Wesensarten geraten aneinander. Doch die auf einer unbewältigten Vergangenheit beruhenden Spannungen auf der Farm der van der Kemps lassen auch ihre Liebe zueinander aufbrechen.

*Eine bewegende historische Erzählung, die das Leben in Südafrika zu Beginn des 18. Jahrhunderts schildert.*

**Sie suchten das verheißene Land**
*Südafrika Saga - Band 2*
Bestell-Nr. 330 390
ISBN 3-86122-390-2
324 Seiten, Paperback

Südafrika im 19. Jahrhundert. Die Kolonie wird von den Briten regiert. Die Nachfahren holländischer Einwanderer, die afrikanischen Ureinwohner und die Mischlinge kämpfen um ihre Existenz in einem Land, in dem die afrikanische Identität durch das Christentum, aber auch durch die reichen Bodenschätze beeinflusst wird.

Das Buch schildert das Schicksal der Familie Christiaan von der Kemp, die sich auf einen gefahrvollen Treck begibt, um in der unerforschten Wildnis eine neue Heimat zu finden.

*Eine dramatische Geschichte aus einem unruhigen Land und einer bewegten Zeit.*

FRANCKE
Verlag der Francke-Buchhandlung GmbH

Außerdem liegt in unserer Reihe „Francke-Lesereise“ vor:

B. J. Hoff
**Insel der Erinnerung**
Bestell-Nr. 330 420
ISBN 3-86122-420-8
444 Seiten, gebunden

Ein mächtiger Hurrikan fegt über die Grüne Insel und hinterlässt eine Spur der Verwüstung. Davon bleiben auch die Emigranten, die in Amerika eine sichere Heimat gefunden haben, nicht unbeeinflusst.

*Die Schicksale eines reichen Verlegers, einer Emigrantin, einer armen Irländerin und eines freiheitsliebenden Künstlers werden in diesem Roman, der ganz in der Tradition von B. J. Hoffs „Irish-Saga“ steht, kunstvoll geschildert und packend miteinander verwoben.*

**Kontinent der Hoffnung**
Bestell-Nr. 330 466
ISBN 3-86122-466-6
416 Seiten, gebunden

Dies ist das Finale von „Insel der Erinnerung". B. J. Hoff nimmt die Geschichte von Terese Sheridan auf, die als irische Auswanderin mit schweren Schicksalsschlägen konfrontiert wird.

Dabei spielt auch Jack Kane, selber Auswanderer und zum bedeutenden Verlagschef aufgestiegen, eine entscheidende Rolle. Doch wer ist dieser Mann? Ist er wirklich der skrupellose Verleger, oder verbirgt sich hinter der harten Schale ein guter Kern?

Die geheimnisvolle Samantha ringt mit ihrer Liebe zu Jack. Aber die Wunden, die das Leben ihr beigebracht hat, sitzen zu tief. Wird sie sich ihrer Vergangenheit stellen?

Und schließlich taucht auch Brady Kane aus der Versenkung auf. Er lebt als Journalist und Künstler auf der irischen Insel und verfolgt seine bösen Absichten mit der unschuldigen Roweena.

Meisterhaft erzählt und überzeugend in der Darstellung zieht die durch ihre Irish-Saga bekannte Erfolgsautorin B. J. Hoff den Leser in den Bann ihrer Erzählkunst. Dabei gelingt es ihr, die mitreißende Handlung mit der klaren Botschaft von Gottes Liebe zu verweben.

*Ein unvergesslicher historischer Roman, voller Liebe, Mut und Hoffnung.*

FRANCKE
Verlag der Francke-Buchhandlung GmbH

# Eine weitere Erzählung in unserer Reihe „Francke-Lesereise“

Ellen Gunderson Traylor
**Ruth - Eine Liebesgeschichte**
Bestell-Nr. 330 464
ISBN 3-86122-464-X
240 Seiten, gebunden

Jedes jüdische Mädchen träumt davon, die Mutter des Messias zu werden. Dass die junge Moabiterin Ruth tatsächlich einmal einen Platz im Stammbaum Jesu haben würde, daran hatte sie nie auch nur zu denken gewagt.

Ellen Gunderson Traylor zeichnet ein einfühlsames Bild von Ruth: aufgewachsen im heidnischen Moab, vertraut mit dem grausamen Götzenkult ihres Landes, lernt sie den Gott der Juden kennen. Als sie sich nach dem frühen Tod ihres Mannes zusammen mit ihrer Schwiegermutter auf den langen beschwerlichen Weg nach Israel aufmacht, ahnt sie noch nicht, dass ihr Leben eine entscheidende Wende erfahren wird.

Eng an der biblischen Vorlage legt die Autorin einen Roman vor, der dem modernen Leser die Welt des Judentums erschließt. Und es wird deutlich, dass Jahwe ein Gott ist, der seinen Kindern in Liebe nachgeht.

FRANCKE
Verlag der Francke-Buchhandlung GmbH